설정식

분노의 문학

이 도서는 한국출판문화산업진흥원의
‘2023년 중소출판사 출판콘텐츠 창작 지원 사업’의 일환으로
국민체육진흥기금을 지원받아 제작되었습니다.

설정식
분노의 문학

2023년 11월 30일 초판 1쇄 펴냄
지은이 김욱동
편집 이수미
펴낸이 신길순
펴낸곳 (주)도서출판 삼인
전화 02-322-1845
팩스 02-322-1846
이메일 saminbooks@naver.com
등록 1996년 9월 16일 제25100-2012-000046호
주소 (03716) 서울시 서대문구 성산로 312 북산빌딩 1층

디자인 끄레디자인
인쇄 수이북스
제책 은정

ISBN 978-89-6436-253-2 93810
값 22,000원

설정식

분노의 문학

김욱동 지음

삼인

차례

나 홀로 비록 하잘것없이

다못 시詩로써 절대를 뚜드리는 도로徒勞에 넘어져도

물방울은 하나하나 바위를 쪼았는데

그대 어찌 거연遽然히 풍경 뒤에 체어諦語하리오.

설정식(1912~1953), 「스켓치」에서

책머리에

내가 오원梧園 설정식薛貞植에 관한 단행본 저서를 쓰기로 처음 마음먹은 것은 일제강점기와 해방 후에 활약한 문인들에 관한 일련의 저서를 집필하면서였다. 나는 그동안 일제강점기에 외국 문학, 그중에서도 특히 영문학을 전공한 문인들을 집중적으로 다루는 책을 써 왔다. 가령 정인섭鄭寅燮, 이양하李敭河, 최재서崔載瑞에 관해서는 각각 단행본으로 출간하였고, 내가 우스갯소리로 '한국 비평 문단의 3김 씨'로 부르는 김환태金煥泰·김동석金東錫·김기림金起林에 관해서는 세 사람을 한데 묶어 『비평의 변증법』(이숲, 2022)이라는 제목으로 출간하였다.

그런데 내가 이렇게 영문학을 전공한 문인들에 유달리 깊은 관심을 기울인 데는 그럴 만한 까닭이 있다. 첫째, 나의 전공도 그들처럼 영문학이다. 그들 중에서도 정인섭은 학부와 대학원 과정에서 직접 배운 은사였고, 나머지 분들은 안타깝게도 일찍 사망하는 바람에 제대로 얼굴도 보지 못한 채 오직 글로써만 만날 수 있었다. 둘째, 그들은 암울한 일제강점기에 자칫 시대착오적이라고 할 외국 문학을 전공하였다. 법률을 전공하여 변호사가 되거나 상과를 전공하여 기업가가 될 수 있을 터인데도 그들은 하나같이 '실속이 없다'고 할 문학을 전공하였다. 일제강점기는 접어두고라도 21세기도 20여 년이 훌쩍 지난 지금에도 자녀가 커서 외국 문학 연구가가 되고 싶다고 하면 아마 고개를 갸우뚱할 부모가 적지 않을 것 같다. 그들이 이렇게 외국 문학을 전공한 것은 일찍이 물질세계 못지않게 정신세계가 중요하다는 사실을 깊이 깨달았기 때문이다. 셋째, 그들은 하나같이 좁게는 영문학, 더 넓게는 외국 문학을 전공하면서 한순간도 한국문학에 대한 애정과 관심을 잃지 않았다. 잃기는커녕 오히려 외국 문학을 전공하는 이유가 다름 아닌 국문학을 좀 더 풍요롭게 하는 데 있다고 생각하였다. 다시 말해서 그들에게 외국 문학 연구는 목적이라기보다는 수단, 그 자체로서의 의미가 있다기보다는 오히려 국문학 연구를 위한 발판으로서의 의미가 컸던 것이다.

이 책은 크게 두 부분으로 나뉜다. 전반부에서 나는 마흔한 살에 안타깝게 죽음을 맞이할 때까지 파란만장하다면 파란만장한 삶을 산 설정식의 생애를 집중적으로 조명하였다. 그러나 그가 살아온 삶의 궤적을 하나하나 따라가기보다는 그가 남긴 발자취 중에서 비교적 깊게 파인 곳에 주목하였다. 일제강점기에서 어수선한 해방기를 거쳐 한국전쟁을 겪는 등 20세기 전반기라는 불행한 시대를 살다 간 한 지식인의 비극적 삶에 초점을 맞추었다. 찬연한 이념의 고향을 찾아 북으로 간 뒤 남로당계 인사 숙청 과정에서 살아남았더라면 설정식은 아마 한국문학을 좀 더 풍요롭게 하는 데 이바지했을 것이다. 설정식이 추구하던 문학은 '진정한 민주주의 민족문학'을 건설함으로써 궁극적으로는 세계문학의 대열에 합류하는 데 그 목적이 있었다.

이 책의 후반부에서 나는 시인과 소설가와 번역가로서 설정식의 활약과 업적을 비교적 상세하게 다루었다. 1930년대 초엽에 발표한 초기 시에서 해방기에 쓴 작품에 이르기까지 모든 작품을 논의 대상으로 삼되 해방기에 발표한 작품보다는 초기 서정시 쪽에 좀 더 무게를 실었다. 소설 장르에서는 단편소설과 장편소설을 모두 다루었지만 특히 장편소설 『청춘』(1949)에 비중을 두었다. 그리고 번역에서는 윌리엄 셰익스피어의 『햄릿』에 많은 지면을 할애하였다.

나는 설정식의 삶과 문학을 다루는 이 책에 '분노의 문학'이라는 부제를 붙였다. 그런데 이 부제는 김기림이 설정식의 두 번째 시집 『포도葡萄』(1948)에 관한 서평을 쓰면서 붙인 제목 「분노의 미학」에서 빌려와 조금 바꾼 것이다. 김기림은 설정식의 첫 시집 『종鐘』(1947)에서 "그 찬연한 분노와 또 저주의 미美"를 발견하였다. 김기림은 두 번째 시집 『포도』(1948)에서도 설정식이 "혼란한 시대의 회오리바람에도 조금치도 현훈眩暈을 일으키는 일이 없이" 분노의 미학을 표현했다고 지적하였다.

이 점에서는 김광균金光均도 김기림과 크게 다르지 않아서 설정식의 시에는 "육신과 희망을 담고 있는 현실에 대한 부단한 분노"로 가득 차 있다고 밝혔다. 그런가 하면 설정식은 세 번째 시집 『제신의 분노』(1948)에서 아예 '분노'를 중심 주제로 삼았다. 나는 이러한 분노를 비단 설정식의 시뿐 아니라 그의 작품 전체에 관류하는 중심 모티프로 간주하였다. 그의 작품을 읽다 보면 이 무렵 다른 작가들보다 한 옥타브쯤 목소리가 높다. 문학가 설정식이 느낀 격양된 목소리와 분노는 어디까지나 일제강점기는 말할 것도 없고 특히 해방기의 사회 현실에 대한 그 나름의 반응이었다. 그는 해방기의 혼란스러운 정국에 "제집이 저도 모르는 사이에 두 번, 세 번 저당으로 넘어가고 있는 줄도 모르고, 술을 부어가며 아름다운 꽃이여, 나비여 하며 음풍영월을 하고" 있는 현실을 무척 안타깝게 생각하였다.

이 책을 집필하면서 나는 여러 기관과 여러 사람한테서 크고 작은 도움을 받았다. 먼저 구하기 어려운 여러 자료를 구해 준 서강대학교 로욜라도서관 관계자들에게 감사드린다. 설정식의 막내아들이요 시인인 설희관薛熙灌 선생님께도 이 자리를 빌려 감사드린다. 전기를 다루는 이 책의 1장을 꼼꼼히 읽으면서 틀린 부분을 바로잡아 주셨다. 『설정식 문학전집』(산처럼,

2012)의 편집자인 설희관 선생님은 지금도 국립중앙도서관을 비롯한 여러 도서관을 샅샅이 뒤지고 다니면서 전집에서 누락된 선친의 작품을 발굴하여 그의 네이버 블로그 '햇살무리'에 꾸준히 올리고 있다.

마지막으로 이 책의 출간을 흔쾌히 허락해 주신 삼인출판사의 홍승권 부대표님께 감사드린다. 영상 매체에 온통 정신이 팔려 좀처럼 책을 읽으려고 하지 않는 이 '무독無讀의 시대'에 이러한 책을 출간한다는 것은 웬만한 사명감과 용기가 없이는 선뜻 나설 수 없는 일이다. 그런데도 여러 악조건 속에서 이 책을 출간하기로 결정하신 홍 선생님께 절로 고개가 숙어진다. 이 책이 햇빛을 보게 되기까지 여러모로 궂은일을 맡아준 편집부에도 고마움을 전한다. 또한 중소출판사 우수콘텐츠 출판 지원을 해준 한국출판문화산업진흥원에도 이 자리를 빌려 감사드린다.

2023년 가을
해운대에서
김욱동

제1장

찬연한 이념의 고향을 찾아서

설정식薛貞植의 삶과 문학은 20세기 전반기 한반도의 비극적 운명을 극적으로 보여준다. 그는 누구보다도 한반도 현대사의 험난한 파도를 온몸으로 부딪쳐 가며 살다 간 불행한 문학인이요 비극적 지식인이었다. 일제강점기 북쪽에서 태어나 경성에서 젊은 시절을 보내며 일제의 식민 통치를 체험하였고 좌우가 첨예하게 대립하던 어수선한 해방기에는 좌익 지식인으로 조국의 미래를 두고 고민하였다. 그래서 시와 소설을 비롯한 그의 작품에서는 한국 현대사의 거친 숨결과 맥박을 느낄 수 있다.

설정식은 학생 시절부터 이탈리아의 대표적인 칸초네요 나폴리 민요인 「오 나의 태양」과 「돌아오라 소렌토로」를 즐겨 불렀다. "오 맑은 햇빛 너 참 아름답다 / 폭풍우 지난 후 너 더욱 찬란해 / 시원한 바람 솔솔 불어올 때 / 하늘에 밝은 해는 비치인다." 지오반니 카프로가 지은 「오 나의 태양」의 가사처럼 설정식은 한반도에 한바탕 폭풍우가 지나간 뒤에는 하늘에 전보다 더 밝은 태양이 찬란하게 떠오르리라고 굳게 믿고 있었다. 아니면 "아름다운 저 바다와 / 그리운 그 빛난 햇빛 / 내 마음속에 잠시라도 / 떠날 때가 없도다"라는 「돌아오라 소렌토로」의 가사처럼 자유와 평등의 찬란한 햇빛을 마음속 깊이 간직한 채 살아가고 싶었는지도 모른다. 그래서 설정식은 한국전쟁 초기 가족을 남쪽에 남겨두고 스스로 찬연한 이념의 고향을 찾아 북쪽으로 갔다. 그러한 그가 북쪽에서 '미국 제국주의 스파이'라는 누명을 쓰고 권력 투쟁의 제단에 바친 희생 제물이 되었다는 것은 참으로 아이러니가 아닐 수 없다.

설총의 후예

설정식은 경성공립학교(서울시립대학교의 전신) 재학 중 광주학생운동에 연루되어 퇴학당한 뒤 학업을 계속하려고 중국 만주로 건너가 펑톈(奉天)과 랴오닝성(遼寧省)에서 설립한 제3중학에서 3학년 과정을 수료하였다. 그러나 지린성(吉林省) 창춘현(長春縣)의 완바오산(萬寶山) 지역에서 한인 농민과 중국 농민 사이에서 충돌이 일어났고, 이 완바오산 사건으로 중국인 학생과 조선인 학생의 갈등이 점차 심해지자 그는 베이징(北京)과 톈진(天津) 등지에서 얼마 동안 유랑 생활을 하다가 1931년에 귀국하였다. 귀국한 해 9월에서 이듬해 3월까지 그는 중앙기독교청년회학교에서 영어 중등 과정을 밟았다.

1932년 설정식은 연희전문학교에 입학하여 문과에서 공부하던 중 3년 뒤 일본에 건너가 메지로(目白)상업학교에 편입하였다. 이듬해 귀국한 그는 연희전문학교에 복학하여 1937년에 졸업하였다. 대학을 졸업한 뒤 설정식은 이번에는 태평양을 건너 미국으로 유학을 떠났다. 1940년 그는 부친이 사망했다는 소식을 뒤늦게 듣고 귀국하여 한반도 이곳저곳에 머물던 중 해방을 맞이하였다.

혼란스럽기 그지없던 해방기에 설정식은 조선공산당에 가입하고 조선문학가동맹 외국문학부 위원장을 맡는 등 정치 활동에 깊숙이 관여하였다. 그 뒤 한국전쟁이 일어나자 인민군에 자진 입대하여 월북하였다. 1951년 개성 휴전회담 때 인민군 소좌로 조중朝中 대표단 영어 통역관으로 근무하였다. 마흔한 살의 젊은 나이에 사망할 때까지 설정식이 살아온 지역을 대략 도식으로 그려보면 '단천 → 경성 → 중국 펑톈 → 중국 베이징 → 경성 → 일본 도쿄 → 경성 → 미국 오하이오주 → 미국 뉴욕시 → 경성 → 평양'이 될 것이다. 그가 걸어가는 발밑에 먼지가 뽀얗게 일 정도로 그는 참으로 바쁘게 살았다. 설정식에게 이러한 지리적 여정은 비단 공간적 이동에 그치지 않고 더 나아가 정신적 여정이나 영혼의 순례, 그리고 이념과 사상의 방황과 모색을 뜻한다.

설정식이 살다 간 시대도 지리적 공간 못지않았다. 그는 한국 근대사에서 가장 불행한 시기라고 할 일제강점기 36년의 대부분과 혼란스러운 해방 정국 그리고 한국전쟁을 몸소 겪은 역사의 산증인이었다. 그가 태어나 성장한 유년기에는 일제의 '무단통치'를 겪었고, 소년기와 청년기에는 일제의 '문화통치'를 겪었으며, 청년과 장년기에는 혹독한 '민족말살 통치'를 경험하였다.

한편 설정식은 일본 제국이 1931년 9월 류탸오후 사건(柳條湖事件)을 조작하여 일본 관동군이 만주를 중국 침공을 위한 전쟁의 병참 기지로 삼은 만주사변과 일제의 중국 침략의 절정이라고 할 중일전쟁을 목도하였다. 일제의 식민 통치가 끝나자마자 이번에는 어수선한 해방 정국과 미국과 소련의 군정, 그리고 한국전쟁의 소용돌이에 휘말릴 수밖에 없었다. 설정식이 살아온 시대는 프리드리히 횔덜린이 노래한 '궁핍한 시대'와 크게 다르지 않다. 한마디로 설정식의 삶과 문학에서는 20세기 전반기 역사의 거친 숨결과 거친 맥박을 느낄 수 있다. 어떤 의미에서 그의 삶은 20세기 전반기 한반도의 비극적 운명의 상징이라고 하여도 크게 틀린 말이 아닐 것이다.

설정식의 이러한 지리적 이동은 따지고 보면 그의 선조에게서 이미 찾아볼 수 있다. 본디 설씨 가문은 저 멀리 신라 시대로 거슬러 올라간다. 설정식의 선조는 경주에서 순창으로 본관을 삼았다. 그래서 한국 본관으로서는 보기 드물게 두 지명을 결합하여 '경주-순창 설씨'로 표기한다. 조선 세조 때 오늘날의 함경남도 이원 지역에 해당하는 이성利城으로 거처를 옮겼고, 그 뒤 다시 이성에서 단천으로 옮겼다. 14세대를 지낸 뒤에 설씨 가문은 기미년 독립만세운동이 일어난 1919년에 마침내 경성부로 이주하였다.

설정식은 개신 유학자 집안에서 태어나 성장하였고, 이러한 집안 배경은 그의 삶과 문학에 적잖이 영향을 끼쳤다. 개신 유학이 한국 근대화에 끼친 영향은 흔히 생각하는 것보다 훨씬 크다. 한국 근대화를 이끈 주역들은 거의 대부분 멀게는 선진 유학에서 가깝게는 송대의 성리학의 한계를 깨달은 실학자들이었다. 그들은 사대주의를 버리고 경전을 맹목적으로 받아들이는 태도를 지양하는 한편, 실용과 실증을 통한 과학적이고 합리적인 사고에 무게를 실었다. 세례자 요한이 예수 그리스도가 올 길을 미리 닦아놓은 것처럼 개신 유학자들은 직간접으로 서구 사상을 호흡함으로써 '개화사상'이라는 이름으로 근대가 다가올 길을 미리 닦아놓았다.

설정식의 부친 오촌梧村 설태희薛泰熙는 이렇게 한국 근대화에 불을 지핀 인물 중 한 사람이었다. 1905년 을사늑약 체결로 대한제국이 일본 제국주의의 보호국으로 전락하자 그는 다른 개신 유학자들과 함께 조선물산장려운동에 적극 참여하였다. 이준李儁과 관북흥학회關北興學會를 조직했으며, 안창호安昌浩와 함께 서북학회西北學會를 조직했고, 서북학교(오늘날의 건국대학교)의 설립에도 참여하였다. 위당爲堂 정인보鄭寅普는 한문으로 쓴 설태희의 묘비문에서 "그의 선견지명은 대문의 빗장이 되었음은 지난 뒤에야 알았고, 또한 그의 노심초사하여 공을 이룸에 공로는 다른 사람에게 양보하고 본인은 뒤에서 노고를 다할 뿐이니……"[1]라고 밝혔다.

여기서 정인보가 말하는 '대문의 빗장'이란 다름 아닌 근대화의 문에 달린 빗장을 말한다. 설태희는 근대화의 빗장을 활짝 열어젖히는 데 크게 이바지한 주역 중 한 사람이다. 그는 "유교의 도道는 왕생往生을 소고溯考치 않으며 또 내생來生을 연구치도 안코 오직 현생現生만을 주중注重한다. 현생만을 중요시하기 때문에 도의 진행을 시간과 처지를 엄수하는 데 준거하야 사람의 일상생활에 실용화시키려는 것이다"[2]라고 말한 적이 있다. 이처럼 설태희는 구체적인 역사적 시간과 사회적 공간을 떠난 사상은 한낱 공염불에 지나지 않는다고 생각하였다. 다만 그는 정인보의 말대로 그 공로를 다른 사람에게 돌리고 자신은 뒤에서 궂은일을 맡아서 하여 다른 개신 유학자들과 비교하여 그의 이름은 후세에 별로 알려지지 않았을 뿐이다.

경주-순창 설씨 종친회 문헌록에는 설태희에 관한 사항은 말할 것도 없고 설씨 가문에 관한 내용이 비교적 상세하게 기록되어 있다. 그런데 설태희가 설총薛聰의 후예라는 점이 무엇보다도 눈길을 끈다.

---

1 정인보, 「오촌 설공 묘비문」, 설희관 편, 『설정식 문학전집』(산처럼, 2012), 837쪽. 설정식과 관련한 모든 자료는 작가의 막내아들 설희관의 네이버 블로그 '햇살무리'(https://blog.naver.com/hksol)에 모두 보관되어 있다. 설희관은 『설정식 문학전집』 발간 이후 설정식의 작품을 계속 발굴하여 '햇살무리'에 올려놓고 있다.

2 설태희, 「유교의 사생관」, 〈신동아〉(1931. 12.). https://blog.naver.com/hksol.

공의 휘諱는 태희요 자는 국경國卿이며 호는 오촌梧村이니 홍유후弘儒侯 휘 총聰의 42세손이요, 고려 때 도첨의사사중찬都僉議使司中贊 문량공文良公 휘 공검公儉의 21세손이며 병조참의공兵曹參議公 휘 풍馮의 17세손이고, 아버지 휘는 창호昌鎬며, 어머니는 진천 김씨이다. 배위配位는 영인令人 완산 이씨이니 중추원의관中樞院議官 지영枝英의 따님이고, 묘소는 서울 망우리 공동묘지 204329호에 부군과 합폄合窆이시다.[3]

'홍유후'란 고려 시대인 1022년(현종 13)에 설총에게 추증된 시호를 말한다. 설총은 신라의 국사인 원효元曉와 태종 무열왕의 딸인 요석 공주瑤石公主 사이에서 낳은 아들이다. 순창 설씨 집안은 고려 시대에 도첨의사사중찬을 배출하였고, 조선 시대에 이르러서는 문과 급제자 2명, 무과 급제자 3명, 사마시 13명을 배출한 가문이었다.

설태희는 열한 살 때 함경도 지방을 휩쓴 전염병으로 양친을 모두 잃고 외가에서 성장하였다. 일본 메이지(明治)대학교 법학부 교외생으로 유학하기 전 그는 친척의 약방에서 일하였다. 1908년 이후 대한제국의 마지막 관리로서 함경남도 갑산 군수와 영흥 군수를 역임하기도 하였다. 그러나 경술년 대한제국이 일제의 식민지로 전락하자 그는 군수 자리를 헌 신발처럼 내팽개쳐 버리고 민족 운동에 앞장섰다.

3 「설정식 연보」, 『설정식 문학전집』, 840~843쪽. https://blog.naver.com/hksol.

오원 설정식

설정식은 1912년, 그러니까 다이쇼(大正) 원년에 함경남도 단천에서 아버지 설태희와 어머니 이정경의 4남 1녀 중 3남으로 태어났다. 위로는 사업을 하던 형 원식元植과 언론인 의식義植, 누나 정순貞筍, 남동생으로는 도식道植이 있다. 그런데 흥미로운 것은 설정식의 할아버지는 물론이고 아버지와 형제들도 하나같이 벽오동나무를 아호로 사용했다는 점이다. 단천 집에 오동나무가 자라고 있어 설태희는 자기의 호를 '오촌'으로 지었다. 그의 자식들도 아버지를 따라 '오음梧蔭', '소오小梧', '오원梧園', '벽오碧梧' 등의 호를 사용하였다.[4] 설정식은 '오원' 외에 장자莊子가 추구하던 이상향의 세계

4 설의식은 「우리 집 오동」이라는 수필에서 "우리 집 오동은 심은 지 8년이라, 피었다 떨어진 잎사귀에 천하의 가을은 여덟 번 저물었소. 여덟 번 저무는 동안에 오동은 세 길도 지났고 나는 30도 넘었소. 그래도 오지 않는 봉황새를 낸들 어찌하나요"라고 말하였다. 〈신동아〉 창간호(1931. 11.). 설의식, 『소오문선小梧文選』(나남출판, 2006), 350쪽.

인 '무하유지향無何有之鄕'을 염두에 둔 듯이 '하향'이라는 호를 사용하기도 하였다.

어렸을 적 유학자인 아버지로부터 직접 한문을 비롯한 유교 교육을 받은 설정식은 1921년 경성 교동공립보통학교에 입학하였다. 이때부터 그는 작문 실력으로 두각을 나타내어 학교 안팎에서 관심을 끌었다. 1925년 1월 1일 자 〈동아일보〉는 신년 기획기사로 '장래 만흔 어린 수재'라는 제목 아래 경성부 보통학교(초등학교)에서 뛰어난 아동 140명 명단을 발표하였다. 신문사에서는 '각교당국 신중선발各校當局愼重選拔'이라는 부제를 달아 공정하게 선정했음을 알렸다. 기사에는 140명 아동을 ①장래의 미술가(도화 잘하는 아동), ②장래의 문학가(작문 잘하는 아동), ③장래의 수학가(산술 잘하는 아동), ④장래의 운동가(체조 잘하는 아동), ⑤장래의 음악가(동시 잘하는 아동) 등 다섯 분야로 나누어 이름과 소속 학교와 학년, 나이가 기재되어 있다.

설정식은 항목 ②에 '교동공보 4년 설정식(13)'으로 적혀 있다. 교동공보에서는 설정식 외에 5학년 윤석중尹石重(15)과 6학년 윤창순尹昌淳(18)이 선정되었다. 윤석중은 뒷날 소파小波 방정환方定煥의 뒤를 이어 척박한 아동문학계의 토대를 마련하였다. 한편 윤창순은 '영화소설' 『젊은이의 노래』(1930)를 썼는가 하면, 조선극장과 단성사 등의 무대에서 창극唱劇을 비롯한 고전무용과 경서가요京西歌謠 등을 공연하여 민족 전통예술의 맥을 잇는 데 앞장섰다.

1925년 2월 4일 자 〈동아일보〉에도 '수재 아동 가정 소개' 기사로 '장래의 문학가 교동공보 4년 설정식(14)'이라는 제호의 기사가 그의 사진과 함께 실렸다. 이 기사는 방금 앞에서 언급한 신년 특집기사 중 몇몇 대표 학생을 뽑아 그 가정을 소개하는 글로 5회에서는 '글 잘 짓는 어린이'로 설정식의 가정과 '산수 잘하는 어린이'로 윤동섭尹同燮의 가정을 다룬다.

秀才兒童
(五)‖家庭紹介‖

將來의文學家

校洞普校四年 薛貞植(一四)

‖글잘짓는어린이‖

이어린이는 글잘짓는 그학교생도 들중의하나이외다 물론작문은잘짓고 그외에 산문시(散文詩)동요(童謠)까지 잘할뿐더러 다른공부에도 우등이랍니다 집에는아버님 어머님큰형님 작은형님 누님 동생 족하가 잇는데 아버님은 금년에쉰한살되신 설태희(薛泰熙)씨 맛형님은 장수가치생긴 설원식(薛元植)씨라고 저ㅡ만주에가서 농장을경영하시고 작은형님은 설의식(薛義植)씨라고스물다섯이신데 지

고 학교에간답니다 그런데이뎡식의집이 계동(桂洞)에서도 뎨일놉흔 보성(普成)보통학교 바로엽힌데 문을여러저치면 만호장안이 한입에 삼켜질것갓고 밤에는 휘황한만호천등이 눈아페깜박거린답니다 아마 이뎡식도 그러케경조흔곳에서 맑은공긔를 마시는관계로 그와맛치공부를 더잘하게되는지도 모르겟습니다

將來의數學家

校洞普校四年 尹同燮(一五)

‖산술잘하는어린이‖

이산술잘하는 어린이 윤동섭은 관훈동(寬勳洞)에삽니다산술잘하기로 유명한데 산술잘하는아동의특성은 연구성이 매우풍부하고 무슨일에든지 근실하야매우장래가 유망함으로 선생님의

1925년 2월 4일 자 〈동아일보〉에 '수재 아동'으로 소개된 설정식. 당시 그는 교동보통학교 4학년이었다.

이 어린이는 글 잘 짓는 그 학교 생도들 중의 하나이외다. 물론 작품은 잘 짓고 그 외에 산문시, 동요까지 잘할뿐더러 다른 공부에도 우등이랍니다. 집에는 아버님, 어머님, 큰형님, 작은형님, 누님, 동생, 조카가 있는데 아버님은 금년에 쉰한 살 되신 설태희 씨, 맏형님은 장수같이 생긴 설원식 씨라고 저 - 만주에 가서 농장을 경영하시고, 작은형님은 설의식 씨라고 스물다섯이신데 지금 우리 신문사 기자로 계시며, 누님은 시집살이를 하신답니다. 동생은 금년에 겨우 열한 살인데 아침마다 같이 데리고 학교에 간답니다. 그런데 이 정식의 집이 계동에서 제일 높은 보성보통학교 바로 옆인데 문을 열어젖히면 만호장안萬戶長安이 한입에 삼켜질 것 같고, 밤에는 휘황한 만호천등萬戶千燈이 눈앞에 깜박거린답니다. 아마 이 정식도 그와 같이 경치 좋은 곳에서 맑은 공기를 마시는 관계로 공부를 더 잘하게 되는지도 모르

겠습니다.[5]

신년도 특집기사와는 달리 설정식 가정에 관한 기사가 〈동아일보〉에 실리게 된 데는 아마 어떤 식으로든지 둘째 형 설의식의 도움이 없지 않을 터다. 1922년 이 신문사 사회부 기자로 언론계에 들어간 설의식은 주일 특파원과 편집국장 등을 지냈다. 무엇보다도 그는 1929년 일본을 방문한 라빈드라나트 타고르를 만나 인터뷰를 했을 뿐 아니라 '횡설수설' 같은 단평을 잘 쓴 기자로 필력을 인정받았다. 설의식은 편집국장으로 있던 1936년 8월 손기정孫基禎 선수의 일장기 말살 사건으로 신문사를 떠났다.

한편 기골이 장대하여 '장수같이' 생겼다는 만형 설원식은 만주에서 농장 경영뿐 아니라 광산업에도 관여하였다. 한편 시집살이를 하고 있다는 누이는 설의식과 같은 신문사에서 근무하던 김두백金枓白과 결혼하였다. 김두백은 한글학자로 월북하여 김일성종합대학교 초대 총장을 지냈고 1948년 북한 정권 수립 당시 초대 최고인민회의 상임위원장(국가수반)이 된 김두봉金枓奉의 동생이다.

이 글에서 미처 밝히지는 않았지만 설정식에게는 도식道植이라는 세 살 아래 남동생이 있다. 경성에서 고등보통학교를 마치고 일본의 호세이(法政)대학 법과를 졸업한 설도식은 관직이나 법조계에 나아가지 않고 대중문화 분야에서 활동하였다. 일제강점기 말에 가수로 데뷔하여 음반을 발표하며

---

5 위의 글. https://blog.naver.com/hksol 블로그에 실린 내용을 신문 기사 그대로 조금 고쳤다. 〈동아일보〉 1925년 1월 1일 자 기사에서는 설정식의 나이를 13세로 기재하고 2월 4일 자 기사에서는 14세로 기재한 것은 아마 전자는 음력을 기준으로 계산한 것인 반면, 후자는 양력으로 계산했기 때문일 것이다. 그러나 1월 1일 자 기사에서 설정식보다 한 살 위인 윤석중은 15세로 기재된 것이 의아하다.

가요계에서 활약하였다. 광복 후에는 사업가로 변신하여 범한무역 주식회사를 운영하였다. 1958년 그는 일제가 군수품을 공급하려고 만든 적산 기업 삼화제철소를 인수하였다. 삼화제철소는 철강 생산 능력이 저조했지만 한국 최초의 용광로 설비를 갖춘 곳으로 그 의의가 크다.

설정식이 초등학교 시절부터 문학과 공부에 뛰어났던 것만은 틀림없는 사실이다. 그는 윤석중 등과 함께 뜻이 맞는 친구들을 모아 '꽃밭사'라는 독서 모임을 만들어 동인 활동을 하였다. 그런데 '꽃밭사' 모임을 만든 것은 설정식보다 한 살 위인 윤석중이었다. 이 모임에서 활동한 회원으로는 윤석중과 설정식 외에 소설가 심훈沈熏의 장조카 심재영沈載瑛도 있었다. 뒷날 심재영은 『상록수』(1935)의 주인공 박동혁의 모델로 흔히 알려진 인물이다. '꽃밭사' 동인들이 함께 찍은 사진을 보면 이 모임에는 이들 외에 세 사람이 더 있었다. 뒷날 회원들은 방정환이 펴내던 어린이 잡지에 실린 작품을 등사하여 〈깁븜〉이라는 잡지를 만들기도 하였다. 1924년 윤석중은 동요 「봄」이 어린이 잡지 〈신소년〉에 입선되면서 열세 살의 나이로 아동문학가로 데뷔하였다.

교동보통학교 시절 설정식 등과 '꽃밭사'라는 독서회를 만들어 활동한 아동문학가 윤석중.

앞에서 잠깐 밝혔듯이 설정식은 경성공립농업학교 재학 중 광주학생사건에 연루되었다는 이유로 퇴학당한 뒤 중국에 머물다가 1931년에 귀국하였다. 귀국 후 곧바로 그는 〈조선중앙일보〉 현상 모집에 응모하여 희곡 작품 「중국은 어데로」가 1등의 영예를 안았다. 제목에서 알 수 있듯이 이 작품은 일본 제국에 맞서 항전하는 문제를 두고 당시 중국을 이끌고 있던 장제스(蔣介石)와 학생들 사이의 긴장과 갈등을 다룬다. 학생들은 당장이라도 일본과 맞서 싸울 것을 요구하는 반면, 장제스는 좀 더 시간을 가지고 기회를 기다리자고 설득한다.

희곡 작품 당선 소감에서 설정식은 "힘을 다한 습작"이 당선되는 것이 한편으로는 기쁘고 다른 한편으로는 부끄럽다고 소회를 밝힌다. 그는 파란만장한 중국 현대사의 한 토막이나마 표현해 낸 데 이 작품에서 자부심을 느낀다.

> 이 희곡을 쓰고 나서 지 마음이 노히지 안는 것은 취재의 범위가 간단치 안은 것만큼 시국에 관한 깁흔 상식이 업는 것과 실재인물을 그리면서 그들의 성격 또는 그때의 태도에 대한 치밀한 지식이 업고 다만 전기傳記와 풍문에 의하여서 어든 추측밧게 [업는] 한편 신문을 참고로 하여 겨우 윤곽을 그린데 지나지 못하므로 사실과 어그러지는 데가 업지 안흔가 하는 것임니다. 그러나 갈래를 자를 수 업시 복잡하고 넓은 중국 동정을 추려다가 역시 싸어노코 보니 어느 한 토막이나마 표현된 듯하여 스스로 깁버하는 바임니다.[6]

1931년과 1932년에 설정식은 안창호安昌浩의 흥사단과 수양동우회의 기관지 성격을 띠고 발행하던 〈동광〉이 주최한 제1회와 제3회 '중등학생 작품 지상誌上 대회'에서 「거리에서 들려주는 노래」와 「새 그릇에 담은 노래」로 각각 3등과 1등에 입선하였다. 또한 설정식은 '서적 비평문'에서도 1등

6 설정식, 「당선의 감상」, 〈조선중앙일보〉(1932. 01. 17.). 이 희곡 작품은 이 신문(1932. 01. 01.~01. 10.)에 연재되었다. https://blog.naver.com/hksol.

을 차지하였다. 이때 설정식이 사용한 필명은 '경성사립청년학관' 또는 그냥 줄여서 '청년학관'이었다. 그도 그럴 것이 당시 설정식은 어느 학교에도 소속되어 있지 않았기 때문이다. 〈동광〉 같은 유명 잡지에 발표되지는 않았지만 설정식의 첫 시 작품은 1931년에 쓴 「묘지」로 15년이 지난 뒤에야 첫 시집 『종』에 처음 수록되면서 일반 독자들에게 널리 알려지게 되었다.

'청년학관'이란 1906년에 설립한 '황성기독교청년학관'을 가리킨다. 1932년 1월 17일 자 〈중앙일보〉는 「중국은 어데로」의 작자 약력을 "현금에는 청년학관 영어과에서 어학 연구 중"이라고 간략하게 소개하였다. 「거리에서 들려주는 노래」는 1932년 3월 〈동광〉 31호에, 「새 그릇에 담은 노래」는 1932년 4월 같은 잡지 32호에 실렸다. 당시 문예 작품 현상 모집에서 설정식과 경쟁을 벌인 학생들은 평양의 숭실중학교와 평안북도 정주의 오산고등보통학교 학생들이었다.

설정식의 시 작품은 제2장에서 자세하게 다룰 터이므로 여기서는 접어두기로 하고 산문 작품을 눈여겨보기로 하자. '서적 비평문'에서 1등을 차지한 작품은 「『서부전선은 조용하다』를 읽고」라는 독후감 성격의 글이다. 이 독후감에서 설정식이 다룬 작품은 독일 작가 에리히 마리아 레마르크가 1차 세계대전의 참상을 그린 『서부전선 이상 없다』(1929)였다. 이 작품이 출간된 지 1년 뒤 '피득彼得'이라는 이름을 사용하는 러시아계 미국인 선교사 알렉산더 A. 피터스가 한국어로 번역하여 『서부전선은 조용하다』라는 제목으로 조선야소교서회朝鮮耶蘇教書會에서 출간하였다. 이 번역서가 출간되기 두 달 먼저 당시 대중의 인기를 끌던 월간지 〈삼천리〉 1930년 9월호에 같은 소설이 『서부전선 별別탈 업다』라는 제목으로 번역되어 실렸다.[7] 독후감 제목으로 미루어 보면 설정식은 피터스의 번역을 읽은 것 같다. 설정식이 당시 외국 문학에 얼마나 관심이 많았는지 알 수 있다.

1932년 초 〈동광〉이 모집한 '학생 작품 경기대회' 제3차 모집에서 설정식은 「김지림金志淋 군의 생존경쟁과 상호부조를 논함」이라는 논문으로 1등을 차지하였다. 김지림이 누구인지 지금으로서는 정확히 알 수 없지만 아마 이 무렵 설정식처럼 논문을 발표한 학생인 것 같다. 1959년 '의암義菴 손병희孫秉熙 기념사업회' 자료를 보면 김지림은 윤보선尹潽善과 서원출徐元出 등과 함께 이 사업회의 재정분과위원 중 한 사람으로 나온다. 동일한 한자 표기로 보나 정치사상적 측면으로 보나 아마 동일 인물일 가능성이 크다.

이 글에서 설정식은 김지림이 찰스 다윈의 생존경쟁을 "투쟁적, 압제적, 배타적"으로 보고 표트르 크로폿킨의 상호부조론을 "성애적聖愛的, 화목적, 공화적, 제휴적"으로 파악한 것을 비판 대상으로 삼는다. 설정식은 이러한 이분법적 사고가 자칫 가져올지 모르는 위험성을 지적한다. 갓 스무 살을 넘긴 청년의 글로 보기에는 논리가 분명하고 논지를 전개하는 방식도 크게 무리가 없다. 설정식은 "상호상조는 생존경쟁의 일一 수단이며 공수동맹攻守同盟이라고 볼 수 잇으니 김 군의 본 바 성聖스러운 상호부조는 그야말로 종적縱的이요 일부분인 것이다"라고 잘라 말한다. 그러면서 지난 유럽에서 일어난 세계대전을 한 예로 들면서 공자孔子의 살신성인殺身成仁 정신은 한낱 "지난 옛날의 어여쁜 한 개의 꿈"에 지나지 않는다고 주장한다. 한마디로 설정식은 크로폿킨의 상호부조론에 모순이 있음을 지적하였다.

설정식은 〈동광〉이 모집한 또 다른 '학생 작품 경기대회'에서도 「한자 폐지론」이라는 논문으로 2등을 차지하였다. 1등이 아닌 2등을 차지했다는 것이 아쉬울 정도로 이 글 또한 논지가 분명할뿐더러 논리 전개도 정연하

---

7 피터스의 번역과 〈삼천리〉에 실린 번역에 대해서는 허경진, 「한글과 조선 예수교서회의 교양·문학 도서」, 〈기독교사상〉(2021. 10.), 34~38쪽 참고.

여 스무 살 청년이 썼다고 좀처럼 믿어지지 않을 정도다. 설정식은 경제 원칙을 들어 "최소의 노력으로 최대의 수확을 얻어내자 함에 한자 폐지의 제일의第一意가 잇다"고 먼저 운을 뗀다. 그러고 나서 그는 곧바로 "골동품의 가치밖에 없는 한자에 허비하는 오랜 시간과 많은 정력을 쓸모 잇는 연구에 공급하자는 것이다"라고 말한다.[8] 설정식은 이보다 한발 더 나아가 한자를 폐지하기 전에는 인쇄술의 발달도, 문자의 보편적 이용도, 진정한 국어의 발달도 기대하기 어렵다고 지적한다. 그는 튀르키예가 하루아침에 아라비아 문자를 버리고 라틴 문자를 자국어로 사용했다는 점을 구체적인 실례로 든다.

더구나 설정식은 한글 전용이 아직 시기상조라고 주장하는 학자들과 아예 불가능하다고 주장하는 학자들의 맹점을 하나하나 들어 비판한다. 물론 그는 한자에서 유래한 낱말이나 숙어를 곧바로 모두 버리자는 것은 아니라고 유보적 태도를 보인다. 굳이 '학교'를 '배움 집'이라고 하거나 '보충'이나 '보완'을 '깁더'라고 할 필요는 없다는 것이다.[9] 특히 설정식은 한글을 사용하고 한자를 폐지하는 데 신문과 잡지 같은 대중매체의 역할이 무척 크다고 역설하였다.

일간신문이나 잡지가 모집하는 대회에서 잇달아 입선이 되는 것이 계기가 되어 이 무렵 설정식은 〈조선일보〉에 장편掌篇소설 「단발斷髮」을, 〈신동

8 설정식, 「한자 폐지론」, 〈동광〉(1932. 04.). https://blog.naver.com/hksol.

9 주시경은 학교를 '배곧(배곳)'으로, 그의 제자 최현배는 '배움집' 또는 '배움터'로 사용하자고 주장하였다. 깁고 더한다는 뜻의 '깁더'는 김두봉金枓奉이 '수정 증보'의 뜻으로 처음 사용하였다. 그는 1922년에 상하이에서 『조선말본』(1916) 수정 증보판을 내면서 『깁더 조선말본』(1934, 해동서관 재출간)이라고 하였다. 김두봉은 『조선말본』의 속표지에서 '경성 신문관'을 '서울 새글집'으로 표기하였다.

아〉와 〈동광〉에 시를 발표하였다. 동요와 동시 같은 아동문학에 관심을 기울인 윤석중이나 전통예술에 관심을 보인 윤창순 같은 교동보통학교 동기들과는 달리 설정식은 시, 단편소설, 희곡, 문학비평 등 모든 문학 장르에 걸쳐 폭넓게 관심을 기울였던 것이다.

연희전문학교 시절

이렇게 유수 잡지에 시를 비롯한 문학 작품과 논문을 잇달아 발표하던 설정식은 쇼와(昭和) 7년, 즉 1932년 4월 13일에 연희전문학교 시험에 합격하여 '별과'에 입학하였다. 당시 연희전문의 입학 절차는 선발 시험과 특별한 경우 무시험 등 두 종류가 있었다. 설정식은 시험을 거쳐 입학하였으되 정식으로 중등학교를 졸업하지 않은 탓에 처음에는 '별과'로 입학이 허락되었다가 뒤에 가서 '본과'로 된 것 같다. 연세대학교 교무처에 보관 중인 학적부를 보면 '별과'로 기재했다가 사선을 긋고 '본과'로 다시 기록하였다. 당시 대학에 입학하려면 반드시 보증인 두 사람이 필요하였다. 〈동아일보〉 사회부 기자로 근무하던 둘째 형 설의식과 역시 같은 신문사에서 정치부 기자로 근무하던 매형 김두백이 보증을 섰다. 연희전문학교에 입학할 때 학적부에는 본적이 '강원도 철원군 북면 용학리 64'로 기재되어 있다.

당시 일본 제국이 본국과 식민지에 여섯 번째로 설립한 경성제국대학과는 달라서 연희전문은 민족정신을 지키고 고양하는 데 목적을 두었다. 미

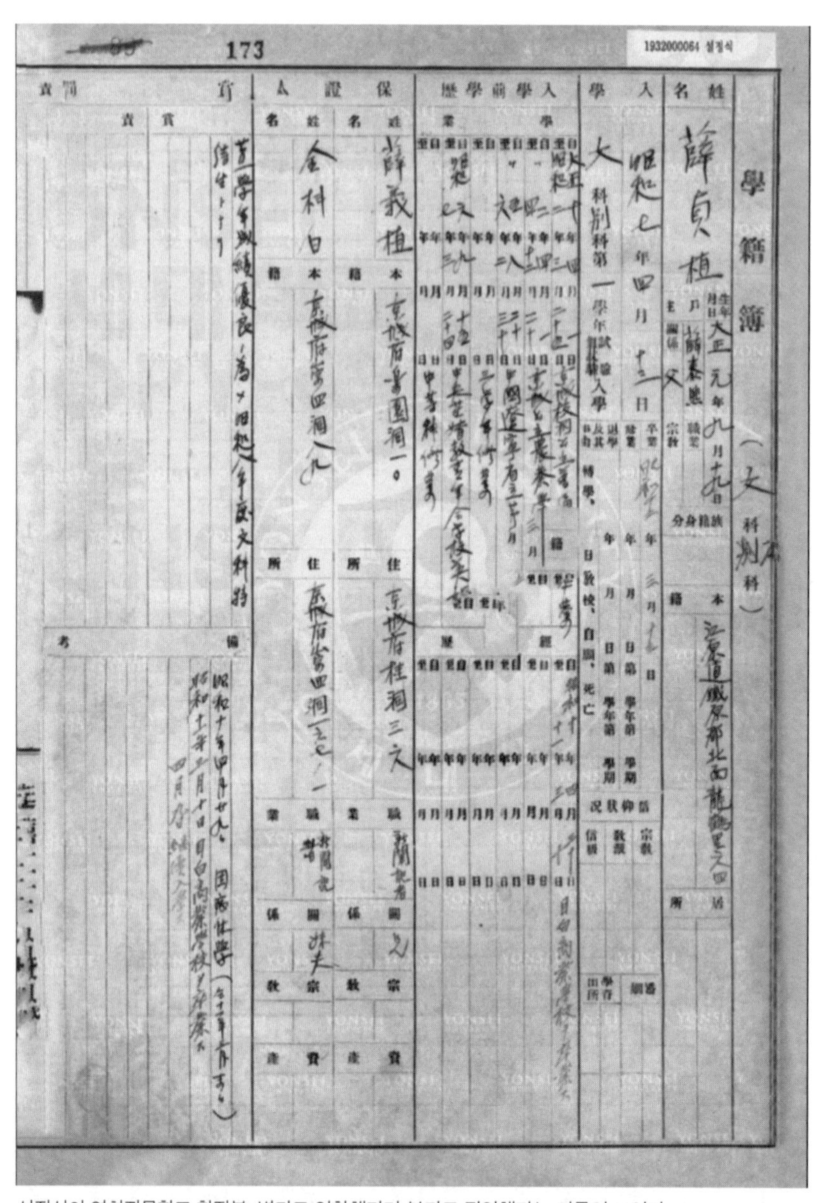
173

1932000064 설정식

學籍簿

姓名 薛貞植

設정식의 연희전문학교 학적부. 별과로 입학했다가 본과로 편입했다는 기록이 보인다.

국 북장로교 소속 호러스 그랜트 언더우드 선교사가 설립한 조선기독교학교로 출발한 연희전문은 설정식이 입학할 무렵 학과 중심이 아니라 문과, 상과, 신학과 등으로 묶어 학생들을 가르쳤다. 당시 문과를 담당한 교수로는 미국인 교수를 제외하고는 정인보와 외솔 최현배崔鉉培를 비롯하여 백낙준白樂濬, 유억겸兪億兼, 이묘묵李卯默, 하경덕河敬德, 이윤재李允宰, 손진태孫晋泰, 정인섭鄭寅燮, 이양하李敭河 등 주로 일본이나 미국에서 유학한 쟁쟁한 학자들이 대부분이었다. 주로 일본인 학자들로 교수진을 구성한 경성제국대학과는 달리 연희전문학교는 유학파 한국인 학자들로 교수진을 구성하였다.

연희전문학교 시절 설정식의 '학업 성적표 급及 신체 검사표'의 상벌란에 따르면 "제1학년 성적 우량 쇼와 8년도 문과 특대생"으로 기재되어 있다. 다음은 그가 수강한 과목과 1학기와 2학기 평균 성적이다.

1학년

수신 94점

성서 93점

국어 88점

조선어 87점

한문학 90점

영문법 93점

영독(영어독해) 92점

영작(영어작문) 83점

영회(영어회화) 86점

동양사 90점

법제(법률과 제도) 94점

자과(자연과학) 90점

음악 89점

체조 89점

문개(문학개론) 95점

2학년

수신 94점

성서 92점

국문학 93점

조문학(조선문학) 80점

한문학 85점

영문법 90점

영독(영어강독) 92점

영작(영어작문) 94점

영회(영어회화) 94점

동양사 86점

서양사 89점

경제학 92점

심리학 91점

체조 89점

3학년

수신 85점

성서 93점

국문학 91점

조선문학 85점

영문학 88점

영독(영어강독) 88점

영작(영어작문) 84점

영회(영어회화) 92점

영문학 90점

서사(서양사) 71점

논리(논리학) 60점

교사(교육사) 90점

교심(교육심리) 88점

독어(독일어) 92점

체조 88점

4학년

수신 95점

성서 83점

국문학사 90점

조선문학 88점

한문학 92점

영독(영어강독) 83점

영작(영어작문) 90점

영회(영어회화) 94점

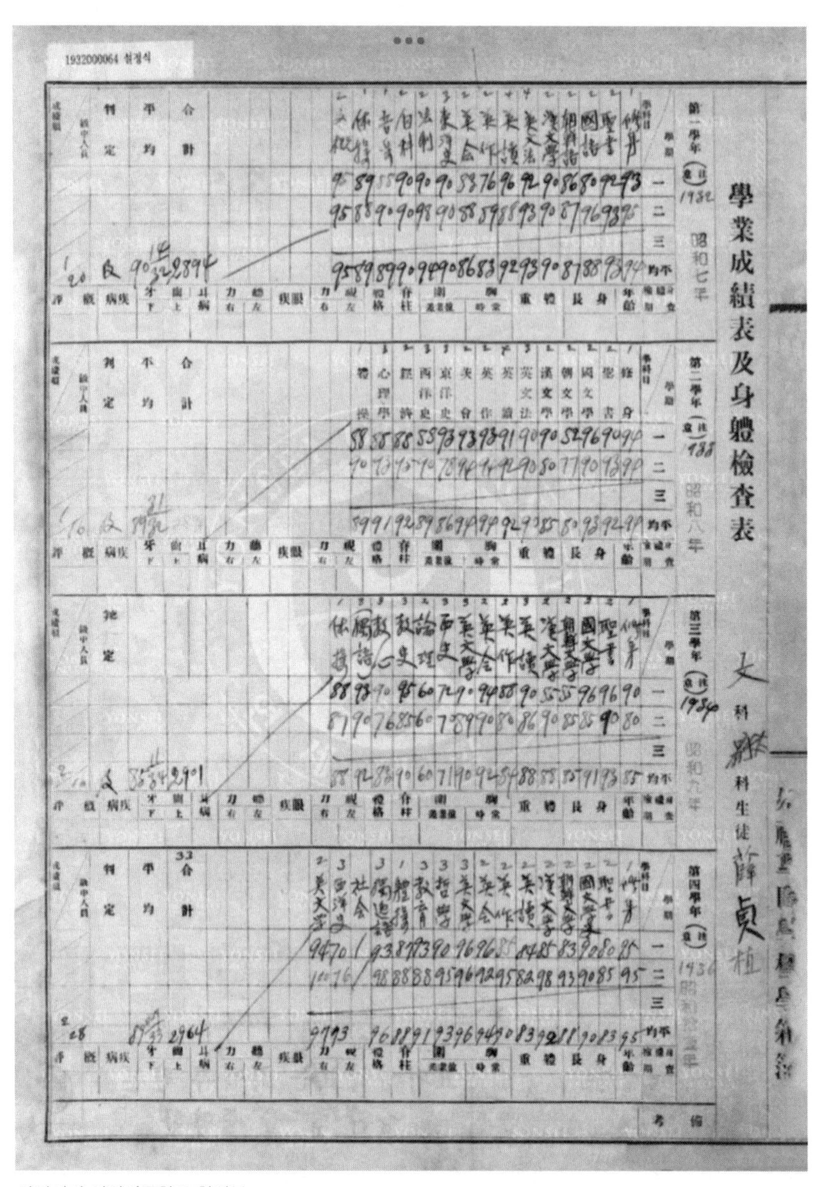

1932000064 설정식

學業成績表及身體檢查表

文科 科生徒 薛貞植

第一學年 1932 昭和七年

第二學年 1933 昭和八年

第三學年 1934 昭和九年

第四學年

설정식의 연희전문학교 학적부.

영문학 96점

철학 93점

교육학 91점

체조 88점

독일어 96점

서양사 73점

영문학 97점

기독교 재단에서 설립한 연희전문에서는 1학년에서 4학년까지 성서를 필수과목으로 가르쳤다. 성서처럼 필수과목인 수신은 오늘날의 도덕이나 윤리에 해당하지만 일본 제국주의에 대한 충성과 조선인의 황국 신민화 정책을 위한 도구로 쓰였다. 당시 '국어'란 일본어를 말하고 '국문학'이란 일본문학을 말한다. 일본 제국주의 밑에서 초창기 연희전문에서는 조선사, 조선어, 조선문학 같은 과목은 정규 수업 시간에 가르칠 수 없었다. 그러나 이 방면에 관심 있는 학생을 모아 수업이 끝난 뒤 과외로 조선어를 가르쳤다. 물론 이 비정규 과목은 일찍이 이 방면의 연구를 많이 해 온 최현배가 맡았다. 조선문학도 정인보가 정규 과목인 한문학을 가르치는 과정에서 틈틈이 가르쳤다. 그러다가 1924년 경성제국대학이 설립되면서 조선어와 조선사 과목을 두게 되자 연희전문도 마침내 이러한 과목을 정규 과목으로 가르칠 수 있었다. 일제강점기 국학 분야의 교육을 제일 먼저 시작한 연희전문의 교육은 비록 묵시적이나마 일제의 식민 통치에 맞서는 반관학적이고 민족주의적인 성격을 띠었다.

당시 연희전문에서 일본문학과 조선문학과 한문학 외에 문학개론을 가르친 것도 주목할 만하다. 이 밖에도 영문법, 영어강독, 영어작문, 영어회화

연희전문학교에서 철학과 조선문학을 강의하는 최현배.

같은 일반 영어는 말할 것도 없고 영문학까지 강의하여 당시 전문학교로서는 영어와 영문학에 깊은 관심을 기울였다. 더구나 동서양 문학뿐 아니라 서양사와 동양사, 경제학, 심리학, 철학, 논리학, 교육사, 교육심리, 자연과학 등도 폭넓게 가르쳤다.

설정식의 수강 과목에서 볼 수 있듯이 당시 연희전문에서는 '문과'라는 이름에 걸맞게 어느 특정 분야에 치중하지 않고 인문학 전반에 걸쳐 폭넓게 전인교육을 실시했음을 알 수 있다. 전문적인 직업 능력을 갖추게 한다는 당시 일제의 전문학교 기본 취지에서 보면 연희전문과 이화여자전문학교의 교육과정은 다른 전문학교들과는 달랐다. 그런데도 일제가 이 두 학교를 대학으로 인정하지 않고 전문학교로 인가한 것은 일제의 차별적 규제 때문이었다.

설정식은 연희전문 4년 과정에서 영어와 독일어 등 외국어와 외국문학에

설정식이 재학하던 시절의 연희전문학교 전경.

서는 상당히 높은 점수를 받았다. 다만 논리학에서 60점을 받고 서양사에서 71점을 받은 것이 눈에 띈다. 1학년 때는 수강생 20명 중에서 1등, 2학년 때에는 수강생 16명 중에서 1등, 3학년 때에는 수강생 10명 중에서 2등, 4학년 때에는 수강생 28명 중에서 2등을 하였다. 1933년 4월 13일 〈조선중앙일보〉는 '연희전문교 장학금, 우수한 학생들 21명에게'라는 제호의 기사를 실었고, 특대생의 명단에는 설정식도 들어 있다. 이 기사에 따르면 '특대생'에게는 1년 동안 수업료를 면제해 주었다.

그런데 여기서 한 가지 주목해 볼 것은 설정식이 성적이 우수하여 특대생이 되었는데도 1935년 연희전문을 질병을 사유로 휴학하고 일본 도쿄 소재 메지로상업학교에 편입했다는 점이다. 질병은 휴학계를 제출하기 위한 구실에 지나지 않았고 아마 다른 이유가 있었을 것이다. 지금으로서는 그 이유를 정확히 알 수 없지만 아마 개신 유학자 아버지의 영향이 컸을지 모른다. 설태희는 1923년 조선물산장려회를 설립하는 등 민족자강과 경제자립 운동에서 주도적인 역할을 하였다. 아버지의 영향을 받아 설정식은 연희전문에서 문과를 전공하는 것보다는 식민지 조선에 좀 더 실질적으로 이바지할 방도를 모색했을 것이다. 또한 니혼대학에서 사학을 전공한 둘째 형 설의식도 그가 일본 유학을 떠나는 데 어떤 식으로든지 영향을 주었을 것이다.

여기서 잠깐 연희전문학교에 재학하던 시절 설정식의 사상이나 정치의식을 짚고 넘어가는 것이 좋을 것 같다. 뒷날 해방 정국에서 그는 사회주의나 공산주의를 정치 노선으로 선택하였다. 그런데 학부 시절의 경험은 이러한 노선의 근원이나 동인을 찾을 수 있는 단서가 될 수 있다. 1946년 7월 조선문학가동맹 강연회에서 낭독했다가 첫 시집 『종』(1947)에 수록한 「사死」는 이러한 경우를 보여주는 좋은 실마리가 된다.

> 신촌新村 숲 속에
> 그때도 아마 장마가 졌던가 보
> 이렇게 곰팡내 나는 데서
> 형은 가로, 나는 세로 누워도
> 한창 물이 오르던
> 우리들의 살 내음새에 엉켜
> 곰팡내가 그때는
> 얼마나 구수했소[10]

---

10 『설정식 문학전집』, 74쪽. 앞으로 설정식의 시 작품 인용은 이 텍스트에 따르고 쪽수는 본문 안에 직접 적기로 한다. 오자나 탈자 등은 설희관의 네이버 블로그 '햇살무리'(https://blog.naver.com/hksol)에 실린 작품과 대조하여 바로잡았다.

1인칭 시적 화자 '나'는 설정식이고 '형'은 연희전문학교 동료로 폐결핵으로 요절한 이영진李英珍을 말한다. 설정식보다 몇 살 많아도 두 사람은 형제처럼 아주 친하게 지냈다. 얼핏 두 사람은 나이뿐 아니라 세계관도 사뭇 달랐다. 가령 하숙방에 날짐승이 들어오면 이영진은 잡아 죽이자고 하고, 설정식은 죽이지 말고 그냥 살려주자고 한다. 풀밭을 함께 걷다가도 설정식이 그곳에 핀 '오죽잖은' 꽃을 가려 발을 딛기라도 하면 이영진은 마음이 '약하다'고 설정식을 나무란다. 독서의 취향에서도 두 사람은 크게 차이가 나서 이영진은 설정식이 제정 로마 시대 노예 출신으로 스토아학파 철학자인 에픽테토스의 글을 읽는 것 또한 정신이 '허한 탓'이라고 나무란다.

그날 밤에도 형은 다시
『빵의 착취』를 이야기하고
조선은
우리들 이상대로 될 수 있다 하였고
진정한 볼셰비키와 악수할 것을
부락운동을 농민조합을
테크노크라시
그리고 농촌 전화電化까지 꿈꾸고
잡지 이름은 『흑기黑旗』라 하자커니
남해南海는 『자유사회』라 하자커니 하였더니
이 장마에 땅속에서 무얼 하오
아름다웁던 그 두 눈 속에도
흙이 들어찼겠구려 그래도
죽었으니 괴롭지나 정녕 않은지 알고 지오 (77~78쪽)

이영진이 즐겨 있던 책은 『빵의 착취』(1892)처럼 사회주의 냄새가 짙게 풍기는 책들이다. 인간이라면 누구나 좋은 삶을 살 권리가 있다는 근원적인 화두를 던지는 이 책은 평생 민중과 노동자들의 편에 서서 혁명가로 살다 간 러시아 제국의 철학자 표트르 크로폿킨의 저서다. 1892년 "La Conquete du Pain"라는 제목으로 프랑스에서 처음 출간된 이 책은 '빵의 착취'보다는 '빵의 쟁취'로 옮기는 쪽이 원문의 제목에 좀 더 가깝다. 전자는 자본가의 편에서 말하는 것인 반면, 후자는 노동자의 편에서 말하는 것이다.

미하일 바쿠닌 이후 19세기 아나키즘 운동을 대표했던 크로폿킨은 당시 서유럽에서 널리 인정받던 사회진화론자 허버트 스펜서의 적자생존 이론에 맞서 "모든 만물은 서로 돕는다"는 상호부조론을 부르짖어 큰 주목을 받았다. 한국에서 크로폿킨은 20세기 초엽 독립운동가 단재丹齋 신채호申采浩의 소개로 아나키스트 사이에서 널리 알려졌다. 위 인용문에서 이영진은 설정식에게 크로폿킨의 사상과 관련하여 조선의 미래를 설명한다.

그런데 이러한 공동체주의에 관한 설명은 선동적인 색채가 짙은 『빵의 쟁취』보다는 크로폿킨의 또 다른 저서 『상호부조론』(1902)에서 훨씬 더 분명하게 엿볼 수 있다. 후자의 책에서 그는 자신이 꿈꾸는 이상주의 사회에 대한 밑그림을 그렸다. 이 책에서 크로폿킨은 공공재를 오염하고 사유화하여 부를 축적하는 근대 자본가들을 신랄하게 비판하면서 착취와 불의가 없이 모두가 좋은 삶을 누릴 세상을 만들기 위한 방안을 제시하였다.

「사」에서 알 수 있듯이 설정식은 연희전문에 재학할 무렵만 하여도 사회주의나 아나키즘 또는 공산주의의 세례를 받지 않았다. 한편 이영진은 신의주 경찰서에 구금될 만큼 자신이 믿는 신념에 투철하였다. 다른 동료처럼 그렇게 약삭빠르지 못하여 제대로 끼니를 먹지도 못하고 굶주림 탓에 폐결핵에 감염되어 마침내 이상주의 사회에 대한 꿈을 미처 실현하지 못한 채 사망하고 말았다. 설정식은 친구의 죽음을 몹시 안타깝게 생각하면서도 막상 그의 사회주의 사상에는 아직 동조하는 태도를 보여주는 것 같지 않다.

설정식이 공감하지 않기는 크로폿킨의 사상뿐 아니라 슈티르너의 사상도 마찬가지였다. 「사」의 3연에서 설정식은 "도서관에서 내려오며 던지던 것은 / 아마도 『유일자와 그 소유』던가 보"(75쪽)라고 노래한다. 그런데 『유일자와 그 소유』(1845)는 독일의 철학자 막스 슈티르너가 집필한 것으로 그는 "헛되도다! 헛되고 헛되도다!"라는 구약성경 「전도서」 첫 구절로 이 책을 시작한다. 그렇다면 슈티르너가 헛되다고 부르짖는 대상은 과연 무엇일까? 아이로니컬하게도 그것은 다름 아닌 자유주의자들이 품는 '국가의 보편성'이다.

슈티르너는 한마디로 "국가는 유령이다"라고 잘라 말한 것으로 유명하다. 그의 말에서는 카를 마르크스와 프리드리히 엥겔스가 『공산당 선언』(1848)에서 말한 "지금 한 유령이 유럽을 배회하고 있다. – 공산주의라는 유령이 바로 그것이다"라는 구절이 떠오른다. 슈티르너만큼 국가와 개인을 대비하여 철저하게 국가를 비판하고 개인의 주체성을 옹호한 철학자도 찾아보기 어렵다. 아나키즘의 깃발 아래 서 있으면서도 사회주의적 아나키스트인 프루동이나 바쿠닌과는 달리 그에게 늘 '개인주의적 아나키스트'라는 꼬리표가 붙어 다니는 것은 바로 그 때문이다. 더구나 슈티르너는 "모든 신성한 것은 구속이자 족쇄다"라고 외치며 모든 종교와 이데올로기란 한낱 공허한 개념에 토대를 두고 있다고 주장하였다. 그는 개인을 뛰어넘어 권위를 주장하는 모든 것, 즉 국가를 비롯한 사회 기관, 사법 기관, 교회, 대학 같은 교육 제도 등이 공허한 개념에 기초하여 있다고 날카롭게 비판하였다.

아나키스트답게 슈티르너는 신 같은 초월적 존재를 부정하지만 설정식은 신의 존재를 믿었다. 그것은 아마 기독교 재단이 설립한 대학에서 기독교 교육을 받았기 때문일 것이다. 앞에서 언급했듯이 그가 신학 과목에서 우수한 성적을 받았다는 것은 그만큼 기독교에 관심이 많았다는 사실을 뒷받침한다. 설정식이 유학한 미국 오하이오주 소재 마운트유니언대학도 연희전문대학처럼 기독교 계통의 미션스쿨이었다. 다만 연희전문이 장로교 계통이었다면 마운트유니언대학은 감리교 계통의 학교였다. 이 미국 대학의 학적부에는 그가 감리교도라고 적혀 있다. 기독교와 성경에 대한 관심은 그가 사상적으로 전환한 뒤에도 여전히 계속되었다.

연희전문학교 재학 시절 설정식의 활동 중 눈에 띄는 것은 문학 활동에 관여했다는 점이다. 1932년 12월 그는 문과의 문학 모임 문우회文友會에서 활약하는 동시에 이 모임의 기관지 〈문우〉에 시와 비평 논문 「회고와 전망 소론」을 발표하였다. '문우'라는 제호는 『논어論語』 안연 편顔淵篇에서 "군자는 글로써 벗을 모우고, 벗으로써 인덕을 서로 북돋운다(君子以文會友以友輔仁)"는 구절에서 따왔다. 창간호에 작품을 기고한 학생 중에는 뒷날 문학가로 활약할 사람으로는 설정식 외에 이시우李時雨(1934년 문과 졸업)와 박영준朴榮濬(1934년 문과 졸업)이 있었다.

비록 대학생들이 내는 잡지라고는 하여도 당시 조선총독부는 출판 검열을 엄격히 하였다. 창간호를 편집했던 한태수韓太壽(1934년 문과 졸업)는 총독부 검열에 앞서 실시한 학교 당국의 사전 검열에 걸려 몇 편의 작품을 신지 못했다고 회고한 적이 있다. 대학 당국에서는 특히 사회주의나 공산주의 사상을 표현하는 작품을 엄격히 검열하였다. 한태수는 "지금 우리나라 소설계의 거성인 박영준 군도 그러한 색채의 글을 썼다. 하급반에 설정식

군은 시에 이름이 있었다. 동급반의 배요한裵要翰 군은 희곡을 쓰려고 노력했고, 또 이시우 군은 영시 번역에 능하였다. 나는 시조를 짓느라고 했는데 어떤 작품을 냈는지 기억에 없다"[11]고 회고하였다.

한편 연희전문 학생들이 〈문우〉 창간호를 발간한 지 2년 뒤인 1934년 9월 신백수申百秀를 편집인 겸 발행인으로 하여 〈삼사문학〉을 창간하였다. '삼사문학'이라는 제호는 창간 연도인 1934년에서 비롯한다. 동인으로는 신백수, 이시우, 정현웅鄭玄雄, 조풍연趙豊衍 등 네 사람이 참가하였다. 제2호부터는 장서언張瑞彦, 최영해崔暎海, 홍이섭洪以燮 등이 새로운 동인으로 참가하였다. 〈문우〉와 비교하여 〈삼사문학〉은 모더니즘 경향이 짙은 작품을 수록하는 등 좀 더 문학 동인지로서의 면모를 갖추었다. 또한 〈삼사문학〉은 이양하를 지도교수로 삼고 동인들의 작품에 대한 평가회를 가지기도 하였다.[12] 제6호가 도쿄에서 발행될 때는 황순원黃順元과 한적선韓笛仙 등이 새로 동인으로 참가하였다. 그러나 동인 중에서 이시우는 〈문우〉뿐 아니라 〈삼사문학〉에도 참여했지만 설정식은 참여하지 않았다.

설정식이 〈문우〉 창간호에 기고한 비평 논문 「회고와 전망 소론」은 앞으로 그가 전개할 문학관과 관련하여 주목해 볼 만하다. 이 논문은 ①전언前言, ②신문예 부흥 운동기부터 계급문학 여명기까지, ③계급문학의 발생기부터 현 단계까지, ④전망 등으로 구성되어 있다. 소제목에서도 엿볼 수 있

11 한태수, 「내가 편집하던 〈문우〉」, 〈연세춘추〉 제165호(1959. 05. 09.); 「연희문학을 꽃피운 〈문우〉」, 〈연세공감〉(2004. 12. 01.). https://www.yonsei.ac.kr/ocx/news.jsp?mode=view&ar_seq=8067&sr_volume=399&list_mode=list&sr_site=S.

12 조풍연을 비롯한 '삼사문학' 동인과 이양하의 관계는 김욱동, 『이양하: 그의 삶과 문학』(삼인출판, 2022), 53~54쪽 참고.

듯이 설정식은 갑오개혁 이후 신문학 운동이 일어나고 난 뒤 이광수李光洙와 김동인金東仁과 염상섭廉想涉 등이 대표하는 민족문학 진영과 1920년대 중반 김기진金基鎭과 박영희朴英熙 같은 사회주의 혁명을 표방하는 문학가들의 실천 단체인 조선프롤레타리아예술가동맹(KAPF)을 중심으로 한 계급문학의 진영으로 첨예하게 대립하던 문학사적 현상을 회고한다.

그런데 여기서 한 가지 눈여겨볼 것은 설정식이 기미년 독립만세운동 이후 혼란스러울 만큼 식민지 조선 문단을 풍미한 여러 유파의 문학 작품을 민족문학으로 한데 묶는다는 점이다. 이 점과 관련하여 그는 "이상의 작가가 낭만주의 문학 작품을 생산하엿거나 자연주의이엿거나 내지 세기말적, 어느 유파이엇슴을 막론하고 한결같이 민족의식의 의식적, 무의식적 경향을 보여왓슴이다"[13]라고 지적한다. 유파를 달리하면서도 1920년대 이전의 작가들은 설정식의 말대로 "신사회상의 질서에 대한 전면적 관찰"이 부족했다는 점에서 설정식의 이러한 주장은 상당 부분 설득력이 있다.

그러나 「회고와 전망 소론」에서 가장 돋보이는 부분은 설정식이 첨예하게 대립하는 두 문학 진영 모두에서 한계를 발견한다는 점이다. 민족문학 진영은 역사의식이 결여된 한편, 프로문학 진영은 이론에만 몰두할 뿐 이렇다 할 작품다운 작품을 창작하지 못했다고 비판한다. 프로문학에 대하여 설정식은 "소위 무산파 작품에는 그리 신통神通한 그 무엇이 잇엇는가"라고 묻는다. 그러면서 그는 계급문학을 내세우는 이론적 토대라는 것도 "군색한 대로 말하면 '맑시즘'에 의한 '프로레타리아 이데오로기'에 지나지 못하는 것이다"라고 평가한다. 한편 그는 이광수의 작품이나 이론에서 흔

13 설정식, 「회고와 전망 소론」, 〈문우〉 창간호(1932), 14~15쪽. https://blog.naver.com/hksol.

히 볼 수 있듯이 민족문학이 민족적이고 국수적인 가치를 절대적인 가치로 내세운다는 점을 비판한다. 설정식은 "문학이 하필 '조선적'이여야 할 까닭이 어듸 잇는가"라고 따져 묻는다.

그러면서 설정식은 이 두 진영이 앞으로 서로 '교류'할 것이라고 전망하였다. 실제로 1920년대 말 외국문학연구회는 '신흥 문학'이라는 이름으로 두 진영 사이에서 조화와 균형을 꾀하려고 노력하였다. 1930년대에 들어오면서 민족문학과 프로문학 두 진영은 모더니즘의 이름으로 좀 더 실제적으로 '교류'를 모색하였다. 얼핏 보면 내용 못지않게 형식에 무게를 두는 모더니즘은 계급문학보다는 민족문학 쪽에 기울어진 것 같지만 실제로는 반드시 그러하지만도 않다. 설정식이 바라 마지않는 진정한 조선 문학은 '자유 문학'이다. 그가 자유 문학이 무엇인지 구체적으로 언급하지는 않지만 "종래의 구각을 버리고 새로운 당위의 세계를 향하야" 전진하는 문학일 것이다.

「회고와 전망 소론」에서 또 한 가지 확인할 수 있는 것은 설정식이 1930년대 초만 하여도 아직 사회주의나 공산주의 이념에 경도되지 않았다는 점이다. 이 논문을 집필한 당시 그가 균형 감각을 잃지 않고 좀 더 객관적으로 문학을 이해하려고 애쓴 흔적을 곳곳에서 엿볼 수 있다. 이 무렵 설정식은 좌파 문학이나 우파 문학이 아닌 그의 말대로 '보편타당적 일반 문학'을 추구하고 있었다.

> 적어도 일국一國의 문화, 특히 문학은 생산이 합리적으로 풍부하여 유족한 물질적 여유를 가질 수 잇을 때에야 비로소 긍정적으로나 부정적으로나 여하간에 흥성하는 것이다. 또 한 가지는 시간의 여유가 잇어야 한다. 종속이라고 볼 수 잇으나마 이것은 일 개인의 창작설이 아니라 오랜 역사가 증명하는 바이며 또 절실히도 우리가 현금現今에

몸소 체험하여 보고 알지 안는가. 우리의 이 현실은 어느 나라보다도 경제적으로 쪼들리고 시간적으로 억매여 잇음은 더 긴 말과 번다繁多한 예증이 필요치 않을 것이다.[14]

설정식의 주장을 한마디로 요약한다면 문학이라는 꽃은 경제적 여유와 시간적 여유라는 비옥한 토양에서 자라는 식물이다. “절실히도 우리가 현금에 몸소 체험하여 보고 알지 안는가”라느니, “어느 나라보다도 경제적으로 쪼들리고 시간적으로 억매여 잇음은”이라느니 하는 구절에서는 일제강점기 식민지 조선이 문학다운 문학을 꽃피우기에는 토양이 무척 척박하다는 절망감을 읽을 수 있다.

설정식이 문학을 도구나 수단으로 삼는 좌파 문학에 관심을 기울인 것은 비로소 식민지 조선이 일본 제국주의의 굴레에서 벗어난 뒤의 일이다. 적어도 연희전문학교 재학 시절에는 문학의 사회적 기능보다는 문학의 자기목적성에 무게를 두는 예술적 기능을 믿었다. 이 점과 관련하여 설정식은 “문학 그 물건은 절대 자유성을 구유具有한 것이다. 계급적으로 쓸 수도 잇는, 애국적으로 맨들 수도 잇다. 세계적으로 말할 수도 잇고 민족으로 난하내울 수도 잇다”고 역설한다. 그러면서 그는 계속하여 “엇지 협소한 민족적 이용에만 문학의 사명이 끊일 것이며, 엇지 당면 이익을 위한 조고마한 계급투쟁에만 소용되고 말가 보냐”라고 부르짖었다.

더구나 연희전문 시절 설정식은 문우회 연극부에서 활동하기도 하였다. 그의 단막 희곡 작품 「중국은 어데로」가 일간신문의 현상 모집에 당선되면서 문단에 처음 데뷔했다는 것은 앞에서 이미 지적하였다. 이렇게 희곡 장

14 앞의 글, 17쪽. https://blog.naver.com/hksol.

르와 연극에 관심을 기울인 그는 1932년 6월 연희전문 학생들이 공연한 『바다의 부인』에서 주인공 시골 의사 왕겔 역을 맡았다. 왕겔의 후처 역은 배은수裵恩受, 왕겔의 둘째 딸 힐데 역은 조풍연이 맡았다. 당시에는 여학생이 없어서 남학생이 여성 역할을 대신 맡을 수밖에 없었다.

당시 연희전문 문우회 연극부를 지도한 교수는 다름 아닌 정인섭이었다. 일본 와세다(早稻田)대학에서 셰익스피어를 전공한 그는 일찍이 1920년대 중엽 도쿄에서 외국 문학을 전공하던 조선인 유학생들을 중심으로 외국문학연구회 설립에 주도적인 역할을 하였다. 그러나 귀국한 뒤에는 1931년 7월 연극계 선배인 윤백남尹白南과 홍해성洪海星을 영입하여 연구회 회원을 중심으로 신극 운동 단체인 극예술연구회를 조직하였다. 정인섭을 비롯한 연구회 회원들은 세계문학을 널리 알리고 보급하는 데는 잡지 출판보다는 오히려 무대 예술인 연극이 좀 더 효과적이라고 판단하였다. 그래서 그는

연희전문대학에서 영어교수법을 강의하는 눈솔 정인섭.

극예술연구회에서 활동하는 한편, 대학을 중심으로 한 학생극 운동에도 깊은 관심을 기울였다.

연희전문 학생들은 홍해성 연출로 이광수가 번역한 레프 톨스토이의 『어둠의 힘』(1888)을 오늘날의 소공동에 해당하는 하세가와마치(長谷川町) 공회당에서 공연하였다. 그 뒤를 이어 1932년 6월에는 정인섭이 직접 번역하고 연출을 맡아 헨리크 입센의 『바다의 부인』(1888)을 이번에는 공회당이 아닌 연희전문 입구 돌계단에서 야외극으로 공연하였다.[15] 설정식이 주인공 역을 맡은 것은 바로 이 연극이었다. 주영하朱永夏는 〈조선일보〉에 이 공연에 관한 연극 평을 기고하였고, 방송국에서는 이 야외극을 라디오 드라마로 제작하여 방송하기도 하였다. 이것이 도화선이 되어 전문학교를 중심으로 한 학생극이 점차 퍼져나가면서 일반인의 관심을 끌었다.

1936년 3월 설정식은 메지로상업학교를 졸업하고 귀국하여 같은 달 26일 함경북도 명천 출신의 김증연金曾蓮과 결혼하였다. 설정식보다 두 살 아래인 그녀는 숙명여학교를 졸업한 신여성이었다. 두 사람은 결혼한 이듬해 장남 희한熙翰을 얻었고 이어 슬하에 외딸 정혜貞惠, 차남 희순熙淳, 삼남 희관熙灌 등 3남 1녀를 두었다. 설정식의 시 작품 중에 「경卿아!」라는 작품이 있다.

네가 세상에 태어났을 때
나는 먼 데서 이름만 지었다

---

15 극예술연구회와 연희전문을 중심으로 한 학생극에 대해서는 김욱동, 『눈솔 정인섭 평전』(이숲, 2020), 198~205쪽 참고. 입센이 말년인 1888년에 독일 체류 중에 쓴 이 희곡은 흔히 『바다에서 온 여인』으로 번역한다.

1936년 3월 결혼한 설정식 부부.
아내 김증연은 함경북도 명천 출신으로
숙명여학교를 졸업하였다.

설정식의 차남
희순의 돌 때 찍은
사진.
어머니의 품에
안긴 아이가 희순,
아버지 품에 안긴
아이가 딸 정혜, 뒤
에 서 있는 소년이
장남 희한이다.

대관령 젓재[전재] 문재로 해서 내게로 왔을 때
유난히 흰 네 얼굴은 필시 눈보라 탓이라 했다

다만 눈 코 입 귀 이마 그러니
네 얼굴이 언니보다 이쁘다고만 하였다
네가 손발을 잎사귀처럼 버리고 떨어질 때
아무도 받들어주지 않더란 말이냐 (72쪽)

여기서 1인칭 시적 화자 '나'는 설정식이고 2인칭 피화자 '너'는 이 작품의 주인공 '경'으로 1946년 태어나 바로 숨진 화자의 둘째 딸이다. '언니'는 큰딸 정혜이고, 인용하지는 않았지만 이 작품의 마지막 연의 첫 행 "까닭없이 떼를 쓰던 네 작은 오래비는"에서 '작은 오래비'는 차남 희순이다. 영화배우 김보성金甫城(본명 許碩)은 정혜의 아들로 설정식의 외손자다. 「경아!」는 설정식이 가족을 소재로 삼아 쓴 작품 중 하나로 가족사의 단면을 엿볼 수 있다는 점에서 자못 중요하다. 경이 이 세상에 태어났을 때 화자가 먼 데서 이름만 지었다고 말하는 것을 보면 화자의 아내는 아마 강릉의 고모 집에서 아기를 낳은 것 같다.[16]

---

16 설정식의 맏아들 설희한은 「막대기 자」에서 "1943년 겨울 태평양 전쟁 막바지 / 내 아버지는 어느 날 서울역에서 / 기차 좌석의 치수를 막대기 자로 재셨다 / 세 살부터 여덟 살까지 올망졸망한 새끼들 / 걸터앉힐 깔판을 만들기 위해…… / 얼마 후 우리 가족은 고모가 계신 강릉으로 피난을 떠났다"고 노래한다. https://blog.naver.com/hksol. 여기서 말하는 '피난'이란 태평양전쟁 막바지에 일제가 미군의 폭격기 피해를 줄이기 위하여 경성 시민 일부를 지방에 흩어져 살게 한 산개散開를 말한다.

결혼한 설정식은 1936년 4월 연희전문학교 4학년에 복학하고 그 이듬해 제19회 문과 우등으로 졸업하였다. 그해 졸업생은 문과 29명, 상과 58명, 그리고 수리과 13명이었다. 졸업 앨범에 적힌 설정식의 주소는 '경성부 장사정長沙町 224'로 기재되어 있다. 또한 졸업생의 개별 사진 옆에는 좌우명이 하나씩 적혀 있다. 그런데 설정식의 좌우명은 사사로움은 따르지 말고 하늘의 법칙을 따르라는 '사거천칙私去天則'이었다. 대학 시절부터 그는 개인의 사사로운 이익보다는 의로움과 공익을 높이 생각했다는 점을 알 수 있다.

설정식과 함께 연희전문 문과를 졸업한 학생 중에는 뒷날 학계에 크게 이바지한 사람들이 적지 않다. 가령 김일출金一出은 해방 후 서울대학교 사학과 교수를 지내면서 여운형呂運亨의 근로인민당에 참여했는가 하면, 김기

연희전문학교 문과 졸업 기념사진. 앞줄 왼쪽에서 두 번째가 설정식.

림金起林과 이상백李相佰 등과 함께 신문화연구소를 창립하여 국학 연구에 활력을 불어넣었다. 1950년 월북한 김일출은 북한에서 고고학연구소의 연구사를 맡으면서 역사학회를 조직하는 등 열정적인 학술 활동을 전개하였다. 민족의 전통문화에 관심이 많은 김일출은 『조선민속탈놀이연구』(1958)를 저술하여 가면극 연구에 이바지하였다.

모기윤毛麒允은 모윤숙毛允淑의 남동생으로 연희전문에 입학하기 전인 1931년 「조선의 노래」와 「눈·꽃·새」를 발표하여 시인으로 등단하였다. 1934년에는 『꽃피어라』라는 아동극 희곡으로 아동극 작가로 데뷔하기도 하였다. 국문학 연구에도 관심을 기울인 모기윤은 광복 이후에는 한국독립당 민족문화예술행정특보 위원을 지냈다. 모윤숙과는 달리 그는 친일 행위에 가담하지 않았고, 오히려 조선어학회 회원으로 문화적 독립운동에 앞장섰다.

장서언은 모기윤처럼 연희전문에 입학하기 전부터 시를 발표하였다. 1930년 〈동광〉에 「이발사의 봄」을 발표하여 문단 활동을 시작한 장서언은 그 뒤 〈신동아〉와 〈삼사문학〉 등에 신선한 감각미를 살린 이미지즘 계열의 작품을 발표하여 주목을 끌었다. 특히 그는 김기림과 장만영張萬榮 같은 모더니즘 계열에 속하는 시인으로 각광을 받았다.

문과 졸업생 중에서 눈에 띄는 인물은 특히 이인범李仁範과 김병서金炳瑞다. 이인범은 연희전문을 졸업한 뒤 일본에 유학하여 성악으로 전공을 바꾸어 테너 가수가 되었다. 흔히 '영혼의 목소리'의 소유자로 일컫는 이인범은 도쿄고등음악학교에 입학하여 기노시타 타모쓰(木下保)한테서 성악을 사사하였다. 1939년 10월 열린 '전 일본 성악 콩쿠르'에서 이인범은 일등 없는 수석으로 당선되어 일본 성악계를 깜짝 놀라게 하였다. 광복 후 연세대학교 음악대학 학장을 지냈고 고려교향악단과 서울교향악단에서 활동하며 한국의 서양 음악 발전에 큰 영향을 끼쳤다. 특히 한국오페라연구회를 창설하고 국립오페라단 초대 단장을 지내면서 국내 오페라계의 초석을 닦았다는 평가를 받았다. 이인범은 'Richard E. Kim'이라는 이름으로 미국에서 활약한 한국계 미국 소설가 김은국金恩國의 큰외삼촌, 즉 김은국의 어머니 이옥현李玉玄의 남동생이다.[17]

김병서는 다른 졸업생들과 비교하여 그렇게 잘 알려져 있지 않다. 연희전문을 졸업한 뒤 그는 모교에 남아 당시 이묘묵이 관장으로 있던 도서관에서 도서역圖書役으로 근무하면서 일제강점기 빈약한 도서관을 발전시키는 데 이바지하였다. 그러나 김병서는 다른 졸업생보다도 영시 창작과 번역에 관심이 많았다. 당시 정인섭은 연희전문에서 성서학과 음악을 가르치던 미국인 선교사 로스코 C. 코엔의 도움을 받아 한국 시를 영어로 번역하였다. 정인섭은 자신이 번역한 한국 시와 김병서가 직접 창작한 영시 작품을 한데 묶어 "Best Modern Korean Poems Selected by Living Authors"라는 제목으로 프린트본으로 만들었다. 이 프린트본의 역자는 'R. C. Cohen, I. S. Jung, B. S. Kim'으로 되어 있었다.[18] 정인섭은 1936년 영국을 방문할 때 런던의 영국시인협회를 찾아가 이 프린트본을 보여주면서 출판 여부를 모색했지만 출간이 성사되지는 않았다. 해방 후 그는 이 프린트본의 내용을 간추려 『대한현대시 영역대조집』(문화당, 1948)으로 출간하였다.

---

17 이인범과 김은국의 관계에 대해서는 김욱동, 『김은국: 그의 삶과 문학』(서울대학교출판부, 2007), 13~15쪽 참고. 김은국의 둘째 외삼촌이며 이옥현의 또 다른 남동생인 이인근李仁根은 연극배우와 대중음악 가수로 이름을 떨쳤다.

18 정인섭과 김병서 그리고 로스코 코엔의 관계에 대해서는 김욱동, 『눈솔 정인섭 평전』, 212~213쪽 참고.

미국 유학

1937년 3월 연희전문학교를 졸업하자마자 설정식은 미국 유학을 떠났다. 당시 연희전문을 졸업한 학생들에게는 취업과 유학의 두 가지 선택지가 있었다. 유학이 선택지가 된 데는 식민지 조선에는 경성제국대학 말고는 일제로부터 정식 대학으로 인정받은 학교가 없었기 때문이다. 연희전문도 예외가 아니어서 정식으로 대학 교육을 받으려면 졸업 후 일본이나 미국 등 외국에 유학할 수밖에 없었다. 특히 미국인 교수가 많은 데다 영어 교육 비중이 높고 폭넓게 인문교육을 실시한 연희전문은 미국 유학을 가기에 안성맞춤이었다. 당시 학생들 사이에서는 미국으로 유학을 가려면 연희전문에 입학해야 한다는 인식이 있을 정도였다.

이 학교 출신은 대개 아미리가亞米利加로 유학가는 것이 특색이다. 대체 조선에는 학벌이 두 개가 잇다. 하나는 와세다(早稻田), 게이오(慶應), 메이지(明治) 하는 일본계 유학생이요, 다른 한편은 미국을 주로한 구미계 유학생들이다. 그 실력의 여하와 귀국 후 사회에 나와서 활약하는 여부는 다른 기회에 언급하려하거니와 엇잿든 미국 유학생의 대다수를 점령함이 이 연희전문인데 그러기에 오늘까지 300여 명 졸업생 중 아미리가 출出이 거지 반, 반수 이상은 차지할 것이다.[19]

1932년 기준으로 연희전문 졸업생 300여 명이 미국에 유학 갔다는 것은 실제 사실과는 사뭇 다르다. 1937년도 통계 자료에 따르면 연희전문 졸업생 중 117명이 대학에 진학하였고, 117명 중 58명이 미국과 유럽 대학에 유학하였다. 통계 수치야 어찌 되었든 당시 다른 사립전문학교에 비하

오하이오주 앨리언스 소재 마운트유니언대학. 설정식은 이곳에서 영문학 학부 과정을 마쳤다.

19 「오대학부五大學府 출出의 인재 언파렛드」, 〈삼천리〉 4권 2호(1932), 23쪽.

여 연희전문 졸업생들이 외국 유학을 많이 떠난 것은 틀림없는 사실이다.

설정식이 그 많은 미국 대학 중에서 하필이면 오하이오주 앨리언스 소재 마운트유니언대학을 선택한 데는 그럴 만한 이유가 있을 터다. 미국 유학을 떠나는 대부분의 학생들처럼 좀 더 큰 대학에서 학업을 계속하기 위한 준비 단계로 먼저 중서부 지방의 작은 대학을 택한 것 같다. 또한 이 대학이 연희전문처럼 기독교 재단에서 운영하는 인문학 중심의 학교라는 점도 고려했을 것이다.

그러나 설정식이 마운트유니언대학을 택한 가장 중요한 이유는 무엇보다도 연희전문 교수 중 한 사람이 이 학교를 소개하고 추천했을 가능성이 크다. 그렇다면 그 교수는 다름 아닌 이묘묵일 것이다. 1922년 연희전문학교 문과를 졸업한 이묘묵은 이듬해 미국에 유학하여 1925년 마운트유니언대학을 졸업하였다. 시러큐스대학교에서 석사학위를 받은 뒤 1930년에 하버드대학교 대학원을 수료하고 1931년 보스턴대학교에서 철학박사 학위를 받았다. 설정식이 마운트유니언대학을 졸업한 뒤 하버드대학에서 계속 공부할 계획이었던 것을 보면 이묘묵이 추천했을 가능성이 높다. 어찌 되었든 설정식의 미국 유학은 〈동아일보〉에 '설정식 군 미국 유학'이라는 제목으로 사진과 함께 기사가 실릴 정도로 세간의 관심을 끌었다.

> 함남 단천 출신으로 연희전문학교 문과를 최우등으로 졸업한 설정식 군은 금번 미국 유학을 가기로 되어 오는 26일 경성역을 떠나기로 되었다는데 미국에 건너가서는 오하이오주 아라이안쓰시에 있는 마운트유니온대학에서 약 2년간, 다시 하바드대학에서 영문학을 전공할 예정이라고 한다.[20]

신문 기사에는 7월 말에 출국하는 것으로 되어 있지만 당시 교통 사정을 고려하면 설정식이 미국에 도착한 것은 아마 8월 말이나 9월 초였을 것이다. 마운트유니언대학 학적부에는 그가 이 학교에 입학한 날은 1937년 9월 14일, 문학학사 학위를 받은 날은 1939년 6월 13일로 기재되어 있다. 설정식의 영문 이름은 'Chung Sik Sul'로 되어 있다. 물론 그는 결혼한 지 겨우 1년 4개월밖에 되지 않은 아내를 고국에 남겨두고 갈 수밖에 없었다. 「프란씨쓰 두셋」에서 서술 화자 '나'는 "대개 프란씨쓰의 향기는 사라지고 고향에서 작별하고 온 옥희玉姬의 생각이 났다"(218쪽)고 말한다. 여기서 주인공이 말하는 옥희는 아마 아내 김증연을 염두에 둔 이름일 것이다.

설정식이 마운트유니언대학을 2년 만에 졸업할 수 있었던 것은 연희전문학교에서 받은 학사학위를 인정받아 3학년에 편입했기 때문이다. 졸업 성적은 107명 중 29위를 차지하였다. 연희전문 문과를 졸업했다고는 하지만 영문학에 대한 이렇다 할 예비지식 없이 이 정도의 학업 성적을 받았다는 것은 여간 놀라운 일이 아니다. 학적부에는 입학 첫해에는 보조 장학금을 받았고, 이듬해에는 대학 도서관에서 일하면서 학비를 조달한 것으로 적혀 있다.

설정식은 본디 마운트유니언대학에 이어서 하버드대학교 대학원에서 영문학을 계속할 계획이었지만 그 계획은 제대로 실행되지 못하였다. 하버드대학교로부터 아마 입학 허가를 받지 못했거나 그 밖에 다른 사정이 생겨

20 〈동아일보〉(1937. 07. 08.). https://blog.naver.com/hksol. 호러스 호턴 언더우드는 1934년에 오하이오주 마운트유니언대학에서 명예 문학박사 학위를 받았다. 설정식의 입학을 허가할 당시 마운트유니언대학 측에서는 연희전문학교와 이묘묵과 언더우드를 잘 알고 있었을 것이다.

Mount Union College
STUDENT'S RECORD
Alliance, Ohio

Intelligence Test Score: Date 3/4/38
Name [illegible] No. 70
Raw Score 69 I.Q. Percentile 41 Class III
Name Chung Sik Sul

High School Activities

Admitted Sept. 14, 1937
Course/Curriculum Arts
Hours for Graduation 124
Hours Completed 140
Degree Bachelor of Arts
Date 6/13/39 Rank 29 in 107
Fraternity None
Occupation
Prep. School Chosen Christian College Seoul Korea
Date of Prep. Graduation
Grade of High School First
Rank in H. S.
Church Membership Methodist
Date of Withdrawal
Reason:
Entrance Conditions
Honors and Activities
4/7/39 H.S. Sul
Discipline

P. O. Seoul No. 6 St. Shinkyo Chung
County State Korea
Birth Place: P. O. Seoul State Korea
Month September Day 19 Year 1912
Parent or Guardian Tai hi Sul
P. O. Seoul No. 6 St. Shinkyo Chung Korea
Father's Occupation Living or Deceased Living Nationality Korean
Relatives who attended Mount Union or Sein Colleges and addresses:
College or Colleges previously attended, and dates:
Chosen Christian College 1932-1937

Personnel
1937-38
Grant-in-aid $200.00
1938-39
Dormitory 1- $90.00 2- 83.75
Library 2-
Working Library 1938-39 1- $28.20
Cross English Form A - 134

Part Time and Summer Sessions

Courses	1 S	2 S	Courses	1 S	2 S

Class and Chapel Absences

Year	1 S	2 S	SS	Total
1937-38	1	7		8
38-39	8	21		29

Points

Year	1 S	2 S	SS	Total
[illegible] 38-39				.25 [illegible]

설정식의 마운트유니언대학 학적부.

처음 계획을 취소하고 뉴욕시 소재 컬럼비아대학으로 변경했을 것이다. 비록 학교는 달라졌어도 설정식은 영문학을 계속 공부하였다. 그와 관련한 국내 자료에는 그가 컬럼비아대학교에서 윌리엄 셰익스피어를 전공했다고 기록되어 있지만 예나 지금이나 영문학과에서 한 작가를 연구한다는 것은 불가능하다시피 하였다. 석사학위나 박사학위 논문을 쓸 때는 한 작가를 선택할 수 있어도 과목을 이수할 때는 영문학 전반을 두루 공부해야 하기 때문이다.

미국의 영문학과의 교과과정은 흔히 운을 살려 '베어울프에서 버지니아 울프까지'라고 말한다. 즉 고대 영어로 쓰인 영문학의 효시라고 할 서사시

『베어울프』에서 20세기 모더니즘의 대표적인 작가 중 한 사람인 울프에 이르는 영문학 전체를 공부해야 한다는 뜻이다. 물론 대학원 과정은 학부 과정과는 조금 달라서 전공이 깊어지면서 폭이 조금 줄어드는 것은 사실이지만 미국의 영문학 교육은 모든 시대의 영문학 작품을 아우르게 마련이다.

당시 컬럼비아대학교 경험을 바탕으로 설정식은 단편소설 「프란씨쓰 두셋」을 썼다. 이 작품의 공간적 배경은 '번잡한 브로드웨이에 있는 D대학'으로 설정되어 있지만 여러 정황으로 미루어 보아 이 대학은 컬럼비아대학교임이 틀림없다. 이 대학교는 맨해튼 중에서도 어퍼맨해튼으로 일컫는 북서부 지역, 브로드웨이를 따라 113가에서 125가까지 이어지는 모닝사이드하이츠에 캠퍼스가 자리 잡고 있다. 이 작품에서 1인칭 서술 화자 두수는 여주인공 프란씨쓰처럼 윌리엄 블레이크에 심취한 것으로 언급된다. 그렇다면 그는 셰익스피어뿐 아니라 영국 낭만주의 문학도 공부하고 있었음을 알 수 있다.

설정식이 뉴욕에 머문 기간은 오하이오주 앨리언스에 머문 기간과 비슷하게 2년 남짓이었다. 학업 외에 뉴욕에서 그의 활동은 별로 알려진 것이 없다. 컬럼비아대학교에 재학 중 뉴욕시에 살면서 설정식이 얻은 수확이라면 방금 앞에서 언급한 단편소설 「프란씨쓰 두셋」과 함께 또 다른 단편소설 「한 화가의 최후」의 소재를 얻었다는 점이다.

뉴욕시에 체류하는 동안 설정식은 영문으로 장편소설을 집필하고 있었던 것 같다. 자전적 요소가 짙은 그의 단편소설 「척사 제조업자擲柶製造業者」에서 주인공 박두수는 마운트유니언대학에서 학부 과정을 마치자마자 곧바로 대학원 과정을 밟으려고 뉴욕시로 간다. 그런데 그의 가방 속에는 '미완성 장편소설' 원고가 들어 있다. 박사 과정을 밟기 위하여 보스턴에 가는 모교의 조교수 슈만의 차를 타고 홀랜드 해저 터널을 지나 맨해튼에

도착하는 주인공은 "한 평 흙바닥도 없이 깔려버린 세멘트의 세계를 방황하는 문필업자만 6, 7만을 헤아린다는 사막에 나는 내려섰다"고 말한다. 그가 목적지에 도착하자마자 이렇게 굳이 문필업자를 떠올리는 것은 그 자신도 몇만 명의 대열에 합세하려고 하기 때문이다.

브로드웨이 116번가에서 주인공을 내려주며 슈만은 "그럼 성공을 하시오. 뉴욕은 기회의 도시요. 늦어도 올겨울엔 뉴욕타임스 북 레뷰에서 박두수 이름을 보도록 – 바로 첫 페이지에 커다란 사진과 함께 – 뭐라고 하나 동양 신진작가 야심의 역자 – 하하"라고 말한다.[21] 미국 유학생 시절 설정식이 작가가 되려고 했다는 것은 퀸스틀러로만(예술가 소설)이라고 할 「한 화가의 최후」에서도 드러난다. 1인칭 서술 화자요 주인공인 박두수는 일본인 2세 화가 하야시 마모루의 아틀리에서 우연히 폴란드 출신 화가 유진 이바노비치 쩨롬스키[제롬스키]를 만난다. 그런데 두수는 하야시로부터 그가 『재[灰]』(1904)의 작가 스테판 제롬스키의 친척이라는 사실을 듣고 여간 놀라지 않는다. 폴란드의 대표적 작가 중 한 사람인 제롬스키는 러시아 제국에 맞서 싸우다가 여러 번 투옥을 당하고 1905년 폴란드 혁명이 실패한 뒤에는 프랑스와 이탈리아로 망명한 애국자였다.

> 만주사변 이후 시시각각으로 사지가 말라들어 가는 조국을 훌쩍 떠나온 내가 아무리 탕자이기로 풍전등화 같은 내 민족, 내 조국의 먼 하늘이 오매寤寐에 잊힐 리가 없었던 것이기에, 우연한 기회에 구립도서관에서 읽은 이 폴란드 작가의 단 한 권 영역본 『재』가 검은 눈에 붉은 피가 지다시피 내 머릿속에 타는 숯덩어리 같이 남아 있

21 설정식, 「척사 제조업자」. https://blog.naver.com/hksol.

어, 아! 무심한 하늘이 어찌하여 나에게는 하소연 한마디 핍진逼眞하게 쓸 수 있는 자실도 베풀어주지 않았던 것인가, 하고 알아달라는 것도 아닌 혼자 설음에 가까운 패배감에 잠시는 사로잡히기도 하던 기억이 있는 터라, 그러한 작가의 친척이 되는 사람을 바로 내 눈으로 보고 또 그의 목소리를 들었다는 것만도 큰 재산 같았다.[22]

설정식의 분신이라고 할 서술 화자 박두수는 제롬스키의 작품을 읽고 무척 깊은 감명을 받는다. 예술의 여신 무사이(뮤즈)가 폴란드 작가에게는 조금도 거짓이 없이 현실을 '있는 그대로' 진실하게 표현할 문학적 자질을 베풀어 주고 자신에게는 "하소연 한마디" 제대로 표현할 그러한 자질을 베풀어 주지 않았다고 원망 아닌 원망을 하기도 한다. 설정식이 북쪽에 넘어갈 때까지 영문 소설을 출간하지 않은 것을 보면 미처 완성하지 못했거나 중도에 포기했을 가능성이 높다.

한편 위 인용문에서 "내 민족, 내 조국의 먼 하늘이 오매에 잊힐 리가 없었던 것이기에"라는 구절을 보면 설정식은 미국에 유학하면서도 자나 깨나 한순간도 식민지 조국을 잊지 않은 것 같다. 잊기는커녕 오히려 그는 일본 제국이 1931년 9월 류탸오후 사건(柳條湖事件)을 조작하여 일본 관동군이 만주를 중국 침공을 위한 전쟁의 병참 기지로 삼기 위한 만주사변을 생생하게 기억하였다. 설정식은 두수처럼 만주사변 이후 식민지 조국이 "시시각각으로 사지가 말라들어 가는" 중이라고 생각하였다.

이렇게 "풍전등화 같은" 조국을 떠나 미국으로 유학 온 자신이 어떤 의

22 설정식, 「한 화가의 최후」, 『설정식 문학전집』, 251쪽. https://blog.naver.com/hksol.

미에서는 '탕자'처럼 느껴졌을지도 모른다. 설정식은 박두수처럼 무엇보다도 먼저 조국을 식민 통치라는 사슬에서 풀어놓아야 한다고 생각하였다. 두수는 일본계 미국인이기는 하지만 일본인 혈통이면서 적국인 중국을 돕는 하야시에게서 큰 감동을 받았다. 해방기에 좀 더 뚜렷하게 모습을 드러내는 설정식의 사회주의 이념은 어쩌면 이 일본인 화가한테서 받은 영향 때문일 수도 있다. 하야시는 '예술을 위한 예술'이 아니라 '삶을 위한 예술'을 몸소 실천하는 사람이었기 때문이다.

지금까지 설정식이 1940년 봄 부친이 위독하다는 연락을 받고 서둘러 귀국한 것으로 알려져 있지만 이는 실제 사실과는 조금 다르다. 막내아들 설희관이 최근 발굴한 자료에 따르면 설정식은 아버지 설태희의 사망 소식을 뒤늦게 듣고 나서야 귀국하였다. 가족들이 태평양 건너 쪽에서 학업에 종사하고 있던 그에게 굳이 사망 소식을 알리지 않았을 것이다. 당시 식민지 조선에서 미국에 가려면 일본까지는 배를 이용하고 일본에서 다시 대형 여객선으로 갈아타는 등 여간 복잡하지 않았다. 여행 절차 못지않게 비용 또한 만만치 않았다.

설희관이 발굴한 자료란 미국 샌프란시스코에서 국민회의 기관지로 창간한 신문 〈신한민보〉 1940년 8월 25일 자에 실린 '한인 음악 구락부 뉴욕에서 새로 탄생'이라는 제호의 기사다. 이 기사에 따르면 "음악을 장려하며 사교, 친목, 지식 교환을 위하야" 뉴욕시에 거주하는 한인 16명이 '한인 음악구락부'를 결성하였다. 이 구락부의 음악 고문은 윤성덕尹聖德이고 단장은 김상순으로 되어 있다. 회원으로는 위에 언급한 두 사람 외에 일제강점기 「금주가禁酒歌」를 작사하고 작곡한 성악가 임배세林培世를 비롯하여 김애순金愛順, 최폴, 도흥식, 차단주, 박리근, 장프린시스, 윤복희, 최백호, 이광준, 전창수, 이병간, 현폴, 김치련, 설정식 등이다. 평소 성악을 좋아한 설정식은 특히 이탈리아의 나폴리 민요 「오 솔레 미오」와 「돌아오라 소렌토로」를 즐겨 부른 것으로 알려져 있다. 설희관은 〈신한민보〉의 기사를 근거로 부친이 1940년 봄이 아니라 9월에 귀국했을 것으로 추정한다.

설정식이 1940년 9월에 귀국했을 것으로 추측할 만한 또 다른 근거는 이해 10월 〈조광〉 6권 10호에 「현대 미국소설」을 발표했다는 점이다. 이 잡지의 편집자는 "근일 뉴욕에서 귀국한 신예 설정식 씨의 해박한 미국 현대소설 소개를 얻은 것은 근래의 수확이었다. 미국 문학에 대한 관심이 높아갈 이즈음 큰 시사가 있을 줄 믿는다"고 밝힌다.[23] 물론 '근일'을 어떻게 해석하느냐에 차이가 있을 터이지만 '과거의 매우 가까운 날'의 의미로 받아들인다면 1940년 9월경으로 간주하여도 크게 무리가 없을 것이다.

뉴욕시에 위치한 인터내셔널 하우스. 한국인 유학생과 교민들이 자주 이용하였다.

23 「편집후기」, 〈조광〉(1940. 10.), 334쪽.

해방 정국과 분단

설정식은 미국에서 귀국한 뒤 조선이 일제의 식민지 통치에서 벗어날 때까지 이렇다 할 직장을 얻지 못하였다. 당시 일본 제국주의가 태평양전쟁을 준비하는 상황이어서 여러모로 그가 식민지 조선에서 활약할 만한 기회가 많지 않았다. 직장을 얻지 못했다기보다는 차라리 직장을 얻고 싶지 않았다고 하는 쪽이 더 적절할지 모른다. 일제에 협력할 수도 없고 그렇다고 독립군에 합류할 수 없는 설정식은 큰형 원식이 운영하던 농장과 과수원과 광산에서 시간을 보냈다. 〈조선춘추〉 1942년 5월 호에 실린 단편소설 「산신령」은 광산에서 머물 때 겪은 경험을 소재로 쓴 작품이다. 김윤식金允植은 설정식이 활동하지 않은 이유를 당시 국내 문단에 팽배해 있던 반영미적 색채 때문이라고 주장한다.

> 미국에서 미국 문학을 전공했거나 적어도 미국 문학에 깊은 관심을 가졌다는 사실은 이 무렵 우리 문단이나 사회에서 경시되거나 무

시될 수밖에 없었다. […] 식민지 시대의 후기 한국 문단이나 사상계의 동향이 크게는 동경의 그것에 연결되어 있었기에 반영미적인 색채가 짙었다. 문학사상상으로 보면 '일본 낭만파'의 이데올로기가 이에 해당될 것이다. 반근대적 반서구적 사상의 체계화를 주장하는 일이 순수한 일본적 정신 내지 사상의 이데올로기화에 기울어진다는 것, 그 조직화의 그룹이 '근대적 초극'으로서의 일본 낭만파였다.[24]

그러나 김윤식의 이러한 주장은 실제 사실과는 적잖이 다르다. 당시 식민지 조선 문학을 지나치게 동시대 식민지 종주국 일본의 문학이나 문화 현실과 관련지어 파악하려고 한다는 점에서 받아들이기 어렵다. 태평양전쟁에 이론적 기반을 마련해 준 '근대의 초극'은 1942년 7월 〈분가쿠카이(文學界)〉의 주최로 열린 좌담회에 처음 제기되었고, 이 좌담회는 일본 낭만파 외에 〈분가쿠카이〉 그룹과 교토학파(京都学派)가 참여하여 초극 대상에서는 조금 편차를 보였다.[25] 물론 미국과 전쟁을 치르는 상황에서 적국의 문학에 호감을 가질 수는 없을 것이다. 모든 길이 국가주의로 통하던 '전형기'에 비단 미국 문학뿐 아니라 일본 외의 모든 국가의 문학이 하나같이 초극의 대상이 될 수밖에 없었다.

---

24 김윤식, 「소설의 기능과 시의 기능: 설정식론」, 『한국현대소설비판』(일지사, 1981), 173쪽.

25 '지적협력회의'라고 부른 이 좌담회의 목적은 "근대적인 것이 유럽적이라는 것, 그 유럽이 단지 유럽일 뿐 아니라 좀 더 세계적인 것이라는 의미의 유럽이고 […] 유럽의 세계지배를 초극하기 위해 현재 대동아전쟁이 수행되고 있습니다"라는 말에서 단적으로 드러난다. 나카무라 미츠오(中村 光夫)·나시타니 게이지(西谷啓治) 저, 김경원·이경훈·송태욱·김영심 공역, 『태평양전쟁의 사상』(이매진, 2007).

더구나 김윤식은 설정식이 티보 머레이에게 했다는 “나의 저술을 출판할 기회란 전혀 없었기 때문에 독서만이 유일한 기쁨이었다”[26]는 진술을 액면 그대로 받아들이는 것 같다. 그러나 당시 설정식은 출판할 만한 저술도 없었거니와 일제에 협력하지 않는 길은 독서하며 소일하는 것 말고는 마땅히 할 일이 없었다. 그러므로 설정식이 미국 문학 전공자여서 기회가 없었다는 것은 사실과는 적잖이 다르다.

1946년 8월 말 중도 좌파 계열의 월간잡지 〈민성民聲〉은 미군정청 출판부장을 맡기 위하여 몇 달 전 귀국한 강용흘姜鏞訖(미국 이름 Younghill Kang)을 초대하여 좌담회를 열었다. 이 자리에는 중견 시인 정지용鄭芝溶을 비롯하여 좌파 문단의 이론가요 조선문학가동맹의 실세인 김남천金南天과 설정식이 참석하였고, 잡지사 측에서는 당시 주간을 맡던 소설가 박계주朴啓周와 문학평론가 채정근蔡廷根이 동석하였다. 김기림과 이원조李源朝와 서항석徐恒錫도 참석하기로 예정되어 있었지만 사정이 생겨 참석하지 못하였다.

좌담회의 주인공 강용흘은 영문 소설 『초당草堂』(1931)과 『동양사람 서양에 가다』(1937)를 출간하여 미국에서 큰 반향을 불러일으킨 한국계 미국 작가였다. 당시 뉴욕대학교에서 강의를 하고 있던 그는 설정식이 대표적인 미국 작가 중 한 사람으로 칭찬해 마지않던 토머스 울프와도 친한 사이였다. 이 좌담회에서는 민족문학과 세계문학을 비롯한 여러 문제가 화제로 떠올랐지만 미국 문학이 단연 압도적인 비중을 차지하였다. 강용흘은 앞으로 미국이 세계문학의 중심지가 될 것이라고 내다보았다. 그러면서 그는 계속하여 “미국을 예로 들면, 정치가 루즈벨트 대통령이 있었다고 미국을

26 티보 머레이, 「한 시인의 추억, 설정식의 비극」, 『설정식 문학전집』, 792쪽. https://blog.naver.com/hksol.

문화 중심지로 보는 것이 아니라, 토머스 울프나 극작가 유진 오닐 같은 문학자가 있기 까닭입니다"[27]라고 밝힌다.

설정식이 귀국한 1940년대 식민지 조선의 문단 상황은 오히려 미국 문학에 대한 관심이 많았다. 가령 외국문학연구회에서 활약했거나 관련 있는 정인섭, 이하윤異河潤, 이헌구李軒求, 김광섭金珖燮, 박용철朴龍喆 등은 말할 것도 없고 정지용, 김기림, 이양하, 최재서, 양주동梁柱東, 김상용金尙鎔, 임학수林學洙, 김동석金東錫 같은 영문학 전공자들이 미국 문학 작품을 잇달아 번역하여 발표하였다. 특히 최재서는 〈인문평론〉에 밀튼 월드먼의 「아메리가(亞米利加) 소설의 동향」을 번역하여 실을 정도였다.[28] 이렇듯 조선 문단에서 1940~1945년 사이 미국 문학에 대한 관심은 그 어느 때보다도 높았다.

귀국에서 해방에 이르는 5년여 동안 설정식은 사회 활동뿐 아니라 문학 활동도 별로 하지 않은 채 마치 정온동물이 새봄이 오기를 기다리며 겨울잠을 자듯이 조용하게 지냈다. 「산신령」 외에 그는 〈조광〉에 「현대 미국 소설」을 발표하였고, 최재서崔載瑞가 주재하던 〈인문평론〉(1941. 01.)에 어니스트 헤밍웨이의 단편소설 「불패자」를 번역하여 발표하였다. 그는 곧이어 〈인문평론〉(1941. 02.)에 문학평론 「토마스 울프에 관한 노트: 『시時와 하河』를 중심으로」를 발표하였다. 또한 그는 미국 여성 시인 새러 티즈데일의 시 「해사海沙」를 번역하여 〈춘추〉(1941. 07.)에 발표하기도 하였다.

설정식이 해방 전 미국 유학 시절부터 강용흘을 알았을 가능성도 배제할 수 없다. 당시 설정식은 컬럼비아대학교에서 영문학을 공부하고 있었고,

---

27 「강용흘 씨를 맞이한 좌담회」, 〈민성〉 2권 8호(1946. 08.).

28 김욱동, 『최재서: 궁핍한 시대의 지성』(민음사, 2023).

삼십 대의 설정식 모습.

강용흘은 맨해튼 근교 롱아일랜드에 살면서 뉴욕대학교에서 강의하고 있었기 때문이다. 미군정청의 초청으로 강용흘이 귀국했을 때 환영회 발기인 명단에 설정식의 이름이 올라온 데다 강용흘이 설정식의 첫 시집 『종』의 출판 기념회에 참석하고 서평을 쓴 것을 보면 더더욱 그러한 생각이 든다.

설정식은 5년여 전 일제에 강제 폐간된 〈동아일보〉 복간 문제와 관련하여 1945년 11월경 연희전문학교 교장을 지낸 호러스 호튼 언더우드(한국 이름 元漢慶)의 소개로 흔히 '미군정청'으로 일컫는 '재조선 미국 육군사령부 군정청(USAMGIK)'과 처음 접촉한 것으로 알려져 있다. 1945년 미국 육군성 전략국에 근무한 언더우드는 1946년에는 미군정장관 고문, 1947년에는 미군정청 검열국 총무, 1947년에는 미군정청 문교부장 고문을 지내는 등 미군정청과는 아주 깊이 관련되어 있었다.

1945년 말 설정식은 미군정청 여론조사 국장에 임명되었다가 그 이듬해 10월 공보처로 개편되면서 여론국장 직책을 맡았다. 그런데 그가 이렇게 미군정청 고위직에 임명되도록 도와준 사람은 언더우드보다는 아무래도 이묘묵일 가능성이 크다. 이묘묵은 미군정이 시작되면서 미군 24군단 사령관 존 하지의 통역으로 기용되었고, 이후 하지가 군정청 장관에 임명되자 한국인 비서를 지냈다. 이때부터 이묘묵은 미군정청의 막후에서 막강한 실력자로 활약하였다. 이러한 정황으로 미루어 보면 이묘묵이 연희전문의 제자일뿐더러 마운트유니언대학 동문인 설정식을 미국 유학생이라는 점을 들어 하지 사령관에게 적극 추천했을 것이다. 한국전쟁 중 설정식은 판

미군정청에 근무하던
삼십 대 중반의 설정식.
경회루를 배경으로
한 것처럼 보인다.

문점에서 만난 헝가리의 종군기자 티보 머레이에게 "나의 대학 은사의 권고로 군정청 공보처에서 1년가량 일을 보았다"[29]고 말한 적이 있다. 여기서 은사는 언더우드보다는 아무래도 이묘묵으로 보아야 할 것이다.

한편 설정식에 대하여 정지용은 "아메리카 유학생으로는 출세도 혁혁한 편이 못 되고, 이 사람 영어 발음에는 함경도 굵은 토착음이 섞여 나온다. 만나서 말이 적고 말을 발하면 차라리 무하유향無何有鄕에 대한 짖는 소리를 토한다"[30]고 밝힌 적이 있다. 그러나 설정식이 미군정청의 고위직에 임명

29 티보 머레이, 「한 시인의 추억, 설정식의 비극」, 〈사상계〉(1962. 09.). https://blog.naver.com/hksol.

30 정지용, 「시집 『종』에 대한 것」, 권영민 편, 『정지용 전집 2: 산문』(민음사, 2016), 391쪽.

된 사실을 고려하면 정지용의 언급은 실제 사실과는 조금 거리가 있다. 정지용은 미군정청에서 설정식이 차지하던 위치를 조금 과소평가한 것 같다. 설정식이 구사하는 영어에 비록 '함경도 굵은 토착음'이 섞여 있을망정 연희전문 재학 중 영어회화 성적에서도 볼 수 있듯이 그는 당시로서는 보기 드물게 영어를 아주 잘 구사하였다.

그러나 설정식은 1947년 1월 남조선과도입법의원南朝鮮過渡立法議院의 부비서장으로 자리를 옮겼다. 이 기구는 미소공동위원회의 회담이 실효를 거두지 못한 채 공전하자 1946년 8월 미군정청이 정권을 인도하기 위하여 설립한 과도적 성격을 띤 입법 기관이다. 난산 끝에 탄생한 입법의원은 의장에 김규식金奎植, 부의장에 최동오崔東旿가 선출되었다.

입법의원의 사무 기구는 의장을 보좌하는 의장 비서실과 일반 행정사무를 담당하는 사무처와 의사진행 등 회의 운영 업무를 담당하는 비서처로 구성되었다. 입법의원의 의회 기록 관리와 관련한 업무는 비서처 의원국 문서과에서 담당하였고, 비서처에는 비서처장과 부비서장을 한 사람씩 두었다. 비서장이 본회의에 보고하고 행정부와 연락하는 사무까지 맡는 등 비서장의 역할과 비중이 중요하므로 비서장과 부비서장은 영어에 능통한 사람이 맡았다.

설정식이 처음에는 사무처에서 차장 일을 보다가 부비서장직을 맡은 것은 아마 영어 구사력 때문일 것이다. 남조선 과도입법의원 속기록 제11호(1947. 01. 06.)에 따르면 의장 김규식은 개회를 선포한 뒤 실무 책임자들을 하나하나 소개하였다. 의장은 "그 다음은 부비서장 설정식 씨는 미국 콜럼비아대학 문학과 출신이올시다"라고 소개하자 설정식은 자리에서 일어나 인사를 하고 의원들은 그에게 박수를 보냈다. 이어 설정식은 주둔군 사령관 하지 중장이 보낸 공문을 읽은 뒤 로스앤젤레스에서 개최한 한인

대회의 대표 한시대韓始大가 과도입법의원을 지지하여 보낸 메시지를 낭독하였다.

속기록 17호에 따르면 설정식은 제2대 군정장관 아서 러치 소장이 의장 김규식에게 보낸 서한의 번역문도 읽었다. 그러나 시간이 없었는지 설정식은 군정장관 직무대리 찰스 헬믹 장군이 의장 김규식에게 보낸 공식 서한과 러치 장군이 조선적십자사와 관련하여 보낸 서한을 미처 번역하지 못했다 말하면서 그 자리에서 영문을 직접 번역하여 낭독하기도 하였다.[31] 설정식의 영어 실력을 가늠할 수 있는 대목이다. 또한 당시 그의 직책이 한직이었다는 지적도 실제 사실과는 사뭇 다르다는 것을 알 수 있다. 설정식은 1947년 1월 부비서장 직책을 맡다가 그해 8월 사직하였다.

설정식이 공산당에 적극 참여하게 된 것은 바로 그즈음이었다. 미군정청 관리로 군정의 실태를 직접 지켜보면서 그는 미국의 한반도 정책에 적잖이 환멸을 느꼈다. 그러나 미군정청에서 근무하기 전부터 그는 이미 사회주의 단체에 소속되어 있었다. 예를 들어 8월 24일 설정식은 태평양전쟁 종전 이튿날인 8월 16일 임화林和와 김남천이 중심이 되어 좌파와 우파 문인들을 총망라하여 결성한 조선문학건설본부 회원으로 가입하였다. 8월 18일 조선문학건설본부를 모태로 결성된 조선문화건설중앙협의회에도 아마 관여했을 것이다.

1946년 2월 설정식은 조선문학가동맹에 가입하여 외국문학부에 소속되어 있었다. 조선문학가동맹은 1945년 12월 비교적 온건한 조선문학건설본부와 강경파 중심의 조선프롤레타리아예술가동맹을 통합하여 만든 단체다. 1946년 2월 8일부터 이틀 동안 열린 조선문학자대회 명단에는 그의

31 https://blog.naver.com/hksol.

이름이 빠져 있지만 설정식은 이 단체의 외국문학위원회에 여전히 소속되어 있었다. 더구나 설정식은 이해 8월에는 조선문학가동맹 서울지부 문학대중화운동위원회 위원으로도 활동하였다. 설정식은 같은 해 9월 임화林和와 김남천의 권유로 조선공산당에 입당하였다.

> 내 이제 무엇을 근심하리오
> 강함과 약함이
> 하나인 영도권領導權이오 또
> 영도자領導者인 그대여
> 그 말이 있거늘
> 다만 주검 직전까지
> 복무服務 있을 뿐이외다 (114쪽)

설정식이 1947년 7월 조선문학가동맹 중앙위원회 서기국에서 발행하던 〈문학〉에 발표한 「내 이제 무엇을 근심하리오」에서 뽑은 한 연이다. 내용이나 어조로 보면 공산당에 입당하면서 소회를 적은 작품인 것 같다. 기독교 신앙에 입문하는 사람이 모든 것을 하느님 앞에 내려놓듯이 설정식도 이제 모든 근심과 걱정을 공산당에 맡기고 죽을 때까지 복무할 것을 약속한다.

한편 설정식은 1946년 3월 정인보를 비롯한 박종화朴鍾和, 채동선蔡東鮮, 설의식, 이헌구 등이 설립한 전조선문필가협회에도 가입하였다. 이 단체는 조선문학가동맹에 맞서 문화를 옹호하고 육성하기 위한 목적으로 발족하였다. "혼돈된 시대에 처하여 태극기 깃발 아래 공의를 형성하여 인류의 공통된 민족국가 이념 위에 역사가 중단되었던 조국을 재건하고 국민문화를 꽃피우기 위하여 진정한 민주주의 문화를 건설하려 한다"는 강령에서도 볼 수 있듯이 우파를 대표하는 단체였다. 이 단체의 영향으로 그해 4월 조선청년문학가협회가 결성되었고, 1947년 2월에는 전국문화단체총연합회로 통합하여 발전하였다.

이렇게 우후죽순처럼 생겨난 문학과 예술 단체 이름에서도 볼 수 있듯이 해방기에 문화 정치도 여간 혼란스럽지 않았다. 미군정청에서 근무하기 전만 하여도 설정식은 이러한 단체에 이름만 올려놓았을 뿐 그렇게 적극적으로 활동하지는 않았다. 그러나 미군정청에서 사직하고 난 뒤 그는 좌익 단체에서 좀 더 적극적으로 활동하기 시작하였다. 1947년 8월 그는 김동석과 함께 문학가동맹 외국문학부 위원장을 맡았다. 1948년 2월 그는 김동석에 이어 영자신문 〈서울타임스Seoul Times〉의 주필 겸 편집인을 맡았다. 설정식은 1951년 7월 개성에서 만난 헝가리 공산당 중앙 기관지 〈사바드 네프(자유인)〉의 특파원 티보 머레이에게 〈서울타임스〉를 좌경화했다는 이유로 이승만에게 탄압을 받았다고 털어놓은 적이 있다. 이해 10월 설정식은 그동안 일제가 강제로 폐간한 〈문장〉이 속간되자 월북한 이태준李泰俊의 뒤를 이어 소설 부문 추천위원을 맡기도 하였다. 이 밖에도 정지용이 시 분야, 박태원朴泰遠이 희곡 분야, 김동석이 평론 분야의 심사를 맡았다.

그런데 〈문장〉에서 설정식의 역할은 단순히 소설 부문 추천위원을 맡은 것에 그치지 않고 편집에도 적극 참여하였다. 속간 호 편집후기에서 설정식은 "하루도 몇 번씩 인쇄소 걸음을 하는 동인들이 무엇 때문에 저러지 않으면 안 될 것을 알 수 있고 그러기 때문에 〈문장〉은 다시금 땀을 빼어야 할 오늘의 제 분리分理를 알아야 되겠다. 하늘이 무너져도 문학은, 문화는 매도중서와 함께 넘어가서는 아니 되겠다. 그러기 위하여 〈문장〉은 모든 진정한 애국적 민주주의 문화인의 것이 될 수밖에 없다"[32]고 역설한다.

해방기 설정식은 좌익 문학 단체에서 활동하는 한편, 문학 작품 집필에도 관심을 기울였다. 1930년대 초엽 발표한 작품이 포함되어 있기는 하지만 1947~1948년 사이에 『종』(백양당, 1947)과 『포도』(정음사, 1948)와 『제신의 분노』(신학사, 1948) 같은 시집 세 권을 잇달아 출간하였다. 또한 1946년 장편소설 「청춘」을 〈한성일보〉에 연재했다가 1949년 민교사에서 단행본으로 출간하였다. 설정식은 1948년에도 〈신세대〉에 장편소설 「해방」을 연재하지만 4회부터 중단하였다. 이 잡지는 〈서울타임스〉에서 발간했다는 점을 고려하면 연재 중단은 작가의 개인 사정보다는 외부 압력에 따른 것일 가능성이 크다.

1948년 10월 말부터 설정식은 또 다른 장편소설 「한류난류寒流暖流」를 〈민주일보〉에 47회에 걸쳐 연재하다가 역시 정부의 압력으로 중단하였다. 「작자의 말」에서 그는 "무자비하게 냉혹한 현실의 똑똑한 사실"[33]을 담은 서사가 될 것이라고 예고하며 야심 차게 연재를 시작했지만 역시 외부의 압력으로 중단할 수밖에 없었다. 이 밖에도 그는 〈동아일보〉에 「프란씨쓰 두셋」을 연재한 것을 비롯하여 〈민성〉에 「척사 제조업자」와 「오한惡寒」을, 〈문학〉에 「한 화가의 최후」 같은 단편소설을 잇달아 발표하였다.

해방기 정국이 점차 걷잡을 수 없이 큰 혼란에 빠지자 1948년 7월 16일 서울에서 의식 있는 문화인 330명이 '조국의 위기를 천명함'이라는 성명을 발표하였다. 그들은 "양군兩軍 철퇴의 일로一路만이 각축반발角逐反撥 시의猜疑를 일소하는 정로正路"라고 부르짖었다. '양군'이란 두말할 나위 없이 한반도 남쪽에 주둔한 미국과 북쪽에 주둔한 소련군을 말한다. 그런데 이 서

---

32 설정식, 「편집을 마치고」, 〈문장〉 3권 5호(1948. 10. 15.).

33 설정식, 「작자의 말」, 〈민주일보〉(1948. 10. 28.).

명에는 설정식과 그의 둘째 형 설의식 외에 김기림, 정지용, 이양하, 이용악李庸岳, 이무영李無影, 이병기李秉岐, 이원수李元壽, 송석하宋錫夏, 손진태, 김일출, 임학수 같은 문인들과 학자들이 서명하였다. 그런데 이 '330인 성명'은 같은 해 4월 14일 '남북협상만이 구국에의 길'이라는 제목으로 남북회담을 지지하는 '108인 문화인 성명'을 확대한 것과 크게 다름없었다.

그러나 좌익 문학가에 대한 탄압이 점차 거세지자 설정식의 문학 활동도 어쩔 수 없이 직간접으로 제약을 받을 수밖에 없었다. 세 번째 시집 『제신의 분노』가 판금 조치 처분을 받고 시인에 대한 체포령이 내려졌다. 그러자 그는 정지용과 김기림처럼 이승만 정권이 1949년 6월 남한의 공산주의 세력을 약화하려고 과거 좌익에 몸담았거나 좌익 용의자들을 가입시켜 조직한 국민보도연맹에 가입하였다. 보도연맹에 가입하여 전향을 표명한 문필가들은 ①집필 금지(1949. 11.~1950. 02.), ②원고 심사제(1950. 02.), ③원고 사전검열(1950. 04.) 같은 제약을 받았다.

설정식은 한국문화연구소에서 "민족정신 앙양"을 위하여 개최한 종합예술제와 "대한민국 문화예술 건설에 적극 매진"하기 위하여 개최한 국민예술제전에 참석하여 시를 낭독하고 강연도 하였다. 더구나 설정식은 보도연맹의 기관지인 〈애국자〉에 「붉은 군대는 물러가라」라는 반공 시를 발표하기도 하였다. 그러나 보도연맹에 가입한 대부분의 작가들이 그러했듯이 설정식도 외부 압력에 따른 겉치레였을 뿐 실제로 사상을 전향한 것은 아니었다.

이 무렵 문학 창작의 자유가 크게 위협받던 상황에서 설정식은 창작 쪽보다는 번역 쪽에 부쩍 관심을 기울였다. 번역 중에서도 그는 특히 윌리엄 셰익스피어에 깊은 관심을 기울였다. 말하자면 토머스 칼라일이 식민지 인도와도 바꿀 수 없다고 천명한 영문학의 대문호는 그에게 해방기의 광풍에서 잠시 몸을 피할 피난처였다. 이와 관련하여 설정식은 티보 머레이에게 "나는 셰익스피어의 세계로 도망쳐 들어갔다"[34]고 말한 적이 있다. 그래서 그는 셰익스피어의 4대 비극을 번역하기 시작하였다. 그중 『하므렡』(『햄릿』)은 1949년 9월 백양당에서 출간했지만 『로미오와 줄리엣』과 『맥베스』는 미처 출간하지 못하였다. 『로미오와 줄리엣』은 1950년 3월 29일 자 〈연합신문〉의 백양당 광고에 실린 것으로 보아 어쩌면 인쇄까지는 진행된 것 같다. 설정식은 『하므렡』을 출간하기에 앞서 역시 백양당에서 1949년 1월 『하므렡 주해서(Hamlet with Notes)』를 발간하였다. 그런가 하면 1950년 5월 그는 을유문화사에서 발간하던 〈학풍學風〉의 '명저 해제'란에 「함렡트에 관한 노오트」를 기고하기도 하였다.

해방기에 설정식이 가깝게 지낸 인물로는 김동석이 꼽힌다. 음악 평론가 박용구朴容九는 해방기에 설정식, 김동석, 이인수李仁秀, 강용흘 같은 영문학자들과 자주 만났다고 회고한 적이 있다. 박용구는 "김동석은 설정식이 대단하다고 생각하고, 설정식은 이인수를 그렇게 생각하고, 이인수는 런던대학 출신이거든. 이인수는 강인흘이 군정 고문인지 뭐로 잠시 와 있었는데 대단하다고 하고……"[35]라고 밝힌다. 특히 설정식은 경성제국대학 법문학부에서 영문학을 전공한 김동석과 같은 해 조선공산당에 가입하고 조선문학가동맹에서 함께 활동하였다. 또한 두 사람은 셰익스피어 번역과 연구에도 관심이 많았다.

---

34 티보 머레이, 「한 시인의 추억, 설정식의 비극」, 『설정식 문학전집』, 793쪽. https://blog.naver.com/hksol.

35 한국정신문화연구원 한민족문화연구소 편, 『내가 겪은 해방과 분단 1』(선인, 2001), 501쪽; 김욱동, 『강용흘: 그의 삶과 문학』(서울대학교출판부, 2004), 341쪽. 여기서 박용구는 '강용흘'의 이름을 '강인흘'로 잘못 기억하고 있다.

조선문학가동맹에서는 임화의 영향력 때문인지 특히 시에 관심이 많아 결성 직후부터 시부詩部를 설치하여 시 운동을 조직적으로 전개하였다. 시부에서는 해방 1주년 기념행사로 시 낭송회와 강연회를 기획하였다. 이때 현대시 강좌에 임화를 비롯하여 이병기, 김기림, 설정식 등이 강사로 참여하였다. 문학가동맹 시부에서는 비단 시에 그치지 않고 점차 음악, 무용, 연극 등 다른 장르와도 연대를 모색하였다.

김동석 외에 설정식이 가깝게 지낸 인물 중에는 최영해崔映海를 빼놓을 수 없다. 설정식보다 연희전문학교 문과 2년 후배인 최영해는 재학 시절 〈삼사문학〉 동인으로 활동했을 뿐 아니라 강영수姜永壽와 홍이섭, 조풍연 등과 함께 〈연세춘추〉의 전신인 〈연희타임스〉를 창간하는 데도 앞장섰다. 최현배의 장남인 그는 해방 후 아버지가 민족정신을 지키기 위하여 1928년 창업한 정음사를 이어받아 운영하였다. 특히 최현배가 미군정에 참여하자 최영해가 정음사를 맡을 수밖에 없었다. 최현배가 자신의 저서인 『한글갈』(1937)과 『우리말본』(1941) 등 한글 관계 서적을 주로 출간했다면 최영해는 김사엽金思燁의 『춘향전 역주』와 홍이섭의 『조선과학사』(1941) 등 국학 서적을 주로 출간하였다. 최영해가 편집한 『조선시조집』(1946)을 비롯하여 윤동주尹東柱의 『하늘과 바람과 별과 시』(1948)와 김소월金素月의 『소월시집』(1956)을 출간한 것도 정음사였다.

설정식과 최영해의 돈독한 관계는 1947년 10월 〈중앙신문〉에 기고한 수필 「시와 장작長斫」에 잘 드러나 있다. 이 글에서 설정식은 추위가 일찍 찾아올 것이라는 아내의 말에 땔감을 미리 구입한 일화를 다룬다. 『종』을 출간한 뒤에 쓴 작품을 모아 두 번째 시집을 출간할 계획이던 설정식은 원고를 꾸려가지고 '만만한 친구 최영해'를 찾아가 거두절미去頭截尾하고 시집을 출간해 달라고 '사뭇 일방적으로' 우겨 승낙을 얻어낸다. 그런데 설정식은 최영해에게 인세 대신 장작을 사달라고 부탁한다. "좋은 친구 최는 시집도 내어주고, 장작도 사보내고, 팰 사람까지 보낼 것을 다 승낙하고 나서 '또 뭐야' 하고 어주리업는 자기 친구를 희롱하는 것이엇다"고 말한다. 그 뒤 설정식은 집 앞에서 땔감 장수로부터 사정이 있어 헐값에 장작을 파니 사라는 말을 듣는다. 설정식은 다시 최영해를 찾아가 나무는 자신이 직접 살 터이니 인세를 현금으로 달라고 부탁한다. 그러자 "영해는 한번 웃고 두말 업시 가지고 잇는 현금을 다 털어 내노앗다"는 것이다.[36] 이 일화에서도 엿볼 수 있듯이 최영해와 설정식은 무척 막역한 친구였다.

설정식은 해방 직후 출판사 백양당을 설립한 인곡仁谷 배정국裵正國과도 친하게 지냈다. 배정국은 인천에서 실업가로 활동하다가 경성 종로에 양복점을 경영하고 증권회사 간사 등을 역임하여 축적한 자본을 바탕으로 출판사를 설립하여 문화 사업을 하였다. 설정식의 첫 시집 『종』을 비롯하여 『하므렡』의 번역서와 주석서 등 설정식의 책 3권을 출간했을 뿐 아니라 『포도』의 장정과 설의식의 수필집 『화동시대花洞時代』(1949)의 장정도 배정국이 맡았다. 야나가와 요스케(柳川陽介)는 설정식과 배정국의 관계가 단순히 저자와 출판인의 관계를 넘어서는 것이라고 지적한다. 그러면서 그는 두 사람이 조선문학가동맹을 통하여 만났을 가능성을 제기한다.[37]

설정식은 선배 문인 중에서는 정지용과 비교적 친하게 지냈다. 방금 언급한 수필에서 장작을 구입한 설정식은 얼마 뒤 정지용을 만나 나무 산 이

---

36 설정식, 「시와 장작」, 〈중앙신문〉(1947. 10. 26.). https://blog.naver.com/hksol.

37 야나가와 요스케, 「백양당 연구: 인곡 배정국의 삶과 문학 관련 서적을 중심으로」, 〈한국학연구〉(인하대학교 한국학연구소) 50집(2018), 92쪽. 야나가와는 설정식을 '중간파' 문인으로 자리매김하였다.

야기를 들려주었다. 그러자 정지용은 "아니, 나무라니. 저 울타리 박게 가려노흔 나무 말이오?"라고 말하면서 자못 놀라는 표정을 짓는다. 이렇게 울타리 밖 장작을 가리키며 묻는 것을 보면 정지용은 지금 설정식의 집을 방문하여 대화를 나누는 것 같다. 정지용은 겨울나기로 장작을 미리 준비해 놓는다는 것은 재력가나 할 수 있는 일이라는 표정을 짓는다. 설정식이 정지용에게 장작을 미리 사 놓지 않고 어떻게 겨울을 나느냐고 묻자 선배 시인은 "어떠커다니 정 추으면 나가서 한 단 사다 때는 거구, 어지간하면 내외가 양쪽에서 애들을 껴구 자는 거지 어떠커기는요"라고 담담하게 대답한다. 이 말을 듣고 설정식은 "나는 이 고고한 시인의 모빈론冒貧論을 듯고 내가 지금 헛간 모퉁이에 가려 놓은 7천 4백원圓 어치 나무가 마치 어디 가서 도적질하여다 노흔 장물 가튼 착각을 느낄 정도로 허둥거리는 심사心思를 속일 도리가 업섯다"고 말한다.[38]

38 위의 글.

한국전쟁과 설정식

한국전쟁이 일어날 당시 설정식은 피난을 가지 않고 서울에 머물러 있었다. 그는 스스로 조선문학가동맹을 찾아갔고, 그곳에서 인민군과 함께 내려온 임화 등 문학가동맹 시절의 옛 친구들을 만나 환대를 받았다. 그러나 임화의 보증에도 북한 당국은 남한에 있던 설정식을 작가동맹의 일원으로 인정해 주지 않았다. 그래서 설정식은 그해 9월 자수 형식으로 인민의용군에 자원입대하여 조선인민군 전선사령부 문화훈련국에서 근무하였다. 아내와 세 아들과 외딸을 남한에 남겨둔 채 퇴각하는 인민군을 따라 북쪽으로 간 그는 두 번 다시 남쪽으로 돌아오지 못하고 말았다.

북쪽에서 1950년 12월 심장 발작을 일으킨 설정식은 헝가리 정부에서 원조 활동의 일환으로 평양 근교에 지어준 '라코시 병원'에서 곧바로 심장 수술을 받았다. 이때 헝가리 의사는 그가 시인인 것을 알고 다시 시를 쓰면 어떻겠느냐고 권유하였다. 글쓰기는 그에게 투병 의지를 북돋아 줄뿐더러 건강을 회복하는 데도 도움이 되기 때문이다. 헝가리 의사는 아마 문학

헝가리가
북한에 지어준 병원에서
심장 수술을 받은 설정식.

그는 이에 감사하여
장편 시를 지었고
헝가리에서 번역하여
출간하였다.

치료법을 알고 있었던 것 같다.

그래서 설정식은 병원의 추억과 헝가리 의사와 간호사가 베풀어 준 호의와 고마움 등을 400행에 이르는 장편 서사시로 썼다. 설정식이 작품의 일부를 영어로 번역한 것을 읽어 본 티보 머레이는 그에게 작품 전편을 영어로 번역해 줄 것을 부탁하였고, 설정식은 오스트레일리아 종군기자 윌프리드 버쳇과 영국 종군기자 앨런 위닝턴의 도움을 받아 영어로 번역하였다. 머레이는 이 영어 원고를 부다페스트에 있는 시인 친구에게 보냈고, 그 친구는 헝가리어로 다시 번역하여 마침내 단행본으로 출간하였다. 이 시집에는 머레이가 쓴 서문과 해설이 들어 있다.

병원에서 퇴원한 설정식은 1951년 3월부터 개성 판문점에서 시작된 휴전회담 조중朝中 대표단의 영어 통역관으로 근무하였다. 조선인민군 최고

1951년 7월 8일,
휴전회담 통역을 위하여
봉래장을 떠나는 설정식.

사령부 정치총국 제7부에 배속된 그의 계급은 인민군 소좌(소령)였다. 당시 〈동아일보〉는 '시인 설정식 괴뢰군 소좌로 개성 체류'라는 제호로 〈시사통신〉이 전하는 기사를 실었다.

> 휴전회담이 계속되고 잇는 개성에는 북한 괴뢰군 측 연락장교 중에 월북한 시인 설정식이 활약하고 있다고 한다. 그런데 설정식은 압서 열렷든 예비회담에도 북한괴뢰군 대표로 참석하엿다고 하는데 그에 모습은 람루한 콜푸쓰봉에 농민화를 신고 얼굴이 창백하게 되엿다 한다. 그리고 UN측 화평대표에 소식통은 우리들은 과수원에 열매가 익을 ㅅ대까지 이 평화천막촌에 머물르게 될는지도 모른다고 말하며 휴전회담이 오래 계속될 것을 암시하고 잇다.[39]

이 기사 내용대로 설정식은 휴전회담이 시작된 처음부터 통역장교로 참석하였다. 휴전을 향한 최초의 움직임은 전쟁이 일어난 직후부터 있어 왔지만 좀 더 본격적으로 추진된 것은 중국의 참전으로 전쟁이 자칫 3차 세계대전으로 확전될 우려가 커지면서부터였다. 그래서 1951년 3월경 38도선 부근에서 전선이 교착 상태가 되자 1951년 7월 10일 개성에서 UN군과

39 〈동아일보〉(1951. 07. 19.). 해방기 평론가로 활약하던 김동석도 1949~1950년경 가족과 함께 월북하였다. 한국전쟁이 일어나자마자 그는 서울로 내려와 서울시당 교육부장을 맡았다. 중앙고등보통학교와 보성전문학교 시절 그의 제자로 한국전쟁 중 종군기자를 지낸 이혜복李蕙馥에 따르면 김동석은 1951년 12월 판문점에서 열린 휴전회담 때 북측 영어 통역원으로 등장했다가 휴전 후 그의 행적은 알려져 있지 않다. 그러나 휴전회담 어떤 자료에도 김동석의 이름은 나오지 않는다. 김욱동, 『비평의 변증법: 김환태·김동석·김기림』(이숲, 2022), 104쪽 참고.

공산군 측의 휴전을 위한 예비회담이 시작되었다. 설정식의 얼굴이 '창백하게' 보였다는 것은 아마 심장병 수술을 받은 지 몇 달 지나지 않았기 때문일 것이다.

1951년 8월 말 어느 날 밤 조중 대표단의 본부가 있는 개성 북서쪽 중립 지대에서 갑자기 적막을 깨뜨리는 폭탄 소리가 났다. 북한과 중공 측은 미군이 고의로 항공기에서 폭탄을 투하했다고 주장하면서 즉시 공동 조사를 요구하였다. 양측은 폭발 현장과 파편 등을 검증하고 증인을 심문하고 나서 회의장에 마주 앉았다. 북한 측 대표 장춘산張春山 대좌(대령)는 전투기 폭격이라고 주장한 반면, 미국 측 연락장교 앤드류 J. 키니 대령은 지상에서 폭발한 수류탄이라고 주장하면서 양측의 주장이 팽팽히 맞섰다.

개성 휴전 회담장 부근에서 지프를 타고 가는 설정식. 맨 뒷좌석에 앉아 있다.

헝가리 소설가요 종군기자인 티보 머레이가 설정식을 처음 만난 것은 바로 이때였다. 몹시 성이 난 장춘산의 바로 뒤에 마흔 살가량 되어 보이는 한 장교가 통역을 하고 있었다. 뒷날 머레이는 "이 장교는 자기 상관보다 키가 작았고 몸도 약해 보였다. 주위 사람들에 비하면 그의 얼굴은 앳되게 보였다. 그러나 장 대좌의 말을 영어로 통역할 때 그의 깊고 울리는 음성이 마치 한민족의 슬픈 역사의 메아리인 양 밤의 적막을 뚫는 것이었다"(790쪽) 고 회고한다. 이 회담에 참여한 설정식이 몸이 '약해' 보였다는 머레이의 언급은 〈동아일보〉의 기사와 거의 일치한다.

그런데 머레이는 2005년 제2회 서울국제문학포럼에서 발표한 「기억과 고통, 의심 그리고 희망」에서 북한군 통역장교가 설정식 외에 한국인 1명

1951년 10월 11일 판문점에서 열린 휴전회담. 왼쪽에 북한 인민군 장춘산 대좌가 지도를 보며 휴전선 경계를 논의하고 있다. 왼쪽 맨 끝이 통역장교 설정식이다.

이 더 있었다고 진술한다. 영어와 독어를 전공한 교수로 줄잡아 쉰 살쯤 되어 보였다고 언급하였다. 그러면서 머레이는 이름이 'ㅌ' 아니면 'ㅍ'으로 시작하는 이 장교가 설정식을 '조카'라고 불렀다고 회고하였다. 여러 정황으로 미루어 보건대 설정식과 함께 통역장교로 근무한 사람은 도유호都宥浩 소좌일 것이다.[40] 1946년 4월 13일 자 〈조선일보〉에는 「고故 루 씨氏의 공적추모 – 어제, 성대한 추도회 거행」이라는 제호의 기사가 실렸다.

> 민전民戰 주최의 고 루스벨트 씨 추도회는 씨의 일주기인 4월 12일 각게 명사와 일반대중 천여 명이 참집하야 오전 9시부터 서울 국제극장에서 도유호 씨 사회로 염숙히[엄숙히] 거행되였는데 식순에 딸어 묵상 애국가 미국가 제창이 있은 다음 동회 위원장 장건상張建相 씨의 개회사가 있은 후 고 루 씨의 약력 보고와 씨의 위대한 공적을 추모하는 하지 중장 대리 체카 씨와 공보부장 뉴맨 대좌의 추도가[추도사]에 이여 여운형呂運亨 최익한崔益翰 양씨로부터 루 씨가 우리 조선 해방을 위한 만은 공헌의 대한 감사의 뜻을 표하는 추도사가 있은 후 음악 동맹원의 추도가 제창이 있었고 류영준劉英俊 여사루부터 고 루 씨 미망인에게 보내는 멧세지와 정노식鄭魯湜 정선제鄭善提 씨의 트르맨 대통령에게 보내는 멧세지를 각々 낭독한 후 이원조李源朝 씨 제안으로 조미친선협회朝美親善協會를 조직할 것을 만장일치로 가결하고 듯김론[뜻깊은] 이 추도회의 막을 닷엇다.[41]

---

40 정병준, 「미국의 대한정책사對韓政策史 자료 해제」. https://db.history.go.kr/download.do?levelId=pn&fileName=intro_pn.pdf.

'민전'이란 1946년 2월 남한의 모든 좌익 정당과 사회단체를 총집결하여 과도정부 수립에 참여할 목적으로 결성한 민주주의민족전선을 말한다. 루스벨트 대통령 서거 1주기를 맞은 이 추도회에서 추도사를 읽은 여운형을 비롯하여 박헌영朴憲永, 허헌許憲, 김원봉金元鳳, 백남운白南雲 등이 민전의 공동 의장을 맡았다. 위 기사에서 언급하는 장건상, 류영준, 정노식, 이원조 등도 민전과 관련한 인물들이다.

그런데 이 추도회의 사회를 맡은 사람이 다름 아닌 도유호다. 그는 중국 베이징(北京) 옌칭대학 문학원에 수학한 뒤 다시 유럽으로 가 1931년 독일의 프랑크푸르트대학교에서 사회철학과 사회사를 공부하였고, 1933년 오스트리아의 빈대학교 사학과에서 고고학을 전공하여 1935년 철학박사 학위를 취득하였다. 그 뒤 곧바로 빈대학교 선사先史연구소에 들어가 1939년 귀국할 때까지 고고학과 민속학을 연구하였다. 티보 머레이가 도유호를 영어와 독일어를 전공한 교수라고 말하는 것은 그 때문이다. 설정식처럼 1946년 조선공산당에 입당하여 인민당 외교부장과 과학자동맹 위원장을 맡았다가 미군정의 체포령이 내리자 가족과 함께 월북하였다. 1905년에 태어난 도유호는 설정식을 아마 '조카'처럼 생각하고 애칭으로 그렇게 불렀을 것이다.

세계적인 고고학자로 꼽히는 도유호는 1947년 김일성종합대학의 교수와 고고학연구소장을 지냈다. 1949년 조선역사편찬위원회 원시사분과위원회 위원이 되었고, 1952년 과학원이 설립되자 물질문화연구소의 초대 소장이 되었다. 그러다가 한국전쟁이 일어나자 설정식과 함께 개성 휴전회담에 투

---

41 https://newslibrary.chosun.com/view/article_view.html?id=705519460413m1021&set_date=19460413&page_no=2조선일보.

입되었다. 설정식이 숙청될 때는 고비를 넘겼지만 『조선원시고고학』(1963)에서 문화의 전파이론을 채용한 것이 변증법적 유물론에 위배되는 반동적 이론이라 하여 비판을 받고 1960년대 중반 이후 숙청되어 지방 중학교에 근무하다가 1980년대 초 사망한 것으로 알려졌다.[42]

티보 머레이의 글에 설정식의 체구 이야기가 나왔으니 말이지만 설정식은 키가 그렇게 작은 편은 아니었다. 연희전문학교 문과 졸업생 일동이 찍은 사진을 보면 오히려 양쪽 옆에 서 있는 두 동료가 설정식보다 키가 작다. 머레이가 설정식의 키가 작았다고 말한 것은 아마 그의 상관인 장춘산 대좌나 도유호 소좌의 키가 커서 상대적으로 작게 보였기 때문일 것이다. 더구나 설정식은 심장 수술을 받고 퇴원한 지 얼마 되지 않아 왜소하고 수척해 보일 수밖에 없었을지 모른다. 개성 휴전회담 때 찍은 사진 몇 장을 보면 그의 키가 그렇게 왜소해 보이지는 않는다.

키는 접어두고라도 설정식의 체력은 그렇게 썩 좋은 편은 아니었던 것 같다. 해방기에 가깝게 지낸 정지용은 "설정식은 용기에도 체력에도 지극히 평범한 사람이다. 그러고도 시인일 수밖에 없다"고 말한다. 그러고 나서 정지용은 계속하여 "용기로는 임화가 제일이고 체력으로는 기림이 달리는 편인데 인내와 비장도 덕에 속한다면 정식의 시는 차등此等 덕종德種 2목目에서 기원한 것이다"라고 지적한 적이 있다.[43]

이렇게 폭격 현장 검증 자리에서 처음 본 뒤 머레이는 설정식과 친한 사이가 되었다. 문학을 사랑하는 작가라는 점에서 두 사람은 아마 쉽게 가

42 이광린, 「북한의 고고학: 특히 도유호의 연구를 중심으로」, 〈동아연구〉(서강대학교 동아연구소), 20호(1990).

43 정지용, 「시집 『종』에 대한 것」, 391~392쪽.

까워졌을 것이다. 머레이의 말대로 1년 남짓 개성의 시골 마을에서 지내는 동안 문학을 같이 이야기할 만한 사람은 설정식밖에 없었다. 지지부진한 휴전 협상 기간 동안 두 사람은 술을 마시며 문학 이야기를 나누었다. 머레이에 따르면 그들은 셰익스피어의 『맥베스』의 원고가 진작眞作이냐 위작이냐, 퍼시 비시 셸리의 「서풍부西風賦」 같은 시 작품을 다른 문화권의 언어로 제대로 번역할 수 있느냐 하는 문제를 두고 북한의 긴 겨울밤을 새워가며 토론을 벌였다.

1952년 말 헝가리로 귀국하여 한국전쟁의 경험을 소재로 책을 집필하던 머레이는 이듬해 여름 다시 〈사바드 네프〉의 특파원으로 한국전쟁 휴전 조인을 취재하려고 개성에 갔다. 그는 그곳에서 설정식의 행방을 물었지만 찾을 수 없었다. 휴전 조인 후 평양에 간 머레이는 미국 스파이와 반역자에 대한 정치 재판을 방청할 수 있었다. 이렇게 북한 정부가 외국 기자들을 재판정에 부른 것은 아마 '반역자'들의 재판이 정당하게 이루어졌다는 것을 국제 사회에 널리 알리고 싶었기 때문일 것이다.

그런데 머레이는 재판정에서 뜻하지 않게 거의 1년 만에 설정식을 다시 보게 되었다. 머레이는 "재판관들이 좌정하고 난 뒤에 전옥典獄에 끌려 죄수들이 입정하였다. 수인들은 찢어지고 꿰맨 옷을 입고, 등 뒤에 죄의 경중 순으로 1에서 14까지의 번호가 큼직하게 꿰매어져 있었다. 설정식은 열네 번째였다"(794쪽)고 회고한다. 1번은 노동당비서와 인민검열위원장을 역임한 이승엽李承燁이었다. 재판정에 끌려 나온 죄인 중에는 내무상, 당 중앙위원회 서기, 정치국원 등 당 간부와 고위 관리들이 들어 있었다. 설정식의 번호가 마지막 14번이라는 것만 보아도 박헌영을 비롯한 남로당 숙청이라는 의식에 바친 희생 제물이라는 사실을 알 수 있다. 머레이는 2005년 5월 서울에서 열린 서울국제문학포럼에서 '기억과 고통, 의심 그리고 희망'

을 주제로 한 서울평화선언문을 발표하였다. 그런데 이 발표문에는 〈사상계〉에서는 언급하지 않은 다른 내용도 들어 있다. 가령 그는 평양 재판정에서 본 설정식의 모습을 이렇게 기억한다.

> 나는 그를 거의 알아보지 못했다. 본디는 수려했던, 그러나 고문으로 뒤틀린 그의 얼굴은 체념과 탈진으로 아무런 감각이 없는 것처럼 보였다. 그는 로봇처럼 움직였다. 나는 간절하게 희망했다. 제발 그가 내가 앉아 있는 쪽을 바라보지 않기를. 나에게 배당된 통역사가 조목조목 피고들의 죄목을 일러주었다. 미 제국주의들을 위한 간첩 행위, 테러와 살인, 가택 침입, 조선인민공화국 정부에 대한 국가전복 기도 등... 더 이상 듣고 있을 수가 없었다.[44]

이 재판이 '토착 공산당원의 숙청'이라는 사실을 잘 알고 있던 머레이는 조금도 놀라지 않았다. 그의 고국 헝가리를 비롯하여 체코슬로바키아와 불가리아 등 동구권에서도 같은 종류의 재판이 자주 있어 왔기 때문이다. 이 점과 관련하여 머레이는 "고국에 남아서 불법화의 탄압 밑에서 항일 투쟁에 참가했던 국내 공산주의자들을 모스크바에서 돌아온 자들이 몰아내는 과정이었던 것이다(795쪽)"라고 지적한다. 설정식만 빼고 나면 머레이의 주장은 그대로 들어맞는다. 머레이는 "미 군정청에서 고급관리로 있던 그가 공산주의자와 손을 잡기 위하여 북으로 왔다면 그 사실 자체가 그가 과거와 영원히 손을 끊었다는 것을 웅변적으로 말하여 주고 있는 것이 아니겠

---

44 김우창 편, 『평화를 위한 글쓰기』(민음사, 2006), 119~138쪽. https://blog.naver.com/hksol.

는가?"(795쪽)라고 반문한다. 머레이는 토착 공산주의자들에 대한 북한 정부의 숙청을 비판했는데도 뒷날 북한 정부가 민간인에게 주는 최고 영예인 국기훈장 1급을 받았다.

서울에서 여든이 넘은 머레이를 처음 만난 설희관은 그에게서 부성父性을 느꼈다. 한 언론사와의 인터뷰에서 설희관은 "저는 이제야 아버님을 만났습니다. 아니, 아버님이 생겼습니다"[45]라고 말한 적이 있다. 머레이야말로 북한에서 설정식을 직접 만나 우정을 쌓았을 뿐 아니라 재판정에서 억울하게 권력 투쟁의 희생양이 되는 모습을 목도하고 그것을 가족에게 전해준 유일한 사람이었기 때문이다. 설희관과 머레이의 상봉은 마치 아버지와 아들이 몇십 년 만에 만난 것처럼 가슴 벅찬 만남이었을 것이다.

휴전을 위한 임시 회담의 통역장교였던 설정식이 체포된 것은 휴전 직전인 1953년 3월 5일이었다. 박헌영을 비롯한 이승엽과 이강국李康國, 조일명趙一明, 임화 등 남로당의 수뇌부 7명이 먼저 '미국 제국주의의 스파이'와 '반당 종파분자' 등의 죄목으로 체포되었다. 이어 설정식도 김남천과 이원조 등과 함께 체포되어 휴전협정 사흘 뒤인 7월 30일 기소되었다. 그들은 8월 3일부터 조선민주주의인민공화국 최고재판소 군사재판부 법정에서 재판을 받기 시작하였고, 8월 6일 '미제 스파이'라는 죄목으로 사형과 전 재산 몰수의 처분을 받았다. 설정식은 재판을 받은 다른 동료 문인들과 함께 언도를 받은 뒤 곧바로 처형되었다.

북한의 사회과학원에서 펴낸 『조선문학통사: 현대편』을 보면 박헌영을 비롯한 남로당 수뇌부와 월북 문인들의 숙청은 1953년 3월 이전에 이미

45 「당신에게서 아버지를 봅니다」, 〈한국일보〉(2005. 05. 25.). https://blog.naver.com/hksol.

계획되었음을 알 수 있다. 북한의 정통 문학사라고 할 이 책에는 "우리 작가들은 특히 당 중앙위원회 제29차 상무위원회 결정 및 1952년 12월 당 중앙위원회 제3차 전원회의의 결정에 고무되면서 박헌영 도당들이 날조한 소위 반동적 '문화로선'을 들고 우리 문학 대렬 내에 숨어들었던 미제 간첩 분자 및 반동적 부르죠아 작가들인 림화, 리태준, 김남천 등을 폭로하였으며……"[46]라고 기록되어 있다. 물론 이태준이 숙청된 것은 1956년이고 1970년경까지 생존했던 것으로 알려져 있다. 설정식 이름이 보이지 않는 것은 아마 북한 문단에서 활약하지 않고 군에서 복무했기 때문일 것이다. 어찌 되었든 남로당계 인사들이 숙청되는 과정에서 설정식도 기소되어 분단 이데올로기의 희생양으로 처형되었다.

그러나 북한 정부는 남로당 계열의 월북 인사를 숙청하는 데 설정식을 비롯한 문인들을 이용하기로 처음부터 계획하고 있었던 것 같다. 티보 머레이는 한국전쟁 경험을 소재로 집필한 책을 출판하기 전 부다페스트 조선대사관에서 헝가리 외무성을 통하여 출판사 측에 이 책에 언급된 인물들의 목록을 보내 달라는 요청을 받았다. 그로부터 며칠 뒤에는 구체적으로 누구누구의 이름을 삭제할 것을 지시하였다. 그런데 삭제 요청 명단에는 설정식이 들어 있었다는 것이다.

북한 판결문에는 설정식은 "1946년 9월 공동피소자 림화의 보증으로 자기의 정체를 은폐하고 당에 잠입하였으나 1949년 12월 변절했다"[47]고 기

---

46 조선민주주의인민공화국 사회과학원 문학연구소 편, 『조선문학통사: 현대편』(평양: 사회과학원출판사, 1959); '북한문예연구자료 3'으로 1988년에 도서출판 인동에서 펴낸 『조선문학통사: 현대편』, 180쪽.

47 판결문.

록되어 있다. 1946년 9월 설정식이 임화와 김남천의 권유로 조선공산당에 입당한 것은 사실이다. 1949년 12월 설정식이 '변절했다'는 것은 보도연맹에 가입하여 그 기관지 〈애국자〉에 「붉은 군대는 물러가라」를 발표한 것을 두고 하는 말이다. '붉은 군대'를 물러가라고 노래했으니 북한 정부의 관점에서는 반국가 행위에 해당할 것이다.

임화에 관한 북한의 판결문에는 "1945년 12월부터 미군 정탐기관 또는 남조선 미 군정청 공보처 여론국장이었던 공동피소자 설정식 등과 련계를 맺고 당 및 문화단체의 중요 비밀을 제공하였다"[48]고 되어 있다. 즉 설정식이 임화와 미군 방첩대(CIC)의 연결 고리 역할을 했다는 것이다. 설정식이 2년 남짓 미군정청에 근무한 것을 염두에 두면 그러한 주장이 전혀 터무니없는 것은 아니다.

그러나 설정식과 임화를 미국의 간첩으로 보는 데는 아무래도 무리가 따른다. 설정식의 죄목에는 미군정청에서 근무한 사실을 숨겼다고 했지만 당시 삼척동자도 알 만한 이러한 근무 경력을 그가 숨긴다는 것은 전혀 이치에 들어맞지 않는 억지 주장이다. 당시 좌익 문단에서 활약하던 문인으로서 두 사람이 만나는 것은 자연스러운 일이었다. 〈민주일보〉의 정치부장과 〈민중일보〉의 편집부장을 지내면서 해방기 문인들과 자주 어울린 소설가 최태응崔泰應은 "설정식은 해방과 더불어 임화·이원조 등과 일상 가까이 지냈으며, 그를 구태여 미군 스파이라거나 반대로 남로당의 프락치라고 하기에는 그 어느 쪽에도 부합되지 않는 중간파의 전형"[49]이라고 증언한 적이 있다. 티보 머레이도 북한 재판부가 주장하는 설정식의 죄목이 '우스웠

48 판결문.
49 최태응, 「월북 문화인의 비극: 설정식의 비극」, 〈사상계〉(1963. 04.).

다'고 지적하였다.

최태응은 이념이나 사상의 측면에서 설정식을 '중간파'로 규정지었지만 설정식은 첩보원이 될 만한 성격의 소유자도 아니었다. 정지용은 설정식이 평소 말수가 적고 막상 입을 열면 '무하유향無何有鄕에 대한 짖는 소리'를 뱉어낸다고 말하였다. 현실과는 거리가 먼 이상주의적 견해를 자주 언급했다는 말일 것이다. 정지용은 계속하여 "잔을 들어 취하지 못하고 말세와 행실로 남을 상하고 해할 수 없는 사람"[50]으로 규정지었다.

그러나 설정식의 이러한 말투와 행동은 선배 작가들과 함께 있을 때는 그러할지 모르지만 동년배와 같이 있는 자리에서는 사뭇 달랐다. 〈민성〉이 개최한 방담을 보면 설정식은 독한 고량주를 마시고 취하여 폴 베를렌처럼 시를 읊었다. 방담을 마련한 J 기자는 "술 취한 베르레느 설정식의 화제는 무궁무진하다. 오스카 와일드가 나오고, 『바람과 함께 사라지다』가 나오고, 불란서 말이 나오고, 중국말이 나온다. 쓰러져 코를 곤다"[51]고 적었다. 설정식의 이러한 언행은 정지용의 말과는 사뭇 다르다.

〈민성〉의 J 기자는 설정식의 목소리에 대하여 저음의 유연한 베이스 목소리에 주목하였다. 또한 기자는 그의 외모에 대하여 "소크라테스와 같은 이마를 가진" 사람이라고 평하였다. 소크라테스의 외모를 말할 때면 으레 크고 둥근 얼굴에 벗어진 이마, 개구리눈처럼 툭 불거진 눈, 뭉툭하게 주저앉은 코, 두툼한 입술, 땅딸막한 키를 떠올린다. 그러나 이러한 모습은 평소 설정식의 모습과는 적잖이 다르다. 젊은 기자는 아마 철학적이고 지적

50 정지용, 「시집 『종』에 대한 것」, 391쪽.

51 「문학 방담의 기: 설정식, 최정희, 허준, 임학수」, 〈민성〉 4권 2호(1948. 02.), 13쪽. https://blog.naver.com/hksol.

인 설정식의 면모를 그렇게 표현한 것 같다.

설정식은 시와 소설 그리고 비평에서 미국을 신랄하게 비판했는데도 미국 스파이로 몰려 처형당했다는 것이 참으로 어처구니가 없다. 마흔한 살의 젊은 나이에 설정식은 찬연한 이념의 불꽃을 좇아 가족을 모두 남쪽에 남겨둔 채 북쪽으로 갔건만 그에게 돌아온 것은 '미국 제국주의의 간첩'이라는 누명과 그에 따른 비참한 죽음뿐이었다. 이러한 월북 문화인의 숙청 사건은 남한에도 곧바로 전해졌다. 〈동아일보〉는 국내 일간신문으로서는 최초로 평양방송 보도를 인용하여 이 소식을 전하였다.

> 평양방송에 의하면 민주주의를 부정하고 월북한 림화, 이원조, 설정식 등의 열성적인 공산주의자들이 박헌영과 함께 사형되었고 그 외의 월북 문화인 전부가 반동 문화인의 규정을 받았다고 보도되고 있다. 이러한 공산 진영 내부의 숙청 사건은 결코 새삼스러운 사실이 아니나, 이번에 처형 숙청된 이러한 괴뢰 문화인들이 남한에서 북한 괴뢰 집단을 지지하는 투쟁적인 열성분자들이었음을 생각할 때, 새로운 놀라움과 함께 공산주의 사회 자체의 내부 붕[괴]를 더욱 절실히 인정하지 않을 수 없다. 또한 이는 공산주의 체제가 얼마나 철저하게 휴우매니즘에 반역하고 있는가를 보여 주는 또 하나의 좋은 증거이다. 우리 민주 진영의 문화 세력은 이 기회에 우리의 단결과 조직을 가일층 강화함으로서 우리의 승리를 더욱 촉진시키지 않으면 안 될 것이다.[52]

---

52 「괴뢰 문화진 붕괴」, 〈동아일보〉(1953. 08. 14.).

한국전쟁 휴전 직후여서 어느 때보다 반공 의식 때문인지 위 기사는 객관적 보도보다는 다분히 반공 이데올로기를 역설하는 등 감정적 측면이 강하다. 설정식의 큰아들 희한은 한국전쟁이 한창이던 어느 날 경상남도 도청 담벼락에 세워놓은 게시판에서 북한의 숙청 소식을 보도한 〈동아일보〉 기사를 보고 그 자리에 그만 털썩 주저앉고 말았다고 회고한 적이 있다. "아, 이제 다시는 아버님을 뵐 수 없겠구나" 하는 생각에 그만 울음을 터뜨렸다고 한다. 희한이 보았다는 신문 기사는 '붉은 숙청 선풍 북한 전역 파급'이라는 제호의 기사였다.

> 박헌영 등 북한 괴뢰정권의 소위 요인들이 반역죄로서 사형선고를 받았다 함은 괴뢰정부 자신의 평양방송에 의해서 이미 판명된 바이거니와 최근 치안국 특수정보과에서 입수한 특수정보에 의하면 방금 북한 전역에는 일대 숙청 선풍이 널리 파급되고 있어 북한 주민들은 말할 수 없는 고통에 사로잡혀 있다고 한다. 즉 이와 같은 숙청 선풍은 휴전이 조인됨으로써 시작된 것인데 전쟁 중에는 인적 자원의 결핍과 폭동을 우려하여 잠잠하다가 휴전이 됨과 동시에 그러한 우려가 사라졌으므로 전술한 바와 같은 미증유의 대숙청을 단행하기 시작했다고 한다.
>
> 숙청 대상으로는 9·28 이후 유엔군이 북한 전역을 제압하고 일시 주둔하고 있을 당시 털끝만치라도 유엔군에 협력한 자이면 무조건 사형 또는 강제수용소로 수감한다는 바, 그 숫자는 이루 헤아릴 수 없을 정도라고 한다.[53]

53 〈동아일보〉(1953. 08. 21.).

박헌영이 임화를 비롯한 문인들과 함께 재판을 받은 것은 사실이지만 사형 시기는 조금 다르다. 재판에서 선고를 받고 곧바로 처형된 문인들과는 달리 박헌영은 그의 정치적 비중과 소련과 중국의 압력 때문에 사형을 늦추다가 1956년 7월에야 비로소 처형되었다.

설정식이 인민군을 따라 북쪽으로 간 뒤 그의 가족은 1·4후퇴 때 부산으로 피난을 떠났다. 그러나 그의 아내가 자식들을 데리고 충남 공주를 거쳐 뒤늦게 부산에 내려가는 바람에 그만 할머니가 살던 동대신동 기와집에는 가족이 들어갈 방이 없었다. 당시 네 살이던 설희관은 한동안 'ㄴ' 자 마당 한쪽에 있던 목욕탕에서 살았다고 회고하였다. 어느 설날 동그란 테 안경을 쓴 큰아버지 설의식이 친척 아이들을 모아놓고 세뱃돈을 주면서 어디에 사용할지를 물었다. 그러자 희관은 "냄비 살래요"라고 대답하였다. 어머니가 안채에서 밥을 짓고 나면 솥이나 냄비를 빌려 쓰시던 모습이 네 살 난 어린아이에게도 안쓰럽게 여겨졌던 모양이다. 이 말을 들은 할머니는 아비 없는 어린 손자가 불쌍하여 그를 끌어안고 한참 울었다. 서울 수복 후 할머니는 서울로 올라가면서 동대신동 집을 가족들에게 물려주었다. 맏아들 희한과 외동딸 정혜는 할머니를 따라 서울로 올라가 할머니 집과 친척 집에서 학교에 다녔다.

설정식의 아내는 둘째 아들 희순과 막내아들 희관을 데리고 부산에서 계속 살았다. 초등학교 시절 희관은 아버지의 부재가 곤혹스러웠다고 회고하였다. 당시 학교에서는 정기적으로 라디오나 피아노 같은 문화용품과 함께 가정환경을 조사하였다. 당시 어떤 어른들은 아버지가 월북하셨다고 하고, 어떤 이들은 미국에서 유학 중이라고 하였다. 그래서 아버지의 생존 여부에 관한 질문을 받는 희관으로서는 여간 헷갈리지 않았다. 희관은 1학기 때는 아버지가 살아 계시다고 했다가도 2학기 때는 돌아가셨다고 대답하곤 하였다. 이렇듯 막내아들의 대답에 따라 아버지의 생과 사가 엇갈렸다.

아버지의 부재는 아내는 말할 것도 없고 자식들에게도 여간 큰 아픔이 아니었다. 경제적 고통은 물론 정신적 고통이 무척 컸다. 가족들은 무엇보다도 연좌제라는 서슬 퍼런 정치적 족쇄에 묶여 직간접적으로 적잖이 불이익을 받으며 살아야 하였다. 1894년 갑오개혁으로 폐지된 연좌제는 한국전쟁 이후 국가의 사회통제가 강화되면서 다시 힘을 얻다가 1980년 8월에 이르러서야 비로소 공식적으로 폐지되었다.

설정식의 아내는 아내대로 남편이 무사히 돌아오기만을 간절히 바라며 기다릴 뿐이었다. 두 형제는 매일 새벽 어머니의 독경 소리에 잠이 깨곤 하였다. 어머니는 방 한구석에 놓인 조그마한 상 위에 갓 지은 쌀밥과 정화수를 올려놓고 불경을 염송하며 남편의 무사 귀환을 빌었다. 그래서 희관은 지금도 어머니가 외곤 하던 반야심경과 천수경을 부분적으로 암송할 수 있다. 설정식의 아내는 부산 부민동에 위치한 대한불교진각종의 심인당에서 하루가 멀다 하고 불공을 드렸다. 심인당은 '옴마니밧메훔'이라는 육자진언六字眞言을 염송하며 수행하는 밀교 종단이었다. 그녀는 자식들이 등교할 때도, 중학교 시험을 치르는 날에도, 소풍을 갈 때도 '옴마니밧메훔'을 외우며 자식들에게도 그렇게 하라고 입 모습과 눈빛을 보이곤 하였다. 그래서 희관은 개신교 신자가 된 지금도 길을 가다가 심인당 도량을 보게 되면 자신도 모르게 '옴마니밧메훔'을 외우며 어머니를 그리워한다.

어머니를 생각하면 눈물이 난다
항상 입 다문 채
우물 우물 우물

처자식 버리고 월북한 뒤 소식 없는
남편의 무사귀환을 위해
주문을 외우셨다
입속으로 "옴마니반메훔"

입 꾹 다문 채
"나무아미타불"

설정식의 큰아들 희한이 지은 「불효자의 노래」라는 작품의 일부다. 희관의 회고 그대로 그의 어머니는 정화수 한 그릇을 떠놓고 주문으로 하루 일과를 시작하여 주문으로 끝냈다. 큰아들이 기억하는 어머니의 모습과 막내아들이 기억하는 어머니의 모습이 서로 일치한다. 남편도 없이 혼자서 4남매를 키우며 한국전쟁 이후 60~70년대 근대화의 어두운 터널을 통과하면서 남모를 고생도 많았을 것이다.

이렇게 가장이 무사히 살아서 돌아오기를 간절히 빌던 설정식의 가족은 어느 날 뜻하지 않게 그가 억울하게 처형당했다는 사실을 알게 되었다. 1962년 희순은 즐겨 보던 〈사상계〉 9월 호에 실린 티보 머레이의 「한 시인의 추억, 설정식의 비극」이라는 글을 읽었다. 이 글은 설정식이 북쪽 하늘 아래 어딘가에 살아 계실 것이라고 막연하게나마 믿었던 가족의 소망에 완전히 찬물을 끼얹었다. 가장이 이제 불귀의 몸이 되었다는 사실을 비로소 깨닫게 되었던 것이다.

설정식의 월북과 처형은 그의 생물학적 목숨뿐 아니라 문학적 목숨에도 치명적이었다. 1951년 10월 남한 정부가 월북 작가들의 출판물에 발금 조치를 내리면서 그의 이름과 작품은 한국 문단에서 잊혔기 때문이다. 그러다가 1976년부터 월북 작가에 대한 해금 조치가 점진적으로 이루어지기 시작하여 1987년 10월 설정식은 월북 작가 문학 작품 2차 해금 대상에 포함되면서 그동안 잃어버렸던 이름과 작품을 되찾게 되었다. 이해 정부는 북한의 공산 체제 구축에 적극 협력했거나 현저히 활동 중인 홍명희(최고인민회의 대의원), 이기영(조선문학예술총동맹 부위원장), 백인준(조선문학예술총동맹 위원장) 등 5명을 제외하고 정지용과 김기림을 비롯한 설정식, 박태원, 이태준, 임화, 김남천 등 월북 작가 120여 명의 작품에 대한 출판 제한을 모두 풀었다.[54]

북한에서 설정식을 만나 교분을 쌓은 헝가리 종군기자 티보 머레이(중앙). 2005년 5월 그는 한국을 방문하여 설정식 유가족을 만났다.

54 「월북 작가 120여 명 해금」, 〈동아일보〉(1988. 07. 19.).

1956년 헝가리 혁명 때 유고로 망명한 뒤 파리에서 살던 티보 머레이는 2005년 5월 대산문화재단이 주최한 제2회 서울국제문학포럼에 초대를 받고 서울에 왔다. 이때 설정식의 자식들은 이 세상에서 부친을 마지막으로 만난 백발의 머레이를 반갑게 맞이하였다. 가족들에게 그는 '제2의 아버지'와 다름없었기 때문이다. 저녁 식사에 초대받은 자리에서 머레이는 가족들에게 60여 년 전 사용하던 취재 노트와 김일성한테서 받은 훈장 등을 보여주었다. 또한 설정식의 장편 서사시를 헝가리어로 번역하여 출간한 『우정의 서사시』(1952)라는 시집을 비롯하여 개성 휴전 회담장에서 찍은 설정식 사진 등 소중한 자료를 건네주었다.

설정식의 문학관

설정식이 이념이나 사상에서 사회주의나 공산주의 쪽에 서 있었던 것은 부정할 수 없는 사실이다. 그는 해방 이후 조선에서 '진정한 볼셰비즘'의 발전을 기대하였다. 그것은 조선공산당에 입당하고 조선문학가동맹 같은 좌익 단체에서 활약한 것만 보아도 알 수 있다. 〈신세대〉에서 마련한 홍명희와 설정식 대담에서 역사소설 문제가 화제에 오르자 설정식은 지금 「해방」이라는 장편소설을 쓰기 시작했는데 '붓이 신선하게' 나아가지 않는다고 밝힌다. 그러면서 설정식은 홍명희에게 "제2해방이나 된 뒤에 쓰기 시작했으면 좋았을걸. 기왕 쓰기 시작하였으니 변두리만이라도 울려 볼까는 합니다만……"[55]이라고 말한다. 여기서 그가 말하는 '제2해방'이란 다름 아닌 사회주의나 공산주의 혁명을 가리키는 것으로 받아들여도 크게 틀리지 않을 것이다.

설정식은 홍명희와의 대담이 있기 1년여 전 한 일간신문에 「고향 친구」라는 수필을 기고한 적이 있다. 이 글에서 그는 "'동무'란 말이 조금도 생소하지 않을 시대가 또 그리 멀다고 누가 기어코 단언할 것인가?"[56]라고 수사적 질문을 던졌다. 두말할 나위 없이 이 '동무'는 '벗'과 함께 친한 친구를 일컫는 순수한 토박이말이다. 그러나 사회주의나 공산주의 국가에서 "사회주의 혁명을 위하여 함께 싸우는 사람"의 의미로 널리 쓰이면서 남한에서는 금기어가 되다시피 하였다. 이렇듯 설정식은 한반도에도 사회주의 사회가 머지않은 장래에 올 것이라고 굳게 믿고 있었다.

〈신세대〉가 마련한 대담에서 홍명희는 설정식에게 "예술과 사상이 혼연한 일체가 된 작품을 만들기 위하여 한편 예술하며 한편 사상하는 것이 우리 문학가의 임무겠지요"(780쪽)라고 말하였다. 설정식과 비교해 보면 홍명희의 문학관이 훨씬 더 유연하고 자유주의에 가깝다. 물론 예술과 사상, 문학과 이념이 혼연일체가 되는 것은 한낱 이상일 뿐 실제 현실에서는 좀처럼 이룰 수 없는 꿈일지도 모른다. 그러나 홍명희는 그러한 이상을 저버리지 않는 반면, 설정식은 예술보다는 사상, 문학보다는 이념에 더 큰 가치를 두었다. 설정식이 좀 더 토론을 해 보았으면 좋겠다고 하자 홍명희는 "워낙 설정식 씨는 주의가 다르고 사상이 다르니까 이야기가 돼야지"라고 대꾸한다. 그러자 설정식은 자신은 문학도일 뿐 무슨 주의자가 아니라고 반박하였다.[57]

---

55 「홍명희-설정식 대담기」, 〈신세대〉(1948. 05.); 『설정식 문학전집』, 783~784쪽. https://blog.naver.com/hksol. 이 대담이 있기 바로 전해에는 설의식과 홍명희의 대담이 〈새한민보〉 9월 호에 실렸다. 형제가 홍명희와 나눈 대담은 임형택·강영주가 엮어 펴낸 『벽초 홍명희와 임꺽정의 연구자료』(사계절, 1996)에 나란히 실려 있다.

56 설정식, 「고향 친구」, 〈경향신문〉(1947. 03. 23.); 『설정식 문학전집』, 763쪽. https://blog.naver.com/hksol.

57 위의 글, 780, 785쪽.

1948년 5월 호 〈신세대〉에 실린 홍명희와 설정식의 캐리커처. 두 사람은 이 잡지가 마련한 대담에서 문학을 논하였다.

홍명희는 계속하여 설정식에게 자신이 해방 전에는 양심의 문제로 공산주의자가 되지 못했고 해방 후에는 공산주의자들이 득세하는 데 반감이 생겨 공산주의자가 되지 못했다고 솔직하게 고백하였다. 그러면서 홍명희는 "요컨대 우리의 주의, 주장의 표준은 그가 혁명가적 양심과 민족의 양심을 가졌는가 안 가졌는가 하는 것으로 규정지을 수밖에"[58]라고 덧붙였다. 홍명희에게 가장 중요한 가치 판단의 잣대는 두말할 나위 없이 양심이었다.

그런데 설정식에게 가치 판단의 잣대는 '양심'이라기보다는 '염치'였다. 서양 인문학 못지않게 동양 사상에도 조예가 깊은 그는 염치를 인간의 중요한 덕목일 뿐 아니라 사상과 이념을 판단하는 기준으로 삼았다. 염치는 맹자孟子의 사단설 중에서 '수오지심羞惡之心'과 가장 깊이 관련되어 있다. 물론 '염치'의 뿌리를 캐어 들어가다 보면 『관자管子』의 목민 편에서 나라

58 위의 글, 786쪽. 홍명희는 '양심'이라는 말 대신에 '체면'이라는 말을 사용하기도 하였다.

를 버티게 하는 네 가지 덕목으로 말하는 '예의염치禮義廉恥'에서 비롯한다. 자기의 옳지 못함을 부끄러워하고 남의 옳지 못함을 미워하는 마음이 없다는 것은 곧 염치없는 짓, 즉 몰염치한 행동이다. 서승희는 "설정식은 무엇이 옳고 그른가에 대한 판단의 출발점을 좌익 이데올로기가 아니라 개인의 '염치' 문제로 설정했다는 점에서 좌익 작가들과 차별성을 지닌 존재였다"[59]고 지적한다.

설정식은 1946년 8월 〈조광〉에 처음 발표했다가 세 번째 시집 『제신의 분노』에 수록한 「붉은 아가웨 열매를」에서 '남조선의 푸른 것'을 향하여 "네 어찌 무슨 염치로 유독 / 요란妖爛하게 돌아앉아 / 몰라보게 되어가는 산천山川을 모른다 하랴"(91쪽)라고 노래한다. 해방 후 한반도의 정세가 몰라보게 달라졌는데도 그러한 변화에 무관심한 사람들을 '푸른 것'에 빗대면서 '염치없다'고 질타하였다.

이러한 염치 의식은 시 작품뿐 아니라 소설 작품에 이르기까지 일관되게 나타난다. 가령 미완성 장편소설 「해방」에서 주인공 윤학선의 아버지 윤동제는 감옥에 갇힌 사람들이 풀려날 때까지는 치안뿐 아니라 모든 일을 임의로 할 수 없다고 지적한다. 그러면서 그는 "그렇게 할 염치가 없고요. […] 글쎄 그렇기도 하지만 내 염치로는 바로 감옥에서 나오는 이를 마중하러 간다면 모르거니와……"(233~234쪽)라고 말한다. 장편소설 『청춘』에서 박두수를 집으로 방문하는 신기숙은 "더 앉아 있다가는 내 염치가 드러나 버릴 것 같다"[60]고 말하면서 자리에서 일어난다.

---

59 서승희, 「설정식과 아메리카: 해방기 설정식의 소설의 전개 양상과 의미」, 〈상허학보〉 44집(2015), 466쪽.

60 설정식, 『청춘』, 『설정식 문학전집』, 441쪽. https://blog.naver.com/hksol.

설정식의 염치 의식은 「문학 방담의 기記」에서 좀 더 뚜렷하게 엿볼 수 있다. 1948년 〈민성〉은 설정식을 비롯하여 최정희崔貞熙, 허준許浚, 임학수를 초대하여 방담을 열었다. 이 자리에서 화제가 조선문학가동맹과 순수문학에 이르자 최정희가 문학가동맹을 날카롭게 비판하고 나섰다.

> 나는 문학가동맹이란 작가들의 집단이 정치의 도구화한 것이 싫다. 왜 작가란 예술가들이 자기네들의 고고孤高한 성루城壘를 지키지 못하고 정치에 아부阿附하겠오. '인민'이라는 말과 '무엇 만세'만 불르면, 곳 작품이 될 수 있는 것 같은 큰 착각을 갖고 있는 그들을 생각할 때 딱하기 짝이 없읍니다. 더욱이 내가 잘 아는 상허尙虛 같은 분이, 그렇게 일조一朝에 변하는 것을 보곤, 그만 아연啞然할 뿐이외다.[61]

방금 앞에서 언급한 대담에서 홍명희가 문학가동맹에 불편한 심기를 조심스럽게 드러낸 것과는 달리 최정희는 아예 드러내 놓고 문학가동맹을 신랄하게 비판하였다. 좌익 진영 잡지가 주관하는 방담에서 그녀가 이렇게 용기 있게 발언한다는 것이 여간 놀랍지 않다. 더구나 카프계 영화인 김유영金幽影의 아내였던 최정희는 1934년 카프 계열 연극인들이 창단한 극단 '신건설' 사건에 연루되어 여성 작가로는 유일하게 옥고를 치른 적이 있다. 최정희가 안타깝게 여기는 상허는 다름 아닌 이태준을 말한다. 설정식은 기다렸다는 듯이 최정희의 말이 떨어지기 무섭게 반론을 제기하였다.

> 아 딱한 소리. 당신은 조선의 현실을 호흡치 않고 있소. 당신은 문

61 「문학 방담의 기」, 13쪽.

학을 무슨 옥관자玉貫子처럼 높은 곳에 모셔두고, 우러러 보고 있습니다. 문학이란 그렇게 고귀한 게 안입니다. 흙내음새와 같은 것, 식욕과 같은 것이오. 우리는 이와 같은 시절에 혼자 고고孤高히 "오 — 달이여", "오 — 아름다운 꽃이여"만, 주라朱螺처럼 불고 있을 염치가 없오. 결국은 염치 문제입니다.[62]

나이도 같은 데다 태어난 지역도 같은 설정식과 최정희는 문학관에서는 이렇게 큰 차이가 난다. 여기서 옥으로 만든 망건 관자를 가리키는 '옥관자'라는 말을 좀 더 찬찬히 눈여겨볼 필요가 있다. 옥관자는 왕과 왕족, 고급 관원들이 사용하는 물건으로 흔히 특권층을 상징한다. 설정식은 최정희가 말하는 문학이란 일부 상류층만이 향유하는 문학으로 민중과는 괴리되어 있다는 뜻을 내비친다. 이와는 달리 설정식은 문학이란 흙냄새와 식욕과 같은 민중의 삶과는 떼려야 뗄 수 없는 것이라고 지적하였다. 그러면서 그는 구체적인 역사적 시간과 사회적 공간을 망각하고 음풍영월吟風詠月하는 것이야말로 '염치없는' 짓이라고 역설하였다.

좌담회에서 문학의 사회적 기능을 두고 설정식과 설전을 벌인 최정희.

설정식이 이렇게 정색을 하고 반론을 제기하자 최정희는 "네. 나도 그이들이 나쁜 사람들이라는 것은 아닙니다. 다만 그들이 너무 정치에……"라고 한발 물러섰다. 그러자 설정식은 다시 여세를 몰아 다시 한번 '염치' 문

62 위의 글, 13쪽.

제를 들고나왔다. 그는 "염치 문제야요. 염치 문제. 그렇지 않으면 역사의 운행運行에 맹목盲目인 것이고. 이 세상 사람들 중의 반 이상이 장님일 때는 낮도 컴컴해져야 된다는 말인가. 아집을 가진 사람은 참사람이 될 수 없으며, 역사 법칙에 맹목인 작가는 작가로서 낙제일뿐더러 인간으로서 인간 이하이다"라고 아예 못 박아 말하였다.[63]

세상 사람 절반 중 어느 쪽이 장님인지, 아집을 가진 사람이 누구인지, 역사 법칙에 눈이 먼 작가는 과연 누구인지는 쉽게 풀 수 없는 문제다. 어쩌면 문학가라면 누구나 고민해야 할, 영원한 수수께끼일지도 모른다. 이 방담을 주재한 〈민성〉의 J 기자는 "최정희 여사는 취했다. 백알(고량주)에 취하고 설정식의 낭만에 취했다"고 적었다. 어찌 보면 기자는 최정희의 주장에 대한 설정식의 반론이 오히려 현실과는 거리가 먼 '낭만'으로 파악하는 것 같다.

설정식의 문학관과 최정희의 문학관 사이에는 좀처럼 건널 수 없는 심연이 가로놓여 있다. 그것은 마치 얼음과 불의 관계와 같다고 할 수 있다. 그 어느 때보다 문학가들 사이에서 이념 대립이 첨예하게 드러나던 1948년 6월 〈조선중앙일보〉는 '구국문학의 이론과 실천'을 제목으로 지상 토론을 기획하였다. 설정식은 이 지상 토론 기획에 「실사구시實事求是의 시」를 3회에 걸쳐 연재하였다. 이 글에서 그는 문학과 정치는 서로 떼어서 생각할 수 없다는 점을 분명히 하면서 특히 해방 후 조선에서는 더더욱 그러하다고 천명하였다.

> 빙탄氷炭 불상용不相容의 반동문학자와 우리가 때로 같은 말을 하

---

63 위의 글, 13쪽.

여 온 것이었는데 그것은 언필칭言必稱 8·15 이후 조선문학이 부진하였다는 것이다. 이것은 사실에 어긋나는 판단이다. 8·15 이후 적어도 시는 세계적 수준에 올라갔다고 나는 생각한다. 시인들은 새로운 체험을 통하여 새로운 시를 생산하였거니와 그 체험으로 생산한 시는 종래의 조선시에 없는 국면을 열어놓았을 뿐만 아니라 세계시의 과거조차 용감하게 밀어버리고 나왔다. [⋯] 사실事實을 알고 사실을 믿고 또 그 믿음을 위하여 고민하고 투쟁하는 것으로 쓰인 시가 8·15 이후의 조선시다. 사실 이외의 것을 노래할 수 있다면 그것은 허위에 대한 노래일 것이다. 허위에 대한 노래는 무정견無定見, 무전제無前提, 무비판無批判한 것과 통한다.[64]

위 인용문에서 먼저 눈여겨볼 것은 설정식이 이항대립적으로 '우리'와 '저들'을 나눈다는 점이다. 물론 '저들'이라는 대명사는 사용하지 않았지만 반동 문학자들이 바로 '저들'에 해당한다. 이 두 문학가 집단은 '빙탄 불상용', 즉 얼음과 석탄불처럼 서로 용납할 수 없는 대척 관계에 놓여 있다. 〈민성〉 방담에서도 분명히 밝혔듯이 설정식은 해방 이후의 조선 문학이 '부진하다'는 반동 문학자들의 주장을 도저히 받아들일 수 없었다.

문학은 구체적인 역사적 시간과 사회적 공간의 산물이므로 정치와 분리할 수 없다는 설정식의 주장은 지극히 옳다. 다만 문제는 문학이 어느 정도 정치를 받아들이느냐 하는 데 있다. 문학은 비록 정치와 불가분의 관계를 맺고 있으면서도 정치를 비롯한 그 어떤 다른 영역에도 양보할 수 없는

64 설정식, 「실사구시의 시 1」, 〈조선중앙일보〉(1948. 06. 29.). https://blog.naver.com/hksol.

문학만의 기능과 임무가 있게 마련이다. 설정식은 "사실을 알고 사실을 믿고 또 그 믿음을 위하여 고민하고 투쟁하는" 노력에서 쓴 시가 바로 해방기의 시라고 주장한다. 만약 그가 말하는 '사실'이 역사적 사실만을 의미한다면 문학은 자칫 역사나 정치의 시녀로 전락할 위험성을 안고 있다. 물론 설정식도 시가 신문 기사와는 다르다는 점을 인정하면서 시인들에게 "사실 중 사실을 기름 짜듯 꿀 빗듯 하는 노력"을 아끼지 말 것을 주문하였다.

설정식은 해방 후 조선 시인들이 "새로운 체험을 통하여 새로운 시를 생산"하여 조선 시단에 일찍이 없던 새로운 국면을 열어놓았다고 주장하였다. 이러한 주장에 이의를 제기할 사람은 아마 없을 것이다. 해방기를 분수령으로 한국 시는 질적으로나 양적에서 크게 달라졌기 때문이다. 그러나 시에 새로운 국면을 열어놓았다는 것과 작품의 질은 별개의 문제다.

더구나 설정식은 해방 이후 조선 시가 세계적 수준에 올랐을 뿐 아니라 "세계시의 과거조차 용감하게 밀어버리고 나왔다"고 주장하였다. 그러나 이러한 주장은 객관적인 실제 사실에 근거를 두고 있다기보다는 희망 사항에 지나지 않는 것이어서 선뜻 수긍하기 어렵다. 앞에서 이미 언급했지만 홍명희도 임화의 작품을 예로 들면서 해방 전과 해방 후의 그의 작품 수준을 비교하였다. 홍명희는 임화가 여전히 조선의 '제일류 시인'이라는 점을 인정하면서도 해방 전의 작품과 비교해 볼 때 해방 후의 작품은 질이 떨어진다고 지적하였다.

설정식은 「실사구시의 시」의 2회로 가면서 점점 주장이 과격해진다. 시에서 '기교'와 '기술'을 구분 짓는 그는 그가 '반동'과 관련짓는 전자보다는 '구국문학'과 관련한 후자 쪽의 손을 들어주었다. 그는 "마른 땅에 소낙비같이 그들의 생활의 전질량全質量을 크게 또 풍부하게 하는 시의 방법이라하겠다. […] 사상으로 단체까지 무장하는 것이다. 내 개인의 사상으로가 아니라 백만만 천만 인민의 사상으로 무장하여야 되는 것이다"[65]라고 주장하였다. 설정식에게 좁게는 시, 더 넓게 문학은 인민을 사상적으로 무장하는 데 궁극적인 목적이 있음을 알 수 있다.

설정식이 추구하는 이러한 궁극적 목적은 「실사구시의 시」의 3회에 이르러 정점에 이른다. 그는 문학이란 분명한 목적의식을 지녀야 한다고 지적하였다. 그러면서 문학은 '청량음료'의 역할을 하기 전에 먼저 '소독제' 역할을 해야 한다고 주장한다.

> 구국 운동의 일환으로서 문학이 참여할 길은 문화인이 문학을 통하여 일반 인민의 사실에 대한 인식을 깊이 하여서 취사선택에 대한 정확한 판단을 내리게 하야 행동의 전제로 삼도록 하는 것이 급선무겠다. 판단을 내리게 함으로써 조선이 현재의 병자病者 같은 상태에 있는 것은 누구 때문이며 그의 동기와 목적이 무엇이라는 것을 널리 또 철저히 알리는 동시에 집결된 인민의 의식이 구국의 행동화가 되는 데 이바지되어야 하겠다.[66]

---

65 설정식, 「실사구시의 시 2」, 〈조선중앙일보〉(1948. 06. 30.). 설정식의 이러한 주장은 북한이 그동안 주장해 온 것과 비슷하다. 『조선문학통사: 현대편』의 집필자는 "조선로동당은 우리 문학의 레닌적 당성 원칙을 고수하기 위하여 언제나 우리 작가 예술가들이 맑스·레닌주의 세계관으로 확고히 무장하고 '싸우는 투사', '열렬한 애국자'가 되도록 교양하면서 우리 문학이 전체 근로인민을 공산주의 사상으로 교양하는 강유력한 사상적 무기가 될 것을 요구하였다"고 지적한다. 인동이 재출간한 『조선문학통사: 현대편』, 178쪽에서 인용.

66 설정식, 「실사구시의 시 3」, 〈조선중앙일보〉(1948. 07. 01.).

설정식은 2회에서는 시인이 인민을 사상적으로 무장하는 데 이바지해야 한다고 주장했지만 3회에 이르러서는 그보다 한발 더 나아가 병든 조선 사회를 구제하는 데 앞장서야 한다고 지적하였다. 설정식의 이러한 주장은 1930년대 영문학에서 주목을 받은 시인 W. H. 오든의 주장과 아주 비슷하다. 오든은 한편으로는 T. S. 엘리엇이 대표하는 1920년대의 모더니즘 문학에 반기를 들고, 다른 한편으로는 마르크스주의의 깃발을 높이 쳐들고 스티븐 스펜더와 세실 데이루이스 등과 함께 영국 시단에 싱그러운 바람을 불러일으켰다. 이른바 '오든 그룹'의 지도자로서 오든은 시인이 병든 사회를 치유하는 '임상의臨床醫' 같은 역할을 해야 한다고 주장하였다. 영문학도인 설정식이 당시 김기림을 비롯한 문인들이 주목한 '오든 그룹'을 모를 리 없다.

방금 앞에서 남로당의 수뇌부와 월북한 문인들의 숙청 소식을 전하는 〈동아일보〉 기사를 언급하였다. 그런데 이 기사는 설정식, 임화, 이원조 등을 '열성적인 공산주의자들'과 '괴뢰 문화인들'로서 "남한에서 북한 괴뢰 집단을 지지하는 투쟁적인 열성분자들"이었다고 못 박아 말하였다. 임화와 이원조는 접어두고라도 설정식은 과연 '열성적인 공산주의자'와 '투쟁적 열성분자'의 범주에 넣을 수 있을까? 이 물음에 대한 답은 흔히 생각하는 것처럼 그렇게 간단하지 않다. 그가 비록 공산주의나 사회주의 사상에 매력을 느꼈다고 하더라도 '열성적'이거나 '투쟁적'인 면모를 좀처럼 찾아볼 수 없기 때문이다.

설정식은 개신 유학자 집안에서 태어나 진보적인 가정에서 자라면서 남달리 사회 정의나 평등에 대한 의식이 강한 것은 부정할 수 없는 사실이었지만 그가 처음부터 사회주의나 공산주의에 심취한 것은 아니었다. 앞에서 언급했듯이 연희전문학교 입학 전후하여 발표한 글을 보면 그는 사회주의와 자유주의, 좌익 사상과 우익 사상 모두에 비교적 균형 감각을 유지하고 있었다. 그러므로 좌익 이념에 대한 경도는 점진적으로 이루어졌다기보다는 해방기에 걸쳐 급진적으로 이루어졌다고 보는 쪽이 훨씬 정확하다. 설정식은 혼란스러운 해방기를 몸소 겪으면서 이념과 사상에 큰 변화가 일어났다.

일본 제국주의가 태평양전쟁에 광분하던 기간 동안 설정식은 이렇다 할 활동 없이 숨어 지내다시피 하며 조국이 식민지 굴레에서 벗어날 날을 조용히 기다렸다. 그러나 막상 예상치 않게 갑자기 찾아온 광복은 한편으로는 그에게 말할 수 없는 환희와 희망을 안겨주었지만 다른 한편으로는 분노와 절망을 가져다주었다.

> 샛바람이 이렇게 저물도록 일면
> 접친 다리 도지듯
> 기억 마디마듸
> 푸른 멍이 아프다
> 누가 이리 피로하게 하였는지
> 아 해방이 되었다 하는데
> 하늘은 왜 저다지 흐릴까 (82~83쪽)

설정식이 1946년에 써서 이듬해 첫 시집 『종』에 수록한 작품 「원향原鄕」의 일부다. 제목으로 사용한 '원향'이란 본디 한 지방에 여러 대를 내려오며 사는 향족鄕族을 뜻하지만 여기서는 오랫동안 한반도에 살아온 한민족을 가리키는 제유提喩로 볼 수 있다. 그토록 기다리던 해방을 맞이했는데도 시적 화자는 희망은커녕 오히려 옛 상처가 새롭게 느껴질 뿐이다. '푸른' 것은 해방 조국의 하늘이 아니라 기억의 마디마디에 파고드는 멍 자국이다.

> 나래 치면 바람 항상 일듯이
> 닷는 곳마다 해안은 뻗었도다
> 아름다우리라 하던
> 붉은 등燈은 도리어
> 독毒한 부나븨
> 가슴 가슴 달려드는구나
>
> 무서운 희롱이로다
> 누가 와서 버려놓은 노름판이냐 (58쪽)

1946년 5월 〈신세대〉에 발표했다가 『종』에 수록한 「단조短調」라는 작품이다. 「원향」처럼 이 작품에서도 시적 화자가 노래하는 대상은 역시 한반도다. 이 작품의 "아름다우리라 하던"이라는 구절은 「원향」의 "아 해방이 되었다 하는데"의 구절처럼 가슴에 품었던 기대와 희망이 물거품처럼 사라진 것을 보여준다. 자주독립을 상징하는 '붉은 등'에는 오히려 부나비들만 달려들 뿐이다. 여기서 '부나비들'이란 정치 모리배들이나 정략가들을 가리킴은 새삼 말할 필요가 없을 것이다.

설정식은 이 작품의 제목을 도대체 왜 '장조'가 아닌 '단조'로 삼았을까? 그 답은 위에 인용한 부분 중 마지막 두 행 "무서운 희롱이로다 / 누가 와서 버려놓은 노름판이냐"에서 찾을 수 있다. 시적 화자에게 해방 정국의 한반도는 '희롱', 그것도 '무서운' 희롱에 지나지 않았다. 남쪽에는 미군이 주둔하고 북쪽에는 소련군이 주둔하면서 식민지일망정 일제강점기에도 한 몸뚱이였던 한반도가 갑자기 두 동강이로 허리가 잘리고 말았다. 물론 예외가 없는 것은 아니지만 장음계와는 달리 단음계는 어두운 분위기를 자아내게 마련이다. 음계에 빗댄다면 해방기 정국은 틀림없이 단조나 단음계가 될 것이다.

1932년 3월과 4월 〈동광〉에 「거리에서 들려주는 노래」와 「새 그릇에 담은 노래」 같은 작품을 발표하여 시인으로 데뷔할 때만 하여도 설정식은 차라리 순수문학을 지향하는 서정 시인이었다. 그는 문학은 문학 외의 다른 가치에 양도할 수 없는 고유한 기능과 가치가 있다고 믿었다. 설정식이 지향하던 이러한 순수문학의 경향은 단편소설과 장편소설 같은 산문 작품에서는 훨씬 더 뚜렷하게 드러난다. 그가 사회의식을 드러내면서 점차 순수시에서 이념 시로 옮아가기 시작한 것은 비로소 해방 이후였다.

설정식이 문학관에서 방향 전환을 꾀한 데는 미군정청 공보처 여론국장과 그 뒤를 이어 과도입법의원의 부비서장으로 근무한 경험이 결정적인 역할을 하였다. 설정식이 미군정청에 관여한 일이 빌미가 되어 뒷날 북한에서 간첩죄로 처형당하는 비극적 운명을 맞았다는 것은 역사적 아이러니다. 미군정청에서 근무한 경험이 한편으로는 그가 공산주의로 가는 길을 열어놓았고, 다른 한편으로는 간첩의 누명을 쓰고 희생양이 되는 빌미가 되었기 때문이다. 미군정청의 과도입법의원과 결별한 이유에 대하여 그는 판문점에서 머레이에게 이렇게 고백하였다.

> 내가 공산당의 지하 조직에 참가하게 된 것은 이때의 일이었다. 나는 미국인이 나를 쌍수를 들어 받아들인 것이 당연하다고 생각한다. 나로 말하면 오하이오주의 대학을 나왔고, 영어를 잘하고, 무엇보다

도 그들이 나를 필요로 하였던 것이다. 그러나 나는 미국인들에게 실망하였던 것이다. 나는 그들이 자기네 군사 기지가 있는 나라에 대한 관심보다 군사 기지 자체에 더 많은 관심을 가지고 있음을 보았다. 나는 농민과 노동자들이 전과 다름없이 비참한 생활을 하고 있으며, 아무런 경제적 향상도 없다는 것을 알았다. 나는 또 그들이 부패와 인권의 억압을 못 본 체하고, 그 무자비한 독재자 이승만만을 전폭적으로 믿고 있다는 것도 알게 되었다. (192~193쪽)

설정식이 미군정에 실망을 느낀 데다 불만을 품은 이유는 크게 다섯 가지였다. 첫째, 미국은 일제의 식민지 굴레에서 갓 풀려난 한국의 재건보다는 오히려 남한을 자국의 군사 기지로 삼는 일에 더욱 열성이었다. 둘째, 미군정 아래에서 국민들의 생활은 일제강점기와 조금도 달라진 것이 없이 여전히 고통스럽고 비참하였다. 셋째, 미군정청은 일제가 남기고 간 적산 재산을 부당하게 기득권들에 처분해 주었다. 넷째, 미군정은 민주주의의 이념에 어긋나게 직간접으로 폭력과 테러를 조장하거나 인권을 탄압하였다. 다섯째, 미국은 김구金九나 여운형 같은 민족주의 성향의 지도자들을 멀리하고 설정식이 '무자비한 독재자'로 부르는 이승만을 전폭적으로 지지하였다.

설정식은 이 다섯 가지 중에서도 특히 마지막 현상에 가장 불만을 품었던 것 같다. 그의 태도는 〈신세대〉에 3회까지 연재하다가 중단한 장편소설 「해방」에서도 엿볼 수 있다. 이 작품의 주인공 윤학선은 방송에서 서울에 건국준비위원회가 조직되었다는 소식을 듣고 가슴이 설렌다. 새 나라의 설립에 대하여 서술 화자는 "[윤학선은] 해방된 새 나라 조선의 새 주권을 세울 사람이란 따로 어디서 몽동朦朧을 거느리고 다른 세계에서 오는 것도 아니고 주권은 역시 자기가 익히 아는 사람들, 어제 그제까지 함께 이를 갈고 한숨을 쉬던 사람들이 세워야 될 것이라는 것, 다른 말로 하면 조선 사람들 전체가 다같이 주권을 세우는 데 참여하는 것이며 또 참여하여야 되는 것이라는 것을 새삼스러이 깨달았다"(232쪽)고 밝힌다. 이 점에 관해서는 윤동제가 아들 윤학선보다 훨씬 확고하다. 건국에 관한 설정식의 태도는 아마 윤학선이나 윤동제의 태도와 크게 다르지 않을 것이다.

설정식이 좌익 문단 쪽에 서게 된 것은 이승만과 그가 이끄는 대한독립촉성국민회 같은 정당 단체와 그것을 직간접으로 지지하는 우익 문단 등에 대한 역선택으로 보는 쪽이 합리적이다. 다시 말해서 좌익 문단이 좋아서라기보다는 우익 문단이 싫어서 그러한 선택을 했을 가능성이 높다. 설정식은 이승만보다는 차라리 여운형에게서 해방기 한반도의 희망을 발견하였다. 설정식에게 여운형은 해방기 암흑을 밝힐 등불 같은 존재였다. 여운형이 괴한의 피습을 받고 사망한 날 밤을 다룬 「무심無心」에서 그는 "등불이 잠시 꺼졌다 / 우연이 이렇게 태허太虛에 필적할 수가 있느냐"(143쪽)라느니 "오호嗚呼 내일 아침 태양은 / 그여히 암흑의 기원이 되고 마는 것이냐"(144쪽)라느니 하고 절망감을 피력하였다.

설정식이 해방기 위대한 지도자 중 하나로 높이 평가한 몽양 여운형.

한편 설정식의 이러한 판단에는 둘째 형 설의식의 영향도 없지 않았을 것이다. 만주에 멀리 떨어져 살던 맏형 설원식보다는 아무래도 같은 서울에 살던 둘째 형과 관계가 더 깊었을지 모른다. 앞에서 1948년 7월 문화인 330명이 성명을 발표한 것과 관련하여 그해 4월에 발표한 '108인 문화인 성명'을 언급하였다. 108명이 서명한 문화인 성명은 ①극좌와 극우 정치 노선의 배제, ②단독정부 수립 시도 반대, ③통일 자주독립을 목표로 남북 협상을 지지하고 성원하였다. 그런데 이 성명을 작성한 사람은 다름 아닌 설의식이었고, 이 성명 발표를 막후에서 조정한 인물은 홍명희와 백남운이었다.[67] 설정식은 설의식과 함께 108인 성명에도 서명하였다.

설정식은 좌익 문단에서 활약했으면서도 임화나 김남천 또는 김동석 같은 문인들과는 성격이 조금 다르다. 설정식의 정치적 신념은 사회주의나 공산주의보다는 오히려 반제국주의적 민족주의에 가깝다. 그는 「만주국」에서 동아시아를 지배하려는 일본 제국주의의 야심을 치명적인 독을 가진 독사에 빗대었다. "독사여 / 피로 피를 씻고 / 칼로 칼을 가는 제국주의여, 독사의 무리여 / 입을 다물고 차라리 포탄부터 소비하라"(193쪽)라고 노래하였다. 그러나 피로 피를 씻고 칼로 칼을 가는 것은 비단 일본 제국주의에 그치지 않는다. 설정식은 이 점에서는 자유민주주의의 깃발을 내거는 미국도 일본 못지않다고 생각하였다. '미국 독립기념일에 제際하여'라는 부제를 붙인 「제국의 제국을 도모하는 자(월트 휘트맨)」에서 그는 이렇게 노래하였다.

어데 어데를 가도
'자유', 그 말에 방불彷佛한 토지를

---

67 이 점에 대해서는 김광운, 『통일독립의 현대사: 권태양의 생애와 시대 이야기』(지성사, 1995), 219쪽; 양동안, 「1948년 남북협상과 관련된 북한의 대남 정치공작」, 〈국가정보연구〉 3권 1호(2010), 7~45쪽 참고. '108인 문화인 성명'에 설정식은 빠져 있지만 염상섭, 정지용, 김기림, 박태원, 이양하, 임학수, 최정우, 이극로, 홍기문, 박계주, 김일출 등이 서명하였다.

파씨쓰타의 무리여
너희들 까닭에 나는
휘트맨의 곁에 가차이 설 수 없고
또 이날에도
찬가로써 하지 못하고
두 폭 넓은 비단 청보靑褓에 '원망'을 싸는도다 (134쪽)

설정식과 이 작품의 1인칭 시적 화자 '나'가 말하는 '제국의 제국'이란 과연 어느 국가를 가리키는 것일까? 그 답은 이미 제목과 부제에 들어 있다. 흔히 미국의 국민 시인으로 일컫는 '월트 휘트먼'은 마크 트웨인과 함께 여전히 영국 문학의 치맛자락을 붙들고 있던 미국 문학이 홀로 서는 데 크게 이바지한 시인이다. 또한 설정식은 '미국 독립기념일'을 맞이하여 이 작품을 썼다.

그러나 설정식은 이 작품에서 자유와 평등과 박애에 기반을 둔 미국 민주주의를 찬양하기보다는 비록 간접적일망정 일본 같은 제국을 옹호하는 제국주의 국가로 변질된 점을 날카롭게 비판한다. '제국의 제국을 도모하는 자'는 휘트먼이 아니라 휘트먼이 『풀잎』(1855)에서 노래한 자유민주주의 정신을 훼손한 미국의 정략가들이나 사이비 민주주의자들이다. 그래서 시적 화자는 두 폭 넓은 비단 청색 보자기에 '자유' 대신 '원망'을 싼다고 절망감을 드러낸다. 소설과 관련한 제3장에서 자세히 다루겠지만 설정식은 미완성 장편소설 「한류난류」에서 미국의 자본주의가 궁극적으로는 일본 제국주의를 뒷받침하는 역할을 한다고 지적한다.

설정식이 그토록 희망의 청색 보자기에 싸고 싶은 참다운 민족주의를 일제강점기는 말할 것도 없고 심지어 해방 조국에서도 좀처럼 찾기 힘들었다. 그래도 그는 좀처럼 희망의 끈을 놓지 않았다. 그에게는 자기가 사는 세대에 그 꿈을 미처 이루지 못한다면 다음 세대에 이룰 수 있다는 희망이 있었다. 이러한 희망은 1946년 7월 〈문학〉에 발표했다가 첫 시집의 표제로 사용한 「종」에 잘 드러나 있다.

그러나 무거히 드리운 인종忍從이어
동혈洞穴보다 깊흔 네 의지 속에
민족의 감내堪耐를 살게 하라
그리고 모든 요란한 법法을 거부하라

내 간 뒤에도 민족은 있으리니
스스로 울리는 자유를 기다리라
그리고 내 간 뒤에도 신음呻吟은 들리리니
넌 또 소리 없는 파루罷漏를 치라 (61~62쪽)

설정식의 첫 시집 『종』 표지.

첫 연의 '인종'과 '감내' 같은 낱말과 둘째 연에서 두 번 되풀이하는 "내 간 뒤에도"라는 구절에서도 엿볼 수 있듯이 1인칭 시적 화자 '나'는 그가 열심히 바라는 민족과 자유에 대한 염원을 한순간도 저버리지 않는다. '모든 요란한 법'이란 민족과 자유를 억압하는 제도를 말한다. 마지막 행 "넌 또 소리 없는 파루를 치라"라는 구절은 모순어법이다. 소리 없이 종을 치라는 말은 '침묵의 소리'나 '소리 없는 아우성'처럼 앞뒤가 서로 맞지 않는 수사법이다. 조선 시대 밤 10시경 종을 쳐서 인정人定을 알리면 도성의 문이 닫히고 통행금지가 시작되다가 새벽 4시경이면 다시 종을 쳐서 파루를 알리면 도성 문이 열리고 통행금지가 해제되었다. 이렇듯 이 작품에서 종은 밤낮을 가리지 않고 민족과 자유를 지키는 파수꾼 역할을 하였다.

그러나 설정식은 민족주의를 내세우되 편협한 민족주의는 배척하였다. 홍명희와의 대담에서 그는 "글러도 내 민족 옳아도 내 민족이라는 따위 감상적 민족주의도 좋지만, 눈물겨운 것만으로 천하는 다스려지는 것은 아니겠지요"라고 말하였다. 설정식이 생각하던 이상적인 문학은 '민주주의 민족문학'이었다. 조선문학가동맹과 관련하여 그는 홍명희에게 "우리가 주장하는 것은 그야말로 진정한 민주주의 민족문학인데 이것을 위하여 봉건과 일제 잔재를 소탕하고 파쇼적인 국수주의를 배격하여 민족문학을 건설함으로써 세계문학과 연결을 가지려고 할 따름입니다"라고 천명하였다.[68]

이렇듯 설정식은 민족주의를 지향하면서도 동시에 세계주의에 대한 소망을 포기하지 않았다. 일찍이 중국과 일본, 미국에서 유학하면서 세계정신을 호흡한 그는 제국주의나 파쇼적인 국수주의를 배격하고 민족문학의 토대를 굳건히 함으로써 궁극적으로 세계문학의 대열에 합류하려고 하였다. 만약 한반도의 문화 자원이 강대국에 의하여 두 동강이로 쪼개지지만 않았더라면 설정식의 의도대로 한반도는 아마 지금보다 훨씬 더 세계 무대에서 중심적인 역할을 하고 있을 것이다.

설정식은 이념적으로는 좌익 쪽에 서 있으면서도 명시적으로 또 일관되게 문학을 사회 변혁이나 혁명의 수단으로 삼으려고는 하지 않았다. 적어도 이 점에서 설정식의 문학관은 임화나 김남천보다는 정지용이나 김기림에 가깝다. 설정식은 기질로 보나 세계관으로 보나 사회주의자나 공산주의자가 될 수 없는 인물이었다. 그는 염치를 중시하여 권위에 아부하지 않고

---

68 「홍명희-설정식 대담기」, 『설정식 문학전집』, 774~775, 779쪽. https://blog.naver.com/hksol.

양심에 따라 행동하는 개혁적 지식인이었다. 오세영吳世榮은 설정식이 본질적으로 역사적 유물론에 바탕을 둔 사회주의자이거나 공산주의자라기보다는 해방기 부조리한 남한 현실에 좌절을 느낀 나머지 북한의 사회주의에서 조국의 희망을 찾으려고 한 '비판적 지식인'이었다고 주장한다.[69]

그러고 보니 설정식을 정지용이 왜 '우익 시인'으로 평가했는지 수긍이 간다. 정지용은 "정식이가 어찌 프롤레타리아 시인일 수 있으랴? 하물며 '빨갱이' 시인일 수 있겠느냐?"라고 반문하였다. 그러면서 정지용은 설정식이 "'프롤레타리아' 시인이 아닌, 과격파가 아닌, '우익 시인'"이라고 자리매김하였다. 정지용은 계속하여 "혁명시인이란 어느 국가의 여유 있던 사치더냐? 조선에는 이렇게 애절哀絶, 비절悲絶, 참절慘絶한 시가 있을 뿐이다"라고 잘라 말하였다.[70]

월북 이후 설정식에 관한 최초의 증언이라고 할 티보 머레이의 글을 소개하면서 〈사상계〉 편집자는 "이것은 남에서 북으로, 한 독재를 피하여 다른 하나의 독재로 간 한 인간의 비극 이야기"라고 밝혔다. 아버지를 따라 시인이 된 설정식의 막내아들 설희관은 「아버지」라는 작품에서 이렇게 노래하였다.

> 이데올로기의 홍수 속에서
> 모습도 남기지 않은 채 휩쓸려간 사람

69 오세영, 「설정식론: 신이 숨어버린 시대의 시」, 〈현대문학〉 통권 423호(1990), 423쪽; 오세영, 『한국현대시인연구』(월인, 2003), 469쪽.

70 정지용, 「시집 『포도』에 대하여」, 권영민 편, 『정지용 전집 2: 산문』(민음사, 2016), 394~395쪽.

그래서 나는 그의 얼굴을 모른다
옆모습 뒷모습도 허망하다
목소리는 어땠나 키는 몇 척이었나
도무지 도무지 알 수가 없다
30대 청년의 정면사진 한 장이
한평생 영정으로 남은 사람이여[71]

설정식이 북으로 간 것은 막내아들의 나이 겨우 세 살 때였다. 그러니 아버지의 얼굴은커녕 옆모습과 뒷모습조차 기억할 리 만무하다. 아버지의 모습은 그가 간직한 30대 청년의 사진 한 장 그대로 정지 화면으로 남아 있을 뿐이다. 설희관은 형제 중에서 아버지를 가장 많이 닮아서 할머니는 초등학생이던 그를 보면 으레 눈물을 짓곤 하였다.

설희관은 「아버지」의 마지막 연에서 "내일은 붉은 잉크 들고 종로구청 찾아가 / 가출 노인 이제사 돌아오셨다고 신고해야지"라고 담담하게 노래한다. 그동안 생사가 불분명하던 설정식은 막내아들의 말대로 '가출 노인'에 지나지 않았다. 그러나 모든 자료와 증언을 통하여 아버지의 사망이 확실해진 이상 이제는 호적(가족관계증명서)을 정리해야 할 때가 되었다. 그래서 2020년 6월 설희관은 서울가정법원에 아버지의 '실종'을 신고하였고, 법원은 마침내 신고를 받아들여 '실종'을 선고하였다. 재판부가 이러한 선고를 내린 근거는 "사건 본인(부재자)이 1953년 이후 5년 이상 생사가 불명하여 1958. 8. 21. 그 실종 기간이 만료되었다"고 판단했기 때문이다. 그동안 설정식의 유가족은 해마다 음력 생일 8월 9일 제사를 지내 왔지만 실종 선

71 설희관, 『햇살무리』(책만드는집, 2004), 165쪽. https://blog.naver.com/hksol.

고 판결이 난 지금 3월 19일을 아버지의 기일로 삼고 있다.

설정식과 관련한 가족관계증명서에는 이제 '실종 선고'로 기재되어 있다. 그러나 설정식이 시, 소설, 희곡, 평론, 수필, 번역 등 그야말로 여러 문학 장르에 걸쳐 종횡무진으로 활약하며 남긴 문학 작품은 한국 현대문학사에서 '실종'되지 않은 채 여전히 살아남아 숨 쉬고 있다. 살아남아 숨 쉬고 있을 뿐 아니라 한국 현대문학사의 한 페이지를 장식하는 것이다.

제2장

서정시를 쓰기 힘든 시대

일제강점기와 해방기에 활약한 문인들이 흔히 그러하듯이 설정식도 비교적 자유롭게 여러 장르를 넘나들며 활동하였다. 가령 그는 해방기에 『종』(백양당, 1947), 『포도』(정음사, 1948), 『제신의 분노』(신학사, 1948) 같은 시집을 잇달아 출간했는가 하면, 『청춘』(1949) 같은 장편소설과 단편소설 여러 편을 발표한 소설가로 활약하였다. 「중국은 어데로」(1932)라는 희곡 작품을 발표한 극작가로 활약하는 한편, 〈조광〉과 〈인문평론〉 같은 잡지와 여러 일간신문에 국내외 작가와 작품을 다룬 문학평론을 발표하였다. 그런가 하면 〈중앙신문〉과 〈조선춘추〉와 〈신동아〉 등에 수필을 발표하기도 하였다.

한편 설정식은 윌리엄 셰익스피어의 『햄릿』을 번역하여 단행본으로 출간하고 어니스트 헤밍웨이의 단편소설과 새러 티즈데일의 시 작품을 번역하여 번역가로서의 역량을 과시하기도 하였다. 일본 제국주의의 식민지 통치를 받던 암울한 시대와 어수선한 해방기에 걸쳐 설정식처럼 이렇게 다양한 문학 장르를 자유롭게 넘나들며 작품 활동을 한 문인을 찾아보기도 그다지 쉽지 않다. 이렇게 다양한 장르를 자유롭게 넘나들며 활약한 문인으로는 아마 김기림을 제외하고 나면 설정식이 유일할 것이다.

그러나 안타깝게도 마흔한 살의 젊은 나이로 요절할 때까지 설정식이 가장 선호한 문학 장르는 뭐니 뭐니 하여도 시였다. 한국학중앙연구원에서 펴낸 '한민족문화대백과사전'에나 권영민權寧珉의 '한국현대문학 위키'에 설정식은 시인으로 자리매김되어 있다. 또한 일간신문이나 잡지도 그를 언급할 때는 흔히 시인으로 간주하기 일쑤다. 그러므로 한국 문학사에서 설정식이 차지하는 위상도 역시 시 분야에서 찾아야 한다.

설정식의 시는 식민지 조선이 일본 제국주의의 굴레에서 벗어난 1945년을 분수령으로 크게 두 갈래로 나뉜다. 해방을 맞이하기 전에 발표한 초기 작품들이 다분히 서정적이고 개인적인 특징이 강하다면, 해방 후에 발표한 작품들은 서사적이고 공적인 특징이 두드러진다. 해방기에 발표한 시 작품들은 거의 예외 없이 넓은 의미에서 사회주의 리얼리즘 전통에 속하는 것으로 지나치게 이념 편향적이다.

벽초 홍명희는 설정식과의 대담에서 임화의 작품과 관련하여 "내가 보기엔 그 사람 시는 해방 전 것이 해방 후 것보다 나은 것 같애. 해방 후 것은 어딘지 모르게 저절로 우러나오는 것이 아니고 억지로 무엇을 보이기 위해서 만들어논 것 같단 말야"[1]라고 밝혔다. 그런데 홍명희의 이 말은 임화의 작품 못지않게 설정식의 작품에도 거의 그대로 들어맞는다. 해방 후에 쓴 설정식의 작품은 사탕수수로 만든 설탕 맛보다는 어딘지 모르게 인공감미료나 사카린 냄새가 난다. 마음속 깊은 곳에서 '저절로 우러나온' 작품이라기보다는 '억지로 무엇을 보이기' 위하여 쓴 작품 같다는 생각을 떨구어 버릴 수 없다. 그러므로 한국 문학사에서 시인 설정식의 업적은 해방 후의 작품보다는 오히려 해방 전의 작품에서 찾아야 할 것이다.

---

1 「홍명희-설정식 대담기」, 〈신세대〉(1948. 05.); 『설정식 문학전집』, 784쪽. 1948년 〈민성〉에서 개최한 방담에서도 기자가 해방 전과 해방 후의 문학을 묻자 임학수는 '해방의 흥분'이 좀 더 가라앉아야 한다고 지적하였다. 그러자 설정식은 해방 후의 문학이 해방 전의 문학보다 '훨씬 나아졌다'고 말하면서 "해방 후에 우리는 감정의 큰 공동체를 발견하였다"고 주장하였다. 「문학 방담의 기: 설정식, 최정희, 허준, 임학수」, 〈민성〉 4권 2호(1948. 02.), 12쪽. https://blog.naver.com/hksol.

시란 무엇인가

설정식의 초기 시 작품인 「거리에서 들려주는 노래」와 「새 그릇에 담은 노래」는 데뷔작이지만 습작의 수준을 뛰어넘는 작품이다. 설정식의 데뷔 작품에 대하여 김윤식은 "중학생 응모 수준에서 벗어나지 않는다"느니 "당시 유행하던 프로시의 영향, 특히 임화의 서사시적인 '네거리의 순이' 계열의 흉내를 보였다"느니 하고 부정적으로 평가한다.[2] 김영철金榮喆도 설정식의 두 초기 작품에 대하여 "습작기 단계에서 당시에 유행되던 프로 시를 모방했거나 그 영향을 받은 것으로 추정된다"[3]고 김윤식의 주장을 거의 그대로 되풀이한다. 김영철은 "[설정식의 초기] 작품들은 습작기의 수준에서 벗

---

2 김윤식, 「소설의 기능과 시의 기능: 설정식의 경우」, 『한국현대소설비판』(서울: 일지사, 1981), 170쪽.

3 김영철, 「설정식의 시 세계」, 〈관악어문연구〉(서울대학교 국어국문학과) 14집(1989), 40, 46쪽.

어나기 힘든 것들이고 본격적인 시 창작은 해방 후에서부터이다"라고 주장하면서 설정식을 '해방기의 대표적인 시인'으로, 그의 작품을 형식과 내용에서 프롤레타리아 시와 관련시킨다.

설정식이 1930년대에 쓴 초기 작품을 '습작'으로 치부하는 것도 문제이지만 초기 작품을 중기나 후기 작품보다 열등하다고 판단하는 것은 훨씬 더 심각한 문제다. 세계 문학사를 들여다보면 초기 작품이 시인으로 명성을 얻은 뒤에 쓴 작품보다 뛰어난 경우가 얼마든지 있다. 후기 작품은 한낱 전기 작품의 동어반복에 지나지 않는 시인들이 적지 않다.

그러나 「거리에서 들려주는 노래」가 실린 잡지가 〈동광〉이라는 사실만 보아도 프로시와는 거리가 멀다는 것을 알 수 있다. 이 잡지는 사회주의 운동을 표방하던 잡지들에 맞서 안창호의 흥사단을 배경으로 창간되었을 뿐 아니라 흥사단과 같은 계열의 단체로 조직된 수양동우회의 기관지 성격을 띠고 있었다. 1930년대 초만 하여도 설정식은 노동자와 농민 같은 무산 계급의 해방을 위한 문학에는 아직 별다른 관심이 없었다.

설정식은 「거리에서 들려주는 노래」에서 계급 투쟁 의식을 고취하기보다는 오히려 시의 성격이나 본질을 규명하는 데 관심이 있었다. 서양에서는 시의 성격을 규명하는 '시에 관한 시' 또는 '시의 시', 즉 '메타포엠 metapoem'을 심심치 않게 찾아볼 수 있지만 동양 문화권에서는 그러한 작품은 좀처럼 찾아보기 어렵다. 이 작품은 말하자면 설정식이 시도한 메타포엠에 해당한다. 적어도 이 점에서 이 작품은 어떠한 목적을 염두에 둔 이념 시가 아니라 오히려 순수시에 가깝다.

> 동모여! 들어라
> 시인이란 그 공사工事에

무쇠의 근육과 울뚝 펼쳐진 가슴과 굳세인 허리와
그리고 맑고 깊은 눈동자를 가진 위대한 직공職工을 가리킴이니
한 개의 인간이 창궁蒼穹 밑에서
얻을 수 있는 최대의 발견이 시인 것이다
이 발견의 기록은 아예 어여쁜 대리석에 아로새길 것이 아니라
모름지기 큰 은행나무에 쪼아둘 것이니
그리하면 그대의 노래는 자라는 나무와 함께 영원히 커질 것이다[4]

모두 6연으로 구성된 「거리에서 들려주는 노래」 중 맨 마지막 연이다. 이 작품의 시적 상황은 부제에서도 엿볼 수 있듯이 지금 1인칭 시적 화자 '나'는 동무를 만나러 시내로 가던 도중 잠시 길을 멈추고 썰매를 타는 동생을 보고 나무란다. 화자는 파고다공원 근처에서 동무를 만나고 그 동무는 그에게 시 한 편을 건네주며 그 시에 대하여 묻는다. 그러자 화자는 동무에게 눈을 "부릅뜨고 소리 질러" 들려주는 노래가 바로 위 인용문이다. 그러니까 위에 인용한 시는 시인 동무가 들려주는 '노래'에 대한 시적 화자의 화답인 셈이다. 시인 동무는 화자에게 이렇게 노래하였다.

절로 넘어지면 울지 않고 일어나는 아가야!
너도 인간이 다 되었구나, 배고플 때 아플 때

4 설희관 편, 『설정식 문학전집』(산처럼, 2012), 37쪽. 앞으로 설정식의 시 작품 인용은 이 텍스트에 따르고 쪽수는 본문 안에 직접 적기로 한다. 설정식의 막내아들 설희관은 전집 발간 이후 새로 발굴한 작품을 모아 그의 네이버 블로그(https://blog.naver.com/hksol)에 계속 올려놓는다. 전집의 오자와 탈자 등은 이 블로그 자료와 대조하여 바로잡았다.

엄마 없을 때 어린 애기는 울음도 가지가지
오! 창작가여 조그마한 시인이어 (36쪽)

이 작품에서 설정식은 나름대로 '시란 무엇인가?'라는 본질적인 질문을 던지고 그것에 답하려고 한다. 그것도 스무 살의 젊은 나이로 겨우 문단 말석에 시인의 이름을 갓 올려놓은 첫 작품에서 시를 정의 내리려고 한다. 설정식은 앞으로 이러한 시학을 기반으로 작품 활동을 전개하기 시작하지만 해방 후 급변하는 세계정세와 한반도의 정치 상황에서 문학관을 수정하였다.

시란 과연 무엇인가? 이 문제를 두고 그동안 많은 시인들이 이런저런 방식으로 정의 내려 왔지만 사람마다 시대마다 그 정의는 사뭇 달랐다. 오죽했으면 18세기 후반 영문학에서 고전주의 문학을 주도한 새뮤얼 존슨은 시가 무엇인지를 정의 내리는 쪽보다는 차라리 시가 '아닌' 것이 무엇인지 정의 내리는 쪽이 더 쉽다고 말했을까. T. S. 엘리엇이 "시에 관한 정의의 역사는 곧 오류의 역사"라고 말한 것도 이와 같은 맥락에서 이해할 수 있다.

앞의 인용문 첫 행의 '동모'는 순수 토박이말 '동무'의 옛말로 '벗'처럼 늘 친하게 어울리는 사람을 뜻할 뿐 아직은 어떠한 정치적 의미가 실려 있지 않다. 북쪽 광업 지대에서는 한 덕대 아래에서 일하던 광부들이 서로를 부를 때 쓰던 표현이기도 하다. 그러나 북한이 공산주의 국가가 되면서 혁명을 위하여 함께 싸우는 동지를 뜻하는 러시아어 '캄라트'를 '동무'로 번역하여 사용하면서 정겨운 이 토박이말은 남한에서는 금지어로 낙인찍히다시피 하였다. 그래서 친근한 '동무'는 한자어 '친구'로 대체되었고, '어깨동무'나 '길동무' 같은 합성어에만 겨우 명맥을 유지하고 있다.

마지막 연의 둘째 행 "시인이란 그 공사에"에서 '공사'라는 낱말도 좀 더 찬찬히 눈여겨보아야 한다. 공사라고 하면 토목이나 건축 따위의 일을 가리키는 것이 보통이고 어쩌다 형사들의 은어로 '고문'을 이르는 말로 사용한다. 이러한 토목이나 건축에서 일하는 사람이 '직공'이다. 그중에서도 강건한 육체("무쇠의 근육과 울뚝 펼쳐진 가슴과 굳세인 허리")와 총명한 지성("맑고 깊은 눈동자")을 겸비한 사람이야말로 '위대한 직공'의 범주에 속할 것이다. 설정식이 사용하는 '공사'와 '직공'의 의미도 토목이나 건축과 관련한 일차적 의미에서 크게 벗어나지 않는다.

서양에서 '시'라는 낱말의 뿌리를 거슬러 올라가다 보면 고대 그리스어 '포이에인poiein'을 만나게 된다. 이 고대 그리스어는 무엇인가를 인공적으로 만들어 내는 것을 뜻한다. 이러한 사정은 동양에서도 크게 다르지 않다. 동아시아 문화권에서 공통으로 쓰이는 한자어 '詩'를 보면 말씀 '言'과 절 '寺'가 결합된 글자다. '言'은 물리적 소리인 '音'과는 조금 다르고, '寺' 또한 손을 움직여 일하는 뜻의 '持'와 인간의 마음이 어떤 대상을 향하여 곧게 나아가는 '志'의 뜻을 함께 지닌다. 그러므로 '시'라는 말 속에는 서양의 '포이에인'처럼 손으로써 무엇인가를 만들어 낸다는 의미가 담겨 있다.

설정식이 생각하는 가장 이상적인 시인이란 '위대한 직공'이고, 시란 이렇게 '위대한 직공'이 장인 정신에 따라 상상력으로 정성껏 빚어낸 찬란한 우주다. 그래서 그는 화자의 입을 빌려 시란 "한 개의 인간이 창궁 밑에서 / 얻을 수 있는 최대의 발견"이라고 말한다. 하늘 아래 시보다 더 위대한 것은 없다는 뜻이다. 그런데 이 구절에서 주목해야 할 것은 화자가 '발명'이라는 말 대신 '발견'이라는 말을 사용한다는 점이다.

낭만주의 시학에서는 시를 예술의 신 무사이(뮤즈)의 영감이나 시인의 상상력에 무게를 둔 반면, 고전주의 시학에서는 이성의 시대에 걸맞게 과학과 합리성에 무게를 실었다. 19세기 낭만주의자들은 영감에 사로잡힌 시인이 대상에 도취된 상태에서 내면세계에 떠오르는 충만한 감정을 자연스럽게 읊어 낼 때 시가 태어난다고 믿었다. 가령 윌리엄 워즈워스는 "시란 강력한 감정의 자연스러운 분출"이라고 규정지었다. 이렇듯 시 창작은 천부적 재능에 크게 영향을 받는 것으로 생각하였다. 또 다른 영국 낭만주의 시인 윌리엄 블레이크의 말대로 시인에게 상상력이란 "궁극적 실재를 창조하는 유일한 힘"이었다.

한편 '창조'보다는 '제작'을 중시하는 고전주의자들은 시인이 반복된 훈련으로 시 창작 원리를 습득하고 기술을 연마함으로써 좋은 작품을 만들어 낼 수 있다고 생각하였다. 그들은 선천적 재능보다는 후천적 훈련이 더 중요하다고 보았다. 낭만주의 시인들의 시 창작을 토머스 에디슨이 전화기를 발명한 것에 빗댈 수 있다면, 고전주의 시인들의 시 창작은 크리스토포로 콜롬보가 아메리카 대륙을 발견한 것에 빗댈 수 있다.

설정식은 시란 영감의 산물도 아니요 그렇다고 두뇌로 만들어 낸 산물도 아니라고 생각하였다. 즉 시는 이 둘 중간 어디에서 생겨나는 것이다. 그는 시에 관한 산문 단상 「FRAGMENTS」에서 "시는 생명체에서 직접 오는 것도 아니요, 두뇌에서 오는 것도 아니요, 기실 제삼의 치륜의 회전에서 생산된다"(195쪽)고 밝힌다.[5] 여기서 그가 말하는 '생명체'란 시적 영감과 상상력을 가리키는 것이고, '두뇌'란 과학적 논리에 기초를 둔 이성과 합리성을 가리킨다. 설정식은 시적 영감과 과학적 논리가 마치 톱니바퀴처럼 맞물려 돌아갈 때 비로소 시가 창작된다고 판단하였다.

---

5 설정식은 「FRAGMENTS」를 시집 『제신의 분노』 끝부분에 부록처럼 수록하였다. 그래서 그런지 『설정식 문학전집』의 편집자는 시에 관한 단상을 수필 편이 아닌, 시 편에 수록하였다. https://blog.naver.com/hksol.

또한 설정식은 시란 시인의 구체적인 체험과 시적 상상력 중에서 어느 하나로써는 탄생되지 않는다고 지적한다. 그는 서로 대척점에 놓인 이 둘 사이에서 태어나는 자식이 바로 시로 간주한다. 이 점과 관련하여 설정식은 「FRAGMENTS」에서 "시는 체험과 상상 사이에 놓이는 교량이고 매질媒質인 것으로써 시를 생산한다. 체험을 통하여 상상할 수도 있고 상상을 통하여 체험할 수도 있다"(203쪽)고 말한다.

더구나 설정식은 이번에는 좀 더 토속적인 비유를 들어 시 창작을 짚신 삼는 것에 빗대기도 하였다. 「FRAGMENTS」에서 그는 "종래에 불러온 천재 혹 범재는 기관의 이칭일 뿐, 그 기관이 크고 작은 것은 선천적이나 그 정밀도는 후천적 단련에 있다. 그러므로 두 손이 정확精確할 수 있는 도리는 부단히 짚세기를 삼는 데 있다. 부단한 시 작업은 시인의 머릿속에 녹이 슬지 않게 하는 유일한 방법이다"(196쪽)라고 밝힌다. 두말할 나위 없이 시인의 선천적 재능 못지않게 후천적 훈련을 지적하는 말이다.

그러고 보니 설정식이 시적 화자의 입을 빌려 친구에게 왜 굳이 "이 발견의 기록은 아예 어여쁜 대리석에 아로새길 것이 아니라"고 말하는지 알 만하다. 낭만주의 전통의 시인이라면 아마 무사이 신의 영감을 받아 신비스러운 상상력으로 빚어낸 찬란한 우주를 대리석에 새겨 영원토록 보관할지 모른다. 그러나 시 작품을 공산품의 일종으로 파악하는 고전주의 시인답게 화자는 시를 그렇게 영원불변한 것으로 간주하지 않는다. 은행나무에 쪼아둔 작품은 나무가 자라면서 함께 자랄 것이고 나무가 죽으면 작품도 함께 사멸되고 말 것이기 때문이다.

이렇게 설정식은 「거리에서 들려주는 노래」에서 식민지 한국 문단에서 앞으로 시인으로 나아가야 할 방향을 모색하고 제시하였다. 이 점에서 이 작품의 부제로 사용한 '동모 맛나기 전 가던 길 멈추고 발을 구르며 동생을 나무라는 노래'라는 구절도 여간 예사롭지 않다. 앞에서 잠깐 언급했듯이 시적 화자는 지금 빙판에서 썰매를 타며 노는 동생에게 썰매와 쇠꼬챙이를 내던지고 얼음 깔린 강판 위를 내달리라고 '발을 구르며' 고함친다. 화자는 동생이 이렇게 한가롭게 놀고 있을 때가 아니라 나이 어린 그에게도 어떤 사명이 있다는 점을 강하게 내비친다.

첫 연에서 시적 화자 '나'가 동생에게 하는 행동은 곧 다음 연으로 이어진다. 화자는 친구를 만나고, 그 친구는 "괴로운 자문자답에 가슴 쓰려 발뺐다가 미닫이 뚫었네"라는 시 한 구절을 그에게 건네주면서 그의 의견을 묻는다. 그러자 화자는 두 눈을 부릅뜨고 큰 소리로 "동모여! 정신을 가다듬어 / 크게 땅이 꺼지도록 갱생의 심호흡을 하라"라고 말한다. 그러면서 화자는 계속하여 심호흡을 하여 탄력을 얻은 두 다리에 "한 아름 약골의 소아小我를 싣고 북악北岳에 오르라"라고 충고한다. 깔때기처럼 생긴 깊은 계곡에 용암이 불꽃을 품고 흐를 것이니 그 용암에 "쓰린 가슴의 소아"를 던져버리라고 명령한다.

여기서 불꽃을 품은 용암은 1930년대 초엽 동아시아를 휩쓸던 혼란스러운 국제 정세의 상징으로 보아도 크게 틀리지 않다. 1932년 1월 한인애국단원 이봉창李奉昌이 도쿄 사쿠라다몬(桜田門) 밖에서 일본 쇼와(昭和) 천황에게 폭탄을 투척했지만 실패하였고, 같은 해 2월에는 조선혁명군이 중국혁명군사령관 리춘룬(李春潤)과 합작하여 한중연합군을 조직하였으며, 같은 해 3월에는 일본 제국주의는 괴뢰정부 만주국을 건국하는 등 당시 국제 정세는 숨 가쁘게 돌아가고 있었다. 이 밖에도 이해에 한인애국단원 윤봉길尹奉吉이 중국 상하이(上海)의 훙커우(虹口)공원에서 폭탄을 던져 의거를 일으키고 한국독립군이 제2차 쌍성보雙城堡 전투에서 승리를 거두었는가 하면, 대한민국 임시정부의 본부를 상하이에서 항저우(杭州)로 이전하였다. 저 멀리 독일에서는 나치가 총선거에서 승리하여 제1당이 되면서 2차 세계대전에 불을 지폈다.

설정식은 시적 화자의 입을 빌려 시인 친구에게 "약골의 소아"를 던져버리라고 부르짖는다. 화자가 드러내 놓고 언급하지는 않지만 '소아'를 던져버리라는 말 속에는 '대아大我'를 취하라는 의미가 내포되어 있다. 화자가 말하는 "영겁으로 타가는 횃불"이란 다름 아닌 대아를 의미한다고 볼 수 있다.

설정식은 「거리에서 들려주는 노래」를 쓰면서 아마 단재丹齋 신채호申采浩의 소아와 대아의 개념을 염두에 둔 것 같다. 신채호는 1908년 9월 〈대한매일신보〉에 발표한 「대아와 소아」에서 "이제 이 물질과 껍질로 된 거짓 나와 작은 나를 뛰어 나서 정신과 영혼으로 된 참 나와 큰 나를 쾌히 깨달을진대, 일체 만물 중에 죽지 아니하는 자는 오직 나라"[6]라고 천명한다. 신채호가 여기서 말하는 '거짓 나'와 '작은 나'가 바로 소아에 해당하고, '참 나'와 '큰 나'가 대아에 해당한다.

> 천지와 일월은 죽어도 나는 죽지 아니하며, 초목과 금석은 죽어도 나는 죽지 아니하고, 깊은 바다와 끓는 기름 가마에 던질지라도 작은 나는 죽으나 큰 나는 죽지 아니하며, 예리한 칼과 날랜 탄환을 맞으면 작은 나는 죽을지언정 큰 나는 죽지 아니하며, 독한 질병과 몹쓸 병에 걸리더라도 작은 나는 죽으나 큰 나는 죽지 아니하며, 천상천하에 오직 내가 홀로 있으며 천변만겁에 오직 내가 없어지지 아니하나

6 신채호, 「대아와 소아」, 〈대한매일신보〉(1908. 09. 16.~17.). 신채호의 '소아'와 '대아'의 개념은 박은식朴殷植의 '가아假我'와 '진아眞我'의 개념과 비슷하다.

니, 신성하다 나여, 영원하다 나여. 내가 나를 위하여 즐겨하며 노래하며 찬양함이 가하도다.[7]

신채호에 따르면 소아('작은 나')는 물질과 육체의 영역에 속하는 반면, 대아('큰 나')는 정신과 영혼의 영역에 속한다. 대아는 이렇게 정신과 영혼에 속하므로 영원토록 사라지지 않고 신성한 존재로 계속 남아 있다. 신채호가 궁극적으로 추구하는 대상은 소아가 아니라 대아다. 첫 문장 "천지와 일월은 죽어도 나는 죽지 아니하며……"와 마지막 문장 "신성하다 나여, 영원하다 나여. 내가 나를 위하여 즐겨하며 노래하며 찬양함이 가하도다"에서 '나'는 다름 아닌 대아를 가리킨다. 한편 소아가 개별화된 개인적 자아를 의미한다면, 대아는 개인을 뛰어넘는 사회와 국가 차원의 공적 자아를 의미한다.

신채호는 『조선 상고사』(1924) 총론에서 대아의 개념을 좀 더 정교하게 다듬었다. 그는 인류 역사를 "'아我'와 '비아非我'의 투쟁이 시간부터 발전하며 공간부터 확대하는 심적 활동의 기록"[8]이라고 정의하였다. 일본 제국주의의 식민 통치가 점점 강화될수록 일본에 동화되는 세력이 증가하자 신채호는 이렇게 '아'의 개념을 좀 더 명료하게 할 필요가 있었다.

만약 설정식이 '아'의 개념과 관련하여 신채호에게서 어떤 식으로든지 영향을 받았다면 아마 『조선 상고사』에서 받았을 가능성이 크다. 설정식은 장편소설 『청춘』(1949)에서 만주의 뤼순(旅順) 감옥에 수감 중인 신채호와 그의 『조선사』 원고를 여러 번 언급한다. 여기서 소설의 작중인물들이 언

---

7 위의 글.
8 신채호, 『단재 신채호 전집 상: 조선상고사』 개정판(형설출판사, 1987), 31쪽.

급하는 『조선사』는 『조선 상고사』를 일컫는 말일 것이다. 이렇듯 신채호와 설정식은 당시 식민지 현실에서 결코 눈을 돌릴 수 없었다.

신채호에게 '아'란 자기 위치에서 자신을 자각하는 주체이면서 동시에 관계 안에서 '비아'와 마주하는 주체를 뜻한다. 그가 이 책을 집필한 것도 일제에 맞서 조선 민족의 생존과 발전을 모색하고 도모하기 위해서였다. 신채호는 식민지 조선의 민중을 '아'의 위치에 놓으면서 이러한 '아'에도 일제에 동화된 사이비 아, 즉 '아 속의 비아'가 있는 한편, 일제라는 '비아'에도 얼마든지 '아'와 연대할 '비아 속의 아'가 있다고 보았다. 이렇듯 신채호는 한편으로는 조선 민중에게서 민족 내부의 위선을 폭로하고 다른 한편으로는 일본 제국주의를 반대하는 식민지 종주국의 민중과의 연대를 모색하였다.

「거리에서 들려주는 노래」의 시적 화자 '나'는 시인 친구에게 소아를 버리고 대아를 취할 것을 권고하면서 "영겁으로 타가는 횃불은 / 머지않아 이 나라 소년들의 두 눈동자에 비치울 것이다"라고 노래한다. 화자가 얼마나 소년들에게 희망과 기대를 거는지 알 만하다. 첫 연에서 썰매 타는 데 온 정신이 팔린 동생에게 "일어나라 일어나라 일어나 / 냉큼 서거라 서라 동생아!"라고 '발을 구르며' 외치면서 크게 나무라는 것도 식민지 조국에서 동생이 맡아야 할 임무와 책임이 있기 때문이다. 심지어 땅바닥에 넘어져도 울지 않고 일어나고, 배고프거나 아프거나 엄마가 없어도 울지 않는 어린아이를 두고 시적 화자는 "오! 창작가여 조그마한 시인이어"라고 노래할 정도다. 설정식에게는 현실이 아무리 암울하고 각박하여도 그것에 굴복하지 않고 좀 더 밝은 미래를 만들려고 노력하는 사람은 나이에 관계없이 하나같이 '위대한 직공'인 시인일 따름이다.

설정식의 '메타시'는 1932년에 발표한 「시」라는 작품에서 좀 더 뚜렷하게 엿볼 수 있다. 아예 제목에서부터 드러내 놓고 '시'라고 밝힌다. 「거리에서 들려주는 노래」가 6연에 47행이나 되는 비교적 긴 작품인 반면, 「시」는 겨우 2연에 6행밖에 되지 않는다. 설정식의 첫 시 작품 「묘지」보다 1행이나 짧은 「시」는 그의 작품 중에서 가장 짧다.

> 대리석에 쪼아 쓴 언어들이 아니라
> 가슴속을 누가 할퀴어놓은 생채기 같기도 하고
> 당신의 귓속을 어루만지는 기후氣候와 쉽게
> 궁합이 맞는 천재의 음률이 아니외라
>
> 그것은 뼈에 금이 실려
> 절그럭거리는 원래原來의 소리외다 (44쪽)

이 작품은 설정식이 시의 성격과 본질을 어떻게 생각하는지 여실히 보여준다. 물론 여기서 '시'란 운문 문학인 시를 가리키지만 좀 더 범위를 넓혀 보면 소설이나 희곡 같은 다른 문학 장르를 포함한다. 그러니까 여기서 '시'란 문학 일반을 가리키는 제유적 표현인 셈이다.

설정식은 이 작품에서 시의 성격과 본질을 밝히는 데 'A가 아니라 B'라는 문장 구조를 사용한다. 첫 연 4행은 'A'에 해당하고, 둘째 연 2행은 'B'에 해당한다. 시적 화자는 먼저 시란 "대리석에 쪼아 쓴 언어들"이 아니라고 말한다. 이 구절에서는 「거리에서 들려주는 노래」의 "이 발견의 기록은 아예 어여쁜 대리석에 아로새길 것이 아니라"는 구절이 자연스럽게 떠오른다. 그런데 이 말을 뒤집어 보면 그동안 많은 시인과 시학 이론가가 시를 대리석에 조탁彫琢하는 언어로 파악해 왔다는 것이 된다. 미켈란젤로는

"나는 대리석에서 천사를 보았고 그를 자유롭게 풀어줄 때까지 조탁하였다"고 말한 적이 있다. 그는 조각가인 자신을 염두에 두고 한 말이지만 시인도 이와 크게 다르지 않다. 시인은 문학적 상상력을 한껏 발휘하여 언어라는 대리석에 갇힌 시라는 천사를 자유롭게 풀어주려고 하는 사람이다.

직업은 외교관이었지만 그동안 시와 번역에 깊은 관심을 기울인 이동진李東震은 1970년 〈현대문학〉의 추천을 받고 시인으로 데뷔하였다. 심사 위원 박두진朴斗鎭은 3회 추천을 끝내며 '추천 후기'에서 이렇게 말하였다.

> 정력적인 다작을 탓할 생각은 없으나 꿈을 몰고 대리석을 쪼듯 좀 더 조형적인 조탁에 힘써 주었으면 한다. 시적 천질天質을 다듬는 것과 사상과 기교의 원숙을 위한 노력이 결코 쉬운 일이 아니며 일생을 걸어야 하도록 지난한 사실임을 재인식하기를 당부한다.[9]

물론 설정식이 이 작품을 쓴 것은 1932년이고 박두진이 '추천 후기'를 쓴 것은 1970년이므로 무려 40년 가까운 시간 차이가 난다. 그런데도 시를 이렇게 대리석에 조탁하는 행위로 본 점에서는 조금도 차이가 없다. 그렇다면 왜 시인들은 시 창작을 대리석에 조탁하는 것에 빗댈까? 두말할 나위 없이 대리석이 강도와 내구성이 뛰어나 가혹한 환경 조건에서도 견뎌 낼 수 있듯이 대리석에 '쪼아' 쓰듯이 창작한 시도 쉽게 사라지지 않고 영원히 존재하기 때문일 것이다.

그러나 설정식은 시란 "대리석에 쪼아 쓴 언어들"이 아니라고 잘라 말함으로써 시의 영원성을 거부한다. 첫 연의 다음 구절 "가슴속을 누가 할퀴

---

9 박두진, 「추천 후기」, 〈현대문학〉(1970. 02.).

어놓은 생채기"는 이 점을 뒷받침한다. 가슴속이라고는 하지만 살갗에 누가 할퀴어 놓은 생채기는 끌과 망치로 대리석에 쪼아 새긴 언어와는 비교도 되지 않는다. 손톱 따위로 할퀴거나 긁어서 생긴 작은 상처는 시간이 조금 지나면 곧 아물어 흔적도 없이 사라져 버리게 마련이다.

이렇게 금방 사라지는 것으로 말하자면 "당신의 귓속을 어루만지는 기후"도 마찬가지다. 시적 화자가 '귓속을 어루만진다'고 말하는 것을 보면 산들바람을 가리키는 것 같다. 실제로 바람을 비롯한 기후나 기상만큼 변화무쌍한 것도 찾아보기 어렵다. 첫 연의 마지막 행 "기후와 쉽게 / 궁합이 맞는 천재의 음율이 아니외라"라는 구절은 언뜻 조금 애매하고 모호하게 보인다. 그러나 '천재의 음률'은 변화무쌍한 기후에는 잘 어울리지 않는다는 뜻으로 해석하면 큰 무리가 없다.

'천재의 음률'이란 무사이 신의 영감을 받은 시인이 창작한 시 작품을 말한다. 방금 앞에서 박두진이 말한 '시적 천질'의 산물로 볼 수 있다. '천재의 음률'은 곧 첫 행의 "대리석에 쪼아 쓴 언어들"과 연관된다. 시가 '천재의 음률'이 아니라면 과연 무엇인가? 이 물음에 시적 화자는 둘째 연에서 "그것은 뼈에 금이 실려 / 절그럭거리는 원래의 소리외다"라고 대답한다. 여기서 '그것'이란 다름 아닌 시를 가리킨다. 시를 강조하려고 첫 연 첫 행에 사용해야 할 주어를 둘째 연에 이르러서야 비로소 사용한다.

인간의 뼈는 강도나 내구성에서 대리석과는 비교도 되지 않을 만큼 연약하다. 사람은 나이가 들면서 뼈의 주성분인 칼슘이 급격히 빠져나가 골밀도가 낮아진다. 그래서 뼈는 조금만 무리하게 압력을 가해도 금이 가거나 부러지게 마련이다. 시적 화자는 금이 가 절그럭거리는 뼈가 내는 '원래의 소리'가 곧 시라고 밝힌다. 이를 달리 말하면 시란 자칫 부서지기 쉬운 데다 덧없고 일시적이라는 말이 된다.

문학과 정치에서 여러모로 설정식과 비슷한 길을 걸어간 김동석은 "그것은 뼈에 금이 실려 / 절그럭거리는 원래의 소리외다"라는 구절에 대하여 "그의 시가 이렇게 금이 간 세계의 반향反響이기 때문이다"[10]라고 지적한다. 김동석은 아돌프 히틀러와 베니토 무솔리니는 사망했지만 프란시스코 프랑코와 히로히토(裕仁)는 여전히 살아 있다는 사실에서 볼 수 있듯이 파시즘은 완전히 궤멸되지 않고 아직도 힘을 떨친다고 말한다. 2차 세계대전이 끝났다고는 하지만 세계는 아직도 온전하지 않은 갈등과 긴장 상태에 있었다. 김동석은 설정식이 이러한 세계를 노래한다고 주장하였다. 더구나 김동석은 해방기의 한국도 '금이 간 세계'의 일부에 지나지 않는다고 보았다.

그렇다면 설정식은 왜 시를 '원래의 소리'라고 정의 내릴까? 더구나 그는 보기 드물게 굳이 한자로 '原來'라고 표기하였다. '원래'란 어떤 것이 이어지거나 전해 내려온 시초라는 뜻이다. 시의 역사를 거슬러 올라가다 보면 까마득히 멀리 혈거인과 초기 샤먼이 살던 원시 시대와 만나게 된다. 이 무렵 시는 무당의 주술적이고 종교적인 행사와 깊이 관련이 있었다. 이처럼 시가의 기원은 원시 공동체 사회의 제의에 뿌리를 두고 발생하였다. 옛날로 거슬러 올라가면 갈수록 시가는 독립된 양식이 아니라 구술과 음악과 무용이 함께 어우러진 채 미분화 상태로 있었다. 이러한 원시 종합 예술은 시간이 지나면서 점차 분화하여 몸짓은 무용과 연극으로, 소리는 음악으로, 구술은 시로 발전하였다. 시가는 처음에는 입에서 입으로 전하는 구비문학의 단계에 머물다가 마침내 문자가 생긴 이후 기록문학으로 정착하였다. 고대 한민족만 하여도 시가는 제천 의식의 가무에서 발전하였다.

10 김동석, 「민족의 종: 설정식의 시집을 읽고」, 『뿌르조아의 인간상』(탐구당 서점, 1949), 244쪽. 그는 이 글을 〈중앙신문〉(1947. 04. 24.)에 처음 발표하였다.

설정식이 시를 정의하면서 이렇게 그 기원과 발상에 무게를 두는 것은 시가 일부 엘리트 계층의 문학이 아니라 민중의 문학이라는 사실을 강조하기 위해서다. 설정식은 「FRAGMENTS」에서 "내가 제작하는 시가 인민 최대 다수의 공유물이 되게 하자"(204쪽)라고 말한다. 이처럼 그에게 시는 일부 지배 계층이 향유하는 지적 유희라기보다는 질펀한 민중의 삶에 뿌리를 박고 서민의 애환과 희로애락을 담는 그릇이다. 때로는 가슴속에 할퀴어 놓은 상처 같기도 하고, 또 때로는 귓속을 부드럽게 어루만지는 바람결 같기도 한 노래가 바로 설정식이 생각하는 시다.

1948년 봄 설정식은 홍명희와 가진 대담에서 "타민족의 정복이 가능하다면 문화 정복밖에 가능하지 않을 줄로 압니다"[11]라고 말하였다. 일찍이 문화의 힘을 굳게 믿던 설정식은 칼이나 총으로써는 이민족을 정복할 수 없고 다만 펜이나 붓으로써만 정복할 수 있을 뿐이라고 생각하였다. 19세기 말엽 빅토리아 여왕은 세계를 향하여 대영제국은 해 질 날이 없다고 부르짖었지만 영국의 저력은 무력보다는 문화의 힘이 더 큰 힘을 떨쳐 왔다. 영문학을 전공한 설정식은 아마 영국을 염두에 두고 한 말인지도 모른다.

11 「홍명희-설정식 대담기」, 설희관 편, 『설정식 문학전집』, 782쪽. 이 대담은 〈신세대〉 1948년 5월 호에 실렸다. 홍명희는 1948년 4월 남북협상 문제로 김구金九·김규식金奎植 등과 함께 월북한 뒤 남한에 돌아오지 않았으므로 이 대담은 4월 이전에 이루어졌을 것이다.

서정시의 새 경지

설정식이 「거리에서 들려주는 노래」에서 시인으로서 방향을 모색하고 설정했다면, 한 달 뒤 역시 〈동광〉에 발표한 「새 그릇에 담은 노래」에서는 좀 더 실천적인 모습을 보여준다. 3행 8연의 시 형식을 취하는 이 작품은 언뜻 초장·중장·종장을 갖춘 평시조처럼 보인다. 각 행 15자 안팎으로 모두 45자 내외의 평시조와는 달리 설정식의 작품은 3행을 유지하되 글자 수는 평시조보다 적을 뿐 아니라 운율에서도 정형시보다는 자유시에 더 가깝다. 이러한 자유시 형식은 평시조를 변형한 것으로 그의 말대로 시 형식의 '새 그릇'으로 볼 수 있다.

그러나 설정식이 '새 그릇'에 담은 형식에는 비슷할지 모르지만 노래는 내용이나 주제에서는 전통적인 평시조와는 사뭇 다르다. 옛시조 하면 무엇보다도 먼저 자연스럽게 떠오르는 것이 음풍영월吟風詠月이다. 설정식의 작품은 비록 시조 형식을 변형하여 사용하되 음풍영월과는 거리가 멀다. 「새 그릇에 담은 노래」는 일제강점기 한민족의 몰락과 식민지 조선의 궁핍한 삶을 보여주는 내용을 담고 있다.

> 시월 비 내린 삼십 리 두뫼
> 아버지 밤새워 갔다네
> 뫼 밭에 이삭 거둬 빚 갚아주려
>
> 먹어보라고
> 언덕 넘어 방축에 딸기 따오던
> 학성의 누나 시집갔다네
>
> 고암산高巖山 너머로 숫굽이 간다고
> 겹저고리에 솜 두는 밤
> 간난이 어머니도 일이 많았네 (38쪽)

「새 그릇에 담은 노래」의 첫 세 연이다. 시적 화자의 아버지는 두메산골 밭에서 이삭을 주우려고 밤을 새워가며 삼십 리 먼 길을 걸어간다. 더욱 놀라운 것은 빚을 갚으려고 이렇게 이삭을 주울 수밖에 없다는 사실이다. 화자의 아버지는 여러 정황으로 미루어 보아 소작농보다는 아마 자작농일 가능성이 높다. 그런데도 그는 추수하고 난 뒤 밭에 떨어진 이삭을 줍지 않으면 안 될 딱한 처지에 놓여 있다.

일제강점기에 이삭 줍는 행위는 궁핍한 농촌 현실을 웅변적으로 보여준다는 점에서 각별한 의미가 있다. 정지용鄭芝溶도 「향수」에서 한편으로는 고향에 대한 애틋한 향수를 노래하고 다른 한편으로는 "검은 귀밑머리 날리는 어린 누이와 / 아무렇지도 않고 예쁠 것도 없는 / 사철 발 벗은 아내가 / 따가운 햇살을 등에 지고 이삭 줍던 곳"이라고 노래한다. 당시 밭에 떨어진 이삭마저 주워 먹지 않고서는 삶을 유지할 수 없을 만큼 농촌은 피폐할 대로 피폐하였다. 적어도 이 점에서는 「새 그릇에 담은 노래」의 시적 화자의 아버지도 마찬가지다. 정지용의 작품에서 누이와 아내가 줍던 이삭을 설정식의 작품에서는 아버지가 줍는 것이 다를 뿐이다.

장-프랑수아 밀레의 「이삭 줍는 여인들」에서도 볼 수 있듯이 19세기 프랑스에서 이삭줍기는 부유한 농장주가 농촌의 극빈층에 베풀어 주는 일종의 특혜였다. 농장주는 곡식을 추수를 하고 난 뒤에는 들판에 떨어진 이삭을 극빈자들이 주워 생계를 유지하도록 하였다. 실제로 밀레는 구약성경 「룻기」에서 모티프를 가져왔다. 시어머니 나오미를 따라 시골로 이사한 룻이 생계가 막막해지자 남의 밭에 떨어진 이삭을 주워 삶을 꾸려가는 장면이 나온다.

방금 앞에서 「새 그릇에 담은 노래」에서 시적 화자의 아버지는 소작인보다는 자작농일 가능성이 크다고 밝혔다. 그렇다면 자신보다 더 궁핍한 사람들에게 이삭을 줍게 하여 생계를 유지하도록 하는 대신 농장주인 그가 먼 길을 걸어와 직접 이삭을 줍는다는 것은 그만큼 당시 농장주의 삶이 얼마나 열악한지 알 수 있게 한다. 이삭을 주워 얼마나 빚을 갚을지는 모르지만 그렇게라도 하지 않으면 살아갈 수 없는 것이 당시 농촌의 현실이었다.

이렇게 삶이 몹시 궁핍하다는 것은 둘째 연에서도 마찬가지로 엿볼 수 있다. "학성의 누나 시집갔다네"에서 학성은 사람의 이름이라기보다는 지명으로 보는 쪽이 더 맞을 것 같다. 1941년 함경북도 성진군 성진읍이 성진부로 승격되어 분리되면서 성진군은 학성군으로 이름이 바뀌었다. 그러므로 설정식이 말하는 '학성'은 성진일 수 없다. 학성은 학성 이씨의 본관인 울산의 옛 지명이기도 하다. 어찌 되었든 경성 같은 도시가 아닌 시골 지방인 것임이 틀림없다. 학성에 살던 누이가 언덕길을 넘어가 방축에 자라던 야생 딸기를 따온다는 것은 당시 그만큼 먹거리가 부족했다는 뜻이다. 그렇게 어렵사리 먹거리를 구해 오던 '학성의 누나'가 이제 시집을 갔지만 모르긴 몰라도 그녀의 삶도 아마 시집가기 전처럼 여전히 고달플 것이다.

이렇게 일제강점기 민초의 삶이 고달픈 것은 셋째 연에서도 엿볼 수 있다. 숯을 구우려고 고암산으로 들어가는 남편을 위하여 갓난이 어머니는 두툼하게 솜을 넣어 겹저고리를 짓는다. 강원도 철원군 북면과 평강군 서면에 걸쳐 태백산맥의 북단을 이루는 고암산은 궁예弓裔가 후고구려를 세운 뒤 진산으로 삼아 도읍을 정한 곳이다. 삼국 시대 이전부터 생산된 숯은 고급 연료로 널리 사용되었다. 가령 신라의 전성기에는 서라벌 20만 호 기와집에서 숯불을 피워 밥을 지었다는 기록이 있다. 그런데 예로부터 숯 굽는 일은 주로 산골 마을의 서민들이 하였다. 특히 화전민들은 겨울이 되면 깊은 산속으로 들어가 구덩이를 파고 돌로 쌓아 가마를 만든 뒤 숯을 만들어 시장에 나가 팔아서 생계를 유지하였다.

이 작품에서 '간난이'란 특정 인물의 이름이 아니라 갓난아기를 뜻하는 사투리다. 그렇다면 갓난아기를 낳은 이 부부는 결혼한 지 얼마 되지 않은 신혼부부에 가깝다. 이렇게 고달프게 살아가는 것은 비단 겨울철에 산속에 들어가 숯을 굽는 갓난이 아버지만이 아니다. "간난이 어머니도 일이 많았네"라는 구절을 보면 그녀도 갓 태어난 아이를 키우고 남편 뒷바라지를 하는 것 외에 남의 집에서 허드렛일을 하거나 아예 더부살이를 하는지도 모른다.

그런데 문제는 궁핍하고 고달픈 삶이 비단 한 개인이나 가족의 테두리에 국한되지 않는다는 점이다. 7연에서 설정식은 빈곤을 좀 더 공적이고 민족적 차원으로 끌어올린다.

빈대 피 묻은
헌 신문 초단 기사는
융무당隆武堂 헐린 소식이러라 (39쪽)

다른 연도 마찬가지지만 특히 이 연에서는 '빈대 피'니 '헌 신문'이니 '헐린 소식'이니 부정적인 낱말이 유난히 많이 쓰인다. 융무당은 경복궁 중건이 끝나갈 무렵인 1868년(고종 5)에 지은 건물로 과거 시험의 무과를 실시하고 활쏘기 시합, 무예 시범, 훈련 등을 하던 곳이다. 신무문神武門 북쪽에 넓은 공간을 확보하여 융문당隆文堂과 함께 융무당을 짓고 이곳을 경무대景武臺라고 하였다.

그러나 일본 제국주의의 국권 침탈이 점차 가속화하면서 융문당 역시 훼손되거나 해체되어 사라지는 운명에서 비껴갈 수 없었다. 경복궁을 비롯한 궁궐 문화재 수난은 일본어로 출간한 『경기 지방의 명승사적』(1937)의 「경복궁의 정리」 항목에 자세히 기록되어 있다. 이 책에 따르면 메이지 43년(1910)에 이르러 경회루慶會樓와 근정전勤政殿 등 거대한 건물과 기타 여러 개의 누전을 남기고 대부분의 건물을 철거하여 그중 다수가 민간에 불하되었다. 이렇게 일제강점기 융무당은 융문당과 함께 헐린 뒤에는 그 재목이 당시 경성 한강통(한강로)에 진언종眞言宗 고야파高野派에 속하는 일본 사찰 용광사龍光寺를 짓는 데 사용되었다.

융무당 해체 소식을 처음 전한 일간신문은 〈동아일보〉로 1928년 8월 13일 자에 사진 자료와 함께 관련 기사를 게재하였다. 설정식이나 시적 화자는 "빈대 피 묻은 헌 신문"이라는 구절을 보면 융무당 해체 기사를 몇 해 뒤에서야 비로소, 그것도 우연하게 읽은 것 같다. 더구나 그가 이 작품을 처음 발표한 것은 1932년 4월이었다. 4단 기사로 실린 융무당 철거 소

동아일보

由緒깁흔녯科擧터
隆武隆文兩堂撤毀
眞言宗에 無償貸與

市外通話增加

헐려가는융무당과융문당

융무당, 융문당 철거 소식을 보도한 〈동아일보〉.

식은 아마 설정식에게 크나큰 충격이 아닐 수 없었을 것이다. 조선 왕조를 상징하는 건물인 융무당과 융문당이 함께 헐려 일본 사찰을 짓는 데 사용되었다는 것은 여러모로 상징적 의미가 크기 때문이다.

무심코 지나갈 수도 있을 터이지만 마지막 행 "융무당 헐린 소식이러라"에서 종결 어미 '-러라'도 예사롭지 않다. 화자가 과거에 직접 경험하여 새로이 알게 된 사실을 그대로 옮겨 와 전달한다는 뜻으로 같은 종결 어미라고 하여도 '-더라'보다는 훨씬 더 예스러운 느낌을 준다. 일제의 식민지 찬탈이라는 암울한 현재 상황과 찬란한 조선의 문화유산이라는 과거 상황을 서로 대조하여 보여주려는 어법이다.

설정식이 1932년 8월 〈신동아〉에 발표한 「물 긷는 저녁」도 시골의 정경을 아름답게 노래한다. 비록 '고향'이라는 말은 사용하지 않아도 그는 해질 녘 고향의 풍경을 수채화처럼 담담하게 그린다. 이 두 작품은 시골 정경을 묘사한다는 점에서도, 토착어를 구사한다는 점에서도 서로 비슷하다. 다만 두 번째 작품에서는 시골 풍경을 그리되 여성에 초점을 맞춘다는 점이 조금 다를 뿐이다.

해 저물어 개로 떨어지는 물소리 맑아가고
마을 아주머니네
다림질할 흰옷을
이리저리 풀밭에 널 때
베적삼 긴 고름을 씹는 처자의 두 눈동자는
이상한 살결의 용솟음으로 짙게 타오른다
매태莓苔 낀 우물 귀틀에
두레박줄 잠깐 멈추고
물 위에 가늘게 흔드는 흐릿한 모션에
영롱한 꿈 맺어보다가
치마 속으로 삿붓이 흘러드는 바람결에 놀라
주춤하고 둘레를 살피며
울렁거리는 두 가슴에 손을 얹는다 (41쪽)

설정식은 「고향」과 마찬가지로 「물 긷는 저녁」에서도 순수한 토박이말을 한껏 살려 토속적 효과를 자아내려고 하였다. 다만 앞 작품이 완벽하게 토착어를 구사하는 것과는 달리 두 번째 작품에서는 한자어를 두 번, 영어를 한 번 사용한 것이 흠이라면 흠이다. 자주 사용하여 토착어가 되다시피 한

'영롱한'은 그렇다고 치더라도 '매태'는 '이끼'라는 토박이말로 바꾸어 사용했더라면 훨씬 더 좋았을 것이다. 더구나 '모션'이라는 영어는 마치 여성이 한복을 차려입고 서양 구두를 신은 것처럼 어딘지 모르게 걸맞아 보이지 않는다. 만약 '움직임'이라는 낱말을 사용했더라면 시골에서 벌어지는 풍경이 훨씬 더 피부에 와닿았을 것이다.

설정식의 시는 시간적 특성보다는 오히려 공간적 특성이 강하다. 「고향」에서는 시골집이 중심적 역할을 한다면 「물 긷는 저녁」에서는 시골 마을의 우물터가 그러한 역할을 한다. 이처럼 두 작품을 읽는 독자는 마치 시골 모습을 그린 한 폭의 풍속화를 보는 것 같다. 그러나 풍속화이되 수묵으로 그린 것이 아니라 불그스름한 노을빛과 흰색과 이끼의 초록색을 한 옅은 채색화다.

「물 긷는 저녁」의 시적 상황은 해 질 녘 시골의 아낙네와 아직 결혼하지 않은 성년 여자가 벌이는 일상이다. 그런데 그러한 일상은 순차적으로 일어나는 것이 아니라 동시에 일어난다. 마을 아낙네는 다림질하기에 앞서 흰옷을 풀밭에 이리저리 펼쳐 널고 있을 바로 그 무렵 젊은 여성은 우물에서 물을 긷고 있다. 설정식은 첫 네 행에서 마을 아낙네를 묘사하고, 나머지 아홉 행에서 젊은 여성을 묘사한다. 그러므로 두 여성 중에서도 젊은 여성 쪽에 초점이 모인다.

음악에 빗대어 말하자면 처음 네 행은 나머지 행을 도입하기 위한 서주에 해당한다. 이 작품의 제목은 '흰옷 너는 저녁'이 아니라 '물 긷는 저녁'이다. 방금 앞에서 언급한 대로 이 작품이 옅은 채색으로 그린 풍속화라면 그림 한복판에는 우물에서 두레박으로 물을 긷는 젊은 여성이 있고, 한쪽 곁에 다림질할 흰옷을 풀밭에 너는 아낙네가 있을 것이다.

그런데 "베적삼 긴 고름을 씹는 처자의 두 눈동자는 / 이상한 살결의 용솟음으로 짙게 타오른다"는 구절에서 볼 수 있듯이 젊은 여성의 행동이 여간 예사롭지 않다. 여성이 입은 저고리 고름이나 치맛자락을 입에 무는 것은 떠나보낸 남성에 대한 그리움이나 그를 다시 만날 때 느끼는 반가움을 표현하는 상징적 몸짓이다. 전통 사회에서 가부장 질서에 갇혀 살아야 했던 여성들은 이렇게 간접적인 방법으로밖에는 달리 감정을 표현할 길이 없었다.

예를 들어 "정든 님이 오셨는데 인사를 못 해 / 행주치마 입에 물고 입만 방긋"이라는 「밀양 아리랑」의 한 구절은 이러한 상징적 행위를 여실히 보여준다. 여성의 이러한 행위는 비단 민요만이 아니라 대중가요에서도 쉽게 볼 수 있다. 가령 "옹달샘 흐르는 물에 버들잎 훑어 넣고 / 옷고름을 입에 물면 임의 품이 그리워"라는 「옹달샘」(황우루 작사·작곡)이 그러하다. 손로원이 작사하고 박시춘이 작곡한 「봄날은 간다」에서도 "오늘도 옷고름 입에 물고 / 산제비 넘나들던 성황당 길에 / 꽃이 피면 같이 웃고 꽃이 지면 같이 울던 / 알뜰한 그 맹세에 봄날은 간다"고 노래한다.

그런데 「물 긷는 저녁」에서 젊은 여성이 보여주는 행위는 조금 남다르다. 베적삼의 긴 고름을 다소곳이 입에 '물고' 있는 것이 아니라 아예 '씹고' 있다. 입에 옷고름을 '무는' 행위가 소극적이고 수동적이라면 그것을 '씹는' 행위는 좀 더 적극적이고 능동적이다. 이 두 행위 중간에 해당하는 것이 '깨무는' 것이다. '씹다'는 음식을 저작하는 행위에는 사용하여도 옷고름 따위를 입에 무는 행위로는 적절하지 않다. 그런데도 젊은 여성은 지금 베적삼 긴 옷고름을 씹는 것이다.

더구나 "이상한 살결의 용솟음으로 짙게" 타오르는 젊은 여성의 두 눈동자도 예사롭지 않다. '이상한 살결의 용솟음'이란 과연 무엇을 가리키는 것일까? '살결'이라는 낱말을 '피부'의 뜻으로 받아들이는 대신 '몸'이나 '육신'

을 가리키는 제유법으로 받아들이면 그 의미는 훨씬 더 분명해진다. 젊은 여성은 그 어느 때보다 '이상한' 육체적 욕망을 느끼고 있다. '용솟음'이니 '짙게 타오른다'니 하는 구절은 이 점을 더욱 뒷받침한다.

젊은 여성이 느끼는 성적 흥분은 이 작품의 후반부에 이르러 좀 더 뚜렷해진다. 그녀가 두레박으로 물을 퍼내자 물 위에 잠깐 잔물결이 일어난다. 설정식이 노래하는 "가늘게 흔드는 흐릿한 모션"이란 바로 우물물 위에 일어나는 물결을 가리킨다. 그런데 여기서 그가 갑자기 '모션'이라는 영어를 사용하는 것을 보면 골반 회전이나 운동을 염두에 둔 것 같다. 젊은 여성이 이끼 낀 우물귀틀 위에 잠깐 두레박줄을 올려놓고 이 '모션'에 "영롱한 꿈 맺어보다가" 멈추는 것을 보면 더더욱 그러한 생각이 든다.

젊은 여성의 성적 흥분은 마지막 세 행에 이르러 정점에 이른다. 시원한 여름 바람이 얇은 치마 속으로 사뿟이 흘러 들어오자 그녀는 갑자기 놀라 '영롱한 꿈'에서 깨어나 주위를 살핀다. 물론 주위에는 풀밭에 흰옷을 너는 마을 아낙네밖에는 보이지 않는다. 마침내 젊은 여성은 안심해도 좋다는 듯이, 또한 흥분한 감정을 진정시키려는 듯이 "울렁거리는 두 가슴에" 다소곳이 손을 얹는다.

지크문트 프로이트는 일찍이 내면의 욕망과 충동이 자리 잡은 무의식을 인간의 모든 행동의 배후에서 작동하는 주요한 추진력으로 간주하였다. 이렇게 인간 행동의 근원이 되는 삶의 추동을 그는 '리비도'라고 불렀다. 프로이트가 이 개념을 처음 생각해 냈을 당시에는 '성욕' 또는 '성충동'이라는 좁은 의미로 사용했지만 후기에 들어서면서 좀 더 넓게 인간의 삶을 지속시키는 정신적 에너지로 파악하였다. 프로이트의 정신분석 관점에서 보면 젊은 여성이 긴 옷고름을 씹는다든지, 우물에 두레박을 늘어뜨려 물을 긷는다든지 하는 행위에는 성적 의미가 함축되어 있다.

이렇듯 「물 긷는 저녁」은 찬찬히 읽으면 읽을수록 자못 육감적인 작품이다. 그러나 외설스럽기는커녕 오히려 건강하고 자연스러운 성충동처럼 느껴진다. 젊은 여성이 베적삼을 입은 데서도 알 수 있듯이 이 작품의 시간적 배경은 삼라만상이 왕성하게 활동하는 한여름이고, 그 한여름 중에서도 해가 저무는 저녁녘이다. 또한 옷고름을 씹는 행위에서도 볼 수 있듯이 지금 그녀는 자기에게서 떠나간 남성을 애틋하게 그리워하면서 간절히 기다리고 있다.

설정식의 시적 재능은 시각적 이미지와 청각적 이미지를 절묘하게 구사하는 데서 찾아볼 수 있다. 첫 행 "해 저물어 개로 떨어지는 물소리 맑아가고"라는 구절을 좀 더 찬찬히 눈여겨보자. 해가 저물면서 서쪽 하늘은 불그스레하게 노을빛이 물든다. 이러한 시각 이미지는 개, 즉 바닷물이 드나드는 하천에 떨어지는 물소리가 갑자기 맑은 소리를 내면서 청각 이미지로 바뀐다. 그도 그럴 것이 일몰이 찾아오면 주위가 고요해지기 때문에 물소리는 좀 더 뚜렷하게 들리게 마련이다. 이 밖에도 설정식은 이 작품에서 '흰옷', '풀밭', '이끼' 같은 시각 이미지 외에도 '씹다', '타오르다', '울렁거리는', '손을 얹다' 같은 동적 이미지와 '바람결' 같은 촉각 이미지를 효과적으로 구사하기도 한다.

이렇게 설정식의 한 이미지를 다른 이미지로 바꾸는 탁월한 재능은 1932년 10월 〈동광〉에 발표한 「여름이 가나 보다」에서도 엿볼 수 있다. "뉘엿이 해 저물어 / 두 가슴으로 새어드는 바람 / 수만 줄기 높낮은 벌레 울음 / 수풀과 덩굴에 사무치고"(43쪽)는 이러한 경우를 보여주는 좋은 예다. 서쪽 하늘에 해가 뉘엿뉘엿 저무는 시각적 이미지는 가슴에 새어 드는 바람의 촉각 이미지로 자연스럽게 바뀐다. 또한 초가을로 접어들면서 높고 나지막하게 들리는 벌레 울음소리의 청각 이미지는 수풀과 덩굴의 시각

이미지와 하나로 뒤섞인다.

「여름이 가나 보다」에서 가장 빛을 내뿜는 공감각적 이미지는 역시 "소수레는 천천히 두 바퀴에 / 이 가는 여름 저녁을 감으며 감으며 / 먼 뒷골에서 예 돌아든다"는 구절이다. 소가 끄는 두 바퀴 짐수레는 천천히 시골길을 굴러간다. 그런데 놀랍게도 설정식은 짐수레가 굴러가면서 수레바퀴에 점점 뒷걸음치듯 사라져 가는 여름 저녁을 감는다고 말한다. 그것도 한번도 아니고 계속 감고 또 감는다. 여름 저녁이라는 추상적인 시간 개념을 굴러가는 수레바퀴에 감는다는 발상이 무척 신선하다. 이 구절에서는 황진이黃眞伊의 "동지ㅅ돌기나긴 밤을 한 허리를 버혀 내여"로 시작하는 시조가 떠오른다. 황진이는 시적 상상력을 한껏 발휘하여 동짓달 기나긴 밤이라는 시간 개념을 허리라는 공간 개념으로 바꾸어 놓았다.

설정식이 1936년에 짓고 이듬해 〈조광〉에 발표한 「가을」은 그의 서정시 시대를 마감하는 작품이다. 「여름이 가나 보다」에 그는 '가을을 그리는 마음'이라는 부제를 달았다. 그러니까 「가을」은 앞 작품의 후속작으로 볼 수 있다. 설정식은 이 작품에서도 그 이전의 작품과 마찬가지로 여전히 순수한 토착어를 구사하고 서정적인 정서를 표현하려고 하였다.

> 바람 속에
> 굴레가 그리운
> 말대가리 하나
>
> 언덕 아래로 아래로
> 들국화는 누구의 꽃들이냐?

긴 이야기는
무슨 사연

오래 오래
갈대는 서로 의지하자 (46쪽)

이 서정시에는 가을을 가리키는 중심적인 기호가 모두 들어가 있다. 가을만 되면 입에 자주 올리는 '천고마비天高馬肥'의 말[馬]을 비롯하여 산과 들에 이름도 없이 핀 들국화, 바람에 나부끼는 갈대가 바로 그것이다. 셋째 연 "긴 이야기는 / 무슨 사연"은 얼핏 보면 앞의 두 연과 뒤의 마지막 연과는 이렇다 할 연관성이 없는 것 같다. 언덕 아래 핀 들국화들이 서로 나누는 이야기일 수도 있다. 그러나 달리 생각해 보면 '긴 이야기'는 '무슨 사연'을 간직한 인간의 이야기일지도 모른다. "오래 오래 / 갈대는 서로 의지하자"라는 마지막 연을 보면 더더욱 그러한 생각이 든다.

설정식이 이 작품을 쓴 것은 일본 연호로 쇼와(昭和) 11년이다. 그 무렵 일본 제국주의는 나치 독일과 이탈리아와 동맹을 맺으며 2차 세계대전을 치밀하게 준비하면서 그 이듬해 중일전쟁을 일으켰다. 식민지 조선에서는 독일에서 열렸던 베를린 하계 올림픽에서 손기정孫基禎이 남승룡南昇龍과 함께 마라톤 경기에서 각각 금메달과 동메달을 획득했지만 그들의 유니폼 가슴에는 일장기가 새겨지게 되었다는 것을 알게 되었다. 〈동아일보〉에서 손기정의 가슴에 있던 일장기를 지워버리면서 일제는 이를 문제 삼아 더욱 민족 말살과 탄압 정책을 한층 더 강화하였다.

그러고 보니 설정식이 마지막 연에서 왜 "오래 오래 / 갈대는 서로 의지하자"라고 말하는지 알 만하다. 식민지 조선은 한낱 독일의 나치즘과 이탈리아의 파시즘과 손을 잡은 일본의 군국주의의 거센 바람에 나부끼는 갈대에 지나지 않았다. 한민족이 폭풍 같은 강력한 군국주의의 위협에 맞서려면 갈대처럼 서로 '오래오래' 의지할 수밖에 없을 것이다. 한편 산국山菊, 구절초九節草, 감국甘菊 등의 야생화를 두루 일컫는 들국화의 꽃말이 '모질게 견디자'라는 것도 흥미롭다.

서정시를 쓰기 힘든 시대

설정식의 시는 식민지 조선이 일제의 굴레에서 벗어나면서 획기적인 전환점을 맞는다. 1946년 1월 〈자유신문〉에 발표한 「우화」가 그 전환을 알리는 첫 신호탄이었다. 이제 그는 서정시 시대를 마감하고 좀 더 사회의식과 정치의식에 무게를 싣는 작품을 잇달아 발표하기 시작하였다. 설정식은 해방기야말로 '서정시를 쓰기 힘든 시대'라고 판단했기 때문이다. 베르톨트 브레히트는 「서정시를 쓰기 힘든 시대」에서 이렇게 노래하였다.

나의 시에 운을 맞춘다면 그것은
내게 거의 오만처럼 생각된다

꽃피는 사과나무에 대한 감동과
엉터리 화가에 대한 경악이
나의 가슴 속에서 다투고 있다

그러나 바로 두 번째 것이
나로 하여금 시를 쓰게 한다

브레히트는 히틀러가 정치 사상범으로 몰아 체포하려고 하자 1933년 가족과 함께 독일을 떠나 15년에 걸친 망명 생활을 시작하였다. 브레히트의 표현을 빌리면 그는 "구두를 바꿔 신는 것보다도 더 자주" 나라를 바꿔 가며 살았다. 위 작품은 그가 덴마크에 망명 중이던 1939년 초에 쓴 것으로 알려져 있다. 여기서 브레히트가 말하는 '엉터리 화가'란 다름 아닌 히틀러를 말한다. 나치즘이 가공할 만한 폭력으로 유럽 전체를 위협하는 시대에 꽃피는 사과나무를 노래한다는 것은 브레히트에게는 한낱 위선에 지나지 않았다. 이러한 시대적 상황에 부응하여 그는 "엉터리 화가에 대한 경악"을 폭로하는 작품을 썼다.

굳이 멀리 독일 시인에서 예를 찾을 필요도 없이 정지용도 「무제無題」에서 이와 비슷하게 노래한 적이 있다. 1947년 1월 〈산문〉에 발표한 이 작품은 여러모로 브레히트의 「서정시를 쓰기 힘든 시대」와 비슷하다.

어찌할 수 다시 어찌할 수 없는
길이 로마에 아니라도
똑바른 길에 통通하였구나
시詩도 이에 따라
거칠게 우들우들 아름답지 않아도 그럴 수밖에 없이
거짓말 못하여 덤비지 못하여, 어찌하랴[12]

"모든 길은 로마로 통한다"는 서양 격언은 지금은 정치, 경제, 문화 등의 분야에서 중심 역할을 하는 사람이나 지역 등을 뜻하거나 어떤 목표를 이루는 데는 여러 가지 방법이 있다는 비유적 뜻으로 주로 사용한다. 그러나 비유가 흔히 그러하듯이 이 격언도 처음에는 축어적 의미에서 시작하였다. 옥타비아누스는 로마를 지배하게 되면서 점령지와 로마를 연결하여 물자의 수송을 편리하게 하고 군대의 이동을 쉽고 빠르게 하려고 대대적으로 도로를 정비하였다. 실제로 당시 모든 길은 이렇게 세계의 중심이었던 로마로 통하다시피 하였다.

정지용은 이 유명한 서양 격언을 염두에 두고 "어찌할 수 다시 어찌할 수 없는 / 길이 로마에 아니라도 / 똑바른 길에 통하였구나"라고 노래한다. 여기서 '로마로 통하는 길'이란 브레히트의 시구를 빌리자면 '시에 운을 맞추는' 것과 '꽃피는 사과나무에 대한 감동'을 표현하는 것을 말한다. 예로부터 시인들은 그동안 개인적인 감정을 자유롭게 표현하는 서정시를 즐겨 써 왔기 때문이다.

한편 '똑바른 길'이란 시대적 상황과 현실을 솔직하게 표현하는 시를 말한다. 그 길이 백화만발한 꽃길이 아니라 오히려 "거칠게 우들우들 아름답지 않아도" 시인은 그러한 정도正道를 갈 수밖에 없다. 현실이 아무리 혹독하여도 그것을 외면한 채 꽃을 노래하는 것은 그에게는 '거짓말'을 하는 것과 다르지 않다.

정지용이 겨우 6행밖에 되지 않는 짧은 작품에 '어찌할'과 '어찌하랴'를 세 번 반복하고 첫 행부터 "어찌할 수 다시 어찌할 수 없는"이라고 힘주어

---

12 『정지용 시 1』(인천: 큰글, 2018), 104쪽. 정지용은 이 작품을 서평 「시집 『포도』에 대하여」에서도 인용한다. 권영민 편, 『정지용 전집 2: 산문』(민음사, 2016), 394~395쪽.

강조하는 것을 보면 이렇게 결단하기까지 무척 고민했음을 알 수 있다. 정지용은 1939년 6월 〈문장〉 5호에 발표한 「시의 옹호」에서도 "시도 타당한 것과 협화하기 전에는 말하자면 밟은 자리가 크게 옳을 곳이 아니고 보면 시 될 수 없다. 다만 의로운 길이 있어 형극의 꽃을 탐하며 걸을 뿐이다"[13] 라고 밝힌다.

적어도 시인이 반드시 서정시를 써야 한다고 믿지 않는다는 점에서 설정식도 브레히트나 정지용과 크게 다르지 않다. 브레히트가 망명 시절 꽃피는 사과나무를 노래하던 태도를 버리고 '엉터리 화가'의 만행을 드러내는 작품을 썼듯이, 설정식도 해방기의 냉혹한 현실 앞에서 초기의 서정시의 아름답고 편안한 옷을 과감하게 벗어던지고 전쟁터의 갑옷으로 갈아입었다. 설정식도 브레히트처럼 "[그의] 시에 운을 맞춘다면 그것은 / [그에게] 거의 오만처럼" 생각되었기 때문이다.

흑풍黑風이 불어와
소리개 자유는
비닭이 해방은 그림자마저
땅 위에서 걷어차고 날아가련다
호열자虎列剌 엄습이란들
호외 호외 활자마다 눈알에
못을 박듯 하랴 뼈가 흰 한 애비
애비 손자새끼 모두 손 손
아! 깊이 잠겼어도 진주는

---

13 권영민 편, 『정지용 전집 2: 산문』(민음사, 2016), 211쪽.

먼 바다 밑에 구을렀다
인경은 울려 무얼 하느냐
차라리 입을 다물자

그러나 나는 또 보았다
골목에서 거리로
거리에서 세계로
꾸역꾸역 터져나가는 시커먼 시위를
팔월에 해바라기 만발한대도
다시 곧이 안 듣는
민족은 조수潮水같이 밀려 나왔다 (51~52쪽)

위 인용문은 모두 7연으로 된 「우화」 중 마지막 두 연이다. 1인칭 시적 화자 '나'에게 그토록 애타게 기다리던 조국 해방은 이렇다 할 희망을 주지 못하였다. 무엇보다도 '흑풍'이라는 말에서 볼 수 있듯이 해방 정국은 그야말로 모래나 티끌 따위를 휘몰아 일으켜서 햇빛을 가리면서 맹렬히 불어대는 회오리바람과 같았다. '흑풍'은 36년 동안 일제의 식민 통치를 받다가 가까스로 풀려난 조국 해방을 표현하는 말로는 썩 잘 어울리지 않고 오히려 해방보다는 일제강점기에 걸맞은 낱말처럼 보인다. 한용운韓龍雲은 1935~1936년에 〈조선일보〉에 「흑풍」이라는 장편소설을 연재하였다. 그는 일제강점기의 암울한 사회상과 변혁의 의지를 암시하려고 이러한 제목을 붙였다. 2연의 "꾸역꾸역 터져나가는 시커먼 시위를"에서 '시커먼'도 이 '흑풍'처럼 부정적 함의를 지니기는 마찬가지다.

솔개(소리개)는 흔히 자유를 상징하고 비둘기(비닭이)는 평화와 해방을 상징한다. 그런데 어디서 갑자기 흑풍이 불어오자 솔개와 비둘기는 땅 위에 그림자도 남기지 않은 채 어디론가 날아가 버린다. 이처럼 설정식은 한민족이 그토록 갈구해 오던 자유와 평화가 물거품처럼 사라지는 모습을 상징적으로 보여준다. 「원향原鄕」에서도 그는 "저기 날아가는 것은 / 소리개의 자유 / 뒤에 바위 다스리는 의자가 쪼았고 / 저기 돌아오는 것은 행복과 푸른 잎새"(83쪽)라고 노래한다.

시적 화자는 그다음 구절 "호열자 엄습이란들 / 호외 호외 활자마다 눈알에 / 못을 박듯 하랴"에서 갑작스럽게 맞이한 해방의 기쁨과 충격을 노래한다. 이러한 기쁨과 충격은 말장난에서도 잘 드러난다. '호열자'는 콜레라를 가리킨다. 호랑이가 살점을 찢어내는 것만큼 고통스럽다는 뜻으로 일본에서 '콜레라'를 '호열랄虎列剌'로 음역하여 사용하였다. 그런데 '剌' 자를 '刺'로 잘못 읽는 바람에 '호열자'로 굳어버리고 말았다. 순조 21년(1821)과 고종 32년(1895)에 이어 기미년 독립만세운동이 일어난 1919년과 그 이듬해에도 콜레라가 한반도에 상륙하여 많은 희생자를 낳았다. 그러니 이 괴질은 조선 사람들에게 그야말로 호랑이만큼이나 무서웠을 것이다.

어찌 되었든 호열자가 돌면 일간신문마다 큼직한 활자로 호외를 발행하여 이 소식을 널리 알렸다. 1945년 8월 15일 일본이 연합군에 무조건 항복함으로써 마침내 조선이 식민지 굴레에서 해방되었을 때도 신문사에서는 이 소식을 알리는 호외를 발행하여 길거리 곳곳에 뿌렸다. 시적 화자가 "호열자 엄습이란들 / 호외 호외 활자마다 눈알에 / 못을 박듯 하랴"라고 '호' 자를 세 번 반복하여 말하는 것은 그 때문이다. 시적 화자는 '호'와 '활' 자를 살려 두음법의 효과를 한껏 자아낸다. 활자체가 얼마나 컸으면 '눈알에 못을 박는' 것 같다고 말할까.

이러한 말장난은 그다음 "뼈가 휜 한 애비 / 애비 손자새끼 모두 손 손"

에서도 엿볼 수 있다. 손자새끼의 '손孫'과 해방의 기쁨을 함께 나누려는 집안사람들의 '손[手]'이 바로 그것이다. 남녀노소 구별 없이 모두 길거리에 나서 손을 뻗쳐 해방의 기쁨을 함께 나누는 모습이 눈앞에 선하다. 그런가 하면 "애비 손자새끼 모두 손 손"에서 '손 손'은 할아버지에서 아버지를 걸쳐 손자로 이어지는 자자손손子子孫孫의 의미로도 읽힌다.

「우화」의 시적 화자는 해방의 기쁨에 지나치게 들떠 있는 것을 경계한다. "아! 깊이 잠겼어도 진주는 / 먼 바다 밑에 구을렀다"는 구절에서 볼 수 있듯이 해방이라는 진주는 바닷속 깊이 잠겨 있어 비록 눈에 보이지는 않았지만 오래전부터 활동하고 있었다. 그러니 굳이 인경을 울리면서 소란을 떨 필요까지 없다고 밝힌다. 화자는 차라리 들뜬 감정을 억누르고 차분한 마음으로 곧 다가올 해방 정국을 준비하자고 권한다.

첫 연이 가족 단위에서 해방의 기쁨을 느낀다면 2연에서는 그 범위가 가족을 뛰어넘어 좀 더 공적 영역으로 넓어진다. 시적 화자는 점증법을 구사하여 그동안 일제의 강압에 제대로 숨도 쉬지 못하던 시민들이 "골목에서 거리로 / 거리에서 세계로" 몰려나온다고 말한다. "팔월에 해바라기 만발한대도"라는 구절은 "콩으로 메주를 쑤어도"라는 뜻과 같다. 아무리 무엇이라고 설득하여도 시민들은 밀물처럼 길거리로 '꾸역꾸역' 밀려 나온다는 뜻이다.

해바라기의 상징성

설정식이 해방기에 쓴 시 작품을 좀 더 쉽게 이해하려면 「우화」의 "팔월에 해바라기 만발한대도"라는 구절을 다시 한번 찬찬히 눈여겨보아야 한다. 이 작품에 처음 등장하는 해바라기는 이 무렵 그의 작품에서 반복되어 나타나는 핵심적인 모티프이기 때문이다. 제목에 '해바라기'라는 말이 들어간 작품만도 「해바라기 쓴 술을 빚어놓고」, 「해바라기 1」, 「해바라기 2」, 「해바라기 3」, 「해바라기 소년」, 「해바라기 화심花心」 등이 있다. 이 밖에도 제목은 아니어도 작품 안에 '해바라기'를 언급하는 시도 아주 많다. 방금 언급한 「우화」를 비롯하여 「삼내 새로운 밧줄이 느리우다 만 날」, 「또 하나 다른 태양」, 「내 이제 무엇을 근심하리오」, 「스켓치」, 「송가」 등이 바로 그러하다.

해바라기를 소재로 한 설정식의 작품에서는 빈센트 반 고흐의 해바라기 그림이 자연스럽게 떠오른다. 1948년 4월 〈민성〉에 발표한 『포도』에 관한 서평에서 김기림은 일찍이 해바라기의 이미지와 관련하여 "그것은 생명의 전율에 해당하는 한 치열한 불꽃이다. 구태어[구태여] 찾는다면 어떠한 유미주의도 초절한 저 고호의 폭발물에 필적하는 격렬한 해바라기의 아마도 동종同種일 것이다"[14]라고 지적하였다. 김기림의 지적대로 설정식의 해바라기는 가히 고흐의 폭발물 같은 해바라기에 필적할 만하다.

동생 테오에게 보낸 편지에서 "해바라기 사색에서 편안함을 찾았다"고 고백하는 것을 보면 반 고흐는 해바라기를 단순히 예술적 오브제에 그치지 않고 그의 영혼과 관련시키고 있음을 알 수 있다. 37년이라는 짧은 생애에 걸쳐 그는 파리에 머물던 시절뿐 아니라 남프랑스 아를에 살 때도 경쾌하고 노란색의 해바라기를 즐겨 그렸다. 반 고흐의 전기 작가들은 그가 태어나자마자 자신과 이름이 같았던 형의 무덤에서 해바라기를 보았다고 지적한다. 반 고흐는 그 꽃에서 죽음을 딛고 일어선 생명의 아름다움을 발견하였고, 평생 자신과 해바라기가 동일한 운명을 지녔다고 생각했다는 것이다.

그러나 설정식에게 해바라기는 반 고흐의 해바라기와는 성격이 조금 다르다. 해바라기가 반 고흐에게 개인적 특성이 짙다면 설정식에게는 좀 더 사회적 특성이 짙다. 이와 관련하여 「FRAGMENTS」에서 설정식이 "먼동이 트는 것을 화가가 그렸다. 시인이 와서 그 속에 차고 또 뜨거운 것이 있다고 말하는 것이다"(197쪽)라고 말한 점을 주목해야 한다. 이 문장에서 '먼동'을 '해바라기'로 바꾸어 놓아도 좋다. 설정식은 반 고흐가 그린 해바라기 속에 '차고 또 뜨거운' 그 무엇을 담아 놓았다.

14 김기림, 「분노의 미학: 시집 『포도』에 대하여」, 김학동·김세환 공편, 『김기림 전집 2: 시론』(심설당, 1988), 382쪽. 앞으로 이 책에서의 인용은 본문 안에 권수와 함께 쪽수를 직접 적기로 한다.

국화과의 한해살이 식물인 '해바라기'는 이름 그대로 태양과는 아주 밀접한 관계가 있다. 이 식물의 학명은 다름 아닌 '헬리안투스Helianthus'로 그리스어 'helios'는 태양을 의미하고, 'anthos'는 꽃을 의미한다. 영어 선플라워sunflower는 '헬리안투스'를 그대로 번역한 말이다. 동양 문화권에서도 다르지 않아서 한국어 '해바라기(ᄒᆡ ᄇᆞ라기)'는 명사 'ᄒᆡ'에 용언 어간 'ᄇᆞ라-'와 명사형 어미 '-기'가 붙어서 생긴 말이다. 일본어에서는 태양을 향하여 회전한다는 뜻으로 '히마와리ひまわり'라고 부르고, 중국어에서는 꽃이 해를 향해 핀다는 뜻으로 '시앙리쿠이(向日葵)'라고 부른다. 해바라기는 16세기 초 북아메리카 멕시코 고원에 강대한 국가를 이루었던 아즈텍족에게 각별한 의미가 있었다. 흔히 '멕시카족'이라고도 일컫는 아즈텍족은 태양에 인간의 피를 바치지 않으면 태양은 움직이지 않고 그 결과 세계에 종말이 온다는 숙명적 신앙을 믿었다. 아즈텍족은 이렇게 태양과 모양새가 비슷한 해바라기를 숭배의 대상으로 삼았다.

아즈텍족처럼 그렇게 해바라기를 숭배하지는 않았을망정 설정식이 가장 좋아하는 꽃은 역시 해바라기였다. 정열을 한껏 자랑하는 장미나 청순과 순결을 뽐내는 백합보다도 그는 국화과에 속하는 일년생 식물 해바라기를 무척 좋아하였다. 그가 해바라기를 좋아하는 이유는 1946년 11월 〈동아일보〉에 발표했다가 첫 시집 『종』에 수록한 「해바라기 3」에서 엿볼 수 있다.

해바라기는 차라리 견디기 위하여
해바라기는 차라리 믿음을 위하여
너희들의 미래를 건지기 위하여

무심無心한 태양이

사슴의 목을 말리고
수풀에 불을 지르고
바다 천심千尋을 짜게 하여도

해바라기는 호올로
너희들의 타락을 거부하였다

모든 꽃이 아름다운 십자가에 속은[죽은] 날
모든 열매가 여지없이 유린을 당한 날
그들이 모두 원죄原罪로 돌아간 날

무도無道한 태양이
인간 위에 군림하고
인간은 또 인간 위에 개가凱歌를 부르고
이기랴든 멍에냐 어깨마저 깨져도[꺼져도]

해바라기는 호올로
태양에 필적匹敵하였다[15] (97~98쪽)

설정식이 이 작품에서 사용하는 문장 구조는 조금 특이하다. 이 시의 구조는 '~위하여 (~하여도) 해바라기는 ~하였다'로 되어 있다. '~하여도'를 군

---

15 이 작품은『설정식 문학전집』에 '죽은 날'이 '속은 날'로, '꺼져도'가 '깨져도'로 잘못 표기되었다.

이 괄호로 묶은 것은 삽입절의 형식을 취하고 있기 때문이다. 첫 연의 "너희들의 미래를 건지기 위하여"와 셋째 연의 "너희들의 타락을 거부하였다"에서 '너희들'은 과연 누구를 가리키는 것일까?

작품 전체의 맥락으로 미루어 보면 '너희들'은 앞으로 해방 조국의 미래를 걸머질 젊은 세대를 가리킨다. 해바라기를 노래하는 다른 작품들에서 설정식은 해바라기와 태양을 동일시하면서 태양을 긍정적으로 묘사하지만 이 작품에서는 태양보다는 해바라기에 무게를 둔다. '무심한 태양'이나 '무도한 태양'이라는 구절이 이 점을 뒷받침한다. 사슴 같은 들짐승에게 갈증을 느끼게 하고 뜨거운 열기로 수풀을 불타게 하며 깊고 드넓은 바닷물의 염분을 높이는 태양과는 달리, 해바라기는 '호올로' 인내와 신념으로 젊은 이들의 편에 서 있다. 한마디로 설정식은 해바라기 말고는 이 세상에서 태양에 맞설 수 있는 것이 아무것도 없다고 노래한다.

설정식은 이렇게 태양에 맞서는 해바라기에 여러 의미를 부여하였다. 해바라기는 꽃대 끝에 많은 꽃이 뭉쳐 붙어서 머리 모양을 이루고 있어 흔히 '두상화頭狀花'로 일컫는다. 그 둥그런 모습 때문인지 그는 해바라기를 임신부에 빗대었다. 「해바라기 1」은 이러한 경우를 보여주는 좋은 예로 꼽을 만하다.

그리고
풍성한 배를 어루만질 수 있는
새로운 아내들을 맞이하기 위하여

쑥을 버히고
새 나라 머리 둘 곳

바로 그 뒤에서부터

해바라기 불을 지르리라 (93~94쪽)

모두 네 연의 작품 중 후반부 두 연이다. 그런데 이 작품은 '~위하여 ~하라'는 구조로 되어 있다. 처음 세 연은 '~위하여'에 해당하고, 마지막 연은 '~하라'에 해당한다. 3연에서 '풍성한 배'란 '새로운 아내들'이라는 구절에서 볼 수 있듯이 임신부의 둥근 배를 가리킨다. 화자는 이 세상에 곧 태어날 새로운 생명을 위하여 태양을 닮은 해바라기를 심자고 제안한다. 출산을 앞둔 임신부의 둥근 배와 해바라기의 둥근 꽃이 자연스럽게 연결된다.

그러나 "새 나라 머리 둘 곳"이라는 구절이 암시하듯이 해바라기는 비단 앞으로 태어날 신생아만을 의미하지는 않는다. 생물학적 범위를 뛰어넘어 일제의 식민 통치에서 막 벗어난 지금, 앞으로 한반도에 태어날 신생국가를 의미하기도 한다. "쑥을 버히고"라는 구절은 신생국가를 출범하기 전에 먼저 해야 할 임무를 말한다. '쑥대머리'라는 말도 있듯이 쑥은 무질서와 혼돈을 상징하기도 한다. '버히다'는 베어내다의 옛말이지만 충청도 사투리로 지금도 여전히 사용하고 있다. 그렇다면 '새로운 아내들'이란 앞으로 신생국가 주민들을 이끌어 나갈 새로운 정치 지도자들을 가리킨다고 보아도 크게 틀리지 않는다.

이렇게 신생국가와 그것을 건설할 젊은이들을 해바라기로 표상한다는 점에서 설정식의 작품은 광복 직후 '전위 시인'으로 일컫던 신진 시인 중 이병철李秉哲의 작품과 여러모로 비슷하다. 이병철은 「대열」에서 "조금씩 서로 닮은 / 비슷비슷한 얼골들 / 모두 다 / 해바라기처럼 싱싱한 / 포기포기"라고 노래한다. 당시 설정식과 이병철은 조선문학가동맹에서 함께 활약했을 뿐 아니라 한국전쟁 중 북한에 넘어갔다. 해방기 두 사람은 사회주의 세계관을 공유한 이념의 동지로 해방의 기쁨을 한껏 노래하였다.

이렇게 해바라기를 임신부와 연결시키는 것은 「해바라기 2」에 이르러 좀 더 뚜렷하게 드러난다. "해바라기는 / 두터웁고 크다"느니, "아름다운 것에서도 해방된 사랑"이니 하는 구절을 보면 더더욱 그러한 생각이 든다.

아내여 그러지 말고 어서
해바라기 앞으로 돌아서라
태양이 닮았는데

크고 두터운 아내여
태양이 닮았는데
젖에 얹은 손을 떼어라

태양에 불이
해바라기 불이 붙었다

가까이 이리 가까이
그리고 땅에 흐르는
젖을 근심하지 마라 (95~96쪽)

시적 화자는 모양이 둥글다는 공통분모를 근거로 임신한 아내와 태양과 해바라기를 동일 선상에 놓는다. 두 번 되풀이하여 사용하는 "태양이 닮았는데"도 눈길을 끈다. 화자는 해바라기가 태양을 닮았다고 말하지 않고 오히려 태양이 해바라기를 닮았다고 노래한다. 또한 화자는 아내에게 태양을 향하여 돌아서는 대신 해바라기를 향하여 돌아서라고 말한다. 무게 중심이 해바라기에 놓여 있다는 증거다.

시적 화자는 계속하여 아내에게 젖에 얹어 놓은 손을 떼라고 말하면서 그녀를 "가까이 이리 가까이" 하며 대지로 인도한다. 그러면서 그는 "땅에 흐르는 젖을 근심하지 마라"라고 안심시킨다. 구약성경에서는 '약속의 땅' 가나안을 은유적으로 표현하여 '젖과 꿀이 흐르는 땅'이라고 하였다. 「해바라기 2」의 시적 화자도 '땅에 흐르는 젖'을 언급한다. 기독교 경전을 떠나 예로부터 땅은 대지의 여신이고, 자식을 출산하는 산모도 대지의 딸이다. 이 작품에서는 무엇보다도 방향성에 주목해야 한다. 처음에는 태양과 해바라기 쪽으로 향하던 시선이 점차 아래쪽 대지를 향한다. 해바라기꽃에 촘촘히 박힌 씨앗들이 다산성을 의미하듯이 대지의 젖을 두려워하지 않는 임신부도 다산성과 무관하지 않다.

더구나 훤칠한 키에 큼직한 머리와 무성한 노란색 꽃잎을 자랑하는 해바라기는 설정식에게 활기 넘치는 에너지와 발랄한 청춘의 상징이었다. 그는 "해바라기 화심花心은 청춘의 등분等分"(139쪽)이니 "해바라기 화심은 / 조척 거리照尺距離 밖에 물러앉은 태양 / 일테면 우리들 / 청춘의 신神"(140쪽) 이니 하고 노래한다. 특히 순진무구한 어린이들에게 해바라기는 순수한 기쁨과 희망과 다름없었다.

> 해바라기꽃이 피면
> 우리들은 항상
> 해바라기 아이들이 되었다

해바라기 아이들은
어머니 없어도
해바라기 아이들은 손이 붉어서
슬픈 것을 모른다 (99쪽)

설정식이 1946년에 쓰고 이듬해 시집 『종』에 수록한 「해바라기 소년」의 첫 두 연이다. 아이들은 왜 해바라기꽃이 필 때면 언제나 '해바라기 아이들'이 될까? 어머니가 없어도 왜 슬픔을 느끼지 않을까? 여기서 아이들이란 그동안 일제의 식민 통치를 받다가 갓 독립한 조선의 주민으로 보아 크게 틀리지 않다. 또한 '어머니'란 한민족이 의지할 모국을 뜻한다.

그렇다면 2연의 마지막 두 행 "해바라기 아이들은 손이 붉어서 / 슬픈 것을 모른다"를 어떻게 해석해야 할까? 아이들의 손이 붉다는 것은 육체적으로뿐 아니라 정신적으로도 아직 미숙한 상태에 있다는 뜻이다. 그래서 기쁨과 희망에 가슴이 들떠 있을 뿐 현실 인식에는 아직도 미흡할 수밖에 없다. 그래서 그런지는 몰라도 화자는 마지막 연에서 "해가 져서 / 다른 아이들이 다 집에 돌아가도 / 너하고 나하고는 / 해바라기 가까이 잠이 들자"라고 말하면서 좀처럼 희망의 끈을 놓지 않는다. 아이들이 순진하고 건강하다는 것은 「해바라기 소년」의 3~4연을 보면 좀 더 뚜렷이 드러난다.

붉은 주먹을 빨기도 하면서
다리도 성큼 들면서
아이들은
누런 해바라기와 같이 돌아간다

태양은 해바라기를 쳐다보고
해바라기는 우리들을 쳐다보고
우리들은 또 붉은 태양을 쳐다보고 (99쪽)

아이들은 아이들답게 주먹을 빨고 다리를 성큼 들어 올리며 해바라기와 함께 춤을 추며 돌아간다. 해바라기가 해를 향하여 고개를 쳐들고 있어서 아마 해바라기를 흉내 내는 행동인 것 같다. 어른들의 행동과는 다른 아이들의 행동은 그다음 연에서 좀 더 두드러지게 드러난다. 어른들의 세계라면 아마 아이들이 해바라기를 바라보고, 해바라기는 태양을 바라본다고 말할 것이다. 그런데도 시적 화자 '나'는 어린아이답게 어른들과는 정반대로 묘사한다. 즉 태양이 해바라기를 쳐다보고, 해바라기는 아이들을 쳐다보고, 아이들은 태양을 쳐다본다. 이러한 방향성을 도표로 그려보면 '태양 → 해바라기 → 아이들 → 태양'이 된다.

이렇게 순진한 아이들처럼 해방을 맞이한 한민족은 광복의 기쁨에 들떠 있을 뿐 미처 '슬픈 것'을 깨닫지 못하고 있었다. 해방은 식민지 조선에 함석헌의 말처럼 "도둑같이 뜻밖에" 슬그머니 찾아왔다. 그래서 조선인들은 박헌영의 지적대로 "아닌 밤중에 찰시루떡 받는 격으로" 해방을 맞이할 수밖에 없었다. 1945년 8월 15일 정오 라디오 방송을 통하여 일본 제국의 히로히토 천황이 포츠담선언을 수락하여 연합군에 무조건 항복한다고 발표하기 전까지만 하여도 극소수의 사람들을 제외하고는 연합국이 조선 독립을 약속했다는 카이로선언이 식민지 조선에 전해지지 않았다. 더구나 한민족의 대다수 사람들은 순진한 아이들처럼 앞으로 한반도에 불어닥칠 '슬픈' 현실을 제대로 알지 못하였다.

그러나 일제강점기 식민지 반도 밖에서 생활한 경험이 있는 설정식은 나름대로 세계정신을 호흡하고 국제 정세를 파악할 수 있었다. 1931년 그는 중국 펑텐에서 고등학교를 다녔고 1936년에는 연희전문학교를 잠시 그만두고 일본에 건너가 메지로상업학교에 다녔다. 연희전문학교를 졸업한 뒤에는 4년여 동안 미국에서 유학을 하였다. 그러므로 설정식은 갑자기 해방된 조국이 독립 국가로 홀로 서는 과정에서 어떠한 혼란과 시련을 겪어야 할지 어느 정도 예측하고 있었을 것이다.

한편 설정식은 해바라기에 자유와 해방이라는 상징성을 부여하였다. 작열하는 태양을 향하여 얼굴을 쳐드는 해바라기는 무엇인가를 갈망하는 모습처럼 보인다. 해바라기는 어쩌면 일본 식민지 시대 조선인들이 그토록 갈망했지만 광복을 맞이한 뒤에도 여전히 풀리지 않는 갈증처럼 목말라하는 자유와 해방일지도 모른다. 다음은 설정식이 1946년에 쓰고 『종』에 수록한 「해바라기 쓴 술을 빚어놓고」 중 전반부 세 연이다.

> 두고두고 노래하고
> 또 슬퍼하여야 될 팔월이 왔소
>
> 꽃다발을 엮어
> 아름다운 첫 기억을 따로 모시리까
> 술을 빚어 놓고 다시
> 몸부림을 치리까
>
> 그러나 아름다운 팔월은 솟으라
> 도로 찾은 것[깃]은 날으라 그러나

아하
숲에 나무는 잘리우고
마른 산이오 눈보라 선달
사월 첫 소나기도 지나갔건마는
어디 가서 씨앗을 담아다
푸른 숲을 일굴 것이오 (65쪽)

설정식이 광복 1주년을 맞아 쓴 작품으로 첫 연에서 '팔월'은 식민지 조선이 일본 제국주의에서 해방된 날을 의미하는 환유법이다. 한국인에게 '삼월' 하면 기미년 독립만세운동을, '오월' 하면 1980년 광주민주화운동을 가리키는 것과 같다. 그런데 이 작품의 시적 화자에게는 오랫동안 두고두고 기쁘게 노래해야 할 팔월의 광복이 그렇게 마냥 즐겁지만은 않다. 그에게 팔월은 환희의 달 못지않게 비애의 달이기도 하기 때문이다.

시적 화자의 양면적 감정은 2연에서도 잘 드러난다. 그는 기쁜 마음으로 꽃다발을 엮어 해방 1주년을 기억할 것인지, 아니면 그 꽃다발로 술을 빚어 비애의 몸부림을 칠 것인지 아직 갈피를 잡지 못한다. 제목에서도 알 수 있듯이 여기서 꽃다발을 엮고 술을 빚는 재료는 다름 아닌 해바라기다. 해바라기는 월계수처럼 흔히 승리의 꽃다발을 엮는 데 쓰이지만 술을 빚는 데도 쓰인다. 몸부림을 친다고 말하는 것을 보면 화자는 해바라기로 빚은 술을 마시며 울분을 달래는 것 같다. 화자가 제목과 작품에서 굳이 '쓴 술'이라고 말하는 이유가 바로 여기에 있다.

이 두 가지 선택지에서 시적 화자는 첫 번째 행동보다는 두 번째 행동을 택한다. 해방 1주년을 아름다운 기억으로 기념하기보다는 오히려 쓴 술을 마시며 울분과 회한에 잠긴다. 화자의 이러한 선택은 3연 "그러나 아름다운 팔월은 솟으라 / 도로 찾은 깃은 날으라 그러나"에 이르러 좀 더 뚜렷하게 드러난다.[16] 앞의 내용을 부정하거나 그것에 제한을 둘 때 사용하는 접속 부사 '그러나'가 이 점을 뒷받침한다. 앞의 '그러나'에서는 여전히 주저하는 화자의 마음을 읽을 수 있다. 일제의 식민주의의 굴레에서 벗어난 것을 가볍게 치부할 수 없음을 암시한다. "아름다운 팔월은 솟으라"와 "도로 찾은 깃은 날으라"에서 화자는 광복의 팔월을 해가 솟아오르는 모습과 새들이 하늘로 비상하는 모습에 빗댄다. 그는 여전히 희망의 끈을 놓지 않는다.

3연의 두 번째 '그러나'에 이르러서는 화자는 이러한 한 가닥 희망에 찬물을 끼얹는다. 여기서 주목해 볼 것은 화자가 문법의 관행을 깨고 접속 부사 '그러나'를 문장 맨 끝에 둔다는 점이다. 그것도 '그러나' 다음에 문장으로 곧바로 이어지는 것이 아니라 공백을 두어 독립된 연으로 취급한다. 마치 '그러나'라는 앞쪽과 뒤쪽에 수비대를 두어 적이 빠져나가지 못하도록 단단히 포위하는 모양새다. 그런데 무게 중심은 역시 첫 번째 '그러나'보다는 두 번째 '그러나'에 실려 있다. 일제 식민 통치에서 벗어난 것은 마땅히 기뻐해야 할 일이지만 그렇다고 마냥 광복의 환희에 취해 있을 수만은 없다는 절박감이 짙게 배어 있다. 이렇게 '그러나'를 행의 끝에 두는 것은 「또 하나 다른 태양」에서도 마찬가지다.

> 내 눈앞에서 또 한 개의 임금林檎이 떨어진다 그러나
> 죽음으로밖에 떨어질 데 없는 나의 육체는

16 3연의 "도로 찾은 것"에서 것은 '깃'의 오식이다. 10연의 "도로 찾은 것을 접고 바람을 품으라"에서 '것'도 '깃'의 오식이다. 『설정식 문학전집』에서 오식과 시연詩聯의 구분이 잘못된 곳이 가끔 눈에 띈다.

떨어지지도 않으면서 심히 무겁구나 무엇이 들어찼느냐 과연 그러
나 (86쪽)

첫 행의 '그러나'는 2행에서 "그러나 죽음으로밖에……"로 이어지는 것이 자연스러운 행갈이다. 3행에서 문제는 이보다 좀 더 심각하다. 통상적인 행갈이 방식에 따른다면 "……무엇이 들어찼느냐 과연"으로 3행을 끝내고, '그러나'는 다음 4행에 넘겨야 한다. 물론 4행에 넘긴다고 하여도 문장이 없이 접속 부사밖에는 없으므로 여전히 문제는 남는다.

설정식이 이렇게 문법 규칙에서 조금 벗어나게 행갈이를 하는 것은 그의 작품에서 흔히 볼 수 있는 현상이다. 문법 규칙과는 관계없이 그는 강조하고 싶은 낱말을 행의 끝에 두기 일쑤다. 가령 「권력은 아무에게도 아니」의 마지막 연은 이러한 경우를 보여주는 좋은 예다.

권력은 아무에게도 아니
주리 우리 생명 오직 하나인
자유를 위해서만 바치리
흘러간 물 다시 오듯이 혈조血潮
세포 고루 돌듯이 죽음이
달고 쓴 수액樹液으로 생명을
사월에 돌리듯이
스스로의 무게로 다시 돌아오는
자유사회 주권만을 세우리 (55쪽)

첫 행의 '아니'는 2행의 '주리'와 분리하지 않는 것이 통상적인 행갈이 방

식이다. 그러나 설정식은 '아니'라는 부정을 강조하려고 일부러 '주리'와 떼어놓았다. 심지어 이 작품의 제목마저 「권력은 아무에게도 아니」로 되어 있다. 독자들은 '아니' 다음에 올 동사에 관심이 쏠릴 것이다. 또한 이 수법은 '아니'를 강조할뿐더러 '주리'에 방점을 찍는 효과도 자아낸다. "하나인 / 자유를"이라는 구절과 "혈조 / 세포"라는 구절도 한데 묶어 행갈이를 하는 것이 일반적 방식인데도 그렇게 하지 않는다. 이러한 예는 "생명을 / 사월에"라는 구절에서도 엿볼 수 있다.

다시 「해바라기 쓴 술을 빚어놓고」로 되돌아가자. 일제강점기를 거치면서 한반도는 척박할 대로 척박해졌다. 흔히 '무단 통치기' 또는 '헌병경찰 통치기'로 일컫는 제1기와 '문화 통치기' 또는 '민족분열 통치기'로 일컫는 제2기는 접어두고라도 '병참기지화 통치기' 또는 '민족말살 통치기'로 부르는 제3기에 이르러 일제는 식민지 수탈에 더욱 박차를 가하였다. 4연에서 화자는 미처 생각하지 못한 것을 이제야 비로소 깨달았다는 듯이 '아하'라고 감탄사를 먼저 내뱉는다. 그러고 나서 그는 눈보라 휘몰아치는 섣달이 지나고 대지를 촉촉이 적시는 사월이 왔건만 나무가 잘려 민둥산이 되어버린 숲을 다시 일굴 씨앗을 구할 수 없다고 한탄한다.

그런데 「해바라기 쓴 술을 빚어놓고」의 4연은 축어적 의미 못지않게 상징적 의미도 크다. 시적 화자는 단순히 산림 황폐나 헐벗은 한반도의 산하를 언급하는 데 그치지 않고 한발 더 나아가 정신적 황폐와 불모성이라는 형이상학적 의미를 부여한다. 그러고 보니 T. S. 엘리엇이 1차 세계대전을 겪고 나서 유럽의 정신적 불모성을 황무지에 빗대어 노래한 『황무지』(1922)가 떠오른다. 3연의 마지막 행 "푸른 숲을 일굴 것이오"에서 '푸른 숲'이란 설정식이 염두에 둔 신생국가의 모습이다. 그리고 그는 신생국가의 모습을 해바라기로 상징한다.

아름다운 팔월 태양이
한 번 솟아 넙적한 민족의 가슴 위에
둥글게 타는 기억을 찍었소
그는 해바라기
해바라기는 목마른 사람들의 꽃이오
그는 불사조
괴로움밖에 모르는 인민의 꽃이오

오래오래 견디고
또 기다려야 될 새로운 팔월이 왔소

해바라기꽃다발을 엮어
이제로부터 싸우러 가는
인민 십자군의 머리에 얹으리다

해바라기 쓴 술을 빚어놓고
그대들 목을 축이러 올 때까지 기다리리다

팔월은 가라앉으라
도로 찾은 것[깃]을 접고 바람을 품으라
붉은 산 황토벌도
역사의 나래 밑에 그늘진 자유
방자 엄돗는 인민의 꽃 해바라기에 물을 기르라

자유가 두려운 자
아름다운 사상과 때에 반역하는 무리만이
이기지 못하는 무거운 역사의 그림자

팔월은 영화로운 팔월의 그림자를 믿으라
죽음을 모르는 인민들은
죽음을 모르는 팔월의 꽃
해바라기에 물을 기르라 (65~67쪽)

「해바라기 쓴 술을 빚어놓고」의 나머지 후반부 전문이다. “아름다운 팔월 태양”을 비롯하여 “넙적한 민족의 가슴”이나 “둥글게 타는 기억”은 하나같이 해바라기와 관련한 구절이다. 그렇다면 “그는 해바라기”와 “그는 불사조”에서 ‘그는’이라는 대명사는 과연 누구를 가리키는 것일까? 문맥으로 미루어 보면 ‘목마른 사람들’, 즉 작품에서 네 번에 걸쳐 반복하여 사용하는 ‘인민’을 가리킨다. 시적 화자는 해바라기야말로 자유에 갈증을 느끼는 사람들의 꽃이요, 왕조 시대는 말할 것도 없고 일제강점기를 거쳐 해방을 맞이한 지 1년이 지난 시점에도 여전히 괴로움과 슬픔밖에 모르는 ‘인민’의 꽃이라고 잘라 말한다.

그렇다면 해바라기와 인민 사이에는 과연 어떠한 관계가 있는가? 해바라기는 씨앗을 많이 품는 데다 비옥하거나 척박한 토양 가리지 않고 어디서든지 잘 자란다. 중앙아메리카가 원산지인 해바라기는 세계 곳곳에 분포되어 있다. 이 꽃을 나라꽃으로 삼는 우크라이나에는 드넓은 해바라기밭이 바다처럼 끝없이 펼쳐져 있다. 또한 생명력이 흘러넘치는 해바라기는 홀로서는 좀처럼 자라지 않고 다른 해바라기들과 떼를 이루어 무성하게 자라는 특징이 있다. 설정식은 「내 이제 무엇을 근심하리오」에서 "호올로 설 수밖에 없고 또 / 호올로 도저히 설 수 없는 / 해바라기"(113쪽)라고 노래한다. 그러면서 그는 계속하여 "열 겹 스무 겹 / 백 겹 천 겹으로 / 해바라기 / 호올로 서 있음을 / 만 겹 백만 겹으로 싸고 또 / 싸돌면서 꺽지 낀 그대들의 두터운 어깨는 / 태산이 아니오?"(113쪽)라고 묻는다.

끈질긴 생명력을 자랑한다는 점에서 해바라기는 잡초와 비슷하다. 실제로 설정식은 「잡초」라는 작품에서 인민을 잡초에 빗대었다. "말굽이 지나오고 또 지나가도 / 겁화劫火 땅끝에서 땅끝을 쓸어도 / 들을 엉켜 잡은 잡초 뿌럭지 / 쓰러지지 않는 연대年代는 다못 / 인민으로부터 인민의 어깨 위로만 넘어갔다"(68쪽)고 노래한다. 인민이 잡초라면 그 위에 화려하고 고상하게 피는 흰 꽃은 인민 위에 군림하는 지배 계층일 것이다. 설정식은 다시 시적 화자의 입을 빌려 "피라 화려할 대로 / 그러나 백화白花 너희들의 발 아래 / 연륜으로 헤아릴 수 없는 생명으로 / 무한無限 죽었다 다시 살아나는 / 여기 / 뿌럭지들임을 알라"(68~69쪽)라고 노래한다.

설정식은 시적 화자의 입을 빌려 해바라기와 인민을 동일시하고 나서 다음 연에서는 "오래오래 견디고 / 또 기다려야 될 새로운 팔월이 왔소"라고 노래한다. 화자는 그가 그토록 염원하는 '새로운 팔월'은 아직 오지 않았으며 좀 더 오랫동안 참고 견디며 기다려야 한다고 말한다. 여기서 '팔월'이 광복과 자유를 가리키는 환유라면 그 '새로운 팔월'은 제2의 광복과 해방, 즉 외세에 휘둘리지 않은 채 한민족 스스로 쟁취하는 참다운 의미의 자유와 독립을 가리키는 환유다. 전자의 팔월이 전반부 첫 연에서 말하는 '슬퍼하여야 될 팔월'이 아니라 전반부 2연에서 말하는 '아름다운 팔월'이요 마지막 연에서 말하는 '영화로운 팔월'이다.

후반부 6연에서 시적 화자가 "팔월은 가라앉으라 / 도로 찾은 깃을 접고 바람을 품으라"라고 말하는 점을 눈여겨보아야 한다. 일본 제국주의에 빼앗겼다가 36년 만에 '도로 찾은 깃'은 기껏해야 "역사의 나래 밑에 그늘진 자유"에 지나지 않을 뿐이다. 화자가 진정으로 바라는 것은 작열하는 태양을 향하여 고개를 쳐들고 있는 저 해바라기처럼 목마른 인민의 갈증을 풀어주고 괴로움의 굴레에서 벗어나게 해주는 참다운 자유와 독립이다. 그래서 화자는 5연의 마지막 행에서 "방자 엄돗는 인민의 꽃 해바라기에 물을 기르라"라고 노래한다. '방자芳姿'란 꽃처럼 아름다운 자태를 말하고, '엄돗는'이란 식물이 움 돋거나 싹 트는 것을 말한다. '인민의 꽃'인 해바라기는 이제 겨우 싹 트기 시작했으므로 물을 주어 왕성하게 자라게 해야 한다고 지적한다.

시적 화자는 곧바로 그다음 연에서 해바라기를 자라지 못하게 막는 사람은 "자유가 두려운 자 / 아름다운 사상과 때에 반역하는 무리"라고 밝힌다. 여기서 '자유'란 어디까지나 '그늘진 자유'가 아니라 해바라기처럼 향일성 또는 굴광성을 자랑하는 밝고 명랑한 자유다. '아름다운 사상'은 사회주의나 공산주의 이념을 말하고, '때에 반역하는 무리'란 2차 세계대전이 끝난 무렵의 시대적 상황에 역행하는 사람들을 말한다.

'아름다운 사상'이라는 구절에서도 엿볼 수 있듯이 해바라기는 사회주의나 공산주의 이념을 상징한다. 설정식은 1947년 「송가」라는 비교적 긴 작품을 써서 이듬해 출간한 시집 『포도』에 수록하였다. 치열한 이념의 갈등 속에 투쟁하다가 희생된 사람들을 기리는 작품이다. 그런데 이 작품의 끝부분에는 '반가反歌'라는 소제목으로 9행 시가 나온다.

> 지나가는 호랑나비야
> 똑같은 수백만 눈동자의

푸른 해심海深을

어찌 헤아린다 하느뇨

비말차운飛沫遮雲의 헛됨이어

가슴 가슴마다 타는

해바라기

붉은 사상의 태양을

무엇으로 막으려는가 (151쪽)

'반가'란 장가長歌 뒤에 읊는 단가短歌로 장가의 뜻을 반복하여 보충하거나 요약하는 역할을 한다. 이러한 시 형식은 일본에서 가장 오래된 시가집 『만요슈(萬葉集)』에서 흔히 볼 수 있다. 시적 화자는 '반가'의 전반부에서 깊은 바닷속 같은 사람들의 마음을 헤아리기란 무척 어렵다고 먼저 운을 뗀다. 그것은 '비말차운', 즉 공중에 날아서 흩어지는 물방울과 해를 가로막는 구름처럼 부질없는 짓이기 때문이다. 그러고 나서 후반부에서 화자는 뭇사람의 가슴에 타는 '해바라기'만큼은 헤아릴 수 있다고 말한다. 그는 계속하여 해바라기란 바로 "붉은 사상의 태양"이라고 노래한다. 태양이 온 천하를 밝게 비추는 것을 막을 수 없는 것처럼 해바라기가 상징하는 붉은 사상도 막을 수 없다는 논리다. 여기서 설정식이 화자의 입을 빌려 언급하는 '붉은 사상'이란 사회주의나 공산주의 이념이라는 것은 새삼 말할 필요가 없을 것이다.

설정식이 「해바라기 쓴 술을 빚어놓고」를 쓴 1946년은 유럽에서는 적어도 겉으로는 전쟁의 모습이 좀처럼 보이지 않은 평화로운 해였다. 그러나 두 번 세계대전을 치르며 초강대국으로 우뚝 선 미국과 소련의 대립이 세계 여러 곳에서 가시화되면서 전후의 새로운 국제질서를 재편하기 위한 물

밑 경쟁이 치열하게 벌어지고 있었다. 특히 한반도에서는 좌우 대립이 격화되면서 한국전쟁 전까지 그야말로 혼란에 혼란을 거듭하였다.

이렇게 우익과 좌익이 첨예하게 갈려서 이념 투쟁을 벌이는 상황에서 적어도 설정식이나 시적 화자가 보기에 진정한 자유는 현실이 아니라 아직은 요원한 꿈에 지나지 않았다. '아름다운 사상'에 기반을 둔 자유는 한민족에게 아직 오지 않았고 이제부터 싸워서 쟁취해야 할 대상이었다. 화자가 해바라기에 물을 주어 건강하게 자라도록 하자고 말하는 것도 그 꽃으로 꽃다발을 엮어 싸우러 가는 '인민 십자군'의 머리에 얹어 주고 해바라기로 술을 빚어 그들의 목을 축여 주기 위해서다.

그런데 여기서 특히 '인민 십자군'이라는 용어가 눈길을 끈다. 그동안 십자군을 주로 연구해 온 영국 역사가 조너선 라일리-스미스는 원정대의 공식 지도자를 기다리지 않은 채 예루살렘 성지를 향하여 나아간 '첫 번째 물결'의 십자군을 '인민 십자군'이라고 불렀다. 이와 마찬가지로 설정식 작품의 시적 화자가 말하는 '인민 십자군'도 해방된 지 1년밖에 되지 않아 아직 뚜렷한 방향 감각 없이 자유와 독립이라는 목적을 위하여 나선 인민을 가리킨다.

맨 마지막 연에서 해바라기는 인민과 깊이 관련되어 있을 뿐 아니라 더 나아가 광복과 그것에 따른 자유와 독립과도 연관되어 있다. "죽음을 모르는 팔월의 꽃 / 해바라기에 물을 기르라"라는 구절에서 시적 화자는 해바라기를 아예 '팔월의 꽃'이라고 부른다. 해바라기꽃은 단순히 한여름에 피는 꽃에 그치지 않고 광복과 해방과도 맞닿아 있음을 암시하는 말이다. 한마디로 해바라기꽃은 인민과 참다운 의미의 자유와 독립을 상징하는 식물이다.

한편 해바라기는 새로운 정부를 이끌고 나갈 지도자를 상징하기도 한다.

설정식은 앞에서 이미 언급한 「내 이제 무엇을 근심하리오」에서 해바라기를 지도자에 빗대었다. 시적 화자 '나'는 무엇보다도 작품 제목에서부터 태산같이 크고 든든한 지도자가 있으니 조금도 근심 걱정이 없다고 암시한다.

> 태산이오
> 태산, 태산같이 큰
> 저 위대한 주권의 은총이니
> Ipse dixit
> 이십 년 삼십 년을
> 바위를 흙가루인 양
> 꾸역꾸역 밀고 일어선 송백松柏이오 (114쪽)

여기서 화자가 말하는 '태산'이란 해바라기가 마치 산처럼 무리를 지어 겹겹이 서 있는 모습을 두고 이르는 말이다. 그러면서 그는 그 태산처럼 큰 것이 '저 위대한 주권의 은총'이라고 밝힌다. 여기서 '주권'이란 두말할 나위 없이 국가의 의사를 최종적으로 결정하는 권력을 말하는 것이다. 화자는 그 주권을 '은총'이라고 부르면서 정치적 개념을 종교적 차원으로까지 끌어올린다.

'내가 직접 말했다'를 뜻하는 라틴어 'Ipse dixit'은 고대 로마 시대의 웅변가요 철학자인 마르쿠스 키케로가 『신의 본질에 관하여』에서 처음 사용한 말로 알려져 있다. 피타고라스의 제자들이 이성이나 증거보다는 스승의 선언에 호소할 때 사용하던 고대 그리스어 '아우토스 에파autòs épha'를 번역한 말이다. '입세 딕싯'이란 어떤 사람의 권위에 대하여 아무런 생각이나 판단 없이 무조건 숭상하는 태도를 나타내는 표현이다.

내 이제 무엇을 근심하리오
강함과 약함이
하나인 영도권領導權이오 또
영도자인 그대요
그 말이 있거늘
다만 주검 직전까지
복무服務 있을 뿐이외다

낙동강이 또 두만강이
가차이 내 발을 씻고 흐르고
인민과
인민의 영도자가 계시고
그 위에 하늘이
비를 아끼지 않거늘
내 몇 방울 피를 아껴 무삼하리오 (114~115쪽)

첫 연의 "강함과 약함"이란 이 작품의 맨 첫 연 "호올로 설 수밖에 없고 또 / 호올로 도저히 설 수 없는" 해바라기의 속성을 언급하는 말이다. 이렇게 해바라기처럼 약하면서 강한 것은 독립을 되찾은 지 겨우 1년밖에 되지 않은 시점에서 새 나라를 건설하려는 영도자나 지도자도 마찬가지일 것이다.[17]

17 다른 일부 텍스트에는 1연의 "영도자인 그대요"에서 '영도자'가 '지도자'로 표기되어 있다.

다음 행 "그 말이 있거늘"은 방금 위에서 언급한 'Ipse dixit'과 연결된다. 영도자가 과연 무슨 말을 직접 했는지는 알 수 없다. 다만 피타고라스의 제자들이 스승의 언명을 아무런 조건이나 유보 없이 받아들였듯이 이 작품의 시적 화자도 그 영도자의 말을 죽을 때까지 성실히 받들어 모실 따름이라고 밝힌다. 화자는 만약 자신이 흘린 피가 아무런 보람이 없다면 그의 아들에게, 아니면 그 아들의 아들에게 보람이 돌아갈 것이라고 확신한다.

2연에서 시적 화자가 한반도의 남쪽에 흐르는 낙동강과 한반도 북쪽에 흐르는 두만강을 언급하는 것은 앞으로 태어날 신생국가가 한반도 전체를 아우르는 한 나라가 되어야 한다고 주장하기 위해서다. 그렇다면 화자가 염두에 둔 신생국가를 이끌 '인민의 영도자'는 누구일까? "내 몇 방울 피를 아껴 무삼하리오"라고 말할 만큼 화자가 기꺼이 목숨을 바쳐 따를 만한 영도자는 과연 누구일까? 1928년 코민테른의 '12월 테제'로 조선공산당이 임시로 해산되자 조선공산당을 재건하여 지도자로 부상한 박헌영일 가능성이 아주 크다. 만약 박헌영이 아니라면 1946년 11월 조선공산당과 남조선신민당과 조선인민당을 합하여 결성한 남조선노동당의 초대 당수 여운형일지도 모른다.

실제로 설정식은 1947년에 「무심無心」이라는 작품을 쓰고 '여운형 선생 작고하신 날 밤'이라는 부제를 달았다. 이 작품에서 설정식은 "등불이 잠시 꺼졌다 / 우연偶然이 이렇게 태허太虛에 필적할 수가 있느냐"(143쪽) 또는 "오호嗚呼 내일 아침 태양은 / 그여히 암흑의 기원이 되고 마는 것이냐"(144쪽)라고 그의 죽음을 애도하였다. 해방 직후 극심한 좌우 대립의 소용돌이 속에서 여운형을 비롯한 중도파 세력이 설 자리는 날이 갈수록 좁아졌다. 1946년 1차 미소공동위원회가 실패로 돌아간 뒤 여운형이 김규식과 함께 벌인 좌우합작운동은 별다른 성과를 거두지 못하였다. 2차 미소공동위원회의 성공에 힘을 쏟고 있던 중 여운형은 1947년 7월 혜화동 로터리에서 괴한의 총격을 받고 암살당하였다.

설정식이 「내 이제 무엇을 근심하리오」를 발표한 것은 1946년 7월 조선문학가동맹의 기관지 〈문학〉 창간호였다는 점도 주목할 필요가 있다. 당시 그는 문학가로서 외곽에서 남로당을 지지하며 인민 정부의 출현을 열렬히 바라고 있었다. 그가 이해 9월 조선노동당에 정식으로 입당했다는 사실은 앞에서 이미 밝혔다. 1946년 10월부터 설정식은 미군정청 공보처 여론국장으로 근무했지만 그의 정치 노선은 자유민주주의가 아니라 여전히 사회주의나 공산주의 또는 인민민주주의였던 것이다.

종과 자유

설정식이 해방기에 쓴 작품에서 해바라기 다음으로 즐겨 사용한 상징은 종이다. 종을 제목과 시재詩材로 삼은 작품은 비록 한 작품에 지나지 않지만 그의 시적 상상력에서 종이 차지하는 몫은 자못 크다. 설정식이 첫 번째 시집을 출간하면서 『종』이라는 제목을 붙였다는 사실만 보아도 그가 종에 얼마나 깊은 관심을 기울였는지 알 수 있다. 1946년 7월 〈문학〉 창간호에 발표한 「종」은 아마 그의 시 중에서 가장 널리 알려진 작품 중 하나일 것이다.

만萬 생령生靈 신음을
어드메 간직하였기
너는 항상 돌아앉아
밤을 지키고 새우느냐

무거이 드리운 침묵이어
네 존엄을 뉘 깨뜨리드뇨
어느 권력이 네 등을 두드려
목메인 오열嗚咽을 자아내드뇨

권력이거든 차라리 살을 앗으라
영어囹圄에 물러진 살이거든
아! 권력이거든 아깝지도 않은 살을 저미라

자유는 그림자보다는 크드뇨
그것은 영원히 역사의 유실물遺失物이드뇨
한아름 공허여
아! 우리는 무엇을 어루만지느뇨

그러나 무거이 드리운 인종忍從이어
동혈洞穴보다 깊은 네 의지 속에
민족의 감내堪耐를 살게 하라
그리고 모든 요란한 법을 거부하라

내 간 뒤에도 민족은 있으리니
스스로 울리는 자유를 기다리라
그러나 내 간 뒤에도 신음은 들리리니
네 파루罷漏를 소리 없이 치라 (61~62쪽)

이 작품에서 설정식은 1인칭 시적 화자 '나'가 피화자 '너'에게 말을 건네는 형식을 취한다. 화자가 종을 '너'라고 부르며 의인법을 구사하는 솜씨가 무척 뛰어나다. 가령 '신음하다'와 '돌아앉다'와 '밤을 새우다' 같은 동작에서 '등'과 '살'과 '목' 같은 인간 신체에 이르기까지 금속 기구인 종에 인간의 속성을 부여한다. 그런가 하면 종은 인간처럼 '인종'과 '의지' 같은 심리 작용을 하기도 한다. 더구나 화자는 종에게 '~하느뇨'라고 묻는가 하면, '~하라'라고 명령을 내리기도 한다. 그렇게 함으로써 화자는 될수록 피화자의 거리를 좁히려고 애쓴다.

그런데 이 작품의 주제를 깨닫기 위해서는 2연에서 한 번, 3연에서 두 번 언급하는 '권력'과 5연의 '법'이라는 낱말을 좀 더 찬찬히 주목해 볼 필요가 있다. 종이 저녁과 새벽 두 차례에 걸쳐 울리는 것은 자신의 의지에 따른 것이 아니라 어디까지나 어떤 외부의 힘에 따른 것이다. 즉 '권력'이 종의 존엄을 깨뜨려 그에게 '목멘 오열'을 자아내게 한다. 종은 비단 밤을 지새우며 지키는 것에 그치지 않고 어떤 폭력적 권력에 반응하여 신음하는 것이 종의 존재 이유이자 숙명이다. 종에게는 하고 싶은 대로 할 자유의지가 없다.

이 작품의 주제는 4연에 이르러 좀 더 분명하게 드러난다. 시적 화자는 종에게 "자유는 그림자보다는 크드뇨 / 그것은 영원히 역사의 유실물이드뇨"라고 묻는다. 그는 자유를 실체가 아닌 그림자에 빗댐으로써 안타깝게도 자유가 아직은 요원한 허상에 지나지 않는다고 노래한다. 또한 종에게 자유란 한낱 '역사의 유실물'에 지나지 않지만 화자는 자유에 대한 열망을 좀처럼 포기하지 않는다.

종은 예로부터 자유와 깊이 연관되어 있다. 미국 펜실베이니아주 필라델피아 독립기념관에는 '자유의 종'이 보관되어 있다. 18세기 중엽 런던에서 제작한 이 종에는 "모든 땅 위의 모든 사람들에게 자유를 공표하라"라는 문구가 새겨져 있다. 이 문구는 구약성경 「레위기」의 "너희는 오십 년이 시작되는 이해를 거룩한 해로 정하고, 전국의 모든 거민에게 자유를 선포하여라"(25장 10절)라는 구절에서 따온 것이다. 이 '자유의 종'은 전 세계에 걸쳐 자유의 상징으로 널리 알려져 있다.

굳이 외국에서 예를 찾을 필요도 없이 이해조李海朝는 '토론소설'이라는 이름으로 신소설 『자유종自由鐘』(1910)을 썼다. 이해조는 당시의 지식 여성들이 모여 개화 계몽에 관한 여러 문제를 토론하는 형식을 취한다. 그런데 그들이 나누는 이야기 중에는 꿈 이야기처럼 허무맹랑한 것도 있지만 국가의 자주독립을 언급하는 진지한 주제도 있다. 그러므로 설정식이 종을 자유의 상징으로 간주하는 것은 어찌 보면 그다지 새로울 것이 없다.

그러나 설정식은 단순히 종에 자유라는 상징성을 부여하는 데 그치지 않고 이보다 한발 더 나아가 그 상징성을 좀 더 해방 조국의 현실과 결부하려고 하였다. 그가 이 작품을 쓴 것이 일본 제국주의의 식민 통치에서 풀려난 지 1년도 채 되지 않은 시점이라는 점을 생각하면 종은 또 다른 상징적 의미가 있다. 참고 견디며 신음을 내뱉는 종은 식민지 조선의 한민족으로 보아도 크게 틀리지 않는다. 3연의 "영어에 물러진 살이거든"이라는 구절은 이 점을 뒷받침한다. 한민족은 일제강점기 36년 동안 감옥에 갇혀 영어의 몸으로 산 것과 크게 다르지 않다. 그 과정에서 몸은 망가질 대로 망가질 수밖에 없었다. 설정식이 세 번 반복하는 '권력'은 두말할 나위 없이 일제의 폭력적 권력을 가리킨다.

설정식은 일제의 폭력적 권력이 두들겨 울리는 종소리가 아니라 식민 통치에서 벗어난 지금 종의 의지로 스스로 울리는 종소리를 기대한다. 물론 이러한 기대는 가까운 장래에 쉽게 이루어지지 않을지도 모른다. 그래서 시적 화자는 "내 간 뒤에도 민족은 있으리니 / 스스로 울리는 자유를 기다리라"라고 노래한다. 한마디로 설정식은 이 작품에서 추상적 자유가 아니라 피부로 느낄 수 있는 좀 더 구체적인 자유를 갈구한다.

설정식이 이 작품을 쓴 것은 일제강점기가 아니라 식민 통치의 굴레에서 벗어난 지 1년쯤 되어서다. 1946년 5월 〈신세대〉에 발표한 「단조短調」에서 그는 해방기의 어수선한 분위기를 두고 "겨레여 벗이어 부끄러움이어 / 법이어 주의여 아름다운 사상이어 / 그리고 새로운 어지러움이어 / 실명失明하겠도다"(58쪽)라고 노래한다. 「종」은 이렇게 한 치 앞도 예측하기 어렵던 혼란스러운 해방기에 쓴 작품이다. 그는 일제강점기에 겪은 온갖 고통과 역경에 좀처럼 좌절하지 않고 오히려 그것을 발판 삼아 새로운 자유 조국을 건설할 것을 제시한다. 이 점에서 「종」은 설정식이 해방기에 쓴 여러 작품 중에서 가장 주목받을 만하다.

설정식의 시적 재능은 마지막에 이르러 찬란한 빛을 내뿜는다. "한아름 공허여 / 아! 우리는 무엇을 어루만지느뇨"라는 구절에서 아무것도 없이 텅 빈 것을 '한 아름' 껴안는다고 표현하는 것은 역설법이다. 그것은 마치 두 팔로 허공을 포옹하는 것과 같다. 그러면서 화자는 영탄법을 구사하여 지금 무엇을 어루만지고 있는 것이냐고 스스로에게 묻는다. 또한 마지막 연의 마지막 행 "네 파루를 소리 없이 치라"라는 구절도 생각해 보면 볼수록 예사롭지 않다. '파루'란 조선 시대에 한양에서 오경 삼점五更三點에 종각의 종을 서른세 번 쳐서 통행금지를 해제하던 것을 일컫는다. 그러한 종각의 육중한 종을 '소리 없이' 치라는 것 또한 모순어법이다.

김동석은 설정식의 시집 『종』에 대하여 조선 민족을 "녹쓸고 깨여진 종"으로 상징할 수 있다고 지적하였다. 그러면서 김동석은 이 시집이 "조선의 녹과 결缺을 노래했으되 그 녹을 빛나려 하며 그 결을 기워 크게 울리려하는 인민의 심정을 표현하지 못했다"고 비판하였다. 김동석은 "조선 인민의 녹과 결은 인민의 힘으로만 없샐 수 있는 것이다"라고 주장하면서 인민에 대한 좀 더 확고한 신념이 필요하다고 역설하였다.[18] 설정식보다 훨씬 급진적인 김동석에게 설정식의 태도는 아마 사회주의 사회를 건설하는 데 미흡한 것으로 보였을 것이다.

그러나 설정식이 생각하는 '인민'과 김동석이 생각하는 '인민'에는 적잖이 편차가 있다. '인민'도 '민주주의'라는 용어처럼 누가 어떠한 맥락에서 사용하느냐에 따라 의미하는 바가 사뭇 다르다. 설정식은 '인민'을 국가나 사회를 구성하는 사람들, 즉 지배자에 대한 피지배자를 일컫는다. 말하자면 에이브러햄 링컨이 게티즈버그 연설에서 사용한 의미와 크게 다르지 않다. 그러나 김동석이 '인민'을 사용할 때는 흔히 무산 근로 대중, 즉 프롤레타리아 계급을 염두에 둔다.

그러나 앞에서 이미 밝혔듯이 설정식이 인민을 전혀 도외시한 것은 아니다. 다만 그는 인민이 주축이 되는 새로운 국가의 출현을 열렬히 바라면서도 『전위시인집』(1946)을 발간한 김광현金光現, 김상훈金尙勳, 이병철李秉哲, 박산운朴山雲, 유진오兪鎭五 같은 시인들처럼 드러내 놓고 인민을 전면에 내세우지 않았을 뿐이다. 설정식은 지나치게 정치적 목적의식을 드러내는 작품은 오히려 그러한 목표를 달성할 수 없다는 사실을 잘 알고 있었다.

김동석은 『종』이 당대 지식인에게 많은 시사점을 주는 시집이라고 평가하면서도 긍정적이고 낙관적이지 못하다고 지적한다. 김동석은 "형의 시는

---

18 김동석, 「민족의 종」, 245쪽. 그는 "조선 인민의 녹과 결은 인민의 힘으로만 없샐 수 있는 것이다"라고 말하면서 반드시 국제 정세를 염두에 두어야 한다고 주장하였다.

자칫하면 부정否定으로 흐른다. 그것이 부정을 부정하기 위한 부정인 것을 우리는 잘 안다. 허지만 시인이 바야흐로 이 땅에 움트는 긍정적인 새로운 삶을 발견하지 못할진댄 누가 민족의 종이 될 것인가"[19]라고 묻는다. 김동석은 이러한 평가를 내리면서 어쩌면 혁명적 낙관주의를 염두에 두고 있었는지 모른다.

19 위의 글, 245쪽.

설정식과 혁명적 낙관주의

설정식은 시인으로 데뷔한 1930년대 초엽은 말할 것도 없고 첫 시집 『종』을 출간하던 1940년대 말엽만 하여도 그런대로 서정성을 유지한 채 목적 지향적인 작품은 별로 쓰지 않았다. 그러나 두 번째 시집 『포도』와 세 번째 시집 『제신의 분노』에 이르러 그는 서정성의 옷을 훌훌 벗어버리고 서사성의 옷으로 갈아입었다. 말하자면 그는 베르톨트 브레히트처럼 그 자신도 '서정시를 쓰기 힘든 시대'에 살고 있다는 사실을 깊이 깨달았다.

설정식이 이렇게 서사성의 옷으로 갈아입었다는 것은 그동안 고향이나 자연을 노래하던 태도에서 정치적 이념을 다룬 작품을 쓰는 태도로 창작 방향을 선회했다는 것을 뜻한다. 물론 그렇다고 『종』에 수록한 작품 중에 목적 지향적인 시를 찾아볼 수 없다는 것은 아니다. 예를 들어 설정식이 1947년 2월 〈서울신문〉에 발표했다가 『종』에 수록한 「태양 없는 땅」은 좋은 그 예가 된다.

곡식이 익어도 익어도 쓸데없는 땅
모든 인민이 등을 대고 돌아선 땅 (107쪽)

시적 화자가 곡식이 무르익는 들판이 '쓸데없는 땅'이라고 말하는 것은 노동의 열매가 몇몇 지주한테로 돌아가기 때문이다. 그래서 화자는 농토가 이제 모든 인민이 등을 돌리고 돌아선 땅이 되고 말았다고 노래한다. '농민'이라고 하지 않고 굳이 사회주의나 공산주의 냄새를 풍기는 '인민'이라는 낱말을 사용한 것도 자못 의도적이다. 비록 에둘러서나마 설정식은 화자의 입을 빌려 노동의 열매가 피땀 흘려 일한 농민한테로 돌아가는 대신 소수 자본가한테로 돌아가는 독점자본주의를 날카롭게 비판한다.

땀을 흘려도 흘려도 쓸데없는 땅
태양 없는 땅

너희들 무시무시한 무지無知 지긋지긋
흰 이빨 자국 이문 살 멍들은
아! 소같이 둔하다는 무식한 우리들의 등
더운 피 흘린 항거를 위해서는
시월은 오히려
서리 내리기조차 주저하였다
태양 없는 땅 (108쪽)

이 인용문은 「태양 없는 땅」의 5~6연이다. 이 두 연에서 주목해 볼 것은 2인칭 복수 대명사 '너희들'과 1인칭 복수 대명사 '우리들'이다. '상대편'

과 '우리 편' 또는 영어 'them guys'와 'us guys'처럼 이 두 대명사는 서로 이항대립적 관계를 맺고 있다. '우리들'은 두음법과 모음법과 의성의태어를 구사하여 "무시무시한 무지"한 것이 '지긋지긋하다'며 상대방을 몰아붙인다. 한편 '너희들'도 이에 지지 않고 '우리들'을 향하여 "소같이 둔하다"고 반격한다.

시적 화자는 연의 끝 행마다 "태양 없는 땅"이라는 구절을 되풀이한다. 앞에서 지적했듯이 설정식의 작품에서 태양은 해바라기와는 떼려야 뗄 수 없을 만큼 깊이 연관되어 있다. 태양은 해바라기처럼 삶의 에너지요 희망일 뿐 아니라 해방된 조국을 이끌어 나갈 새로운 지도자를 상징한다. 일제 식민지에서 벗어난 지 겨우 1년밖에 되지 않은 시점에 태양이 없다는 것은 곧 지도자다운 지도자가 없는 한반도가 다시 한번 암흑에 휩싸여 있다는 것과 다름없다.

『종』에서 잠자고 있던 설정식의 정치의식은 『포도』에 이르러 고개를 쳐들기 시작하였다. 종이 금속 기구라면 포도는 풍요와 다산을 상징하는 식물이다. 그러나 설정식은 이와는 달리 포도를 부정적인 상징으로 사용한다. 이 점과 관련하여 김기림은 "경솔하게 저 호협한 디오니소스의 과실인 줄 알지 말아라. 새로운 시대에 바치는 제단 위에서 너무나 태연스러운 신과 태양을 원망스럽게 보며 검은 과즙을 선혈처럼 빨아 신성한(?) 뭇 제단들을 적셔놓은 반항과 모독의 상징인 것 같다"[20]고 지적한다. 그의 말대로 설정식의 작품에서 포도는 풍요나 다산과는 거리가 멀다.

설정식이 두 번째 시집에 '포도'라는 제목을 붙인 것은 아마 미국 문학에서 영향을 받았기 때문인 것 같다. 설정식이 미국에 유학하던 시절 존

---

20 김기림, 「분노의 미학: 시집 『포도』에 대하여」, 383쪽.

스타인벡은 『분노의 포도』(1939)를 출간하여 미국 문단에 큰 파문을 일으켰다. 미국 유학을 중단하고 귀국한 설정식은 1940년 10월 〈조광〉에 「현대 미국소설」이라는 비평문을 발표하였다. 이 글에서 그는 "좌익 작가와 아울러 기억해야 할 작가는 현 문단에서 가장 활약하는 존 스타인이다"(484쪽)라고 밝힌다. 그러고 나서 그는 스타인벡의 작가 수업과 초기 작품을 언급한 뒤 "작년(1939)에 『노호怒號의 포도』가 퓰리처상을 수상함으로써 작가로서 확호한 지반을 다졌다"(485쪽)고 지적한다.

미국 역사에서 유례를 찾을 수 없는 경제 대공황과 오클라호마주에 몰아닥친 먼지 폭풍을 배경으로 소작인, 지주, 이동 노동자, 자본가, 행정 당국의 모습을 적나라하게 묘사한 『분노의 포도』는 그동안 잠들어 있던 설정식의 정치의식을 일깨웠다. 설정식이 「포도」라는 작품을 쓰고 두 번째 시집에 '포도'라는 제목을 붙인 것은 스타인벡이 사용한 포도의 상징성에서 영향을 받은 것으로 볼 수 있다. 스타인벡은 이 소설에서 "굶주린 사람들의 눈 속에 점점 커져가는 분노가 담겨 있다. 분노의 포도가 사람들의 영혼을 가득 채우며 점점 익어간다"고 말한다.

설정식은 스타인벡과 그의 『분노의 포도』를 여간 높이 평가하지 않았다. "문학적 평가를 보더라도 1930년대의 걸작 중 하나"라고 지적하면서 그는 미국인 25명 중 한 명은 이 작품을 읽었다고 말하였다. 그러면서 그는 이 작품을 "[미국] 서부에 흔히 있는 농민 수난사의 한 전형적 종류"로 간주하면서 "자연의 협위脅威와 같이 오는 자본주의의 잔혹"(485쪽)을 설득력 있게 다루었다고 주장하였다. 이렇게 스타인벡의 작품을 높이 평가하던 설정식으로서는 마침내 「포도」를 쓰고 두 번째 시집에 '포도'라는 제호를 달았던 것이다.

스타인벡의 대표작의 제목을 한국에서는 흔히 '분노의 포도'라고 번역하

고 일본에서도 이와 비슷하게 '이카리노부도(怒りのぶどう)', 즉 '분노의 포도'라고 번역한다. 그러나 설정식은 성내어 소리를 지른다는 의미로 '노호의 포도'라고 번역하였다. 그런데 「단조」에서 그는 "희망은 흐름을 따라 헤엄치다 / 입술에 닿았다 떨어지는 / 포도의 악착齷齪이어"(58쪽)라고 노래한다. 「송가」에서도 그는 "그대 위하여 산천에 노怒한 포도 / 백태白苔를 뿜고 종야終夜 통곡하여 피를 흘리다"(146쪽)라느니 "대대로 노한 포도 / 저린 이를 모다아"(150쪽)라느니 하고 말한다. 그런가 하면 「제신의 분노」에서 설정식은 "그때에 / 네 손바닥과 발바닥에 창미가 끼고 / 네 포도원은 백사지白沙地가 되리니"(177쪽)라고 노래하기도 한다. 여기서 설정식이 말하는 '포도의 악착'이나 '노한 포도' 또는 백사지가 되는 '포도원'은 스타인벡의 '분노의 포도'와 어떤 식으로든지 서로 관련이 있다.

스타인벡은 '분노의 포도'라는 제목을 남북전쟁 당시 북군의 애국가로 사용한 「공화국의 전투 송가」의 한 구절에서 따왔다. "주님께서 재림하는 영광 내 눈에 보이네 / 재어 두신 분노의 포도 짓밟으며 오시네"라는 구절이 바로 그것이다. 그러나 이 가사를 좀 더 거슬러 올라가다 보면 신약성경 「요한의 계시록」의 "그는 친히 쇠지팡이를 가지고 모든 민족을 다스리실 것이요, 전능하신 하나님의 맹렬하신 진노의 포도주 틀을 밟으실 것입니다"(19장 15절)라는 구절을 만나게 된다.

설정식은 「단조」와 「송가」에서 보여준 분노와 절망을 「포도」에서 좀 더 뚜렷하게 다룬다. 방금 앞에서 밝혔듯이 그는 이 작품에서 포도를 풍요와 다산과 행운 같은 긍정적인 상징보다는 오히려 고통과 절망과 불행의 상징으로 사용한다.

얼마나 많은 주검들이기에

이렇게 산으로 하나 가득
제물을 바치었더냐

우리 애기 머리같이
말랑말랑한 착한 과실果實일지라도
죄를 구대九代에 저리게 할
단한 이빨 앞에서는

하룻밤 사이에
소금으로 변하는 예지

포도는
육체와 영혼 사이에서 서서
위태로이 떤다 (142쪽)

언뜻 보면 포도나무에 주렁주렁 달려 있던 싱싱한 포도가 여름철 인간의 입맛을 돋우고 사라지는 비극적 운명을 노래하는 것 같다. 실제로 첫 연은 먹고 난 포도 껍질과 씨를 쟁반에 수북하게 담아 놓은 모습을 묘사한 것이다. 그러나 달리 생각해 보면 설정식은 포도에 어떤 정치적 의미를 부여한다. 첫 연의 '많은 주검들'과 '제물', 2연의 '죄'와 '단한 이빨'은 이 점을 뒷받침한다. 갈피를 잡지 못하던 어수선한 해방기의 사회적 상황에서 많은 사람이 이런저런 정치적 목적을 위한 '제물로' 희생되었다. 이 무렵 좌익 진영의 흑색 테러와 우익 진영의 백색 테러가 횡행하였고, 설정식은 여러 작품에서 이러한 테러 행위를 신랄하게 비판하였다.

「포도」에서 인간을 테러리스트에, '착한 과일' 포도를 테러리스트에 무참하게 희생되는 사람으로 해석하여도 크게 무리가 없다. 설정식이 "죄를 구대에 저리게 할 / 단한 이빨 앞에서는"이라고 말하는 것으로 보면 더더욱 그러하다. 여기서 '단한'은 '단단한'의 오식이거나 오식이 아니라면 아마 그러한 의미로 사용했을 것이다. 시적 화자는 테러야말로 9대에 걸쳐 두고두고 갚아도 다 갚지 못할 큰 죄라고 말한다. 무자비한 테러리스트들과 비교하면 그들의 희생자들은 어린아이 머리같이 연약하기 그지없다는 것이다. 마지막 연 "포도는 / 육체와 영혼 사이에서 서서 / 위태로이 떤다"에서 시적 화자는 테러리스트에 속절없이 쓰러지는 희생자들을 인간의 치아에 씹혀 사라지는 포도의 운명에 빗댄다.

그러고 보니 앞에서 해바라기의 상징성과 관련하여 이미 언급한 여운형의 암살을 다룬 「무심」의 마지막 세 연이 새로운 의미로 다가온다. 해방 직후 건국준비위원회의 위원장을 지내고 1946년부터 좌우합작운동을 주도한 여운형은 무려 12차례나 우익 테러에 시달렸던 것으로 알려져 있다.

> 산천山川이 의구依舊한들 미숙한 포도葡萄
> 오늘 밤에 과연 안전할까
>
> 우두커니 앉았음은
> 방막厖莫한 땅이냐 슬퍼하는 것이냐
>
> 오호嗚呼 내일 아침 태양은
> 그여히 암흑의 기원이 되고 마는 것이냐 (143~144쪽)

건국준비위원회 발족식에서
인사말을 하고 있는 몽양 여운형.
설정식은 그를 위대한 지도자 중
하나로 평가하였다.

'미숙한 포도'란 민족을 위한 큰 뜻을 미처 펼치기도 전에 테러리스트의 총탄에 쓰러진 젊은 희생자를 말한다. 설정식은 이 작품을 여운형이 암살당한 날 밤에 썼다. 그러나 "오늘 밤에 과연 안전할까"라는 구절은 앞으로도 희생될 젊은이들이 더 있을 것이라고 암시한다.

한편 "산천이 의구한들 미숙한 포도"는 언뜻 어딘지 모르게 걸맞지 않아 보인다. 그것은 아마 길재吉再의 유명한 시조 때문일 것이다. "산천은 의구하되~" 하면 자연스럽게 "인걸은 간듸업다"라고 나와야 할 터인데 갑자기 "미숙한 포도"가 나온다. 그러나 좀 더 곰곰이 생각해 보면 설정식이 왜 "산천이 의구한들 미숙한 포도"라고 노래했는지 알 만하다. 그는 어수선한 해방기를 고려 왕조의 패망에 빗댄다. 왕조의 멸망과 더불어 충신들이 사라진 것처럼 어수선한 해방기에도 아까운 젊은 인재들이 테러리즘의 희생자가 되기 일쑤였다. 2연 "우두커니 앉았음은 / 방막한 땅이냐 슬퍼하는 것이냐"에서 독자들은 길재가 느낀 왕조와 세월의 무상함을 느낄지도 모른다.

설정식이 누구를 위한 '송가'인지 그 대상을 자세히 밝히지는 않지만 「무심」과 거의 같은 시기에 쓴 「송가」도 테러리즘을 날카롭게 비판하는 작품이다.

주검을 끌어안고
노래하는 땅이여
노래하며 또 호곡號哭하지 않을 수 없는 나라여
나라를 맞이하는 노래와
나라를 보내는 통곡慟哭이 조용히 끝이 나면
청춘을 고이 받아
두터이 묻어주는 고마운 흙이여 (145쪽)

첫 행 "주검을 끌어안고"는 「포도」의 첫 행 "얼마나 많은 주검들이기에"와 아주 비슷하다. 3행 "노래하며 또 호곡하지 않을 수 없는 나라여"는 「무심」의 "우두커니 앉았음은 / 방막한 땅이냐 슬퍼하는 것이냐"와 닮았다. 이처럼 설정식이 1947년 해방기에 쓴 작품의 대부분에는 테러에 대한 공포와 절망이 짙게 배어 있다.

그러나 설정식은 테러리즘의 광풍이 지나가고 나면 한반도에 새로운 세상이 올 것이라는 믿음을 저버리지 않았다. 「송가」의 2연 "최후를 모르고 / 주검을 놓지 않음이니 / 놓았다 하라 벌써 / 영원에 닿음이요 / 오는 생명을 위한 번식의 시초라"(145~146쪽)라는 이러한 믿음을 잘 보여준다. 설정식은 시체가 상징하는 '최후'를 좀처럼 믿지 않고 오직 새로운 생명을 기약하는 '영원'을 믿을 뿐이다. 「음우陰雨」의 마지막 연에서도 설정식은 "이 빗물에 테로[테러]는 또 / 칼을 갈는지 모르나 / 제 아무리 하여도 / 세상은 도로 잡힐 것이오"(136쪽)라고 노래하며 미래에 대한 낙관적 전망을 드러낸다.

설정식의 정치의식은 『포도』를 거쳐 『제신의 분노』에 이르러 훨씬 더 뚜렷해진다. 제목에서도 엿볼 수 있듯이 마지막 시집에 수록한 작품들에서는 해방기에 설정식이 느낀 분노와 절망을 좀 더 분명히 읽을 수 있다. 이 시집에서는 고통과 시련과 죽음을 노래한 작품이 유난히 많이 눈에 띈다.

> 미구未久에 마소같이 끄을려
> 홍원洪原 청창에 갇히시니
> 선생의 죄는 대체 무엇이오니까
> 몸소 쓰신 조선말사전 원고 뭉치로
> 머리칼 설핀 머리 이마를 맞으실 때
> 벌써 버리신 육체라 차라리
> 무쇠 방망이가 오죽 가벼웠으리 다만
> 우리 죽어서 죽어가서 기어이 다시
> 이 땅에 태어나자고 맹서하셨으라 (61~62쪽)

'환산桓山 이윤재李允宰 선생께 드리는 노래'라는 부제에서도 볼 수 있듯이 이 작품은 한글학자 이윤재의 사망을 애도하는 작품이다. 설정식은 이윤재가 옥사한 지 5년 뒤 이 작품을 써서 1948년 1월 〈한글〉에 처음 발표하였다. 잘 알려진 것처럼 이윤재는 1942년 이른바 '조선어학회사건'으로 10월 다른 회원들과 함께 체포되어 함흥형무소에 수감되었고, 일제의 고문을 이기지 못하고 마침내 1943년 12월 쉰여섯의 나이로 순국하였다.

설정식이 「조사」에서 언급하지만 일제는 이윤재뿐 아니라 그의 아들 이

원갑李元甲도 체포하여 투옥하였다. 이원갑은 아버지를 고문하여 살해한 고등계 형사부장 안정묵安禎默(일본 이름 安田稔)이 경기도 광주경찰서에 근무하고 있다는 사실을 알고 1946년 10월 동료들과 함께 이 경찰서를 습격하였다. 이원갑은 징역 12년 형을 언도받고 복역하다가 한국전쟁 중 석방되어 월북하였다.

해방기 한반도에 난무하던 폭력과 죽음은 「진리」를 비롯한 작품에서도 쉽게 엿볼 수 있다. 이 작품은 특히 테러리즘을 신랄하게 고발한 작품이다.

> 바늘 끝 차가운 별이 총총
> 가시 같은 밤에
>
> 또 총소리가 들린다
> 낙산駱山 바위 같은 심장이 또 하나 깨어졌다
>
> 민주주의자의 유언은
> 총소리뿐이다
>
> 총소리를 들은 모든 민주주의자가
> 조용히 이를 깨문다
>
> 그러자
> 또 총소리가 들린다
>
> 진리는 이렇게

천착만공千鑿萬孔이 되어야 하느냐

아 정말 신이라도 있으면 좋겠다
우리 편인 신이 – (180~181쪽)

『제신의 분노』에 처음 수록한 「진리」의 전문이다. 차가운 하늘에 별이 총총 뜬 추운 겨울밤에 서울 거리에 총소리가 요란하게 들린다. 바위 같은 심장의 젊은이가 또 하나 총탄을 맞고 쓰러지는 소리다. 그래서 설정식은 그 총소리는 곧 민주주의를 외치던 젊은이의 유언이 되고 말았다고 한탄한다. 문제는 총소리 하나로 그치지 않고 조금 뒤 또 다른 총소리가 들린다는 데 있다.

설정식은 절망감에서 "진리는 이렇게 / 천착만공이 되어야 하느냐"라고 묻는다. 여기서 '진리'란 두말할 나위 없이 민주주의를 말한다. 그런데 정치 용어 중에서 민주주의만큼 의미장意味場이 넓은 것도 아마 없을 것이다. 가령 자유민주주의가 있는가 하면 인민민주주의가 있으며, 그 중간 형태라고 할 사회민주주의도 있다. 그동안 설정식이 보여준 행동으로 미루어 보면 여기서 그가 진리로 받아들이는 민주주의는 아무래도 사회민주주의나 인민민주주의를 말하는 것 같다. 한편 '천착만공'에서 '千'은 아마 '穿'의 오식일 것이다. 민주주의를 지키려는 많은 젊은이가 테러리스트의 총탄에 맞아 심장에 구멍이 뚫린다는 뜻이다. 오죽하면 마지막 연에서 "아 정말 신이라도 있으면 좋겠다 / 우리 편인 신이 –"라고 절규하겠는가.

설정식의 정치의식은 「붉은 아가웨 열매를」에서 좀 더 분명하게 드러난다. 그는 이 작품을 1946년 8월 〈조광〉에 처음 발표한 뒤 『제신의 분노』에 수록하였다. '아가웨'란 '아가위'의 사투리로 산사나무의 열매를 말하며 흔히 '꽃사과'라고 부르기도 한다.

> 푸른 풀
> 푸른 드을이여
> 몸부림쳐 문질러
> 뜨거운 것을 조직하라
> 남조선에 푸른 것이여
> 네 어찌 다만 미래未來같이 푸르고만 있으랴
> 그리고 너 이름 가진 온통 모든 꽃들은
> 하늘이 까맣게 새까맣게
> 성신星辰을 얽어놓듯
> 산 위에서와 산 아래
> 구릉 이쪽에서 구릉 저쪽에
> 한 가지 꿈을 조직하라
> 네 어찌 무슨 염치로 유독
> 요란하게 돌아앉아
> 몰라보게 되어가는 산천을 모른다 하랴 (91쪽)

이 작품의 주제를 캐는 열쇠는 '푸른색'과 '붉은색'의 대조에 있다. 시적 화자는 작품의 전반부를 온통 '푸른색'으로 덧칠하다시피 한다. '푸른'이라는 낱말을 세 번, '푸르고만'이라는 낱말을 한 번 사용한다. 물론 여기서 그가 말하는 푸른색은 청색이 아니라 녹색이다. 한국어에서는 청색과 녹색을 굳이 구분 짓지 않고 '푸른색'이라는 말을 흔히 쓴다. 이상화李相和의 「빼앗긴 들에도 봄은 오는가」에서 "나는 온몸에 햇살을 받고 / 푸른 하늘

푸른 들이 맞붙은 곳으로 / 가르마 같은 논길을 따라 꿈속을 가듯 걸어만 간다"에서 앞의 '푸른'과 뒤의 '푸른'은 색도가 서로 다르다. 앞의 '푸른'은 청색이지만 뒤의 '푸른'은 녹색이다.

설정식은 이 작품에서 드러내 놓고 '붉은색'을 직접 언급하지는 않지만 3~4행 "몸부림쳐 문질러 / 뜨거운 것을 조직하라"에서 간접적으로 보여준다. 몸부림쳐 가며 문질러 만들어 내는 '뜨거운 것'을 색깔로 표현한다면 아마 붉은색이 될 것이다. 시적 화자는 남조선의 '푸른 것'을 향하여 "네 어찌 다만 미래같이 푸르고만 있으랴"라고 질타한다.[21] 심지어 그는 이 언덕 저 언덕을 뒤덮으며 울긋불긋 피어 있는 꽃들을 향해서도 오직 "한 가지 꿀을 조직하라"라고 말한다. 여기서 그가 말하는 '한 가지 꿀'이란 붉은색이 상징하는 사회주의나 인민민주주의를 말한다. 그러면서 화자는 계속하여 염치없이 온갖 색깔로 '요란하게' 피어 있는 꽃들에게 "몰라보게 되어가는 산천", 즉 왜 인민을 중심으로 한 새로운 사회에 주목하지 않느냐고 나무란다. 마지막 연의 마지막 행에서 그는 "삶을 조상弔喪하며 또 꿀범벅 피범벅 / 붉은 아가웨 열매를 삼키면서 / 남조선으로 가자"(92쪽)고 노래한다.

비평가들은 지금까지 『제신의 분노』를 흔히 예언자적인 작품으로 일컬어 왔다. 그 이유는 아마 이 시집의 제목으로 사용한 「제신의 분노」라는 작품 때문일 것이다. 설정식은 이 작품을 1948년 7월 〈문학〉에 발표하였다. 그런데 그는 「제신의 분노」를 시작하기에 앞서 구약성경 「아모스서」에서 "이스라엘의 처녀는 넘어졌도다 / 넘어진 사람은 다시 일어나지 못하리니

21 "미래같이 푸르고만 있으랴"에서 '미래'는 아무래도 오식일 가능성이 크다. 식자공이 '파' 자를 뽑을 것을 '미' 자를 뽑았을지 모른다. '파래같이 푸르고만'이 '미래같이 푸르고만'보다 훨씬 논리적이고 시적이다. 물론 『제신의 분노』와 『설정식 문학전집』을 포함하여 그 뒤에 출간된 모든 텍스트에는 '미래'로 표기되어 있다.

/ 조국의 저버림을 받은 아름다운 사람이어 / 더러운 조국에 이제 그대를 일으킬 사람이 없도다"(5장 2절)라는 구절을 인용한다. 성서학자들은 하느님이 이스라엘을 '처녀'로 부르는 것은 아마 이방의 침략을 받지 않았기 때문일 것이라고 설명한다. 한편 '넘어졌다'는 것은 여로보암 2세 때 앗수르의 포로로 잡혀간 이스라엘이 결코 회복되지 않을 것임을 보여준다고 해석한다. 다음은 「제신의 분노」 중 2~4연이다.

하늘에서
또 하나 다른 소래 있어 일렀으되 —
일찍이
내 너희를
꿀과 젖이 흐르는
복지福地에 살게 하고저
애급埃及 땅에서 너희를 거느리고 떠나
광야曠野를 헤매기 삼십육 년
이슬에 자고 뿌리를 삼키니
이는 다
아모라잇 기름진 땅을 기약한 것이어늘

이제 너희가
권세 있는 이방 사람 앞에 무릎을 꿇고
은을 받고 정의를 팔며
한 켤레 신발을 얻어 신기 위하여
형제를 옥에 넣어 에돔에 내어주니

내 너에게

흔하게 쌀을 베풀고

깨끗한 이빨을 주었거늘

어찌하여 너희는 동족同族의 살을 깨무느냐 (175쪽)

설정식은 「제신의 분노」에서 구약성경의 「출애굽기」와 「아모스서」를 빌려 해방 직후 한반도의 정치 상황을 노래한다. 메시아사상을 기반으로 그는 일제의 식민 통치에서 갓 풀려난 조선을 이집트의 노예 신분에서 해방된 이스라엘 민족에 빗댄다. 이 작품의 시적 화자 '나'는 인간이 아닌 초월적 존재자 하느님이다. "애급 땅에서 너희를 거느리고 떠나 / 광야를 헤매기 삼십육 년"이라는 구절은 조선이 36년 동안 일본 제국주의의 식민 통치를 받은 것을 언급하는 대목이다. 모세가 이집트의 노예로 있던 이스라엘 민족을 이끌고 40년 동안 광야에서 겪은 시련이 가나안 땅으로 향하기 위한 준비 단계였듯이, 일제강점기 36년의 시련도 한반도에 새로운 국가가 탄생하기 위한 준비 단계였다는 뜻이다.

그러나 "이는 다 / 아모라잇 기름진 땅을 기약한 것이어늘"에서 어미 '-이어늘'에서 볼 수 있듯이 시적 화자 '나'는 한민족이 이러한 시련으로부터 아무것도 배운 바 없다고 꾸짖는다. 오히려 한민족 중 일부는 권력 있는 '이방 사람' 앞에 무릎을 꿇는가 하면 은화 같은 돈을 받고 정의를 팔아넘긴다. 여기서 금 대신 굳이 은을 언급하는 것은 아마 가룟 유다가 은전 30닢을 받고 예수 그리스도를 유대 대제사장에게 팔아넘긴 것을 염두에 두었기 때문일 것이다. 그래서 화자는 "어찌하여 너희는 동족의 살을 깨무느냐"고 질타한다.

여기서 '권세 있는 이방 사람'이란 재조선 미육군 사령부 군정청, 즉 줄여서 흔히 '미군정청'으로 부르는 행정기관의 관리를 가리키는 것으로 보아 크게 무리가 없다. 미군정청은 일본이 패망한 뒤 대한민국 정부가 수립될 때까지 남한을 안정시키는 역할을 맡았다. 그러나 설정식을 비롯한 사람들은 급격한 변화를 꾀하기보다는 과도기에 현상 유지 정책을 펼친 미군정청에 적잖이 불만을 품었다. 더구나 한국 정치인들 중에는 미군정청의 관리들과 결탁하여 자신의 이익을 도모하는 사람들도 적지 않았기 때문이다.

그러나 시적 화자 '나'는 「제신의 분노」에서 한민족을 나무라지만 않고 구원의 가능성을 열어 둔다. 이 작품의 마지막 두 연에서 화자는 한민족에게 벌을 내리지 않고 다시 한번 기회를 주겠다고 약속한다. 하느님은 땅에 넘어진 '이스라엘의 처녀'를 다시 일으켜 세우려고 한다. 물론 한민족이 이렇게 다시 일어서려면 무엇보다도 먼저 그동안의 잘못을 깊이 뉘우쳐야 할 것이다.

> 그러므로
> 헛된 수고로 혀를 간사케 하고 또 돈을 모으려 하지 말며
> 이방인이 주는 꿀을 핥지 말고
> 원래의 머리와 가슴으로 돌아가
> 그리로 하여 가난하고 또 의로운 인민의 뒤를 따라
> 사마리아 산에 올라 울고 또 뉘우치라
>
> 그리하면
> 비록 허울 벗기운 너희 조국엘지라도
> 이스라엘의 처녀는 다시 일어나리니
> 이는 다 생산의 어머니인 소치所致라 (177쪽)

첫 연 3행의 '이방인'은 앞에서 언급한 '이방 사람'과 마찬가지로 한민족을 제외한 민족, 즉 좁게는 3년 동안 해방기 남한을 통치한 미군정청 관리, 더 넓게는 미국인을 포함한 외국인을 말한다. 화자는 미군정청 관리에 아첨하는 대신 가난할망정 '의로운 인민'의 마음을 헤아리라고 충고한다. 여기서 '인민'은 '이방인'과 대척점에 서 있다. 앞 연에서도 화자는 "네가 어질고 착한 인민의 / 밀과 보리를 빼앗아 / 대리석 기둥을 세울지라도 / 너는 거기 삼대三代를 누리지 못하리"(176쪽)라고 노래한다. 이렇게 인민이 의로운 데다 어질고 착하다고 힘주어 말하는 것은 이방인의 권세를 강조하기 위해서다.

미군정청에 대한 불만과 비판은 설정식의 작품에서 그다지 어렵지 않게 찾아볼 수 있다. 그 누구보다도 미국의 혜택을 받았으면서, 아니 그러한 혜택을 받았기에 그는 과도기에 미국의 한반도 정책을 잘 알고 있었다.

> 아름다우리라 하던
> 붉은 등은 도리어
> 독한 부나븨
> 가슴 가슴 달려드는구나
>
> 무서운 희롱이로다
> 누가 와서 버려놓은 노름판이냐
> 겨레여 벗이어 부끄러움이어
> 아 숨 가빠 반半 옥타브만 낮추려므나 (58~59쪽)

앞에서 이미 언급한 「단조」의 3~4연이다. 시적 화자는 일제의 식민 통치에서 벗어나면 한반도가 아름다운 땅이 되리라고 생각하면서 희망의 '붉은 등'을 켜서 매단다. 그런데 그 등 주위에 몰려드는 것은 '독한 부나비'일 뿐 진정한 애국자들이 아니다. 화자에게 해방기 한반도에서 전개되는 상황은 '무서운 희롱'이요 '노름판'일 뿐이다. "누가 와서 버려놓은 노름판이냐"라는 구절에서는 한반도의 분단이 한민족의 의지와는 전혀 관계없이 외세에 의해 이루어졌음을 강하게 내비친다. 실제로 2차 세계대전이 연합군의 승리로 끝이 난 뒤 미국과 소련이 임의로 38선을 그어 한반도의 허리가 잘렸다. 더구나 국내는 국내대로 해방 정국에 좌우 세력의 이념적 혼란과 갈등으로 국제 문제에 적절하게 대처하지 못하였다. 화자가 "겨레여 벗이어 부끄러움이어 / 아 숨 가빠 반 옥타브만 낮추려므나"라고 노래하는 것은 바로 그 때문이다.

이러한 혼란스러운 정국의 소용돌이 중심에 서 있던 설정식은 초기 작품에서 보여준 시적 상상력을 충분히 발휘하지 못하였다. 다시 말해서 문학 쪽보다는 오히려 이념 쪽에 경도되어 있었다. 그는 「FRAGMENTS」에서 "내 시가 난삽하다는 말을 듣는 것은 지당한 일이다. 내 상처가 아직 다 낫지 못하였기 때문이다"(199쪽)라고 말한 적이 있다. 여기서 '난삽하다'는 말을 '비문학적이다' 또는 '작품으로 형상화되지 않았다'는 말로 바꾸어 놓아도 크게 틀리지 않다. 설정식이 1947~1948년에 쓴 작품들은 시로서 충분히 형상화되어 있다고 보기 어렵기 때문이다.

『탈무드』에는 "신은 인류에게 포도를 선물했고, 악마는 인류에게 포도주 담그는 법을 선물했다"는 구절이 나온다. 이 종교적 구절을 세속적으로 살짝 돌려 말한다면, 신은 인류에게 포도를 선물했지만 시인은 그것을 재료로 포도주를 만든다고 할 수 있다. 해방기 설정식이 쓴 작품 중 일부는 포도가 포도주로 충분히 발효되지 못하고 그냥 포도 알갱이 그대로 남아 있다. 예를 들어 「신문이 커졌다」는 이렇게 발효가 덜 된 포도주와 같은 작품이다.

여기서 또한
남부 조선 이백삼십이만 정보町步 경작 면적 중
농업 인구의 3%밖에 되지 않는 지주가
65%의 기름진 땅을 소유하고 있는 기록과
96.6%의 농민이
겨우 37%의 부스러지는 흙밖에 가지지 못한 사실을 안다

여기서 또한
'서울 지방 모든 기업소 중
1947년 십이월 현재로 움직이는 공장이
겨우 5%에 지나지 않는 죄가 누구 때문이며
가능량의 91% 저하한 제철 생산량과
그리고 다만 한 가지 예정량을 초과한
중석의 채굴량'을 안다 (188쪽)

두 연의 첫 행의 '여기서'는 일간신문을 가리킨다. 사회가 복잡해지면서 일간신문의 지면도 늘어났다. 신문의 지면이 늘어난다는 것은 그만큼 민주 역량이 팽창했다는 것을 의미한다. 그래서 설정식은 "넓고 두터운 가슴같이 커가는 신문은 / 팽창하는 우리 영토다"(186쪽)라고 말한다. 요즈음에도 빈부 격차가 큰 사회 문제가 되지만 해방기에는 이 문제는 지금보다 훨씬 더 심각하였다. 북쪽과 남쪽에서 서둘러 토지 개혁을 실시한 이유도 바로

여기에 있었다.

둘째 연에서 설정식은 신문 기사를 그대로 인용하며 해방기에 산업 생산이 얼마나 초라했는지 지적한다. 1947년 12월 기준으로 남한에서 공장 가동률이 겨우 5퍼센트밖에 되지 않는다는 것은 산업이 거의 멈춘 것과 크게 다름없다. 당시 강원도 영월의 상동 광산과 달성 광산은 전 세계 중석 시장의 8퍼센트를 차지할 만큼 효자 노릇을 톡톡히 하였다. 대한중석은 바로 이 광산을 모체로 한 국영기업체였다.

그러나 「신문이 커졌다」는 완성된 시로 보기에는 여러모로 미흡하다. 행갈이를 하여 시처럼 보일 뿐 시가 갖추어야 할 기본적인 요소가 두루 빠져 있다. 가령 시적 긴장도 없고, 이미지나 상징도 없으며, 외재율은 그만두고라도 내재율조차 찾아보기 어렵다. 만약 행갈이를 하지 않고 "여기서 또한 남부 조선 이백삼십이만 정보町步 경작 면적 중 농업 인구의 3%밖에 되지 않는 지주가……"로 바꾸어 놓으면 아마 신문이나 잡지 기사와 크게 다르지 않다. 설정식은 「FRAGMENTS」에서 "며느리를 달달 볶는 시어머니에게 돌아오는 설교의 역효과를 시인은 항상 피한다"(197쪽)고 말한다. 그러나 안타깝게도 「신문이 커졌다」에서 독자들은 시어머니가 며느리를 '달달 볶는' 것 같은 느낌을 차마 떨쳐버리기 어렵다.

설정식은 동양의 문학과 사상뿐 아니라 서양의 문학과 사상에도 적잖이 영향을 받았다. 그는 작품에 『시경』 같은 중국 고전 문학을 자주 인용하거나 언급한다. 그 폭도 넓어서 『논어』 같은 유가 경전에 그치지 않고 『도덕경』이나 『장자』 같은 도가 경전으로 이어진다. 「단장斷章」에서 그는 아예 "南山律律 慓風發發 民莫不穀 我獨何害"라는 『시경』 한 구절로 작품을 시작한다.

한편 설정식은 성경과 그리스 신화를 비롯한 서구 문헌에서 인용하거나 전거를 즐겨 취해 온다. 가령 「상망象罔」에서 그는 『장자』의 「천지」 편에서 한 구절을 인용하는가 하면, 그리스 신화에 등장하는 하데스, 니오베, 데메테르, 프로메테우스 등과 관련한 신화를 인용한다. 또한 작품 이곳저곳에 앞에서 언급한 "Ipse dixit"이니 "Ad Captandu(대중의 인기를 끌기 위하여)"니 하는 라틴어 문구를 원문 그대로 삽입한다.

그런가 하면 설정식은 「상망」에서 "아 이 지경 동족同族을 모른다 할진대 차라리 / 우리 어린것들 살덩이 만만한 / 생후 오 개월에 통조림을 만들어라"(153쪽)라는 조너선 스위프트의 말을 인용하기도 한다. 18세기 초엽 아일랜드에 감자 흉작으로 기근이 들자 아일랜드 풍자가 스위프트는 「겸손한 제안」에서 갓 낳은 어린아이들을 잉글랜드에 식료품으로 수출하자고 제안하였다. 이렇게 하면 아일랜드 주민의 식량 문제를 해결할 수 있는 데다 아일랜드인들을 죽이고 싶어 하는 영국인의 소원도 자연스럽게 해결할 수 있을 것이라고 말한다. 풍자치고는 아주 지독한 풍자라고 아니 할 수 없다.

설정식과 임화

설정식은 여러 작품에서 한국 시인들과도 의미 있는 대화를 나누었다. 그의 작품을 읽다 보면 여기저기서 한국 시인들의 그림자가 자주 어른거린다. 포스트모더니즘 문학 이론에서 자주 사용하는 용어를 빌려 말하자면 그는 한국 시와의 상호텍스트적 관계에 관심을 기울였다. 물론 그가 주로 언급하거나 암시하거나 인용하는 한국 시인들은 주로 정치적 입장을 같이한 조선문학가동맹의 맹원들이었다.

설정식과 같은 정치적 노선을 걷던 시인 중에서 임화를 빼놓을 수 없다. 두 사람이 서로 가까이 지내기 시작한 것은 해방 후였다. 설정식은 「작별」에서 사상적 동지인 한 시인이 경찰에 쫓기어 북쪽으로 넘어갈 때 마지막 작별 장면을 다룬다.

> 그는 문을 감고 있다
> 녹번리碌磻里 고개 넘는 듀럭 길

두고 가는 어린것들 눈에 밟히는
곧게 뚫린 통일에 닿은 길
떠나가면서 이윽고 나를 쳐다보고 하는 말
"몸조심하오"
하고 다시 이어
시 네 편 쓴 것이 있다고 주머니에서 원고지를 꺼내는 것을
그의 아내는 희롱삼아 가로채어
내 한번 읽을 것이니 들어보라고
"서울 -"
하고 희롱도 할 수 없는 낮은 목소리 (170쪽)

1947년 9월 남조선노동당(남로당)의 활동이 불법화되고 당 지도부에 대한 체포령이 내려지자 박헌영을 비롯한 사람들은 월북하였다. 그때 외곽단체로 남로당을 지원하던 문인들도 함께 월북하였다. 1947년 11월 월북한 임화는 평양으로 가지 않고 해주에 머물면서 제1인쇄소를 거점으로 대남 공작에 종사하던 중 한국전쟁이 일어나자 서울로 내려와 조선문화총동맹을 조직하고 부위원장을 맡았다.

위에 인용한 작품에서 '그는'이 과연 임화를 가리키는지는 분명하지 않다. 첫 연에서 시적 화자 '나'는 "갑자기 고향같이 찌르는 신설리新設里 으슥진 골목"(167쪽)으로 동지를 찾아간다. 실제로 임화는 지하련池河蓮과 함께 신설동과 회기동에서 기거한 적이 있다. 또한 '그'의 아내는 "열흘 스무날 그"를 두고 "남편이자 곧 동지인 사나이"라고 말한다. 임화가 월북하는 시점이 「작별」에서 언급하는 겨울철("곧데 뚫린 눈벌판")이라는 점도 일치한다. 그러나 "두고 가는 어린것들 눈에 밟히는"이라는 구절을 보면 '그'에게는

한 명 이상의 자녀가 있었음이 틀림없다. 임화에게는 첫째 부인 이귀례李貴禮와 사이에서 낳은 딸이 하나 있었을 뿐이다.

이 작품에서 트럭을 타고 녹번리 고개를 넘어 월북하는 '그'가 과연 임화인지 아닌지는 그다지 중요하지 않다. 다만 여기서 중요한 것은 한국전쟁 전 월북한 문인이 적지 않았고 그중에 임화가 들어 있었다는 점이다. 잘 알려진 것처럼 임화는 한국전쟁 중 월북한 설정식과 함께 1953년 남로당 숙청 때 희생되었다. 그러므로 「작별」에서 '그'는 특정한 개인을 가리킨다기보다는 당시 남한 체제에 불만을 품고 월북한 문인을 가리키는 일종의 제유적 표현으로 볼 수 있다.

그러나 설정식의 작품과 임화의 작품의 상호텍스트적 관계를 좀 더 분명하게 규명하려면 「순이順伊의 노래」를 눈여겨보아야 한다. 설정식은 1947년에 이 작품을 써서 이듬해 제2시집 『포도』에 수록하였다.

비도 뿌리지 못하는
마른 번갯불이
깨뜨리는 바위
뿌다구니만 다시 돌아서는 봄
설핏한 내 갈빗대를 울리는 것은
과연 꿩만 잡는 총소리냐

한 사람도 아닌 백 사람
천 사람 만 사람 수수백만의
모가지를 놓은 바람이기에
누구를 내어놓으라는지

무엇을 달라는 소리인지
내 정녕 헤아리지 못하겠다 허나
헤아리지 못한들
자유와 쌀을 달라는 소리밖에
이 땅에 또 무슨 아우성이
필요한 것이냐

자유와 먹을 것을
좀먹을 것이 아니라 자유를
큰 자유를
이십 년을 두고 기다린
애비 눈동자는 창窓살을
내어다보기만 위하여
하늘은 삼십 년을 늙어도

쓰러진 오래비를 위해서
비린내 나는 진달래도 싫다
소쩍새도 비켜라 다만
그 맑은 하늘을
커다랗게 커다랗게
그의 가슴 위에 얹어주어라 (123~124쪽)

이 작품은 무엇보다도 먼저 장르에서 '단형 서사시' 또는 '단편 서사시'로 일컫는 담시의 형식을 취한다. 단형 서사시란 1920년대 후반 식민지 조선의 프롤레타리아 문학에 기반을 둔 시인들이 사용한, 비교적 길이가 짧은 서사시를 말한다. 이 장르는 노동 계층이 쉽게 이해할 수 있으면서도 계급의식과 현실에 대한 투쟁 의지를 표현하는 데 무게를 두었다. 임화가 일본 프롤레타리아 시인 나카노 시게하루(中野重治)의 시에서 이 장르를 받아들여 한 단계 발전시켰다는 것은 이미 잘 알려진 사실이다.

설정식의 『포도』에 관한 글에서 정지용은 "8·15 이후의 조선 시는 완전히 외래 문학의 영향에서 전연 메별袂別한 것이요, 말하자면 에세닌이나 나카노 시게하루의 영향이 천만에 아니요 진실로 진실로 조선에 탄생한 것이다"[22]라고 지적한다. '에세닌'은 러시아의 혁명 시인 세르게이 예세닌으로 오장환吳章煥을 비롯한 시인들에게 큰 영향을 끼쳤다. 정지용의 말을 뒤집어 보면 해방 이전 조선 시는 일본 문학을 비롯한 외국 문학에서 적잖이 영향을 받았다는 것이 된다. 특히 정지용이 나카노를 언급하는 것을 보면 그의 작품이 예세닌의 작품 못지않게 식민지 조선 문학에 끼친 영향이 무척 컸음을 알 수 있다.

설정식의 「순이의 노래」는 비록 서사성이 두드러지게 드러나지는 않지만 나름대로 줄거리를 갖추고 있다. 즉 '자유와 쌀'을 요구하며 시위를 벌이다 사망한 오라버니를 다룬다. "비도 뿌리지 못하는 / 마른 번갯불이 / 깨뜨리는 바위 / 뿌다구니만 다시 돌아서는 봄 / 설핏한 내 갈빗대를 울리는 것은 / 과연 꿩만 잡는 총소리냐"(123쪽)에서 총소리는 시위대를 향하여 발포하는 총소리다. 설정식은 임화와 마찬가지로 서사성에 바탕을 두되 서정성을 완전히 배제하지는 않는다.

22 정지용, 「시집 『포도』에 대하여」, 권영민 편, 『정지용 전집 2: 산문』(민음사, 2016), 394쪽.

둘째, 설정식은 임화처럼 작품의 주체로 '순이'라는 젊은 여성을 내세운다. 1929년 1월 〈조선지광〉에 발표한 「네거리의 순이順伊」에서 임화는 일찍이 '순이'라는 인물을 등장시킨 바 있다. 지식인인 시적 화자가 누이동생 순이를 피화자로 삼는 임화와는 달리, 설정식은 순이를 시적 화자로 택하고 오라버니를 서사 속의 인물로 사용하는 것이 다를 뿐이다.

> 네가 지금 간다면, 어디를 간단 말이냐?
> 그러면, 내 사랑하는 젊은 동무,
> 너, 내 사랑하는 오직 하나뿐인 누이동생 순이,
> 너의 사랑하는 그 귀중한 사내,
> 근로하는 모든 여자의 연인……
> 그 청년인 용감한 사내가 어디서 온단 말이냐?[23]

화자는 누이동생 순이에게 "근로하는 모든 여자의 연인"이라고 할 '젊은 동무'를 저버리지 말라고 충고한다. 비록 화자는 지식인이지만 작품 안에 등장하는 인물은 노동자들이다. 이 점에서는 설정식의 작품도 다르지 않아서 현실 개혁에 대한 강한 의지와 노동자들의 미래에 대한 전망을 읽을 수 있다. 순이도 앞으로 오라비와 마찬가지로 노동자들의 권익을 위한 노동 운동의 대열에 합류하게 될지 모른다. 시위 진압대의 총탄에 맞고 쓰러진 오라비를 위하여 순이는 "비린내 나는 진달래도 싫다 / 소쩍새도 비켜라"라고 말하면서 오직 자유를 상징하는 푸른 하늘을 그의 가슴 위에 얹

23 임화문학예술전집 편찬위원회 편, 『임화문학예술전집 1: 시』(소명출판, 2009), 52쪽.

어주라고 말한다. 부제에서도 엿볼 수 있듯이 설정식은 「순이의 노래」를 '국제무산부인의 날'을 기념하는 작품으로 썼다. 남한에서는 해방 후 좌익 운동의 하나로 치부되면서 자취를 감추었지만 '국제무산부인의 날'은 1925년에 이미 한반도에 상륙하였다.

셋째, 설정식의 「순이의 노래」는 주제에서 임화의 「네거리의 순이」와 닮았다. 일제강점기 노동자의 권익 옹호를 위한 투쟁 의지를 다룬다는 점에서 두 작품은 서로 비슷하다. 임화는 "생각해 보아라, 오늘은 네 귀중한 청년인 용감한 사내가 / 젊은 날을 부지런한 일에 보내던 그 여윈 손가락으로 / 지금은 굳은 벽돌담에다 달력을 그리겠구나!"[24]라고 말함으로써 순이의 남자 친구가 노동 운동을 하다 감옥에 갇혀 있음을 알 수 있다. 설정식도, "큰 자유를 / 이십 년을 두고 기다린 / 애비 눈동자는 창살을 / 내어다 보기만 위하여"라는 구절을 보면 순이의 아버지도 노동 운동을 하다가 붙잡혀 감옥에 갇힌 것 같다.

설정식은 '동경 진재東京震災에 학살당한 원혼들에게'라는 부제를 붙인 「진혼곡」에서도 순이를 언급한다. 다이쇼 12년(1923) 9월 일본 도쿄도를 포함한 미나미칸토(南関東) 지역을 강타한 강진으로 엄청난 피해가 있었다. 이러한 혼란의 와중에서 민심을 수습하려고 일본 민간인과 군경은 조선인을 대상으로 무차별적으로 대량 학살을 자행하였다. 흔히 '간토 대지진 조선인 학살 사건'으로 일컫는 사건에서 희생된 조선인은 적게는 6,000명에서 많게는 2만 명이 넘는다.

---

24 위의 글, 54쪽.

재난보다 무서운 것이 왔다
와사관瓦斯管이 파열되는 것을
원보元甫와 순이順伊는 책임져야 하였고
단수斷水, 연소延燒, 지붕地崩, 독毒 그리고
저 원수들이
대대로 물려받은 공포증까지도
조선 사람들의 죄였다

조국이 좁은 까닭이 아니라
조국 주권을 팔아먹은 자가 있어
원보와 순이는
우전천隅田川 찢긴 시궁창에
녹슬은 한 가닥 와이어에 매어달려
화염 위에 검푸르게 닿은
잃어진 조국 하늘 밑에
박간迫間 농장이 들어선 남전南田과
불이不二 농장이 마름하는 고향 북답北沓을 생각하였다 (184~185쪽)

이 작품의 시적 화자는 죄 없는 조선인들을 무차별적으로 참혹하게 살해한 일이 간토 대지진보다도 더 가공할 만한 사건이라고 밝힌다. 당시 일본인들은 가스관이나 수도관 파열과 화재 같은 지진에 따른 피해의 책임을 도쿄 인근에 살던 조선인들에게 돌렸다. 조선인들이 폭도로 돌변하여 우물에 독을 풀고 방화와 약탈을 자행하고 있다는 거짓 소문이 퍼졌고, 〈아사히신문(朝日新聞)〉과 〈요미우리신문(讀賣新聞)〉 등이 이러한 소문에 부채질을 하였다. 화자가 "대대로 물려받은 공포증까지도 / 조선 사람들의 죄였다"고 말하는 것을 보면 일본인들은 조선인들을 희생양으로 삼음으로써 그들이 오래전부터 느껴온 공포증까지 털어내려고 했음을 알 수 있다.

2연에서 시적 화자는 조선인들이 이렇게 희생양이 된 저간의 사정을 자세히 밝힌다. 조선인들이 일본에 건너간 것은 식민 조선의 땅이 비좁아서가 아니라 조선 사람 중에 조국의 주권을 일본에 팔아먹은 사람들이 있어 그러하다는 것이다. 실제로 한일병합 이전에 일본으로 건너간 조선인의 수는 그다지 많지 않았다. 일본 정부의 공식 통계에 따르면 1882년에 4명, 1909년에는 790명의 조선인이 일본에 거주하는 것으로 나타났다.[25] 그들 대부분은 유학생들이었고, 그중 일부가 외교관들이거나 정치적 망명자들이었다. 당시 일본 자본가들은 일본의 노동력 부족과 임금 상승을 억제하려고 저임금의 조선인들을 적극적으로 모집하였다. 심지어 그들은 모집 브로커를 조선 지역에 파견하여 노동자를 모집하기도 하였다.

일제강점기 식민지 조선의 농촌이 얼마나 피폐했는지는 2연의 마지막 두 행 "박간 농장이 들어선 남전과 / 불이 농장이 마름하는 고향 북답을 생각하였다"를 보면 잘 알 수 있다. '후사마(迫間) 농장'이란 1930년대 경상남도 진영평야를 차지한 일본인 지주 후사마의 농장을 말한다. 이 농장은 가혹한 소작료로 소작 쟁의 사건이 일어난 곳으로 악명 높다. 한편 '후지(不二) 농장'이란 평안북도 용천에 있던 일본인 지주 농장을 가리킨다. 조선총독부로부터 황무지나 도서 연안의 개간권을 획득한 후지 농장은 조선인 농민들을 모아 개간 비용도 주지 않고 개간시킨 뒤 소작권을 주고 소작료

25 국가기록원, 「일본의 재일한인: 구한말~일제강점기」. https://theme.archives.go.kr/next/immigration/underJapaneseimperialism.do.

를 받았다. 한마디로 이 두 농장의 발전 과정은 이 시기 일본인들의 조선 식민지 수탈의 축소판이었다.

이러한 상황에서 조선은 조선대로 노동자들이 고국을 등지고 일본으로 일자리를 찾아 나갈 수밖에 없었다. 일제는 식민지 경제 정책의 일환으로 토지조사사업을 실시하였고, 이 과정에서 삶의 터전을 잃은 농민들은 국내의 도시 빈민층으로 전락하거나 일자리를 찾아 일본으로 건너갔다. 재일 조선인의 수는 1915년에 3,917명이었던 것이 1920년에는 30,189명으로 5년 만에 무려 8배가량 증가하였다. 그러나 시적 화자가 "짐승들의 생활을 답습하였다"고 말하듯이 일본 거주 한인들의 생활은 무척 열악하고 비참하였다. 그러면서 화자는 "짐승같이 살아가는 원보와 순이에게는 / 재난이 좀 클 뿐이었다"고 노래한다. 그러나 '좀'이라는 말은 반어법으로 원보와 순이가 겪은 재난은 참으로 엄청났다.

간토 대지진이 일어난 때부터 3~4주에 걸쳐 도쿄는 말할 것도 없고 일본 전국에 걸쳐 조선인을 학살하였다. 자경단이 공권력에 합세하면서 학살 만행은 더욱 걷잡을 수 없이 악화일로에 있었다. 여기서 "원보와 순이는 / 우전천 찢긴 시궁창에 / 녹슬은 한 가닥 와이어에 매어달려"라는 구절을 좀 더 찬찬히 눈여겨볼 필요가 있다. 스미다가와(隅田川)는 도쿄도 기타구(北区)에서 아라카와(荒川)강의 서쪽으로 갈리어 간다(神田)강과 합류하여 도쿄만으로 흘러드는 강이다. 조선인 학살 만행이 최고조에 이르렀을 때는 스미다강과 아라카와강이 인근 강가에 투기되거나 암매장된 시체들의 피로 붉게 물들 정도였다.

그런데 여기서 한 가지 주목해야 할 것은 이 작품에 등장하는 원보와 순이다. 원보와 순이는 어떤 특정한 인물을 지칭한다기보다는 평범한 보통 사람을 뜻하는 갑남을녀甲男乙女나 필부필부匹夫匹婦를 일컫는다. 「순이의 노래」에서 순이가 일제강점기 열악한 작업 환경에다 저임금에 시달리는 노동자를 가리키는 제유라면, 「진혼곡」에서 순이와 원보는 일제의 만행에 희생된 가엾은 조선인들을 가리키는 제유다. 마지막 연의 마지막 행에서 설정식이 시적 화자의 입을 빌려 "조국이 좁아서가 아니라 / 조국 주권을 팔아먹은 자가 있어 / 원보와 순이와 또 사만四萬 생령生靈은 / 짐승의 밥이 된 것이었다"(185쪽)고 노래하는 까닭이 바로 여기에 있다.

설정식과 정지용

설정식의 작품은 임화의 작품보다 정지용의 작품과 상호텍스트성이 훨씬 더 뚜렷하게 드러난다. 무엇보다도 먼저 두 시인 모두 고향을 소재로 한 작품을 써서 주목을 끌었다. 일제의 식민지 통치를 받던 무렵 고향은 조선의 시인들에게 각별한 의미가 있었다. 그들에게 고향은 흔히 일제에 빼앗긴 조국을 의미하였다. 김소월金素月의 「고향」을 비롯하여 백석白石, 노천명盧天命, 그리고 김광균金光均 같은 시인들이 고향을 소재로 즐겨 작품을 썼다. 이 점에서는 정지용도 예외가 아니어서 1932년 7월 그는 〈동방평론〉 3호에 「고향」을 발표하였다.

고향에 고향에 돌아와도
그리던 고향은 아니러뇨

산꿩이 알을 품고
뻐꾸기 제철에 울건만,

마음은 제 고향 지니지 않고
머언 항구로 떠도는 구름

오늘도 뫼 끝에 홀로 오르니
흰 점 꽃이 인정스레 웃고,

어린 시절에 불던 풀피리 소리 아니 나고
메마른 입술에 쓰디쓰다

고향에 고향에 돌아와도
그리던 하늘만이 높푸르구나[26]

정지용은 고향을 떠나 타향에서 살다가 고향에 돌아왔을 때 느끼는 정서를 감칠맛 나게 표현하였다. 태어나서 자란 어린 시절의 고향은 옛 모습 그대로이지만 지금 시적 화자가 마음속에서 그리는 고향은 사뭇 달라졌다. 달라진 것은 고향의 모습이 아니라 고향을 바라보는 화자의 마음이다. 다시 말해서 화자는 물리적 고향과 심리적 고향 사이에 적잖이 거리감을 깨

26 권영민 편, 『정지용 전집 1: 시』(민음사, 2016), 289쪽. 위 인용은 『정지용 시집』(시문학사, 1935)에 따른 것이다. 〈동방평론〉에 처음 발표할 당시 2연은 "산 ᄭᅯᆼ이 알을 품고 / ᄲᅢ꾹이 한창 울건만"으로 되어 있다.

닫고 상실감과 비애감을 절감한다.

정지용은 「고향」에서 이렇게 고향 상실의 주제를 다루면서, 되도록 한자어를 줄이고 순수한 토착어를 구사한 점이 돋보인다. 물론 '고향'이나 '항구' 같은 낱말은 한자어에서 유래한 것이기는 하지만 이 두 낱말은 그동안 하도 많이 사용해 온 탓에 토착어와 거의 다름없다시피 하다. 실제로 이 두 낱말에 해당하는 말을 토착어에서 찾기란 무척 어렵다.

설정식은 정지용이 「고향」을 발표한 지 한 달 뒤 1932년 8월 〈신동아〉에 제목도 똑같은 「고향」을 발표하였다. 여러 정황으로 미루어 보아 설정식이 선배 시인의 작품을 읽었을 가능성은 아주 높다.

> 싸리 울타리에 나직이 핀
> 박꽃에 옮겨나는 박호의 그림자
> 이윽고 숨어들고
> 희미한 달그림자에 어른거리던 박쥐의 긴 나래
> 뽕밭 너머로 사라질 때
> 할아버지여 지금도
> 마당에 내려앉아
> 고요히 모깃불을 피우시나이까?
>
> 늦은 병아리 장독대에 삐악거리고
> 이른 마실 떠나는 소몰이꾼이
> 또랑 길을 재촉할 때
> 곤히 잠들은 조카의 머리맡에 돌아앉아
> 할머니여 오늘 아침에도

이 빠진 얼개로 조용히

하이얀 머리를 빗으시나이까? (40쪽)

설정식의 작품은 시어의 구사에서 정지용의 작품과 적잖이 닮았다. 정지용이 흰 꽃과 풀피리를 노래한다면 설정식은 싸리 울타리와 박꽃을 노래한다. 산꿩과 삐꾸기를 노래하는 정지용과는 달리 설정식은 나비와 박쥐와 병아리를 노래한다. 두 시인이 사용하는 시어는 하나같이 고향을 가리키는 기호임이 틀림없다. 물론 정지용의 작품에서는 '아니러뇨'니 '지니지 않고'니 '아니 나고'처럼 부정을 강조하는 표현이 유난히 많이 눈에 띈다.

시적 화자는 온갖 이미지로 시골 고향의 정겨운 모습을 노래하되 첫 연에서는 할아버지를, 둘째 연에서는 할머니를 불러낸다. 시골의 여러 정경에서도 할아버지와 할머니의 모습만큼 애틋한 향수를 불러일으키는 인물도 드물 것이기 때문이다. 할머니의 무릎을 베고 곤히 잠을 자는 어린아이나 하루 일과를 마치고 저녁에 이웃에 놀러 가는 소몰이꾼도 고향의 정겨운 모습이다.

이 서정시에서 설정식이 구사하는 낱말은 하나같이 순수한 토박이말이다. 한자라고는 아무리 눈을 크게 뜨고 찾아보아도 찾을 수 없다. 굳이 찾는다면 장독대의 '대臺'가 축대를 뜻하는 한자어지만 이 말은 이미 '장독'이라는 토착어에 흡수되어 버렸다. 첫 연의 2행 "박꽃에 옮겨나는 박호의 그림자"에서 '박호'가 무엇을 뜻하는지 알 수 없다. 다만 박꽃 사이에 옮겨 날아다니는 것을 보아서는 나비 종류가 아닐까 하고 미루어 볼 따름이다. 주로 박꽃에 날아다니는 나비[蝴]라는 뜻에서 '박호'라고 말한 것 같다. 그렇다면 장독대의 '대'와 박호의 '호'가 겨우 한자어로 볼 수 있을 뿐이다. 첫 연 4행 "희미한 달그림자에 어른거리던 박쥐의 긴 나래"에서 설정식은 같은 토착어라고 하여도 '날개'보다는 좀 더 시적이고 고풍스러운 '나래'를 사용한다.

한국어 낱말 중에서 줄잡아 70퍼센트가 한자에서 비롯한 말이고 나머지 30퍼센트가 순수한 토착어다. 외국어에 뿌리를 두는 낱말과 토착어 사이에는 비록 지시적 의미는 같을지 몰라도 함축적 의미에서는 적잖이 차이가 있다. 어린 시절부터 어머니의 무릎에서 자연스럽게 습득하는 토착어는 단음절로 길이가 짧고 단순하며 투박할 정도로 솔직하다. 한편 어느 정도 성장하여 학습하는 외국어에서 파생된 말은 다음절로 길이가 길고 복잡하고 세련되다. 그러므로 외국어에서 파생한 낱말이 추상적이고 지적이라면, 토착어는 좀 더 구체적이고 감각적이다. 이를 달리 말하면 전자가 차가운 머리에 호소하는 반면, 후자는 뜨거운 가슴에 호소한다.

이 점에서는 토착 한국어와 한자에서 파생된 낱말도 마찬가지다. '유방乳房'과 '젖가슴'은 지시적 의미에서는 동일하면서도 함축적 의미에서는 사뭇 다르다. '유방'이라는 한자어에서 육체파 배우를 떠올린다면, '젖가슴'이라는 토착어에서는 젖을 먹던 시절 어머니의 포근한 가슴이 떠오른다. 이왕 '어머니'라는 말이 나왔으니 말이지만 '어머니'는 '모친母親'보다 훨씬 더 정겨운 느낌을 준다. 또한 '부친父親'보다는 '아버지', '백부伯父'보다는 '큰아버지', '남매男妹'보다는 '오라비와 오누이'가 훨씬 더 정겹다. 가령 "동지ㅅ돌 기나긴 밤을 한 허리를 버혀 내여"로 시작하는 황진이의 유명한 시조를 한 예로 들어보자. 만약 한자어를 사용하여 "창월暢月의 장야長夜를 요부腰部를 버혀 내여"로 옮긴다면 아마 정서적 강도와 시적 감흥은 절반이나 그 이하로 떨어질 것이다.

설정식이 구사하는 토착어를 좀 더 살펴보면 고향의 이미지를 한껏 불러일으키는 낱말이 대부분이다. '싸리 울타리'와 '박꽃'과 '뽕밭'을 비롯하여

'희미한 달', '박쥐의 긴 나래', '모깃불', '병아리', '장독대', '마실', '또랑(도랑)길', '얼개(얼레빗)' 등은 도회에서는 좀처럼 볼 수 없는 것들이다. 이러한 토박이말에서는 숭늉처럼 구수한 맛이 난다. 특히 박꽃과 달빛은 실과 바늘처럼 좀처럼 서로 떼어서 생각하기 어렵다. 박꽃은 달빛이 비치는 밤에만 피어나는 꽃이어서 낮에는 잘 볼 수 없다. 소박하면서도 아름다운 흰색 박꽃은 조선의 여인을 상징하기도 한다.

둘째 연의 마지막 두 행 "이 빠진 얼개로 조용히 / 하이얀 머리를 빗으시나이까?"도 예사롭지 않다. 빗살이 굵고 성긴 큰 빗을 일컫는 얼개에는 이가 빠져 있다. 빗은 지금은 플라스틱이나 금속으로 만들지만 불과 몇십 년 전만 하여도 나무로 만들었다. 그래서 자칫 잘못하면 빗살의 일부가 깨져 나가기 일쑤였다. 그런데 이[齒]가 빠진 것으로 말하자면 할머니의 치아도 크게 다르지 않을 것이다. 이 빠진 머리빗과 할머니의 '하이얀' 머리카락이 한데 어울려 묘한 뉘앙스를 자아낸다.

그렇다면 설정식은 「고향」에서 도대체 왜 이렇게 일관되게 토박이말을 구사할까? 이 물음에 대한 답은 당시 일본 제국주의의 식민 정책에서 찾아야 한다. 조선을 식민지로 삼은 이후 일제는 한민족의 얼이라고 할 조선어를 말살하고 일본어를 보급하려고 주도면밀하게 추진하였다. 앞에서 언급한 한글학자요 조선어학회 회원인 이윤재의 죽음도 한글을 말살하는 과정에서 빚어진 비극이었다.

일제는 먼저 학교에서 조선어 교육을 완전히 배제하는 작업을 추진하였다. 그다음에는 조선어 신문을 폐간해 조선어를 사회에서 추방하였다. 일제는 2차 세계대전으로 치닫자 내선일체나 황국 신민화라는 통치 이념을 내세워 조선 청년들을 군수공장과 전쟁터로 내몰기 위하여 일본어 보급에 더더욱 박차를 가하였다. 설정식은 토착어를 구사함으로써 비록 암묵적으로나마 일본 제국주의의 식민 통치에 저항하였다.

더구나 설정식이 일제에 저항하는 것은 비단 토착어 구사에만 있지 않다. 그가 노래하는 고향은 일제의 식민지로 전락하기 전 평화스럽기 그지없던 조선의 모습이다. 마당에 모닥불을 피우는 할아버지와 이 빠진 얼레빗으로 백발을 빗는 할머니가 사는 정겨운 곳이다. 초가집에는 싸리 울타리가 둘러져 있고 울타리와 지붕에는 박꽃이 피어 있다. 달이 뜨는 저녁이면 박쥐들이 뽕밭 위를 날아다닌다. 늦게 부화한 병아리가 장독대에서 삐악거리며 몰려다니는가 하면, 소몰이꾼은 저녁 일찍 이웃이나 가까운 곳에 놀러 간다. 어느 것 하나 정겹지 않은 모습이 없다. 아무리 눈을 씻고 찾아보아도 찾을 수 없다.

정지용의 작품에서는 고향 상실 쪽에 무게가 실리는 반면, 설정식의 작품에서는 고향에 대한 정겨운 그리움이나 애틋한 향수에 좀 더 무게가 실린다. 설정식의 시 중에서 서정성이 가장 돋보이는 이 작품을 읽노라면 마치 한 폭의 그림을 바라보는 것 같다. 이 작품에서 무엇보다도 눈에 띄는 것은 시적 화자가 온갖 이미지를 효과적으로 구사한다는 점이다. 첫 연에서는 시각적 이미지가 두드러지지만 둘째 연에 이르러서는 시각적 이미지 못지않게 청각적 이미지도 중요하다. 이 밖에도 동적 이미지도 중요한 역할을 한다.

설정식이 1946년 8월 29일 조선문학가동맹 주최 국치일 기념 문예강연회에서 발표한 뒤 같은 해 9월 〈독립신문〉에 발표한 「또 하나 다른 태양」도 정지용의 작품과 상호텍스트적 관계를 맺고 있다. 1934년 2월 정지용은 〈가톨닉청년〉 9호에 「또 하나 다른 태양」을 발표한 뒤 『정지용 시집』(1935)에 수록하였다.

온 고을이 받들 만한
장미 한 가지가 솟아난다 하기로
그래도 나는 고아 아니 하련다

나는 나의 나이와 별과 바람에도 피로웁다

이제 태양을 금시 잃어버린다 하기로
그래도 그리 놀라울 리 없다

실상 나는 또 하나 다른 태양으로 살었다

사랑을 위하얀 입맛도 잃는다
외로운 사슴처럼 벙어리 되어 산길에 설지라도 –
오오, 나의 행복은 나의 성모 마리아![27]

〈가톨닉청년〉에 발표한 데서 알 수 있듯이 정지용은 이 작품에서 종교적 주제를 다룬다. 그러나 종교적 열정을 지나치게 드러내어 시적 완성도가 떨어지는 다른 종교시와는 달리 정지용은 이 작품에서는 선명한 이미지와 상징, 두음법과 모음법, 간결한 언어를 구사함으로써 나름대로 성공

27 권영민 편, 『정지용 전집 1: 시』, 335쪽. 종교시에 관련하여 정지용은 「시의 옹호」에서 "시가 은혜로 받은 것일 바에야 시안詩眼도 신의 허여하신 배 아닐 수 없다. 시안이야말로 기계적인 것이 아니라, 차라리 선의와 동정과 예지에서 굴절하는 것이요, 마침내 상탄賞嘆에서 빛난다"고 말한다. 권영민 편, 『정지용 전집 2: 산문』(민음사, 2016), 212쪽.

을 거두었다.

1인칭 시적 화자 '나'는 태양이 온 마을 사람이 좋아할 장미꽃 한 떨기를 피운다고 하여도 별로 관심이 없이 시큰둥한 태도를 보인다. "나는 나의 나이와 별과 바람에도 피로웁다"는 구절에서 엿볼 수 있듯이 화자는 태양은커녕 이제 겨우 서른이 넘은 연륜과 별과 바람에도 피곤함을 느낀다고 말한다. 심지어 무한한 에너지로 만물을 생동하게 하는 태양이 사라진다고 하여도 조금도 놀라지 않을 것이라고 밝힌다. 태양계의 중심에 존재하는 항성으로 에너지의 근원인 태양이 없어져도 상관없다고 노래하는 것이 여간 놀랍지 않다. 태양 없이는 하루도 살아갈 수 없는데도 이렇게 당당한 것은 화자에게는 '또 하나 다른 태양', 즉 성모 마리아가 있기 때문이다. 세상에서 가장 아름답다는 장미꽃도, 화자의 젊음도, 천상의 별과 생명의 숨결 같은 부드러운 바람도 성모 마리아와 비교하면 화자에게는 그저 하찮을 뿐이다.

설정식이 정지용의 작품과 토씨 하나 다르지 않게 동일한 제목으로 「또 하나 다른 태양」을 썼다는 것은 선배 시인의 작품을 이미 잘 알고 있었다는 것을 뜻한다. 앞에서 행갈이와 관련하여 언급한 이 작품은 정지용의 작품보다 길이가 무려 세 배쯤 길다.

> 강동지와 조밥을 곰방술로 퍼먹고 자라던 그때부터
> 봉선화 씨를 투기는[퉁기는] 너의 힘을 나는 알아왔다
>
> 그리고 네가 물 위에 흙과 흙 밑에 물과 또 짜고 승승한
> 바람과 더불어 나의 피를 빚어주기에 무한한 노력을 한
> 것도 잘 안다 (85쪽)

이 작품의 1인칭 시적 화자 '나'가 '너'라고 부르는 피화자는 두말할 나위 없이 태양이다. '강동지'에 대하여 『설정식 시선』(지식을만드는지식)이나 『설정식 문학전집』(산처럼)에서는 '강'은 '다른 것이 섞이지 않은' 또는 '마른'이나 '물기 없는' 뜻의 접두사이고, '동지'는 배추 따위에서 돋아난 연한 장다리를 가리킨다고 풀이되어 있다. 그러나 이 낯선 낱말은 깍두기의 북한말인 '간동지'를 가리키는 것인지도 모른다. 조밥과 함께 먹을 뿐 아니라 4연에서 '매운 강동지'라고 말하는 것을 보면 더더욱 그러한 생각이 든다. 2행 '투기는'은 '튀기는'이나 '퉁기는'이라는 뜻일 것이다. '곰방술'은 자루가 짧은 숟가락을 말한다.

낱말의 정확한 의미야 어찌 되었든 시적 화자 '나'는 가난하게 살던 어린 시절부터 태양의 위력을 잘 알고 있었다고 밝힌다. 화자는 2연을 비롯한 다른 연에서도 계속하여 석류 열매가 익어 벌어지고 밤송이가 터지며 임금(사과)을 익게 만드는 것을 실례로 들면서 태양의 힘("너의 권위")을 열거한다. 그러나 3연에 이르러 화자의 태도는 크게 달라진다.

> 그러나 무자비한 태양이어
> 나는 너의 평등에
> 항시 불평이었다
> 네가 억울하고 무자비하였기에
> 네가 태울 것을 태우지 않고 사를 것을 사르지 않았기에
> 허영을 질투를 그리고 증오를 나는 숭상하지 않을 수 없었다
> (85~86쪽)

1행 첫머리 접속 부사 '그러나'에서 볼 수 있듯이 시적 화자는 태양에게

불만을 토로한다. 무자비할 만큼 평등하면서도 태양은 막상 '태울 것'은 태우지 않고 '사를 것'은 사르지 않았다고 원망한다. 다시 말하면 화자는 태양이 사회에 만연한 병폐와 부조리와 구악을 일소하는 데는 실패했다고 말한다. 이 구절은 무정부 상태에 가까울 정도로 혼란스럽던 해방기 사회를 두고 하는 말로 읽힌다. 1947년 2월 〈서울신문〉에 발표한 「태양 없는 땅」은 바로 혼탁한 사회 분위기를 반영한 작품이다.

이렇게 시적 화자가 태양계의 중심적인 항성인 태양을 존중할 수 없다면 그는 '또 하나 다른 태양'을 숭상 대상으로 삼을 수밖에 없을 것이다. 정지용이 성모 마리아를 대안적 태양으로 간주했다면 설정식은 자식을 잉태한 아내를 '또 하나 다른 태양'으로 간주한다.

> 내 눈앞에서 또 한 개의 임금이 떨어진다 그러나
> 죽음으로밖에 떨어질 데 없는 나의 육체는
> 떨어지지도 않으면서 심히 무겁구나 무엇이 들어찼느냐 과연 그러나
>
> 이제 모든 실오라기와
> 너의 지난 세월의 나의 긴 누더기를 벗어버리고
> 버렸던 탯줄을 찾아 찾은 배꼽을 네 얼굴에 비비랸다
> 그러면 또 하나 다른 태양
> 나의 가능한 아내 속에서
> 과연 자비는 원형을 들어내어
> 너에게로부터
> 나에게로 옮겨다 맡길 것이냐 (86~87쪽)

'실오라기'를 비롯하여 '탯줄'과 '배꼽'과 '비비다' 같은 낱말을 보면 시적 화자는 지금 부부의 성행위와 임신과 분만을 언급하는 것임이 틀림없다. '또 하나 다른 태양'이 태양계의 태양이 아니듯이 1연의 '또 한 개의 임금' 역시 실제 사과나무에 열린 과일이 아니다. 그 임금(사과)이 다른 곳도 아닌 화자의 눈앞에 바로 떨어졌다는 것은 그의 아내에게 새로운 생명이 잉태되었다는 것을 암시한다. 그렇다면 '또 한 개의 임금'과 '또 하나 다른 태양'은 표현은 서로 달라도 궁극적으로는 동일한 것을 지칭한다.

'또 하나 다른 태양'은 태양계의 태양과는 전혀 다르다. "과연 자비는 원형을 들어내어"라는 구절에서 볼 수 있듯이 대안적인 태양은 '무자비한 태양'과는 달리 자비롭기 그지없다. 자비로울뿐더러 생명을 잉태하는 마술적 힘까지 갖추고 있다. 자비가 '원형'을 만들어 냈다는 것은 태양처럼 둥근 태아를 잉태했다는 것을 뜻한다. "너에게로부터 / 나에게로 옮겨다 맡길 것이냐"라는 마지막 연의 마지막 두 행에서는 "죽음으로밖에 떨어질 데 없는" 화자의 육체가 이제 그의 아내를 매개로 새로 탄생할 생명으로 계속 지속된다는 것을 암시한다.

더구나 설정식은 앞에 이미 언급했듯이 시에 관한 단상을 모은 「FRAGMENTS」라는 글을 썼다. 오래전에 썼다가 마지막 시집을 발행할 때 부록처럼 수록했는지, 아니면 시집을 발행하던 1948년 즈음에 썼는지 지금으로서는 확인할 수 없다. 짧게는 한 줄에서 길게는 대여섯 줄로 그는 시에 관해 느낀 단편적인 소감을 기록하였다. 그중 어떤 것은 술 취한 사람의 넋두리와 같아 도대체 무엇을 말하려는 것인지 분명하지 않다. 가령 "사상으로 남조선을 연역하지 않아도 남조선이 사상을 귀납 지어줄 만하다"(199쪽)라든지, "상상으로 하여금 시인을 소유케 하라는 말은 상상으로 하여금 상상을 낳게 하라는 말과 같다"(201쪽)라든지 하는 문장의 뜻을 헤아리기란 쉽지 않다. 그런가 하면 "시인의 요령은 열 마디 할 것을 다섯 마디로, 다섯 마디 할 것을 한 마디로, 한 마디로 할 것은 입을 다물어 버리는 데 있다"(198쪽)고 말한다. 시를 뜻하는 독일어 중에서 '디히퉁Dichtung'은 본디 응축이라는 말이다. 언어를 최대한으로 응축해 놓은 것이 바로 시라는 뜻이다. 시를 응축의 문학으로 간주한 점에서 설정식의 주장은 옳다. 그러나 달리 생각해 보면 일상생활에서 웅변은 은이고 침묵은 금이 될 수 있을지 모르지만, 만약 시를 비롯한 문학 작품이 침묵을 지킨다면 문학 작품으로서의 존재 이유를 상실할 것이다.

그런데 이 단상 중 어떤 글은 정지용이 1939년에 〈문장〉에 발표한 「시의 옹호」를 비롯하여 「시의 위의威儀」와 「시와 발표」와 같은 글과 여러모로 성격이 비슷하다. 설정식이 형식이나 내용에서 정지용한테서 영향을 받았을 가능성을 배제할 수 없다.

> 육체는 생산하고 정신은 소비한다. 정신은 육체를 생산하도록 늘 뒤에 앉아 있다. 이 사이에 생기는 시의 가치는 다른 생산과 소비 관계에서 결정되는 '필연'적 가치와 같다. 종래에 영감靈感이라는 것은 이 '필연'의 이칭이다.
>
> 필연한 것이 시인에게 오고 마는 것은 임금林檎이 익으면 떨어질 수밖에 없는 것과 같다. (200쪽)

설정식은 시가 탄생되는 데 정신과 육체, 상상력과 체험, 선천적 재능과 후천적 훈련의 유기적 결합이 필수적이라는 점을 지적한다. 그러면서 그는 19세기 전통적인 낭만주의 시인들이 부르짖던 영감을 유보적으로 받아들인다. 둘째 단락에서 설정식은 좋은 시를 쓴다는 것은 마치 사과가 익어 자연스럽게 떨어지는 것과 같다고 말한다. 그에 따르면 설익어 떨어지는 낙과와 같은 시는 좋은 작품이 될 수 없다. 이렇듯 설정식은 시의 탄생이 인위적인 것이 아니라 어디까지나 필연적인 것이라고 지적하였다. 그는 "시의 정밀도는 인위적인 것 또 너무 의식적인 것을 높이 평가하지 않는다"(198쪽)고 말한다. 이를 달리 말하면 시란 자연적이고 무의식적인 산물이라는 것이 된다.

정지용은 일찍이 「시와 발표」에서 빼어난 시란 과연 어떠한 것인지 밝힌 적이 있다. 1939년 10월 그는 이 글을 〈문장〉에 처음 발표했다가 뒷날 『정지용 문학독본』(1948)에 수록하였다. 1948년이라면 설정식이 『제신의 분노』를 출간한 바로 그해다.

> 시가 시로서 온전히 제자리에 돌아빠지는 것은 차라리 꽃이 봉오리를 머금듯 꾀꼬리 목청이 제철에 트이듯 아기가 열 달을 채서 태반을 돌아 탄생하듯 하는 것이니, 시를 또 한 가지 다른 자연 현상으로 돌리는 것은 시인의 회피도 아니요 무책임한 죄로 다스릴 법도 없다. 무엇보다도 이러한 시적 기밀機密에 참가하여 그 당오堂奧에 들어서기 전에 무용한 다작이란 도로徒勞에 그칠 뿐이요, 문장 탁마에도 유리할 것이 없으니, 단편적 영탄조의 일어구一語句 나열에 습관이 붙은 이는 산문에 옮기어서도 지저분한 버릇을 고치지 못하고 만다.[28]

시가 시답게 "온전히 제자리에 돌아빠지"는 것은 아무런 인위적인 것이

---

28 정지용, 「시와 발표」, 권영민 편, 『정지용 전집 2: 산문』, 207쪽.

없이 자연스럽다는 뜻이다. 동사 '돌아빠지다'는 사과나 배 같은 과일이 무르익어 꼭지가 쉽게 떨어지거나 살구나 복숭아 같은 과일이 익어 씨앗이 저절로 빠지는 현상을 말한다. 정지용은 이렇게 시가 자연스럽게 창작되는 과정을 설명하려고 꽃이나 꾀꼬리 또는 갓난아이를 구체적인 예로 든다. 물론 그는 설정식처럼 사과가 무르익어 자연스럽게 땅에 떨어지는 것에는 빗대지 않는다. 그러나 그가 예로 드는 꽃봉오리는 설정식의 사과와 크게 다르지 않다. 정지용은 이러한 시 창작 과정을 '시적 기밀'이라고 부르면서 시인다운 시인이라면 이러한 기밀을 잘 알고 있다고 말한다.

위 인용문에서 "아기가 열 달을 채서 태반을 돌아 탄생하듯"이라는 구절을 좀 더 찬찬히 눈여겨보아야 한다. 정지용은 태아가 산모의 자궁에서 열 달이 지나서야 비로소 '태반을 돌아' 태어나듯이 뛰어난 시도 시인의 정신 속에서 제대로 숙성 과정을 거쳐야 한다고 지적한다. 이 점과 관련하여 정지용은 "가장 타당한 시작詩作이란 구족具足된 조건 혹은 난숙한 상태에서 불가피의 시적 회임懷妊 내지 출산인 것이니, 시작이 완료한 후에 다시 시를 위한 휴양기가 길어도 좋다"[29]고 말한다. 여기서 시인이 시 한 편을 창작하는 행위를 '시적 회임 내지 출산'에 빗대는 것이 무척 흥미롭다.

시가 자연스럽게 써져야 한다고 생각한 점에서는 〈시문학〉 창간 동인으로 정지용과 친하게 지낸 박용철朴龍喆도 마찬가지였다. 당시 시 창작에 관심이 많던 이양하는 박용철이 자신에게 들려준 말을 늘 마음에 새겨 두었다. 이양하는 박용철이 요절한 뒤 그를 추모하여 쓴 「실행기失幸記」에서 "[박용철이] 글이란 반드시 꼭지가 돈다든가 태반이 돌아 떨어진다는가 하

29 위의 글, 208쪽.

는 말을 썼다. 모두 글이 참으로 어떠한 것인가를 알지 못하고는 하지 못할 말이다"[30]라고 밝힌다. 이렇듯 정지용도 박용철도 시란 인위적으로는 쓸 수 없다는 사실을 분명히 했던 것이다.

30 송명희 편, 『이양하 수필전집』(현대문학사, 2009), 66쪽. 1930년대 초엽부터 연희전문학교 교수로 근무하던 무렵 이양하는 박용철과 정지용 등 〈시문학〉 동인들과 자주 어울렸다. 이양하는 이 두 시인의 시적 능력을 칭찬하여 부러워하였다. 김욱동, 『이양하: 그의 삶과 문학』(삼인출판, 2022), 228~229쪽 참고.

예술과 이념

설정식이 1930년대 초엽에 쓴 시 작품과 해방기에 쓴 작품 사이에는 한 시인이 썼다고 믿어지지 않을 만큼 그 편차가 무척 크다. 초기 시는 백석의 작품과 여러모로 비슷하다. 백석이 평안도 방언을 비롯하여 여러 지방의 사투리와 고어를 사용한 것처럼 설정식도 함경도 방언과 고어를 즐겨 사용하였다. 무엇보다도 서정성에서 두 시인은 서로 적잖이 닮았다. 그들은 무엇보다도 서정성을 바탕으로 고향 상실의 비애와 한민족의 공동체적 운명을 즐겨 다루었다.

그러나 설정식은 일제가 태평양전쟁을 준비하면서 식민 통치의 고삐를 점점 조이자 서정성을 버리고 사회성과 정치적 색채가 짙은 서사적인 작품을 쓰기 시작하였다. 그의 이념 편향성은 광복 직후인 1945년 8월 결성된 조선문학건설본부 회원으로 참여하고 이듬해 9월 임화와 김남천 등의 권유로 조선공산당에 입당하고, 또 1947년 8월 문학가동맹 외국문학부장으로 활동하면서 좀 더 뚜렷해졌다. 이렇듯 설정식의 해방기 작품의 중심 주제는 당시 가장 중요한 역사적 과제라고 할 민족 국가의 건설이었다. 「실소失笑도 허락지 않는 절대의 역域」에서도 볼 수 있듯이 그는 자연스러운 계절의 순환마저 아랑곳하지 않고 오직 어떤 절대적 가치를 믿고 그것을 성취하는 데 온 힘을 기울였다.

봄이 오겠으면 오고
가겠으면 가고
진달래 붉은 술도 좋을 것이고
또 피 묻은 손을 씻으려거든
예대로 드리운 항복이오
버들잎도 훑어
굽이굽이 흘리시오

흘러서는 갈 수 없는
우리들의 발이오
갈 수밖에 도리 없는
우리들의 길이오
세상이 다 형틀에 올라
피와 살이 저미고 흘러도
모든 호흡이
길버러지같이 굴복하여도
주권이 설 때까지는
아지 못하노라 하는 거부의 역域
바위 속으로 들어갑니다 (126~127쪽)

1인칭 시적 화자는 지금 자기가 가고 있는 길은 그 무엇으로도 막을 수 없는 바위처럼 굳건한 의지요 가치라고 노래한다. 그 길은 김소월이 「풀따기」에서 노래하는 것처럼 버들잎을 훑어 흘려보낼 시냇물이 아니라 드넓은 바다를 향하여 도도히 흐르는 거대한 역사의 강물이다. 여기서 화자가 말하는 '주권'이란 두말할 나위 없이 인민 주권을 가리킨다. 그는 기꺼이 목숨을 바쳐서라도 인민 주권에 기초한 민족 국가를 세우고 싶다는 강한 의지를 드러낸다.

그러나 안타깝게도 설정식은 이러한 정치 이상을 시적으로 충분히 형상화하는 데까지는 이르지 못하였다. 때로는 구약성경의 예언자와 같은 목소리로 부르짖기도 하고, 때로는 나지막한 연인의 목소리로 애원하듯이 달래기도 하지만, 그의 작품은 마치 설익은 포도주처럼 정치 구호로 전락하기 일쑤였다. 이러한 현상은 비단 설정식에 그치지 않고 공동 시집 『전위시인집』(1946)을 발간한 김광현·김상훈·이병철·박산운·유진오 같은 시인들은 말할 것도 없고 심지어 김기림이나 오장환처럼 해방기에 활약한 대부분의 시인에게서 공통적으로 엿볼 수 있다.

오세영은 『전위시인집』 시인들을 비롯하여 해방기에 활약한 시인들을 언급하며 설정식도 "문학적으로 성공을 거둔 시인이라고 말할 수는 없다"고 잘라 말한다. 그는 계속하여 "몇 편의 시를 읽어 보아도 당장 드러나는 표현의 미숙성, 언어 조사措辭의 조잡성, 형상화에 보여 주는 치졸성, 직설적인 자기주장 등은 그의 시적 수준이 어떠한가를 쉬이 짐작케 한다"고 주장한다.[31] 오세영의 이러한 평가는 일찍이 해방기 김광균의 서평에서도 엿

---

31 오세영, 「설정식론: 신이 숨어버린 시대의 시」, 〈현대문학〉 통권 423호(1990), 423쪽; 오세영, 『한국현대시인연구』(월인, 2003), 469쪽.

볼 수 있다. 김광균은 정치적 이념을 같이하는 정지용이나 김기림과는 달리 설정식의 시에서 흔히 보이는 현학성을 비롯하여 불투명한 언어 구사, 언어 조탁의 결여 등을 들어 날카롭게 비판하였다. 더구나 김광균은 "[설정식의] 시는 시인이 살고 잇고 육신과 희망을 담고 잇는 현실에 대한 부단한 분노로 차 잇다. 분노의 격정은 그대로 '니힐'의 색채로 덥힌다"고 지적하였다.[32] 그런데 설정식의 시에 대한 두 시인의 평가는 비평가가 아닌 시인의 관점에서 본 것이어서 더욱 눈길을 끈다.

설정식은 메시지를 전달하는 데 관심을 둔 나머지 시 형식에는 소홀한 점이 없지 않다. 무엇보다도 낱말과 낱말의 연결이 매끄럽지 못하여 의미를 헤아리기 어려울 때가 더러 있다. 비록 산문 작가에게는 좀처럼 부여하지 않는 '시적 허용'을 인정하더라도 설정식의 시 작품에는 앞뒤가 제대로 연결되지 않는 비문非文도 가끔 눈에 띈다. 가령 "나 혼자 우두커니 그림자 아무짝 쓸데없는 선善이오 / 노래라니 하, 어수선한 휘파람을 잘못 들은 게요"(104쪽)라든지, "애비 눈동자는 창살을 / 내어다보기만 위하여 / 하늘은 삼십 년을 늙어도"(124쪽)라든지, "너의 지난 세월의 나의 긴 누더기를 벗어버리고"(86쪽)라든지 하는 구절은 두세 번 반복하여 읽어도 도무지 그 뜻을 이해하기 쉽지 않다. 「제국의 제국을 도모하는 자(월트 휘트맨)」에서 설정식은 이렇게 노래한다.

> 어데 어데를 가도
> '자유', 그 말에 방불彷佛한 토지를

---

32 김광균, 「설정식 시집 『포도』를 읽고」, 〈자유신문〉(1948. 01. 28.). 오영식·유성호 편, 『김광균 문학전집』(소명출판, 2014), 425~426쪽.

파씨쓰타의 무리여

너희들 까닭에 나는

휘트맨의 곁에 가차이 설 수 없고

또 이날에도

찬가로써 하지 못하고

두 폭 넓은 비단 청보靑褓에 '원망'을 싸는도다 (134쪽)

위에 인용한 작품은 그 의미를 헤아리기란 무척 어렵다. "'자유', 그 말에 방불한 토지를"이라는 구절과 "파씨쓰타의 무리여"라는 구절 사이가 매끄럽게 연결되지 않는다. 설정식이 비문을 사용한 것일 수도 있고, 인쇄 과정에서 두 구절 사이에 한 행이 누락되었을 가능성도 없지 않다. 모르긴 몰라도 아마 "찾을 길이 없구나" 또는 "볼 수 없구나" 같은 구절이 빠진 듯하다. 이 두 행뿐 아니라 마지막 연 전체의 의미도 아리송하기는 마찬가지다.

설정식의 『포도』에 관한 서평에서 정지용은 "아직도 신세가 편한 시인들이 있어서 물이여 달이여 구름이여 꽃이여 하느냐?"[33]라고 꾸짖었다. 누가 보아도 조지훈趙芝薰·박목월朴木月·박두진朴斗鎭 같은 청록파靑鹿派 시인들을 두고 하는 말로 들린다. 물론 설정식의 작품은 청록파 시인들과는 거리가 멀어도 한참 멀다. 설정식도 홍명희와의 대담에서 "이 남조선 사태를 직시하고 앉아서 제집이 저도 모르는 사이에 두 번, 세 번 저당으로 넘어가고 있는 줄도 모르고, 술을 부어가며 아름다운 꽃이여, 나비여 하며 음풍영월을 하고, 그것을 또 염려체艶麗體로 그려놓고만 앉아 있을 작정이라면 이건 단순히 염치가 있느냐 없느냐 하는 것으로 귀결을 짓기만 하여도 족

33 정지용, 「시집 『포도』에 대하여」, 『정지용 전집 2: 산문』(민음사, 2016), 395쪽.

할 줄 압니다"[34](774쪽)라고 밝힌다.

여기서 "제집이 저도 모르는 사이에 두 번, 세 번 저당으로 넘어가고 있는 줄도 모르고"라는 구절은 당시 한반도의 신탁통치를 결정한 모스크바 삼상회의와 미소공동위원회 등의 결정에 따라 해방기 한반도의 운명이 결정되고 있던 상황을 언급하는 것이다. 설정식은 한반도가 이렇게 백척간두에 놓여 있는데도 시인을 비롯한 문학가들의 세계정세와 해방기 정국에 무관심한 태도를 '염치없는' 짓이라고 날카롭게 비판하였다. 위 인용문에서 "술을 부어가며 아름다운 꽃이여, 나비여 하며 음풍영월을 하고"라는 구절에서는 정지용이 「시의 옹호」에서 말하는 "화조월석과 사풍세우에서 끝나고 말았다"는 구절이 떠오른다.

설정식은 구체적인 역사적 시간과 사회적 공간을 애써 외면하면서 꽃구름 가득한 맑은 하늘을 노래한 청록파 시인들을 비판한다는 점에서도 정지용과 비슷하였다. 그러나 설정식의 초기 작품이라면 몰라도 해방기에 쓴 작품의 대부분은 정치적 이념이 미처 시로 형상화되지 않은 채 이념이 알갱이로 그대로 남아 있다. 방금 앞에서 언급했듯이 설정식에게는 바위 같은 굳은 의지로 인민 주권이 바로 설 때까지 한 발자국도 물러서지 않을 '거부의 역'이 있었기 때문이다.

정지용은 설정식의 첫 시집 『종』에 대하여 "아메리카에서 난해서일 것이겠고, 서북선西北鮮에서는 대오낙후에 속할 것이나 시가 반드시 용기와 체력의 소산이 아니라면 이 시집이 8·15 이후에 있을 만한 조선 유일의 문예서인 것만은 불초 지용이 인정한다"[35]고 밝힌다. 이 시집에 실린 작품 중

---

34 「홍명희-설정식 대담기」, 『설정식 문학전집』, 774쪽.

35 정지용, 「시집 『종』에 대한 것」, 『정지용 전집 2』, 391쪽.

에서 미국 독자들이 난해하다고 생각할 작품은 거의 없다. 그러나 당시 38선 이북 지방에서 나온 작품과 비교하여 설정식의 작품은 오히려 그 강도가 떨어진다고 지적하는 것은 타당한 것 같다. 정지용은 "8·15 이후에 있을 만한"이라는 단서를 붙여 『종』이 '조선 유일의 문예서'라고 마지못해 보증을 서는 듯한 인상을 준다.

한편 김기림은 시집 『종』에서 "찬연한 분노와 또 저주의 미"를 발견하였다. 이 시집을 '이색異色의 문文'으로 평가하는 그는 종래의 시가 다루었던 것과는 전혀 다른 새로운 장르를 개척했다고 지적하였다. 그가 말하는 '새로운 장르'란 정치 이념을 표상하는 작품을 말하는 것 같다. 김기림은 『포도』에서 설정식의 시가 한층 더 탁마되고 순화되었다고 주장하였다. 그러면서 김기림은 "분명히 『포도』는 『종』과 더불어 지금 보석처럼 빛나고 있는 것이다"[36]라고 주장한다. 그러나 이러한 평가는 정지용처럼 이념의 동지로 내린 평가일망정 문학 동지로서 내린 객관적 평가로는 보기 어렵다.

인민에게 가장 많이 읽히려면 될수록 정치 이념을 숨기고 인민의 감정에 호소하는 서정시가 되어야 한다. 인민은 아무리 정치 이념이 마음에 들어도 슬로건 같은 작품에는 별로 관심을 두지 않는다. 스탕달은 "문학 작품에서 정치란 연주가 한창 진행 중인 콘서트홀에서 권총을 발사하는 것과 같다"고 말한 적이 있다. 물론 과장해서 말한 혐의가 짙은 그의 말은 액면 그대로 받아들일 것은 못 된다. 그러나 문학 작품에서 정치성을 지나치게 강조하다 보면 예술성이 상처를 입는 것은 부정할 수 없는 사실이다. 당의정은 쓴 약에만 해당하지 않고 시를 비롯한 문학 작품에도 마찬가지로 해당한다.

36 김기림, 383쪽.

시인으로 데뷔하던 1930년대를 제외하고는 설정식은 해방기에 예술과 정치의 두 마리 토끼를 동시에 쫓으려고 하였다. 그러나 안타깝게도 그는 이 둘을 좇으려고 한 나머지 그만 두 가지를 모두 잃어버리고 말았다. 설정식은 "모든 것을 소유하려는 데서 시인은 모든 것을 잃어버린다"(204쪽)고 말한 적이 있다. 그런데 돌이켜 보면 이 말은 바로 그 자신을 두고 한 말로 읽힌다. 정지용은 방금 앞에서 언급한 「시의 옹호」에서 "경제 사상이나 정치열에 치구馳驅하는 영웅적 시인"을 칭찬하면서도 막상 그러한 시인은 현실에서는 좀처럼 찾아보기 힘들다고 밝혔다. 그러면서 그는 계속하여 "그들의 시가 음악과 회화의 상태 혹은 운율의 파동, 미의 원천에서 탄생한 기적의 아兒가 아니고 보면 그들의 사회의 명목으로 시의 압제자에 가담하고 만다"[37]고 지적한다.

이렇듯 정지용은 정치든 경제든 이념을 표방하는 시가 가는 길은 오직 두 갈래밖에 없다고 주장하였다. 그중 한 가지는 음악과 회화 같은 예술이 지향하는 상태나 아름다움의 원천에서 참다운 작품으로 태어나는 것이고, 다른 한 가지는 시라는 그럴듯한 이름으로 압제자처럼 폭력을 행사하는 작품이 되는 것이다. 그런데 전자는 정지용의 말대로 '기적'에 가까운 일이고 십중팔구는 후자로 전락하기 일쑤다. 해방기에 쓴 설정식의 시 작품은 정지용이 말하는 두 갈래 길에서 후자에 속한다고 볼 수밖에 없다. 해방기의 정치적 갈등과 이념의 첨예한 대립에서 좌익 진영의 목소리를 대변하던 설정식의 작품은 아무래도 '기적의 아'로 보기는 어렵다.

정지용은 식민지 조선이 일제의 식민 통치에서 벗어나자마자 너도나도 시를 쓰는 사람들이 우후죽순처럼 생겨났다고 한탄하였다. 그가 "8·15 직

---

37 정지용, 「시의 옹호」, 216쪽.

후 지까다비에 병정 구두에 신발도 똑똑히 신지 못한, 징용에서 풀린, 감옥에서 나온, 징병과 학병에 탈주하였던 젊은 놈들이 튀어나와 기旗를 받고 시를 썼다. 이때 미국 유학생 설정식도 한몫 끼었더니라"[38]라고 말하는 것을 보면 설정식의 시를 그다지 대수롭게 생각하지 않은 것 같다.

해방 후 설정식은 예술 쪽보다는 이념 쪽에 기울어져 있었다. 혼란스럽기 그지없던 해방기에 그는 작품에 정치 이념을 내세우는 데는 어느 정도 성공을 거두었을지는 모르지만 작품에서 예술성을 획득하는 데는 실패하였다. 한마디로 해방기 시인으로서의 그의 활동은 정치 이념을 예술 작품으로 승화시키기란 얼마나 힘겹고 험난한 작업인지 웅변적으로 말해 준다. 말은 쉬워도 그의 말대로 "뼈에 금이 실려 절그럭거리는" 소리를 내는 작품을 쓰기란 무척 힘들다. 동시대 시인 임화나 오장환처럼 설정식은 좁게는 정치 시, 더 넓게는 이념 시의 가능성과 한계를 여실히 보여준 시인이었다.

소설가나 극작가도 마찬가지지만 시인은 흔히 작품의 평균치로 평가받지 않고 오직 좋은 작품으로만 평가받는다. 바로 이 점에서 시인은 수업생과는 적잖이 다르다. 아무리 수준 낮은 작품이 있다고 하여도 수준 높은 작품 몇 편만 있으면 그 작품으로 '훌륭한' 시인으로 인정받는다. 시인 설정식은 해방기에 쓴 작품보다는 시인으로 갓 데뷔하던 1930년대 초에 발표한 몇몇 작품으로 평가받아야 한다. 그러므로 한국 시사에서 설정식이 이룩한 업적이라면 해방기에 정치 이념을 소재로 작품을 쓴 데서 찾을 것이 아니라, 오히려 김소월이나 백석이 갈고닦은 서정시의 수준을 한 단계 올려놓은 데서 찾아야 할 것이다.

38 정지용, 「시집 『포도』에 대하여」, 394쪽.

제3장

소설적 상상력

설정식의 문학적 상상력은 시보다는 오히려 소설에서 빛을 내뿜는다. 1930년대 초엽 시인으로 식민지 조선의 문단에 데뷔한 설정식은 해방기에 이르러 본격적으로 소설을 쓰기 시작하였다. 물론 연희전문학교에 입학한 직후 1932년 4월 그는 〈조선일보〉에 콩트 또는 장편掌篇소설이라고 할 「단발斷髮」을 발표한 적이 있다. 그러나 설정식이 소설 창작에 좀 더 본격적으로 관심을 기울이기 시작한 것은 1946~1948년 3년여 동안이다. 가령 그는 1946년 12월 〈동아일보〉에 몇 차례에 걸쳐 단편소설 「프란씨쓰 두셋」을 연재하였다. 설정식은 이 작품에 이어 월간잡지 〈민성〉에 「오한惡寒」(1947)과 「척사 제조업자擲柶製造業者」(1948)를, 조선문학가동맹에서 발행하던 잡지 〈문학〉에 단편소설 「한 화가의 최후」(1948)를 잇달아 발표하였다.

단편소설 못지않게 장편소설에도 관심을 기울인 설정식은 1946년 5월부터 몇 달에 걸쳐 〈한성일보〉에 「청춘」을 연재하였다. 그는 연재한 작품을 보완하여 1949년에 단행본으로 출간하였다. 또한 설정식은 1948년 1월, 2월, 5월 세 차례에 걸쳐 〈신세대〉에 장편소설 「해방」을 연재하다가 중단하였다. 중단 이유는 자세히 알 수 없지만 홍명희와의 대담에서 단서를 찾을 수 있다. 설정식이 "제가 지금 「해방」이라는 소설을 쓰기 시작했는데 붓이 신선하게 나가질 않습니다. 제2해방이나 된 뒤에 쓰기 시작했으면 좋았을걸"[1] 이라고 말하는 것을 보면 아마 외부 압력보다는 설정식 자신이 연재를 그만둔 것 같다. 그런가 하면 설정식은 1948년 10월부터 〈민주일보〉에 장편소설 「한류난류寒流暖流」를 47회나 연재하다가 정치적 압력으로 중단하기도 하였다.

어떤 의미에서 설정식은 시 장르보다는 소설 장르에서 문학적 재능을 한껏 발휘하였다. 그의 문학적 성과도 운문보다는 산문에서 찾아야 할 것이다. 1946년 8월 말 〈민성〉은 미군정청 출판부장을 맡기 위하여 귀국한 강용흘姜鏞訖을 초대하여 몇몇 문인들과 좌담회를 연 적이 있다. 이 자리에는 정지용을 비롯하여 김남천金南天, 박계주朴啓周, 채정근蔡廷根, 그리고 설정식 등이 참여하였다. 그런데 이 대담에서 한 가지 눈에 띄는 것은 설정식을 '시인'이 아니라 '소설가'로 소개한다는 점이다.

---

1 「홍명희-설정식 대담기」, 〈신세대〉(1948. 05.); 설희관 편, 『설정식 문학전집』(산처럼, 2012), 783~784쪽. https://blog.naver.com/hksol.

이방인의 '염치' 의식

설정식이 첫 단편소설 「프란씨쓰 두셋」을 언제 썼는지 지금으로서는 정확히 알 수 없다. 다만 그가 이 작품을 〈동아일보〉에 연재한 것이 1946년 12월 13일부터 같은 달 22일까지였으니 그해 말에 썼을 것으로 추정할 뿐이다. 설정식은 1951년 한국전쟁 휴전 예비회담으로 개성에서 만난 헝가리의 종군기자 티보 머레이에게, 1940년 말 미국에서 유학하던 중 귀국한 그에게 "저술을 출판할 기회란 전혀 없었기 때문에" 독서가 유일한 즐거움이었다고 고백한 적이 있다.[2] 여기서 '저술'을 단행본 저서뿐 아니라 단편소설을 비롯한 문학 작품을 포함하는 것으로 받아들인다면 설정식이 식민지 조선이 일본 제국주의의 굴레에서 벗어나기 전에 이 작품을 썼다고 보기는 어려울 것 같다.

---

2 티보 머레이, 「한 시인의 추억, 설정식의 비극」, 『설정식 문학전집』, 792쪽. 이 글은 한철모韓哲模가 영문을 번역하여 〈사상계〉(1962. 09.)에 처음 실었다.

자전적 성격이 강한 「프란씨쓰 두셋」의 공간적 배경은 미국 뉴욕 맨해튼이다. 미국은 본디 이민자들로 구성된 나라이지만 특히 뉴욕시는 '인종의 전시장'이라는 이름에 걸맞게 온갖 인종이 더불어 살아가는 대도시다. 가령 이 작품에는, 식민지 조선에서 온 유학생 박두수는 말할 것도 없고 프란씨쓰 두셋은 적어도 이름으로 보면 프랑스 계통의 캐나다인이고, 그리니치빌리지에서 술집을 경영하는 마리는 헝가리에서 이민 온 여성이다. 1940년대와는 사정이 조금 다를지 모르지만 오늘날 뉴욕시 인구의 두 사람 중 하나는 이민자거나 그 후손들이다.

이 작품에서 주인공과 관련해서는 되도록 실제 지명을 사용하지 않으려고 애쓴 설정식의 흔적이 곳곳에서 엿보인다. 예를 들어 1인칭 화자요 주인공이 재학 중인 'D대학'은 뉴욕시를 웬만큼 아는 사람이라면 컬럼비아

설정식이 단편소설 「프란씨쓰 두셋」의 배경으로 삼은 컬럼비아대학교 도서관.

대학교라는 것을 곧 알아차릴 수 있다. '맨해튼 124가' 근처니 '모닝사이드 드라이브웨이'니 '브로드웨이'니 하는 명칭은 하나같이 주인공이 지금 컬럼비아대학에 재학 중이라는 사실을 보여주는 지표다.

「프란씨쓰 두셋」의 서술 화자요 주인공인 박두수는 지금 컬럼비아대학교 대학원에서 영문학을 전공하고 있다. 설정식은 주인공이 대학원 재학 중이라는 말은 언급하지 않지만 여러 정황으로 미루어 보면 학부보다는 아무래도 대학원 과정을 밟고 있음이 틀림없다. 대여섯 명씩 공동으로 사용하는 도서관 안의 영문학 연구실을 언급하는 것도 그러하고, 영국 낭만주의 시인 윌리엄 블레이크를 전공한다고 말하는 것도 그러하다.

박두수가 같은 학과 여학생 프란씨쓰 두셋을 처음 만나는 곳은 도서관 서고다. 영문과 연구실의 소음이 싫은 두수는 도서관의 "절연체 속 같은 서고"에서 주로 책을 읽는

連載短篇小說 (1)

프란씨쓰 두셋

1946년 12월 〈동아일보〉에 연재한 단편소설 「프란씨쓰 두셋」 1회분.

다. 이곳에서 자주 만나는 프란씨쓰에 대하여 그는 "단순한 관심 이상의 감정에 지배되고 있는 것을 속일 수 없었다"[3]고 고백한다. 이 점에서는 프란씨쓰도 마찬가지여서 두수와 함께 타임스 스퀘어를 걷기도 하고 식사를 같이 하기도 한다. 두 사람이 상대방을 부를 때 성姓으로 부르지 않고 개인 이름으로 부르는 것만 보아도 무척 친밀하다는 것을 알 수 있다.

설정식이 「프란씨쓰 두셋」에서 다루는 핵심 주제 중의 하나는 양심과 관련한 문제다. 언뜻 보면 혈통이 다른 이민족 사이에는 진정한 사랑이 있을 수 없다는 다분히 순혈주의를 주장하는 것처럼 읽힐지 모른다. 그러나 문제의 본질은 민족 같은 집단이 아니라 개인에 있다. 주인공 두수가 미국 여학생 프란씨쓰에게 성적 매력을 느끼면서 막상 기회가 주어지면 선뜻 행동에 옮기지 못하고 주저하는 것은 어디까지나 그의 개인적 양심이나 윤리 때문이다.

사랑하는 여성을 고국에 남겨 둔 채 몇 해째 미국에서 홀로 지내는 박두수는 젊은 혈기를 주체하기 힘들다. 워싱턴 스퀘어를 산책하던 중 미국인 창녀를 만나 몇 마디 말을 건네는 그는 "여러 해 동안 참아온 내 피는 부글부글 괴어올랐다"(219쪽)고 말한다. 창녀의 젖가슴을 보고 프란씨쓰의 젖가슴과 닮았다는 것을 깨닫는 순간 두수는 프란씨쓰를 만나려고 성급하게 그녀의 아파트로 발길을 돌린다.

---

3 설정식, 「프란씨쓰 두셋」, 『설정식 문학전집』, 218쪽. 이 작품에서 인용은 이 전집에 따르고 인용 쪽수는 본문 안에 직접 적기로 한다. 설정식의 소설 작품은 그의 막내아들 설희관의 네이버 블로그 '햇살무리'(https://blog.naver.com/hksol)에 올려놓은 설정식의 작품 자료와 대조하여 오자와 탈자를 바로잡았다. 다만 「오한」이나 「척사 제조업자」처럼 전집에서 누락된 작품은 네이버 블로그에서 직접 인용한다.

> 저만치 분수가 기운 좋게 뻗어 올라갔다. 아무리 기운 좋게 뻗어 올라가도 속이 시원찮았다. 나는 벌떡 일어나서 유니언스퀘어 쪽으로 달음질하다시피 걸었다. 돈이 없는지라 택시는 암만 지나가도 탈 수 없다. 나는 지하철로 가벼이 달음질쳐서 내려가서 브롱스로 가는 차를 탔다. 업타운에 사는 프란씨쓰 두셋을 찾기 위해서였다. (219쪽)

이 장면에서 두수는 갑자기 워싱턴 스퀘어 광장의 하늘을 향하여 '기운 좋게' 뻗어 올라가는 분수를 바라본다. 분수는 T. S. 엘리엇의 용어를 빌려 말하자면 지금 두수가 느끼는 성적 충동을 보여주는 더할 나위 없이 좋은 객관적 상관물이다. 분수가 아무리 기운 좋게 하늘을 향하여 뻗어 올라가도 "속이 시원찮았다"고 말하는 것은 분수는 오히려 성적 충동을 자극할 뿐 그것을 해소할 수 없기 때문이다.

이렇게 프란씨쓰를 찾아가던 두수는 116번가 지하철역에서 내려 브로드웨이를 가로질러 모닝사이드 드라이브웨이 쪽으로 발길을 돌린다. 젊은 여성이 혼자 사는 아파트에 밤늦게 찾아간다는 것이 동양인 학생으로서는 윤리에 자못 어긋나기 때문이다. 그러나 두수는 "시커먼 피가 엉긴 육체의 거리 하렘[할렘]"을 내려다보고는 다시 용기를 내어 마침내 프란씨쓰의 아파트에 도착한다. 두 사람은 베르무트를 마시며 민망하고 서먹서먹한 마음을 달랜다.

술에 취한 듯 프란씨쓰는 "몸을 버리듯" 침대에 드러누워 두 다리를 뻗는다. 오렌지빛 파자마 아래로 다리가 훤히 드러나자 두수는 워싱턴 스퀘어의 창녀의 가슴을 떠올리며 참을 수 없다고 생각한다. 더구나 그녀가 읽다 말고 책상 위에 펼쳐 놓은 책은 다름 아닌 윌리엄 블레이크의 시집 『하늘과 땅의 결혼』(1868)이다. 펼쳐 놓은 페이지에서 그가 읽는 "머리는 숭엄

하고 마음은 깨끗하고 생식기는 아름답고……"(221쪽)라는 구절은 마치 그의 성적 충동을 부추기는 것 같다. 프란씨쓰가 갑자기 친근하게 자기 이름을 부르는 것에 놀라며 두수는 "천리만리 먼 데 수족관 유리 속에 사는 인어 같은 미국 여자에게도 피부 밑에 살밑에 핏속까지 내려가서는 우리와 공동되는 더운 세계가 흐르고 있는 것이로다"(222쪽)라고 생각하며 반가워한다.

그러나 프란씨쓰는 뜻밖에도 두수에게 왜 채식을 하느냐고 엉뚱한 질문을 던진다. 어찌 되었든 두수는 그 질문에 아무런 대답을 하지 않고 침대로 성큼성큼 걸어가 그녀 몸 위로 상반신을 굽힌 채 그녀의 회색 눈동자를 혀로 '핥듯이' 쏘아본다. 프란씨쓰는 두수에게 몸을 허락할 준비가 되어 있고, 만약 그가 마음만 먹는다면 얼마든지 그녀와 육체적 관계를 맺을 수 있다. 그러나 두수는 그녀의 육체를 탐할 생각을 접는다. "술로 말미암아 수족관의 고기가 바다를 찾는 듯이 착각을 한다는 것은, 술로 말미암아 비로소 천리만리 먼 데 사람과 가까울 수 있다는 것은 슬픈 일일 뿐 아니라 부도덕한 일 같았다"(223쪽)고 판단하기 때문이다. 프란씨쓰는 두수가 채식하는 것도, 지금 자기를 범하지 못하는 것도 용기가 없기 때문이라고 말한다.

며칠 뒤 프란씨쓰를 만난 박두수는 그녀와 함께 식당에서 식사를 한다. 그때 그는 며칠 전 아파트에서 보인 그녀의 행동이 술에 취했기 때문도 아니고 일시적인 희롱도 아니라 진심이었다는 사실을 알아차린다. 두수는 프란씨쓰가 그날 밤 "내 몸과 영혼의 문은 모든 바람을 위하여 열렸다"(225쪽)고 말하는 것 같다고 생각한다. 그러면서 그는 "과연 저 수족관 속에 흐늘거리는 육체로 가는 길은 나의 육체의 길과 같은 것인가?"(225쪽)라고 스스로에게 묻는다. 그리고 그는 이 물음에 그 길이 서로 다르다고 대답한다.

박두수는 그 뒤 프란씨쓰와 관계를 맺을 두 번째 기회를 얻지만 이번에도 제대로 뜻을 이루지 못한다. 어느 날 밤 그가 집에 돌아오자 프란씨쓰가 자기 숙소에서 그를 기다리고 있다. 술에 취한 두수는 그녀를 끌어안고 침대에 넘어진다. "침대에 늘어뜨린 다리, 꺼진 아랫배, 불룩한 가슴, 보이지는 않아도 푸른 불빛에 미끈하였던 목, 그리고 이제는 역력히 역력히 알 수 있는 얼굴 모습"(228쪽) 등 젊은 두수를 흥분시키기에 충분하다. 프란씨쓰는 그를 받아들이는 것도, 그렇다고 그를 밀어내는 것도 아니다. 다만 그녀는 '죽은 생선 눈'으로 두수의 얼굴을 물끄러미 바라보며 서로 상대방이 누구인지 잘 알지 못한다고 말할 뿐이다. 이 말을 듣자 두수는 온몸의 피가 갑자기 멈추는 것처럼 느낀다.

> 프란씨쓰의 잿빛 눈동자는 여전히 죽은 생선같이 희멀겋다. '죽은 살덩어리를 안았구나…….' 그러나 내 살 속에 피는 염치없이 아직도 더운 여자의 고동을 알려고 하였다. 수족관 속에 너울거리는 인어, 도저히 도저히 같이 흐를 수 없는 이 피, 마네킹…… 수많은 미국 여자의 역시 하나, 천리만리 멀리 떨어져서 멀리 고향 서울, 추운 겨울에도 따뜻한 아랫목에서 돌아앉는 옥희에게 아무짝에 쓸모없는 편지만 쓰고 있어서 무얼 할 건가! (229쪽)

위 인용문에서 무엇보다도 눈여겨볼 낱말은 '죽은'이라는 형용사와 '염치없이'라는 부사다. 서술 화자가 프란씨쓰의 잿빛 눈동자를 '죽은 생선'에 빗대고 그녀의 육체를 '죽은 살덩어리'에 빗대는 것이 무척 흥미롭다. 두수가 그녀에게서 느끼는 거리감을 보여주는 데 아마 이보다 더 적절한 표현도 없을 듯하다. 프란씨쓰는 좋게 말하면 수족관 속에서 헤엄치는 인어요,

좀 더 나쁘게 말하면 모조 인간 마네킹과 다름없다.

설정식에게 도덕적 판단 기준이나 윤리적 척도가 '염치'라는 점은 이미 앞 장에서 지적한 바 있다. 윤리와 도덕을 무시한 채 프란씨쓰의 육체를 탐하는 것은 두수로서는 그야말로 '염치없는' 짓이 아닐 수 없다. 그런데 이 장면에서 그에게 염치를 새삼 일깨워 주는 인물이 바로 그의 아내 옥희다. 태평양 건너 식민지 조국에서 옥희는 지금 자식을 키우며 남편의 금의환향을 애타게 기다리고 있다. "아직도 더운 여자의 고동"을 느끼고 싶어 하는 두수는 이러한 사실을 까맣게 모르는 아내에게 편지를 쓴다는 것이 얼마나 부질없고 위선적인지 깨닫는다.

한편 이 작품에서 아내의 존재를 끊임없이 상기시켜 주는 것이 고국에서 가지고 온 트렁크다. 이 장면에서 프란씨쓰는 침대에서 일어나 두수에게 가볍게 키스하고는 얼빠진 사람처럼 돌아서서 유리창을 물끄러미 바라보다가 방에서 나간다. 서술 화자는 "새가 날아간 조롱鳥籠 같은 방 안이다. 나는 멀리 끌고 온 커다란 트렁크를 오랫동안 내려다보고 있었다. 사면에서 여전히 재즈 음악이 들려왔다"(229쪽)고 말하며 작품을 끝맺는다.

그런데 이 작품의 마지막 세 문장은 프란씨쓰가 박두수의 방으로 찾아온 첫 장면에서 이미 사용한 것을 되풀이한 것에 지나지 않는다. 두 사람은 프란씨쓰의 방에서 그랬던 것처럼 함께 술을 마신다. 서술 화자는 "나는 한 컵 새로 따라 또 마시고 의자에 앉아서 고향에서 멀리 끌고 나온 처량한 트렁크를 내려다보고 있었다. 오랜 침묵…… 사방에서 불어[틀어]놓은 재즈가 들렸다"(227쪽)고 말한다. 이렇게 처량하게 생긴 큼직한 트렁크를 두 번 언급하는 것은 바로 두수에게 옥희의 존재를 상기시켜 주기 위해서다. 한편 사면에서 들리는 재즈 음악은 두수가 지금 태평양 건너 미국에 와 있다는 사실을 일깨워 주면서 그가 느끼는 육체적 욕망에 부채질하는 역할을 한다.

설정식이 「프란씨쓰 두셋」에서 다루는 두 번째 주제는 이방인이 느끼는 소외 의식이다. 박두수가 미국인 또는 캐나다인 여학생과 육체적으로 결합할 수 없는 것은 비단 염치 의식 때문만은 아니다. 두수는 두수대로, 프란씨쓰는 프란씨쓰대로 두 사람 사이에는 건널 수 없는 심연이 가로놓여 있다는 사실을 깨닫고 있다. 두수가 염치 의식에서 좀처럼 벗어날 수 없는 것처럼 프란씨쓰 역시 "자기네들의 쓰여진 오랜 관습의 율법에서 벗어져 나올 수가 없었다"(229쪽)고 느낀다. 프란씨쓰가 두수에게 동양인 냄새를 풍기지 말라고 한다면, 두수는 그녀에게 육식하는 미국인들을 견딜 수 없다고 말한다. 이처럼 동양과 서양의 문화 차이는 알게 모르게 두 작중인물의 행동에 크고 작은 영향을 끼친다.

'체면' 차리는 인간

설정식은 〈민성〉 1947년 5월 호에 또 다른 단편소설 「오한」을 발표하였다. 이 작품도 「프란씨쓰 두셋」처럼 다분히 자전적 성격이 짙다. 작가가 구체적으로 언급하지는 않지만 주인공 '나'는 컬럼비아대학교 대학원에서 영문학을 전공하는 유학생이다. 그가 러시아의 극작가요 단편소설 작가인 안톤 체홉에 관심을 보이는 데서도 알 수 있다. 주인공은 일본 도쿄에서 3년 동안 자취를 했다고 밝히지만 실제로 설정식은 연희전문학교 재학 중 잠시 휴학하고 메지로상업학교에 다니면서 1년 동안 체류한 적이 있다.

「오한」의 공간적 배경은 앞 작품처럼 여전히 뉴욕시 맨해튼이고 시간적 배경도 역시 「프란씨쓰 두셋」처럼 1930년대 말엽이다. 당시 미국은 그 역사에서 유례를 찾아볼 수 없던 경제 대공황의 긴 터널에서 아직도 빠져나오지 못하고 있었다. 공간적 배경과 시간적 배경 외에 두 작품은 1인칭 서술 화자 '나'와 주인공이 서로 같다는 점에서도 비슷하다. 주인공은 '미스터 박'으로 언급되지만 여러 정황으로 미루어 보면 아마 그의 이름이 '박두수'일 것이다.

「오한」은 주인공 '나'가 일자리를 구하려고 뉴욕시 2가와 4가 사이 렉싱턴가街에 위치한 미스터 정鄭의 직업소개소를 찾아가는 것으로 시작한다. 요리사 일이 수입도 좋고 편하지만 그는 그동안 무슨 일이 있어도 이 일만은 마다해 왔다. 「프란씨쓰 두셋」에서 염치가 문제가 되는 것처럼 이 작품에서는 체면이 문제가 된다. 어렸을 적부터 유가 교육을 받은 주인공은 아무리 경제적으로 힘들어도 지켜야 할 도리가 있다. 주인공은 손에 식도를 들고 요리한다는 것을 생각만 하여도 소름이 끼친다.

이 점과 관련하여 주인공은 "무어 꼭 내가 군자불음도천지수君子不飮盜泉之水 따위 동양적 오만을 고집해서가 아니라 비록 육체의 힘은 팔더라도 정신적으로까지 아주 누추해지고는 싶지 않았던 까닭인지, 하여간 나는 아예 요리법 책을 읽지도 않아 왔다"[4]고 말한다. 한문 인용문은 진晉나라 육기陸機의 시 「맹호행猛虎行」의 첫 구절 "渴不飮盜泉水, 熱不息惡木陰"에 나온다. 아무리 목이 말라도 '도둑 샘'의 물은 마시지 않고, 아무리 더워도 '나쁜 나무' 그늘에서 쉬지 않는다는 뜻으로 공자孔子의 일화에서 따온 것이다. 주인공의 주장과는 달리 이 말은 여전히 '동양적 오만'을 보여주는 말이다.

주인공 '나'는 자신의 신념에 걸맞게 요리사 일 대신 마침내 뉴욕에서 80킬로미터쯤 떨어진 리치필드 소재 '체홉 연극사숙'에서 청소부 일자리를 구한다. 여름 방학 동안 뉴욕시를 떠나 있어야 하는 그는 짐도 맡길 겸 취직 기념으로 영화 구경이나 하고 저녁을 함께 먹으려고 아파트 옆방에 사는 동료 브라운의 방을 찾아간다. 그런데 비좁은 방에서 브라운은 오한을 앓고 두 눈을 감은 채 침대에 드러누워 있다. 오하이오주 오벌린대학에

4 설정식, 「오한」. https://blog.naver.com/hksol.

서 철학을 전공한 브라운은 지금 뉴욕시에서 아동용 만화 대본을 쓰거나 피를 팔아 겨우 살아가고 있다. 철학 전공으로는 생계를 유지할 수 없다는 사실을 깨달은 브라운은 직업학교에 등록하여 실용적인 실무를 배우려고 그날 평소보다 많은 피를 뽑아 팔았던 것이다. 주인공은 친구의 모습을 바라보면서 경멸과 함께 연민을 느낀다.

> 괴로워하면서도 만족해하는 표정을 지속하면서 범연하게 드러누워 있는 이 젊은 사람에게 대하여 나는 알 수 없는 일종의 경멸감을 가지고 있는 것을 스스로 느꼈다. 그것은 미국에서 느낄 수 있는 또 하나의 불쾌한 감정이었다. 그러나 또 한편으로는 커다란 바퀴에 찔린 개구리같이도 생각 키우는 이 젊은 미국 친구에게 대하여 연민에 가까운 동정도 가질 수 있었었다. 그는 다시 눈을 감는다.[5]

주인공 '나'가 브라운에 경멸감을 느끼는 것은 피를 파는 대신 자신처럼 좀 더 적극적으로 일자리를 찾아 나서지 않기 때문일 것이다. 주인공은 미국 사회에 느끼는 '불쾌한 감정'이 여럿 있지만 브라운의 수동적 태도도 그러한 감정 중 하나라고 말한다. 한편 브라운에 연민을 느끼는 것은 그가 시장 자본주의의 희생자이기 때문이다. "커다란 바퀴에 찔린 개구리같이도 생각 키우는 이 젊은 미국 친구"라는 구절에서도 엿볼 수 있듯이 브라운은 이윤 추구를 최대 목표로 삼는 시장 자본주의의 거대한 수레바퀴에 밟힌 가엾은 개구리 같은 존재다. 실제로 미국이 겪는 경제 대공황은 시장 자본주의의 모순과 한계를 보여주는 상징적 사건이었다.

---

5 위의 글. https://blog.naver.com/hksol.

이렇듯 설정식은 「프란씨쓰 두셋」에서 도덕적·윤리적 문제와 문화적 차이를 중심 주제로 다룬다면 「오한」에서는 경제적·사회적 문제를 중심 주제로 다룬다. 주인공 '나'와 같은 외국 유학생은 두말할 나위도 없고 흑인 같은 유색 인종과 심지어 브라운 같은 백인도 대공황의 거센 회오리바람을 피해 갈 수 없다. 미국인들은 경제 대공황기에 10여 년 동안 경제적으로 무척 크나큰 어려움을 겪었다. 브라운이 느끼는 오한은 어떤 의미에서는 과다하게 피를 뽑은 데서 비롯한 신체적인 증세라기보다는 차라리 자본주의 체계 붕괴가 빚은 사회적 증세요 정신적인 증세에 가깝다.

그렇다고 「오한」의 주제를 단순히 경제적·사회적 차원에서만 파악하는 데는 조금 무리가 따른다. 어떤 의미에서 이 작품은 「프란씨쓰 두셋」처럼 도덕적 차원에서도 해석할 수 있다. 주인공 '나'는 같은 아파트 옆방에 세 들어 사는 미국인 친구 브라운에게 깊은 관심을 보여준다. 자기 몸 하나도 감당하기 어려운 경제 대공황 시기에 주인공은 일자리가 생겼다고 친구에게 영화 구경도 시켜주고 저녁 식사도 사 주려고 한다. 브라운이 외출할 사정이 아니자 주인공은 친구를 위하여 토마토 세 파운드와 달걀 한 상자를 구입하여 요리해 준다. 빨간 토마토를 끓는 물에 살짝 익혀 껍질을 벗겨 모양 좋게 썰어 접시에 가득 담아놓고 바라보며 "먹으면 당장 피가 될 것" 같다고 좋아한다. '염치'는 흔히 '없다'는 뜻의 부정적인 접두사와 함께 사용하기 일쑤여서 염치없는 상태를 '몰염치沒廉恥' 또는 '파렴치破廉恥'라고 한다. 만약 주인공이 처지가 곤란한 옆방 친구에게 아무런 배려도 보이지 않는다면 그것이야말로 '염치가 없는' 짓일 것이다. 그러나 주인공은 '염치 있는' 인간으로 남을 배려하는 마음씨가 무척 뛰어나다.

더구나 「오한」은 경제 대공황기의 한인 이민 사회를 엿볼 수 있다는 점에서도 흥미롭다. 한인 교회에서 은퇴한 목사인 '미스터 정'은 뉴욕시에서 한인을 상대로 직업소개소를 경영하여 생계를 유지한다. 칸을 막은 옆방에는 일자리를 구하러 온 한인들이 장기를 두고 있다. 한편 일자리를 구한 주인공은 브라운에게 트렁크와 가방을 맡길 수 없다고 판단하고 택시에 싣고 116번 스트리트에 위치한 '조선인 교회'에 가서 지하실에 맡긴다. 그가 언급하는 이 교회는 1921년 신앙의 선조들이 조국의 독립을 갈망하면서 설립한 뉴욕한인교회다. 컬럼비아대학교 바로 옆에 위치한 이 교회에는 기숙사가 딸려 있어 유학생들을 비롯하여 초기 이민자들과 유학생들, 뉴욕을 방문하는 애국 독립투사들이 자주 머물던 곳으로도 유명하였다. 북미조선학생총회가 발행하던 잡지 〈우라키(Rocky)〉를 한때 이 교회에서 편집하기도 하였다.[6]

「프란씨쓰 두셋」과 「오한」에서 주인공이 미국 사회에서 느끼는 이질감과 소외감은 의사소통의 수단인 영어에 대한 태도에서도 엿볼 수 있다. 앞의 작품에서 자기 방에 찾아온 프란씨쓰를 보고 놀란 나머지 박두수는 "어머나" 하고 감탄사를 내뱉으며 "나는 그 몸에 맞지 않는 옷 같은 영어이기는 하나 가장 진실한 의사로 내 기쁨을 표시하면서 흉내는 흉내로되 역시 가장 자연스럽게 두 팔을 벌렸다"(226쪽)고 말한다. 두수의 말대로 아무리 영어를 능숙하게 구사하여도 외국인이 사용하는 영어는 어딘지 모르게 몸에 잘 맞지 않는 다른 문화권의 옷과 같을지 모른다. 「오한」에서도 주인공은 직업소개소에서 일하는 미국인 여성 미스 베커에게 영어로 말하며 "원래 능통치 못한 영어라 말을 다 어물구지 못하고 섰는데"라고 생각한다.

---

6 뉴욕한인교회의 역할에 대해서는 김욱동, 『강용흘: 그의 삶과 문학』(서울대학교출판부, 2004), 31~37쪽; 김욱동, 『아메리카로 떠난 조선의 지식인들: 북미조선학생총회와 〈우라키〉』(이숲, 2020), 61~62쪽, 김욱동, 『〈우라키〉와 한국 근대문학』(소명출판, 2022), 185~186쪽.

'불바다' 뉴욕시

설정식은 단편소설 「척사 제조업자」를 〈민성〉 1948년 1월 특대 호에 발표하였다. 이 작품의 발표 시기는 「프란씨쓰 두셋」보다 2년 늦지만 작품이 다루는 사건은 오히려 그보다 1~2년 정도 앞선다. 「척사 제조업자」가 오하이오주 소재 마운트유니언대학에서 학부 과정을 마치고 대학원 과정을 밟으려고 주인공이 뉴욕시에 도착하던 일을 다룬다면, 「프란씨쓰 두셋」은 주인공이 맨해튼에서 대학원에 다닐 때 일어난 일을 다룬다. 그러니까 한 작품이 끝나는 지점에서 다른 작품이 시작하는 셈이다.

뉴욕시를 공간적 배경으로 삼는 설정식의 단편소설이 흔히 그러하듯이 「척사 제조업자」에서도 조선인 유학생 박두수가 1인칭 서술 화자요 주인공으로 등장한다. 허드슨강을 가로질러 뉴저지주의 저지시티와 맨해튼을 해저로 연결하는 홀랜드 터널을 빠져나와 뉴욕시에 도착하자 오하이오주에서 두수를 태워준 마운트유니언대학의 젊은 조교수 슈만은 구약성서를 인용하며 "고래 뱃속에 나온 죠나는-"이라고 말한다. 그러자 두수는 이 말을 받아 곧바로 "다시 불바다[火海]로 -"라고 응수한다. 두수가 이렇게 뉴욕시를 '불바다'에 빗대는 것은 다름 아닌 휘황찬란한 야경 때문이다.

> 수백 리 원주圓周 같은 착각을 주는 뉴욕 시가는 불바다였다. 미국 부력富力의 반 이상이 묻혀 있는 불바다, 처마 끝에 구름이 걸리는 집과 조선 인구의 사분지 일이 살고 있는 불바다, 수십여 이민족이 저마다 다른 방언으로 떠들면서 찾는 삶의 대가代價를 자꾸 높이는 경매장, 중천 높이 한 군데로 별이 쏠려 모인 것 같은 마천루의 등불들이 저렇게 켜지기까지는 무수한 현혼眩昏이 벽돌을 매어 올리다가 거꾸로 떨어져 죽은 차디찬 만하탄의 바위, 한 평坪 흙바닥도 없이 깔려버린 세멘트의 세계를 방황하는 문필업자만 육칠 만을 헤아린다는 사막에 나는 내려섰다.[7]

위 인용문에서 설정식은 '불바다'라는 말을 세 번, 박두수가 슈만에게 하는 말까지 넣으면 무려 네 번이나 되풀이한다. 물론 해저 터널에서 막 빠져나온 주인공의 눈에 밤 10시경의 맨해튼 야경은 더더욱 불바다처럼 보일 것이다. 실제로 두수는 뉴욕 시가의 엄청난 야경에 적잖이 흥분되었다고 털어놓는다.

서술 화자가 사용하는 '불바다'에는 지시적 의미 외에 함축적 의미가 담겨 있다. 한국 불교 정토 신앙의 근본 경전이라고 할 『대무량수경大無量壽經』에는 "설사 온 세계가 불바다 될지라도 반드시 뚫고 나아가 불법 배우

7 설정식, 「척사 제조업자」. https://blog.naver.com/hksol.

오고 맹세코 마땅히 불도 이루어 널리 모든 무량중생 건지오리다(設滿世界火 必過要聞法 要當成佛道 廣濟生死流)"라는 구절이 나온다. 또한 불교에서는 '삼계화택三界火宅'이라고 하여 과거와 현재와 미래를 모두 '불타는 집'으로 본다. 또한 생로병사와 윤회의 덫에 갇힌 인간의 삶은 숙명적으로 '고통의 바다[苦海]'일 수밖에 없다.

더구나 위 인용문에서 "수십여 이민족이 저마다 다른 방언으로 떠들면서"라는 구절도 부정적이기는 마찬가지다. 이 구절에서는 구약성경에 나오는 고대 바빌로니아 사람들이 건설했다는 바벨탑이 떠오른다. 바벨탑을 쌓는다는 행위는 하느님이 노아에게 준 무지개 언약을 믿지 않았다는 것을 보여준다. 그렇다면 미국인이 맨해튼에 이룩한 물질문명의 거대한 탑도 초기 청교도들이 대서양을 건너며 신대륙에 '새로운 가나안 땅'을 건설하려는 종교적 이상을 포기한 것과 다름없다. 그러고 보니 서술 화자가 왜 뉴욕시를 풀 한 포기 자라지 않는 '사막'에 빗대는지 알 만하다.

위 인용문에서 볼 수 있듯이 설정식은 「척사 제조업자」에서 미국 사회의 물질주의를 비판한다. 해저 터널에는 "신형 포드, 보수적 형型인 푸리머즈, 멋쟁이 링컨, 드소트, 카디락, 흔한 쉬보레, 스튜드 베커, 이름 모를 쿱, 다시 포드, 쉬보레" 등 온갖 유형의 자동차가 잇달아 지나간다. 이렇게 휙휙 달리는 자동차에서는 재즈 음악이 흘러나온다. 박두수가 심심하여 자동차 라디오를 틀자 "거품 잘 일고 매끄럽고 향기롭고……" 하며 비누 광고 방송이 나온다.

박두수는 시장 자본주의를 대변하는 이 모든 현상에 찬사를 보내기는커녕 오히려 경멸을 보낸다. 그가 그동안 머물던 오하이오주의 앨리언스만 하여도 청교도 정신이 아직 남아 있었지만 미국의 부富를 절반 넘게 차지한다는 뉴욕시는 하느님과 맞서는 우상인 '맘몬'이 지배하는 곳이다.

두수가 뉴욕시가 상징하는 물질주의를 경멸한다는 것은 라디오를 켰다가 상업 광고가 나오자마자 곧바로 꺼버리는 행동에서도 단적으로 엿볼 수 있다.

박두수가 미국 시장 자본주의와 물질주의에 느끼는 부정적 시각은 고향 사람으로 삼촌의 친구인 오덕순을 방문하면서 더욱 굳어진다. 두수가 슈만에게 자동차에서 내려 달라고 부탁한 곳은 브로드웨이 116번가 조선교회 앞이다. 두수가 이 한인 교회를 찾아가는 것은 그곳에서 오덕순의 주소를 알 수 있을 것이라고 생각했기 때문이다. 두수는 브로드웨이 131번가 아파트 주소로 오덕순을 찾아간다. 오덕순은 일본 와세다대학 출신에다 미국 프린스턴대학교에서 신학박사 학위를 받고 뉴욕 성경학교를 마쳤지만 다시 컬럼비아대학교에 적을 둔 지식인이다.

박두수는 이렇게 머리 좋고 글 잘 쓰고 웅변도 잘한다는 오덕순이 초라한 방에서 윷을 만들고 있다는 사실을 알고 적잖이 실망한다. 그는 지금 척사擲柶, 즉 조선 윷을 개량하여 상품으로 만드는 중이다. 그의 방에 있는 책도 겨우 50~60권에 지나지 않을뿐더러 그나마 요리책과 일본 신쵸샤(新潮社)에서 발행한 『사회사상 16강』 정도가 고작이다. 두수는 오덕순에게 이국에서 '형설의 공'을 닦은 지도 오래되었으니 이제 '손과 머리 부족한' 고국에 돌아가야 하지 않느냐고 묻는다. 두수는 삼촌을 통하여 오덕순이 결혼하여 식민지 조선에 가족이 있다는 사실을 들은 터다. 그러자 오덕순은 이미 벌여 놓은 일이 있는 데다 빈손으로 귀국할 수는 없다고 대답한다.

오덕순이 신학 연구에 몰두하고 있을 것으로 생각하던 박두수로서는 실망이 이만저만이 아니다. 그것도 그럴 것이 일본과 미국의 유명 대학에서 여러 해 공부한 지식인 오덕순이 개량 윷을 제조한다는 것이 좀처럼 믿어지지가 않는다. 더구나 오덕순이 미국의 대학에 다닌 것은 학문을 연마하기 위해서라기보다는 식민지 조선에 돌아가지 않고 미국에 계속 남아 있기 위해서라는 사실을 깨닫자 실망은 더더욱 커진다. 두수도 지적하듯이 당시 엄격한 미국 이민법에 따르면 동양인은 학교에 적을 두지 않고서는 미국에 체류할 수 없었다. 그래서 오덕순은 대학에 적만 두고 생활수단으로 옻을 만드는 것이다.

박두수는 오덕순이 소개해 준 옆방 침대에 누워 미국의 물질주의를 다시 한번 생각한다. 두수는 "황금의 신이여! 오죽하면 우리 지보至寶 오덕순 박사가 이렇게 궁상맞은 착상을 하게 되었겠소? 당신이 오죽 악독하면 이런 정신계의 불상사不祥事가 나고 마는 것 일게요"라고 혼자 중얼거린다. 여기서 '당신'이란 두말할 나위 없이 지금 조선의 신학자가 하느님 대신 굳게 믿는 '황금의 신' 맘몬을 가리킨다.

오덕순에 대하여 두수가 느끼는 실망은 그를 직접 만나기 전에 이미 시작된다. 업타운의 낡은 아파트에 도착한 두수는 그의 방문에 '더그라즈 S. 오호'라는 명함이 붙은 것을 보고 적잖이 실망한다. 오덕순은 자기 이름 세 글자에서 '덕' 자를 '더글러스Douglas'라는 개인 이름으로 삼고, '순'을 영어 약어 'S'로 표기하며, 오씨 성을 영어 '오Oh'로 표기한다.[8] 부모가 지어 준 한국 이름을 버리고 미국식 이름으로 개명한 것에 대하여 두수는 불쾌감을 드러내며 그를 '정신적 튀기'라고 부른다. 또한 아침인데도 양복을 단정하게 차려입은 그의 옷차림도 두수의 마음에 들지 않는다. 두수는 "미국 유학생 타입인데 게다가 물에 쪽 빨린 생쥐 같은 몸맵시라 구수하거

8 〈민성〉에는 '디그라즈'로 표기되어 있지만 '더그라즈(더글러스)'의 오식임이 틀림없다. 오덕순의 영어 명함에는 아마 'Douglas S. Oh'로 인쇄되어 있을 것이다.

나 텁텁한 것이 아니면 배기지 못하는 모주꾼의 내 성미에 오덕순 씨가 내 눈에 마땅하였을 리가 없다"[9]고 잘라 말한다.

한편 설정식이 「척사 제조업자」에서 미국 사회 비판과 함께 다루는 또 다른 주제는 문화 상대주의다. 한국의 토착 민속놀이인 윷은 아무리 서양식으로 개량하여도 미국을 비롯한 서구 사회에는 좀처럼 이식할 수 없다. 윷을 만드는 목재의 차이는 접어두고라도 윷의 문학적 함의를 제대로 옮길 수 없기 때문이다.

> 윷이라는 것이 내가 알기에는 묵직한 박달나무 부듯한 쪼각들이 엎어지고 자빠지는 것만으로 만사가 해결되는 것이 아니라, 마치 아취雅趣 있는 불란서 신사가 차를 마시듯이 물을 끓이고 접시를 아름답게 베푸는 모든 과정이 끽다喫茶를 구성하는 것 같이, 말하자면 새로 털어 낸 쌀가마니를 우물물에 축축이 적셔서 깨끗이 씻어놓고 마당 같은 데 펴놓고, 너와 내가 참 그야말로 좋은 약주나 한 잔씩 하고 나서 거기다가 될 수 있으면 소리 잘하는 명월이라든가 옥주더러 윷가락 날 때마다 지화자를 부르라고 하여 놓고 말을 써야 제법 윷놀이라고 일컬을 수 있을 것인데, 원 아무리 생각을 해 보아도 코털을 뽑아 그 구녕에 집어넣어야 마음 편하게 아는 양인洋人들이 우리 호맛한 풍류를 이해할 수 있을 것만 같지 않아……[10]

위 인용문의 감칠맛은 꼬리에 꼬리를 물 듯 길게 늘어진 만연체 문장이

---

9 설정식, 「척사 제조업자」. https://blog.naver.com/hksol.
10 위의 글. https://blog.naver.com/hksol.

다. 이 만연체 문장에서 설정식이 서술 화자 '나'의 입을 빌려 말하려는 것은 서양인들이 제아무리 노력하여도 조선의 윷의 '호맛한 풍류'를 이해할 수 없다는 것이다. 지방 사투리인 듯한 '호맛한'의 뜻을 정확히 알 수는 없지만 아마 '호젓한'이나 '그윽한' 정도의 의미일 것이다. 한국인이 영국인의 차 문화를 제대로 이해하지 못하고 미국인의 커피 문화를 제대로 이해하지 못하듯이 서양인도 조선의 윷놀이 문화를 제대로 이해하지 못할 것이다. 윷놀이는 단순히 윷을 던지는 행위가 아니라 서양인이 좀처럼 알 수 없는 한국인 특유의 고유 정서를 담고 있기 때문이다.

그런데 여기서 한 가지 주목해 볼 것은 오덕순이 개량 윷을 만들어 미국에서 사업가로 성공하려는 꿈은 어떤 의미에서는 박두수가 영문으로 소설을 써서 미국에서 작가로서 성공하려는 꿈과 크게 다르지 않다는 점이다. 두수의 가방 속에는 현재 그가 영문으로 집필 중인 장편소설 원고가 들어 있다. 오덕순이 무궁화 문양 윷판을 아무리 기독교 문화에 걸맞게 '출애굽出埃及의 언덕'이나 '시나이반도 산봉우리' 등으로 바꾸어 놓아도 황금만능주의가 지배하는 미국에서 각광을 받기란 무척 힘들 것이다. 아무리 서구식으로 개량한다고 하여도 한국의 토속 놀이 기구인 윷이 "이 거대한 문어다리 같은 뉴욕시"에서 상품으로서의 가치를 인정받는다는 것은 마치 한국 화투가 서양 카드를 몰아내고 대신 그 자리를 차지하는 것과 크게 다르지 않을 것이다.

오덕순의 사업에 대하여 박두수는 "그것은 문필업자만 육칠 만을 헤아리는 이 사막에서 외국 말로 소설을 써보겠다는 나의 엉뚱한 꿈과 비슷비슷한 도로徒勞만 같았다"고 밝힌다. 그러면서 그는 "나는 오래도록 붕붕거리는 기계 소리를 들으면서 우리는 다 같은 잃어진 동키호테와 산쵸 판사가 아니라고 누가 말할 것인가 하고 예상치도 않았던 자조自嘲로 위선 뉴욕의 제이일第二日을 새웠다"[11]고 말하면서 작품을 끝맺는다. 오덕순이나 박두수나 따지고 보면 미국이라는 거대한 풍차를 향하여 창을 겨누며 돌진하는 돈키호테와 산초와 크게 다르지 않다.

11 위의 글. https://blog.naver.com/hksol.

예술인가 생활인가

설정식은 1948년 4월 조선문학가동맹의 기관지 〈문학〉에 또 다른 단편 소설 「한 화가의 최후」를 발표하였다. 역시 이 작품에서도 박두수가 1인칭 서술 화자요 주인공으로 등장한다. 첫 문장에서 서술 화자가 타이얼좡(台兒莊) 전투를 언급하는 것을 보면 이 작품의 시간적 배경은 중일전쟁 초기 1938년 4월이다. 1938년이라면 미국이 아직도 경제 대공황의 터널을 빠져나오지 못하던 시기다. 이 작품의 공간적 배경은 두말할 나위 없이 주인공이 컬럼비아대학교 재학 중 거주하던 뉴욕시 맨해튼, 그중에서도 예술가들이 주로 사는 로어맨해튼 지역이다.

「한 화가의 최후」는 앞서 발표한 「척사 제조업자」와 여러모로 비슷하다. 두 작품은 서술 화자와 배경 외에 작중인물과 주제에서도 서로 닮았다. 앞의 작품에 작가를 꿈꾸는 주인공과 윷을 개량하여 상품을 만들려는 인물이 등장하듯이 뒤 작품에는 하야시 마모루와 유진 이바노비치 쨰롬스키라는 두 예술가가 등장한다. 하야시는 일본계 미국인 2세 화가이고, 쨰롬스키는 『재[灰]』(1904)라는 작품으로 유명한 폴란드 소설가 스테판 제롬스키의 친척으로 폴란드 출신 화가다. 적어도 예술가 지망생이나 예술가들을 다룬다는 점에서 「한 화가의 최후」는 앞 작품의 연장선상으로 볼 수 있다.

이 작품은 일본계 미국인 2세 화가 하야시가 창고 같은 아틀리에서 예술과 예술가를 두고 째롬스키와 이야기를 나누는 것으로 시작한다. 첫째, 어떻게 하면 예술가도 생계 위협을 받지 않고 살아갈 수 있을까? 둘째, 좀처럼 "예술을 몰라주는 속물들"과 다름없는 미국인들을 어떻게 하면 좋을까? 특히 이 무렵은 미국이 경제 대공황을 겪는 시기여서 예술가들은 전보다 더더욱 궁핍하게 살아갈 수밖에 없었다. 그래서 예술가들을 위하여 프랭클린 D. 루스벨트 정부에서는 뉴딜 정책의 하나로 공공사업진흥국(WPA) 프로그램을 실시하였다. 이 프로그램에 따라 수천 명의 배우와 음악가와 작가, 화가들을 고용하여 그들의 생계를 도모하였다. 가령 화가들은 학교나 도서관 또는 고아원 같은 공공건물 벽에 그림을 그리고 정부로부터 생활비 일부를 지원받았다.

하야시만 같아도 시기가 시기이니만큼 미국 정부의 WPA 프로그램에 동조하는 것처럼 보이지만 째롬스키는 정부의 실업구제사업에 사뭇 부정적 태도를 보인다. 째롬스키는 하야시에게 "그렇다고 WPA에 가서 품팔이를 할 수는 없고……"[12]라고 말한다. 그의 이 말에서는 아무리 경제적으로 궁핍하더라도 예술가로서의 고상한 임무와 품위를 저버릴 수 없다는 결연한 의지를 읽을 수 있다. 이 점과 관련하여 서술 화자 박두수는 "아무리 삼순

---

12 설정식, 「한 화가의 최후」, 『설정식 문학전집』, 243쪽. 이 작품에서 인용은 이 전집에 따르고 인용 쪽수는 본문 안에 직접 적기로 한다. https://blog.naver.com/hksol.

구식三旬九食을 할지언정, 내 예술의 성불성成不成을 끝까지, 내 손으로 판단을 짓고야 말겠다는 패기가 [그의] 말에 있었다"(243쪽)고 밝힌다. 실제로 째롬스키는 해마다 피츠버그에서 열리는 카네기미술전람회에 출품했지만 삼 년 계속 낙선하였다. 그는 지금 어떤 사립초등학교에서 그림을 가르치면서 호구지책을 삼는다. 지금은 우드스톡에서 열리는 화가동인전람회에 출품할 작품을 만들고 있다.

이렇듯 설정식이 「한 화가의 최후」에서 다루는 주제는 앞에 이미 다룬 단편소설과 비슷하게 미국 사회에 대한 비판이다. 다만 이 작품에서 그는 경제가 아니라 예술 분야를 비판 대상으로 삼는다. 서술 화자 박두수는 미국인을 예술 작품을 감상할 줄 모르는 '속물'에, 예술에 대해 무관심하거나 무지를 드러내는 미국 사회를 '속물들의 세계'에 지나지 않는다고 생각한다. 그에게는 이윤 추구를 최대 목표로 삼는 미국의 시장 자본주의 사회에서 예술가란 마치 공룡처럼 시대착오적인 존재일 뿐이다.

박두수는 미국에서 태어난 화가도 아니고 북유럽에서 이민 온 이방인 째롬스키가 물질주의가 팽배한 미국 사회에서, 그것도 경제 대공황을 겪는 열악한 상황에서 예술가로 살아남기란 무척 어렵다는 사실을 누구보다도 잘 알고 있다. 그래서 두수는 이 폴란드 출신 화가가 겪는 모든 어려움을 미국의 '속물' 사회 탓으로 돌린다. 두수는 "모든 죄는 [째롬스키의] 밖에 있었다. 이렇게 정당한 사람 됨됨이로도 가히, 비비적거릴 수 없도록 망측하게 조직이 되어 버린 사회가 그의 운명에 대하여 책임을 질 뿐이다"(245쪽)라고 말한다. 여기서 화자가 '범죄'가 아니라 '죄'라고 말하는 점을 눈여겨보아야 한다. '죄악'과는 달리 '죄'란 사회에 해를 끼치는 위법 행위뿐 아니라 더 나아가 양심이나 도리에 벗어난 행위까지 포함하는 개념이다.

그렇다면 좀 더 구체적으로 말해서 미국에서 예술가가 좀처럼 발 디딜 수 없는 요인은 과연 무엇인가? 한마디로 그 요인은 다름 아닌 인간이기를 포기하는 동물적인 욕망이다. 째롬스키는 하야시와 두수에게 큰 소리로 이렇게 외친다.

> 사람이 돼지 새끼로 환원되기를 기다리는 놈의 세상. 아 커다란 돼지 새끼를 한 마리 그려줄까? 내 넓적다리까지 포개 먹고 케케하는 꼴을 좀 보게! 모든 색소는 삼색으로 환원되어야 만족하는 놈들, 모든 의욕은 눈깔에 핏대가 서도록 금덩어리만 찾는 것에 끊어져 버리고, 저 귀한 정열이란, 하룻밤에 두 번 세 번 다른 배때기를 찾아 침대를 옮기는 데로만 가는 놈의 세상, 그걸 저놈들이 자유라지? 자유, 기회 — 아, 너무 많아 걱정이다. 자유가 너무 많아 걱정이다. 기회가 너무 많아 걱정이다. (245쪽)

'기다리는 놈의 세상', '놈들', '꼴', '배때기', '저놈들' 같은 표현에서도 엿볼 수 있듯이 째롬스키가 내뱉는 말에는 하나같이 가시가 돋쳐 있다. 가시가 돋쳐 있을 뿐 아니라 자못 반어적이다. 이렇게 동물적인 욕망과 물질주의에 사로잡혀 있을 뿐 정신적 가치나 심미적 세계에 무관심한 미국 사회에서 째롬스키 같은 예술가들이 살아남기란 무척 힘이 부칠 것이다.

물론 째롬스키는 미국이 시장 자본주의 사회라는 사실을 모르는 바 아니다. 그는 자본주의 시장 경제에서 "자본 바깥에서 풀을 뜯어 먹고 사는 염소 같은 처지"라는 것도 잘 알고 있다. 그러나 미국 사회가 아무리 시장의 경제 논리에 따라 움직인다고 하더라도 그는 예술가로서 그가 일한 것만큼 '응분한 보수'를 마땅히 받아야 한다고 생각한다. 째롬스키는 "이게 완전한 사회 같으면야 면류관은 모르지만 응분한 치사야 있을 법도 하지.

없어. 없어. 있는 것은 차디찬 회계 - 입자入字 줄과 출자出字 줄이 딱 들어맞아야 해죽이 웃는 놈들의 사회. 내 다 알지. 내가 죽기를 기다리는 거다. 이놈의 사회가 내가 죽기를 기다리는 거야"(246쪽)라고 술잔을 기울이며 부르짖는다. 회계 장부의 입금과 출금, 대변과 차변이 정확하게 맞아떨어져야 하는 미국 사회에 적응하지 못하는 째롬스키는 마침내 엠파이어 스테이트 빌딩 86층에서 몸을 던져 자살하기에 이른다.

하야시 마모루는 째롬스키가 사망하기 전 죽음을 언급하자 이 세상에는 의미 없이 죽으라는 법은 없다고 말하면서 자리를 털고 일어난다. '새로운 세상'을 꿈꾸는 하야시는 지금 어떤 모임에 참석하려고 외출 준비를 한다. 하야시는 째롬스키에게 새로운 세상이 반드시 올 것을 굳게 믿고 "예술은 예술의 허리띠를 단단히 졸라매고 덤벼야" 한다고 충고한다. 하야시는 동료 예술가에게 다른 예술가들은 몰라도 자신만은 자본주의에 복무하지 않을 것이라고 말한다. 그러면서 그는 째롬스키에게 "천하가 다 자본주의로, 오늘 이 시각까지 빈틈없이 꼭 짜였다고 하더라도 나는 그것을 더 단단히 조이기 위하여 있는 한 개 나사못으로 있지 않는단 말이오. 꼭 짜인 괴물이 아무리 크다고 하더라도 그보다 더 큰 풍화작용은 부인 못 할 터이니까"(247쪽)라고 밝힌다.

그런데 하야시 마모루의 이 말에서는 찰리 채플린이 감독과 작중인물을 맡아 자본주의의 비인간성을 고발한 1936년 미국 풍자 영화 「모던 타임스」가 자연스럽게 떠오른다. 기름이 범벅 된 작업복을 입고 재빠르게 움직이는 컨베이어 벨트 앞에 서서 쉴 새 없이 나사못을 조이다가 그만 거대한 기계 톱니바퀴 속으로 빨려 들어가는 작중인물은 자본주의 사회의 부속품으로 전락한 비참한 노동자의 모습이다.

채플린의 영화처럼 하야시가 말하는 '한 개 나사못'이란 자본주의 사회의 임금 노동자를 말한다. 노동자는 거대한 자본주의라는 톱니바퀴를 움직이는 부속품에 지나지 않는다. 그러나 하야시는 자본주의가 아무리 거대한 괴물과 같다고 하여도 그 괴물을 쓰러뜨릴 힘이 있다고 생각한다. 이 점에서는 박두수도 하야시와 마찬가지다. 두수는 맨해튼의 높다랗게 버티고 서 있는 육중한 고층 건물이 자본주의의 상징으로 골목골목에서 '냉혹한 표정으로' 왜소한 인간들을 지키고 서 있다고 판단한다. 그런데도 그는 "저 지나치게 극성스러운 콘크리트의 자본주의 기형적 발달은 그 자체의 무게에 조만간 넘어져 버리고 말 것만 같이 위태로워 보였다"(249쪽)고 생각한다.

그렇다면 거대한 자본주의를 무너뜨리는 힘은 과연 무엇인가? 이 물음에 대한 답은 하야시 마모루의 "우리 같은 머리나 손은 무얼까? 일테면 기어코 쓰러뜨리고 말기 위하여 꾸준하게 불어치는 바람의 한 관여자關與者일까?"(247쪽)라는 말에 들어 있다. 하야시는 지금 중국전재민구제회가 주최하는 바자가 끝나고 기부금을 낸 사람들을 중심으로 각계 명사를 초빙하여 아스토 호텔에서 열리는 칵테일파티에 가는 중이다. 이렇듯 하야시는 미국 사회에 적응하지 못하고 마침내 자살을 선택하는 쩨롬스키와는 달리 좀 더 적극적으로 비인간적인 미국의 자본주의에 맞선다. 쩨롬스키가 패배주의자라면 하야시는 '새로운 세상'을 꿈꾸는 이상주의자다. 하야시가 그를 "양심은 있는데 사상이 없는 예술가"로 자리매김하는 것은 그 때문이다.

어느 날 박두수는 하야시와 함께 그리니치빌리지로 쩨롬스키의 아틀리에를 방문하여 그가 우드스톡 전람회에 출품하려는 「구원救援」이라는 작품을 본다. '구원'의 의미를 묻는 두수에게 쩨롬스키는 "누가 누구를 구하다니요? 미스터 박은 아마 기독교적인 견해를 가지고 물어보시는 말씀 같은데 나는 그런 종류의 윤리나 논리에 아무 흥미가 없습니다. 누가 따로 구하는 사람이 있고, 구원받는 사람이 있는 것이 아니라고 생각합니다. 다만 구원이 있을 뿐이지요. 저 지구 덩어리 같이……"(256쪽)라고 대답한다. 여기서 쨰롬스키는 예술이란 그 자체로 목적이 있을 뿐 정치나 종교 또는 도덕이나 윤리의 대용품이 될 수 없다는 점을 분명히 한다.

박두수는 쨰롬스키의 예술 이론이 그가 그리는 「구원」보다도 더 어렵다고 생각한다. 그래서 그는 폴란드 출신 화가에게 지구 덩어리가 어떻게 구원을 받을 수 있는지 물어본다. 그러자 화가는 외부의 힘이 아니라 자체의 힘에 구원을 받는다고 대답한다.

> "저 스스로 받지요. 별이나 달이나 해나 꽃이 스스로 구원을 받는 것 같이. 우리는 그것들을 다른 것과 관련시키는 일이 없이 저들의 지니고 있는 아름다운 것을 그대로 평가하고 평가한 대로 재생시켜야 할 것입니다. 순수한 조건 하에서 순수하게, 아주 순수하게." (256쪽)

쨰롬스키는 예술이 구원을 받는 것은 어디까지나 스스로의 힘 때문일 뿐 어떤 외부의 힘 때문이 아니라고 지적한다. 여기서 '구원'이란 예술 작품의 존재 이유나 그것에 대한 평가를 말한다. 그것은 마치 별과 달과 해 같은 천체가 그 자체로 존재 이유를 지닐 뿐 인간을 위하여 존재하는 것이 아니라는 것을 뜻한다. 이 점에서는 꽃도 마찬가지다. 이렇다 할 철학이 없던 19세기 미국에 초월주의 사상을 처음 전개한 랠프 월도 에머슨은 "내 창문가에 피어 있는 장미는 그 이전의 장미나 더 예쁜 장미에는 전혀 상관하지 않는다. […] 장미는 그저 장미일 뿐이다. 존재하는 순간순간 완벽하다"고 말한 적이 있다. 예술도 장미와 마찬가지로 다른 어떤 것에도 양도할 수 없는 고유한 가치를 지니고 그 자체로 존재할 뿐이다.

쩨롬스키는 무엇보다도 예술의 자기목적성을 중시하는 예술가다. 예술가는 "저들의 지니고 있는 아름다운 것"을 사심 없이 있는 그대로 재현하고 표현해야 한다고 굳게 믿는다. 쩨롬스키의 예술론은 이마누엘 칸트가 말하는 '목적이 없는 목적성'의 개념과 아주 비슷하다. 비교적 짧은 위 인용문에서 쩨롬스키는 '순수'라는 말을 무려 세 번이나 되풀이한다. 그만큼 그는 박두수에게 예술 외의 다른 이념에서 벗어난 예술의 순수성을 설명한다. 두수가 그의 예술론을 이해하지 못하겠다는 표정을 짓자 쩨롬스키는 "예술은 이해하기 위한 것이 아닙니다. 예술은 호소하기 위한 것입니다"(256쪽)라고 일깨워 준다.

그렇다면 박두수는 쩨롬스키의 예술관과 하야시 마모루의 예술관 중에서 과연 어느 쪽 손을 들어줄까? 두말할 나위 없이 그는 후자 쪽 손을 들어준다. 쩨롬스키는 예술이란 감정에 호소하는 것일 뿐 두뇌로 이해하기 위한 것이 아니라고 잘라 말한다. 그러자 이 말을 들은 두수는 "자, 병도 이 지경이 되면 그야말로 구원할 길이 없을 것만 같아, 나는 더 캐어묻지 않고 혁명적 작가의 일가에게 기대하였던 모든 희망을 철수하는 수밖에 도리가 없었고……"(256쪽)라고 고백한다. 혼자서 두 번째로 쩨롬스키를 방문한 두수는 "도저히 구원받지 못할 한 불쌍한 예술가"라고 생각하며 오히려 그를 측은하게 생각한다.

하야시의 말대로 쩨롬스키가 "양심은 있는데 사상이 없는 예술가"라면 하야시는 "양심도 있고 사상도 있는 예술가"라고 할 만하다. 일간신문에서 쩨롬스키가 자살했다는 소식을 읽은 박두수는 그날 아틀리에로 하야시를 찾아간다. 하야시는 "사상이란 어마어마한 것 같으나 기실은 종이 한 장 손가락으로 넘기는 것으로 알아도 지는 것인데"(259쪽)라고 고개를 갸우뚱거리며 혼잣말을 내뱉는다. 두수는 이 말뜻을 잘 알아차리지 못하다가 "사상도 결국 산 사람들의 양식糧食"일 뿐이라는 의미로 받아들인다. 여기서 '사상'은 어떤 정치 이념을 가리킨다기보다는 예술관을 가리킨다. 다시 말해서 하야시는 째롬스키가 지나치게 예술의 순수성이라는 사상에 매몰된 나머지 구체적인 일상생활에서 낙오자가 되었다고 말하는 것 같다.

박두수에게 하야시야말로 예술과 삶에서 균형과 조화를 찾으려는 예술가다. 수많은 일본인이 중국인에게 절멸당한 타이얼좡 전투 소식이 아직도 뇌리에 생생한데도 하야시는 편협한 국수주의에 얽매이지 않고 사해동포주의적인 '새로운 사상'을 몸소 실천하려고 한다. 그는 중국인을 돕는 칵테일파티에 참석할 뿐 아니라 그 파티에서 경품에 당첨된 자동차를 선뜻 중국 전재민을 위한 기금으로 내놓는다. 이러한 행동에 두수가 적잖이 탄복하자 하야시는 당연한 행동이라고 대꾸한다. 두수는 "'아타리마에데쓰요' 하고 서투른 일본말로 사회주의자 하야시는 태연자약하게 나의 하잘것없는 정신을 후려 때리는 것이었다"(252쪽)고 고백한다.

더구나 「한 화가의 최후」는 설정식의 예술관을 엿볼 수 있다는 점에서 자못 중요한 작품이다. 앞에서 이 작품을 '퀸스틀러로만'으로 규정한 까닭도 바로 여기 있다. 미국 유학 시절 그는 문단에 데뷔한 1930년대 초의 서정성에서 점차 젖을 떼고 1930년대 말과 1940년대 초부터 서사성과 사상으로 이유식을 시작하였다. 그렇다면 해방기 설정식이 보여준 문학적 행보는 째롬스키에서 하야시로 이동하는 것으로 볼 수 있다.

자칫 놓치기 쉽지만 설정식은 소설 작품에서 만연체의 문장을 즐겨 사용한다. 앞에서 「척사 제조업자」에서 뽑은 인용문에서도 볼 수 있듯이 그의 문장은 때로 여간 길지 않다. 다음은 째롬스키의 얼굴 모습을 묘사하는 대목이다.

> 깎인 턱과는 균형이 짜이지 않도록 발달한 광대뼈가 심히 퉁구스족에 방불한 것을 하여간 바쁘게 받아 내린 목은 비교적 짧은 대로 가끔 기우뚱거리는 머리를 확실하게 유지하는 데 과불급過不及이 없고 아까도 말한 융숭한 코가 광대뼈와는 수천 리나 멀리 전형적으로 북유럽적이고, 콧마루 위에 와서 찌푸리면 거의 닿을 듯이 그리스적인 눈썹이 그리스적이기에는 너무도 굵고 검은 까닭에 이것도 다시 의지적인 북유럽 탄생의 조건을 역력하게 그었고, 얀삽하게 다물리는 입이 거대한 외력에 유린을 당하는 지중해의 착하고 조그마한 개항장 같아서, 대체 사람의 얼굴이 어쩌면 이렇게도 모순덩어리일까 하고 이 사람의 전 인격까지를 의심하기 시작하면, 이번에는 움푹한 검은 눈 속에서는 차가운 서릿발 같은 것이 연방 씨렁씨렁 나오는 것이다. (244쪽)

꼬리에 꼬리를 물고 이어지는 위 인용문을 읽다 보면 주어가 무엇이고 술어가 무엇인지 여간 헷갈리지 않는다. 그러면서도 이 문장은 스타카토의 짧은 문장에서는 좀처럼 느낄 수 없는 묘한 분위기를 자아낸다. 설정식이 소설 작품에서 구사하는 만연체 문체는 멀게는 이인직李人稙의 신소설, 좀 더 가깝게는 조선문학가동맹에서 함께 일한 박태원朴泰遠의 문체와 비슷하다.

청춘의 방황과 모색

설정식은 장편소설 「청춘」을 1946년 5월 3일부터 같은 해 10월 16일까지 〈한성일보〉에 일부를 연재했다가 그 뒤 1949년 민교사에서 단행본으로 출간하였다. 신문 연재를 중단하며 쓴 「후기」에서 그는 "역불급力不及하여 「청춘」을 일단 이것으로 끊고 보니 결국 한 개 미완성 작품이 되고 말았다. 이야기를 첫 시작을 하다가 그만둔 모양이고 보니 작가로서 하고 싶은 말이나 행동을 다하여 보지 못한 셈이다"[13]라고 밝힌다. 설정식은 이렇게 미완성 상태로 남아 있던 작품을 단행본으로 출간하면서 완성 작품으로 마무리 지었다.

작중인물이나 소재 또는 주제적 측면에서 보면 『청춘』은 앞에서 언급한 여러 단편소설 작품의 연장선에 놓여 있다. 이 장편소설은 박두수라는 동일 인물을 주인공으로 삼을 뿐 아니라 작가의 자전적 요소를 많이 담고

13 설정식, 「후기」, 『설정식 문학전집』, 469쪽. https://blog.naver.com/hksol.

있다. 세부 사항에서는 이런저런 방식으로 자전적 요소를 감추려고 하지만 큰 줄기에서는 작가의 삶과 여러모로 닮았다. 예를 들어 주인공 박두수의 아버지는 조선물산장려회 등을 설립하여 활약하였고, 두수는 광주학생사건에 연루되어 다니던 학교에서 퇴학당한 뒤 중국 만주 펑텐으로 유학하지만 완바오산 사건으로 조선 학생과 중국 학생의 충돌이 심해지자 톈진으로 피신했다가 귀국한 일 등이 그러하다. 이 밖에도 매형이 〈동아일보〉 기자로 근무한다든지, 주인공의 아버지가 병으로 고생하다 사망한다든지, 주인공이 일본으로 유학을 떠난다든지 하는 것도 작가의 전기적 사실과 대체로 일치한다.

『청춘』에서 무엇보다도 눈에 띄는 것은 주인공 박두수의 지리적 이동이다. 주인공은 식민지 조선에서 중국을 거쳐 일본으로 건너간다. 그의 행동반경을 대략 도표로 그려보면 '경성 → 펑텐 → 톈진 → 경성 → 도쿄'가 된다. 그런데 박두수가 겪는 이러한 여정은 비단 그의 지리적 이동에 그치지 않고 더 나아가 그의 심리적 여정이요 정신적 편력과 다름없다. 아버지의 사망 소식을 들은 데다 언젠가 아버지가 편지에서 말한 '극기외무학克己外無學', 즉 나를 이기는 것 말고는 학문이란 없다는 구절을 떠올리며 두수는 마침내 중국 유학을 포기하고 귀국을 결심한다. 그러면서 그는 "모든 것은 다시 한 번 무無에서부터 새로 시작될 미지수의 생生의 순례 외에 무엇이 있을까?"[14]라고 생각한다. 박두수의 말대로 그가 걸어온 험난하다면 험난한 길은 다름 아닌 '미지수의 생의 순례'라고 할 수 있다.

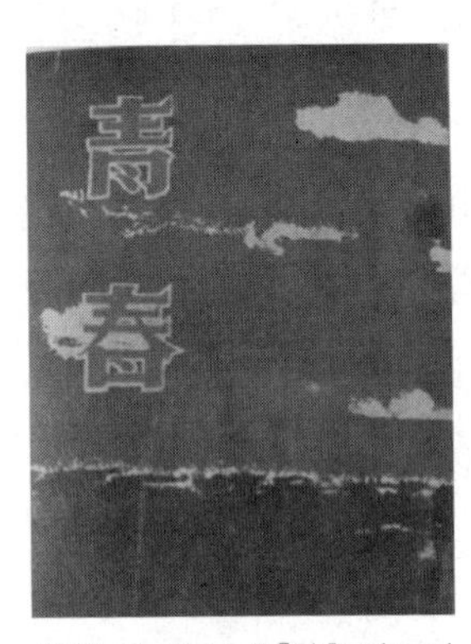

설정식의 장편소설 『청춘』의 표지.

『청춘』은 주제에서도 젊은 식민지 지식인이 방황하며 삶의 방향을 모색하는 과정을 다룬다는 점에서 단편소설 작품과 비슷하다. 다만 이 작품의 공간적 배경은 미국이 아닌 중국이고 시간적 배경도 단편소설보다 조금 앞선 1930년대 전반기다. 주인공이 미국이 아닌 일본으로 유학을 떠난다는 점에서도 단편소설과는 조금 차이가 난다. 그러나 설정식의 작품에는 단편소설이든 장편소설이든 완바오산 사건 같은 일본 제국주의의 어두운 그림자가 짙게 드리워져 있다. 물론 지정학적으로 식민지 조선과 인접한 중국에서는 태평양 건너 미국보다 일제의 영향을 좀 더 피부로 느낄 수밖에 없을 것이다. 설정식은 "1930년대에서 1940년대를 걸어온 우리 세대가 일제 폭압 하에서 어떠한 모양으로 그 정신과 육체를 살리고 또 길러 왔던가 하는 것을 그려보려고 한 것이 「청춘」이다"[15]라고 말한 적이 있다.

「한 화가의 최후」가 퀸스틀러로만 전통에 서 있다면 『청춘』은 제목에서도 엿볼 수 있듯이 빌둥스로만(성장소설) 전통에 서 있다. 이십 대 초반인 박두수는 식민지 조선과 중국에서 온갖 시련과 고통을 겪으면서 정신적으로 몰라보게 성장해 간다. 중국에 머문 기간은 2년 반 남짓밖에 되지 않지만 그는 그동안 견지해 오던 삶에 대한 태도를 반성하면서 새로운 방향을 모색하기에 이른다. 두수가 깨닫는 삶의 의미는 ①여성과 사랑, ②전통적 가치관, ③이상과 현실, ④개인주의와 공동체 의식 등 크게 네 가지로 요약할 수 있다.

첫째, 박두수는 여성을 새로운 시각에서 바라본다. 팔에 부상을 입은

---

14 설정식, 「청춘」, 『설정식 문학전집』, 287쪽. 이 작품에서 인용은 이 전집에 따르고 인용 쪽수는 본문 안에 직접 적기로 한다. https://blog.naver.com/hksol.

15 설정식, 「후기」, 『설정식 문학전집』, 469쪽.

두수는 친구 김철환의 소개로 알게 된 신기숙의 간호를 받으며 여성의 모성애를 처음 깨닫는다. 그는 "여성이란 결국 어머니였던가, 저 여성은 대체 누군가, 부드러운 것은 어루만짐인가, 어머니에게서 떨어진 부드러운 것을 나는 다시 찾으려는가, 부드러운 것은 벌써 흙냄새같이 내 곁에 와 있는가"(300쪽)라고 생각한다. 이렇듯 박두수는 여성과의 관계를 정신적인 측면보다는 오히려 육체적 측면에서 바라보기 시작한다. 그는 정신적 사랑에 점차 회의를 품으며 남녀의 사랑을 '정신적 습관'으로 치부한다.

> 치마 속에 감추인 익은 육체를 요구하기 위하여서, 사랑이란 결국 육체의 요구인가. 그렇다면 그 육체는 언제든지 바꿔놓을 수 있는 물건이 아닐까. 이 복숭아를 놓고 저 복숭아를 골라 물어도 아무런 차이가 없는 것이 아닌가. 역시 육체 외에 다른 무엇이 있는 것 같다. 그것은 습관이다. 정신적 습관이다. [⋯] 한 개의 상념이 정情이라는 눈벌판을 자꾸 구르면서 만들어낸 정신적 습관이 굴려온 물건이 이른바 사랑이라는 것이 아닌가. (340쪽)

박두수에게 사랑은 한낱 '정신적 습관'이 만들어 낸 것에 지나지 않는다. 그래서 그는 '사랑'과 '정'을 굳이 구별 짓지 않는다. 두수는 점차 육체가 수반되지 않는 '정신적 사랑'이란 이 세상에서 가능하지 않다고 깨닫는다. 만약 그러한 사랑이 가능하다면 그것은 거짓말이거나 위선일 뿐이고 내시의 행동에서나 찾아볼 수 있다고 지적한다.

한편 유가 질서에서 자란 박두수는 전통적인 여성관에서 벗어나 점차 근대적 여성관을 받아들인다. 뒷날 식민지 조선에 돌아온 그는 "'콜론타이'의 사랑이고 '노라'고 하는 따위는 예언자들의 머릿속에만 있는 신기루 같은 상상인 줄만 알았었다”(408쪽)고 고백한다. 이 말을 뒤집어 보면 이러한 사랑은 현실 세계에서 얼마든지 가능하다는 것이 된다. 알렉산드라 콜론타이는 부르주아적 연애 도덕을 '날개 없는 에로스'로, 프롤레타리아적 연애 도덕을 '날개 달린 에로스'로 규정지어 관심을 끈 러시아 여성 혁명가다. 『새로운 도덕과 노동계급』(1918)에서 그녀는 남성과 여성이 상대방을 '소유'하는 자본주의적 개념을 평등한 동지애로 재정립할 것을 주장하면서 일부일처제야말로 여성을 소유하려는 남성 중심의 성 관념의 산물이라고 날카롭게 비판하였다. 한편 '노라'는 두말할 나위 없이 헨리크 입센의 희곡 『인형의 집』(1879)의 주인공을 말한다. 여성 해방 운동에 큰 영향을 준 최초의 페미니즘 작품에서 입센은 현모양처의 틀에 갇힌 채 한낱 남편의 '인형'에 지나지 않았던 여주인공을 남성중심주의의 굴레에서 해방시킨다.

박두수는 콜론타이나 입센의 주인공이 '신기루 같은 상상'의 존재가 아니라 어디까지나 현실에서 살아 숨 쉬는 인물이라는 사실을 점차 깨닫는다. 중국에 머무는 동안 신기숙과 한소련을 만나면서 두수는 남존여비나 부창부수의 유가 질서에 갇힌 조선의 여성을 해방해야 한다고 절실하게 느낀다. 그는 “남자와 여자의 관계는 완전히 일대일의 원칙, 질량으로 꼭 같은 두 개의 생명이 꼭 같은 입장 위에서 교통되는 생활의 길, 이러한 새로운 윤리를 새로운 세대는 요구하는 것이로구나”(409쪽)라고 생각한다. 그러면서 두수는 신기숙이 자기의 사랑을 강요하듯이 자신도 한소련의 사랑을 강요하는 것은 아닐까 하고 반성하기에 이른다. 한소련이 산욕열에 급성 폐렴으로 사망한 뒤 서술 화자는 두수와 기숙 사이가 부쩍 가까워지면서 두 사람의 결혼을 예고한다.

둘째, 박두수는 여성관에서 볼 수 있듯이 전통적인 유가적 가치관을 버리고 좀 더 근대적 가치관을 받아들인다. 이렇게 두수가 새로운 가치관을 받아들이는 데는 아버지의 죽음이 산파 역할을 하였다. 다분히 개신 유학자라고 할 그의 아버지는 무엇보다도 전통적 가치를 중시하였다. 이 점에서는 안동 김씨 집안인 어머니도 크게 다르지 않아서 중국에 유학 가는 두수에게 "너는 도척 같은 놈이다. 병든 애비 시탕侍湯을 하지 않고 공부하러 간다고 떠나가는 너는 도척 같은 자식이다"(263, 387쪽)라고 말한다.

비록 뒤늦게나마 미아리 공동묘지에 묻힌 아버지에게 절을 하는 두수의 머리에 갑자기 이상한 소리가 스쳐 지나간다. "너는 이제로부터 자유로운 개성이다. 그 개성이 하고 싶은 대로 무엇이든지 할 수 있다"라느니, "네가 가지고 있는 정신에 우뚝 서 있는 격률格律이 또한 동시에 너의 세대의 만, 백만의 격률이 될 수 있거든 모든 권위와 존엄에 실컷 항거하여도 좋다. 항거하여도 좋은 것이 아니라 항거해야 한다"라느니, "체면도 위선도 볼 것이 없다. 다만 네 세대가 가장 옳다고 생각하는 일이거든 죽어가는 낡은 세대가 세워놓은 율법은 따라가지 않아도 좋을 것이다"(399쪽)라느니 하는 것들이 바로 그것이다. 이상한 소리는 계속하여 두수에게 "너는 완전히 해방된 것이다. 낡고 묵은 것에서 해탈된 것이다. 이제로부터 네가 갈 곳은 너의 낡은 봉건주의의 집이 아니라 바야흐로 범람하는 너희의 젊은 혁명의 세대다"(400쪽)라고 외친다.

한마디로 이 침묵의 외침은 두수에게 낡은 세대는 가고 이제 새로운 세대가 왔음을 알리는 계시로 들린다. 죽음을 위하여 삶을 희생시킬 수는 없다고 판단하는 두수는 마침내 '죽음의 집'을 벗어나 새로운 삶을 향하여 나가야 되겠다고 다짐한다. 그가 3년상을 치러야 하는 아버지의 상문을 서둘러 탈상하는 것은 '죽음의 집'에서 벗어나 '삶의 집'으로 옮겨가기 위한 상징적 몸짓이다.

셋째, 박두수는 이상주의자에서 현실주의자로 탈바꿈한다. 그의 전공이 철학, 그중에서도 중국철학이라는 점은 시사하는 바 자못 크다. 평톈의 둥베이(東北)대학에서 난카이(南開)대학에 전학하려고 톈진에 온 그에게 김철환은 "아예 마른 풀만 골라 뜯어먹는 철학이랑 하질 말게, 세상은 푸른 잔디밭이야"(273쪽)라고 말한다. 여기서 철환이 말하는 '마른 풀'이란 현실과 유리된 추상적인 관념 철학을 말한다. 또한 철환이 이 세상이 '푸른 잔디밭'이라고 말하는 것은 철학이 구체적인 현실과 관련을 맺어야 한다는 것을 뜻한다. 카를 마르크스와 프리드리히 엥겔스가 『독일 이데올로기』(1932)에서 사용한 표현을 빌리자면, 철환이가 말하는 철학은 땅에서 하늘로 올라가는 헤겔의 관념론이 아니라 이와는 반대로 하늘에서 땅으로 내려오는 유물론이라고 할 수 있다.

김철환은 귀국하여 경성에서 만난 박두수에게 다시 한번 관념 철학에서 벗어나 좀 더 현실주의자가 되라고 권고한다. 철환은 "그 키에르케고르고 뭐고 그런 몽유병자 병리학만 들여다보지 말고 생생하게 살아 있는 사회의 물리학을 좀 공부하는 게 좋잖아? 그래서 이 사회의 병은 어디가 들었으며, 병이 든 원인은 무엇이고, 고칠 방법은 무엇이라는 것을 한번 알아보는 게 좋잖아"(450~451쪽)라고 말한다. 철환에게 '개별적 인간'을 강조하는 쇠렌 키르케고르의 철학은 한낱 '몽유병자의 병리학'에 지나지 않을 뿐 구체적인 현실 세계의 질병의 원인을 진단하고 그것을 치료하는 데는 무력할 수밖에 없다. 철환은 헤겔의 객관적 철학이든 키르케고르의 주관적 철학이든 식민지 조선의 문제를 해결할 수 없다고 지적한다.

김철환은 박두수가 아직도 학업에 미련을 두는 것을 안타깝게 생각한다. 철환은 "박두수 – 아직 완전히 무풍지대에서 핍진한 생활의 날카로운 다면에 접촉하지 않고 있는 젊은 청년, 아직도 급給을 부付하고 천하로 소요하면서 스승을 찾는 어린 '파우스트'"(339쪽)라고 생각한다. 여기서 철환이 두수를 '어린 파우스트'에 빗대는 것이 무척 흥미롭다. 철환에게 두수는 철학을 비롯하여 신학과 의학 등에 통달했지만 여전히 지식과 권력에 목말라하는 나머지 메피스토펠레스에게 영혼을 파는 파우스트처럼 보인다.

그러나 박두수는 철환을 만나면서 자신의 삶의 방식에 조금씩 회의를 품으며 변화하기 시작한다. 철환은 이미 학업을 포기하고 충실한 볼셰비키가 되려고 소련에 가려는 계획을 세우고 있다. 철환은 "강철 같은 의지, 진정한 볼셰비키가 되려면 우선 강철 같은 의지를 가져야 한다. 그다음에는 실천을 하여야 된다. 강철 같은 의지로써 감행하는 실천 – 아! 그것은 바로 내가 장차 감행하려는 것이 아니냐"(338쪽)라고 다짐한다. 철환은 '실천의 구현된 세계'라고 할 소비에트 연방에 가서 눈으로 직접 보고 앞으로 건설할 조선 사회를 설계하려 한다. 두수는 학업을 "낡은 법률같이 내버리고 싱싱한 현실 속에 들어가"(316쪽) 있는 철환을 보고 아직도 학업에 미련을 두는 자신을 반성한다.

따지고 보면 김철환이 주장하는 현실주의는 이미 재중국 무정부주의자연맹(무련)에서 활약하는 공학에게서도 찾아볼 수 있다. 〈반도신문〉 지국장 한걸의 집에서 살면서 알게 된 그의 조카 한소련에게 공학이 "쓸데없는 토론 – 아니 생각 말이요, 다 쓸데없는 것이오. 사람이 말이요, 소련 – 머리로 생각하지 말고 가슴으로 아니 배로 아니 허리로 아니 손으로 아니 발로 하게 되면 어떻게 될까?"(349쪽)라고 말한다. 그러면서 공학은 "너와 나는 육체로밖에 하나가 될 수 없는 존재들이다. 네가 어떻게 내 영혼 사상의 영원 속에까지 같이 들어와 나일 수가 있겠느냐는 듯한"(349쪽) 표정을 짓는다. 이 말을 뒷받침하기라도 하듯이 공학은 소련과 자주 육체적 관계를 맺는다. 그런데 공학의 이 말은 박두수에게도 거의 그대로 들어맞는다.

박두수는 중국 유학이 무의미할뿐더러 어리석다고 생각하고 마침내 귀국하기로 마음먹는다. 그런데 그가 새로운 인간으로 거듭 태어나기 위해서는 상징적 죽음을 맞이해야 한다. 톈진의 다롄(大連) 마두에서 인천행 직항선이 달리는 드넓은 바다는 두수에게 죽음과 재생의 상징적 의미가 있다. 밤낮을 갑판에서 보내는 두수는 바다에서 죽음을 발견한다.

> 죽음 - 그것이 커다란 것의 넓고 깊은 품속에 안긴다는 말같이 이해되는 것도 이렇게 바다에 뜬 영혼이 자기도 모르게 찾는 의욕인지도 모른다. 방막한 광무廣袤를 다 포섭하려고 하다가 기진맥진하고 쓰러지는 정신의 패배, 그것은 죽음에서 가장 가까운 상태에 있는 삶의 정지, 항상 흐르지 않는 삶의 정지의 표상인 바다는 죽음에 가까운 것이기도 하다. (390쪽)

바다는 미시적으로는 시시각각으로 파도가 치고 물결이 일지만 좀 더 거시적으로 보면 움직이지 않고 정지된 상태에 머물러 있는 것과 다름없다. 만약 정지된 상태가 죽음이라면 바다야말로 죽음에 가장 가까운 것일 터다. 그런데 죽음은 재생을 위한 필수 조건이다. 그렇다면 박두수에게 항해는 기독교에서 말하는 세례의 역할을 하는 셈이다.

넷째, 박두수는 점차 개인주의를 버리고 공동체 의식의 소중함을 깨닫는다. 물론 여기서도 산파 역할을 하는 인물은 다름 아닌 김철환이다. 철환은 두수에게 "두터운 성안에, 일종의 절연체로 둘러싼 정신 속에 들어앉은" 상태에서 뛰쳐나와 다른 '아우성'을 들어보라고 권한다. 철환은 두수에게 그 아우성이 고답주의나 유아주의와는 전혀 다른 것이라고 밝히면서 청춘의 의미를 새삼 일깨워 준다.

결국 청춘이란 일찍 죽는 거 아니야, 죽어서 청춘이라면 물론 훌륭한 죽음을 말하는 거겠지, 다만 그 청춘이 하나에 그치지 않고 여럿이 되어서 지속하느냐 못 하느냐 그것만 문제지 옳게 세계가 흘러가는 방향을 옳은 역사의 관점에 서서 파악한 다음에도 고고孤高나 노래하면서 인간은 괴로워할 줄 알아야 한다고 주절댄다면 이야말로 맹자孟子 말대로 불위不爲언정 비불능야非不能也야. (449쪽)

첫 구절 "결국 청춘이란 일찍 죽는 거 아니야"는 평서문이 아니라 수사적 의문문이다. 대의명분을 위하여 일찍 죽는 것이야말로 곧 청춘의 진정한 의미라는 뜻이다. 다만 청춘의 죽음이 한 사람에 그치지 않고 여럿이 모여 지속할 때 세계는 올바른 방향으로 나아간다고 철환은 말한다.

맹자를 인용하는 마지막 구절은 「양혜왕 장구梁惠王章句」 편에서 따온 것으로 맹자가 제齊나라 환공桓公과 진나라 문공文公에 대한 제선왕齊宣王과의 대화에서 나온 말로 전해진다. "고왕지부왕 불위야 비불능야故王之不王不爲也 非不能也", 즉 왕이 백성을 잘 다스리지 못하는 것은 그렇게 하지 않는 것이지 하지 못해서가 아니라는 뜻이다. 철환은 두수가 좀 더 나은 사회를 건설하는 데 선뜻 나서지 못하는 것도 그렇게 하지 않는 것일 뿐 할 수 없어서가 아니라는 것이다.

김철환의 말을 들은 박두수는 그에게 어떻게 행동하면 되느냐고 묻는다. 그러자 철환은 "구체적으로 가까운 데서부터, 조직을 통해서, 조직, 조직이 가장 중요한 것이라는 것을 나는 체험을 통해서 알았네"(450쪽)라고 대답한다. 이번에는 조직이 무엇이냐고 묻는 두수에게 철환은 조직이란 다름 아닌 당黨이라고 가르쳐 준다. 철환은 간도間島공산당 화베이(華北)공작위원회의 사명을 띠고 조선에 돌아왔지만 곧 동지들이 베이징에서 도착할 것이라고 귀띔해 준다. 그러면서 경성을 중심으로 평양, 원산, 함흥 등지에서 학생을 동원하여 제2의 광주학생사건 같은 투쟁을 일으킬 것이라고 전한다.

그런데 여기서 한 가지 주목해 볼 것은 박두수의 누이 옥순도 두 사람의 대화를 엿듣고 '새로운 세계에 대한 흥분'을 느낀다는 점이다. 점차 사회의식에 눈을 뜨는 옥순은 도쿄로 유학을 떠난 동생에게 보내는 편지에서 "네가 추구하는 것이 너 혼자만을 구원하는 공부가 되지 말기를 나는 바란다"(469쪽)고 충고한다. 혼자만을 구원하는 것은 수도승의 선禪과 크게 다를 바가 없기 때문이라는 것이다. 더구나 철환을 은근히 흠모하는 옥순은 투쟁 계획이 발각되어 감옥에 갇힌 그를 뒷바라지한다. 어떤 의미에서 그녀는 한소련이 사망하는 바람에 미처 하지 못한 일을 대신 떠맡는다고 볼 수 있다.

『청춘』의 실험적 기교

『청춘』은 주제에서 설정식의 말대로 "젊은 것이 병인 젊은이의 생각과 감정"(270쪽)을 형상화한 작품이지만 형식과 기교의 관점에서 보면 시기적으로 몇십 년을 앞선 작품이다. 설정식이 이 작품에서 2차 세계대전 이후 서양 작가들이 사용할 여러 기법을 구사하는 것이 여간 놀랍지 않다. 그중에서도 흔히 '포스트모더니즘 작가'로 일컫는 작가들이 주로 사용하는 ①상호텍스트성, ②자기반영적 메타픽션, ③내면독백, ④시간의 공간화 등은 특히 주목할 만하다. 실제로 세계 문학사를 들여다보면 주제의 발전보다는 형식과 기교의 발전이 훨씬 더 눈에 띈다.

문학 텍스트는 그 이전의 작품이나 동시대 작품에서 직접 또는 간접, 명시적 또는 묵시적으로 크고 작은 영향을 받는다는 생각이 20세기 중반 이후 문학 연구가를 중심으로 널리 퍼져 있다. 특히 자국 문학이 외국 문학과 맺는 상호관련성이나 교섭 또는 영향 관계를 설명하는 데 상호텍스트성은 전통적인 영향 연구 방법론이나 기원 또는 원천을 탐구하는 역사비

평보다 훨씬 더 유용한 개념으로 각광받는다. 잘 알려진 것처럼 상호텍스트성은 쥘리아 크리스테바가 러시아 이론가 미하일 바흐친의 다성성多聲性 또는 대화주의를 서구에 소개하면서 처음 만들어 낸 용어다. 크리스테바는 "어떤 텍스트도 모자이크 같은 인용문으로 구성되어 있다. 어떤 텍스트도 다른 텍스트를 흡수하고 그것을 변형한 것에 지나지 않는다"[16]고 주장한다.

상호텍스트성은 흔히 ①전유, ②인유나 암유, ③인용, ④차용, ⑤패러디와 파스티슈, ⑥개작, ⑦모방, ⑧번역 등 다양한 형태로 나타난다. 그러나 쇠 방망이를 바늘로 사용할 수 없듯이 지나치게 포괄적인 개념은 개념으로서 이렇다 할 쓸모가 없게 마련이다. 그래서 상호텍스트성은 한 텍스트가 다른 텍스트와 맺는 좀 더 유기적 관련성에 국한하여 받아들이는 쪽이 타당하다.

상호텍스트성은 설정식의 시 작품 못지않게 『청춘』에서도 쉽게 찾아볼 수 있다. 다만 차이가 있다면 시에서는 다른 작가의 작품과 관련을 맺는 일반적 의미의 상호텍스트성을 주로 사용하는 반면, 소설에서는 이러한 상호텍스트성 외에 작가 자신의 작품과 관련을 맺는 '내적' 또는 '개인적' 상호텍스트성도 함께 사용한다. 또한 『청춘』은 설정식이 이 장편소설 이후에 쓴 시 작품들과도 상호텍스트적 관계를 맺기도 한다.

『청춘』에서 내적 또는 개인적 상호텍스트성을 가장 뚜렷하게 엿볼 수 있는 것은 동일한 이름의 인물이 여러 작품에서 서술 화자와 주인공으로 등

---

16 Julia Kristeva, *Desire in Language: A Semiotic Approach to Literature and Art*, ed. Leon S. Roudiez, trans. Thomas Gora, Alice Jardine, and Leon S. Roudiez (New York: Columbia University Press, 1980), p. 66.

장한다는 점이다. 「프란씨쓰 두셋」에서 처음 '박두수'로 등장하는 주인공은 「척사 제조업자」에서도 역시 같은 이름으로 나온다. 「한 화가의 최후」에서는 '미스터 박'이라는 성으로만 언급되지만 여러 정황으로 미루어 보아 '미스터 박'은 '박두수'를 가리키는 것임이 틀림없다. 『청춘』의 주인공은 두말할 나위 없이 박두수다.

내적 또는 개인적 상호텍스트성은 작품 후반부에서 박두수가 귀국하기 전 신기숙을 만나는 장면에서도 엿볼 수 있다. 기숙은 자기에게 무관심한 두수의 어깨에 두 팔을 던지며 쓰러져 운다. 한바탕 폭풍과 같은 격정이 사라지고 난 뒤 두수는 '새로운 공허'를 느낀다. 그는 "역시 모든 것 이외의 또 하나의 다른 태양이 녹이고 이개고 빚어내고 끓이는 피와 살의 세계가 자기 안에도 있는 것을 깨달았다"(383쪽)고 말한다. 여기서 '또 하나의 다른 태양'은 설정식이 1946년에 써서 역시 이듬해 『종』에 수록한 작품의 제목이다.

> 이제 모든 실오라기와
> 너의 지난 세월의 나의 긴 누더기를 벗어버리고
> 버렸던 탯줄을 찾아 찾은 배꼽을 네 얼굴에 비비란다
> 그러면 또 하나 다른 태양
> 나의 가능한 아내 속에서
> 과연 자비는 원형을 들어내어
> 너에게로부터
> 나에게로 옮겨다 맡길 것이냐 (86~87쪽)

위 인용문은 「또 하나 다른 태양」의 마지막 2연으로 '탯줄'과 '배꼽'과

'원형' 등 성행위나 잉태와 관련한 낱말이 유난히 눈에 띈다. 이 작품에서 시적 화자 '나'는 자신의 자식을 잉태한 아내를 '또 하나 다른 태양'으로 부른다. 방금 앞에서 언급한 『청춘』의 장면에서 박두수는 '또 하나 다른 태양'을 젊은 여성에 빗댄다. 그러면서 그는 "모든 것 이외의 하나가 아니라 차라리 하나인 육체 안에 모든 것이 있었는지도 모른다. 이것이 정욕인가, 이것이 청춘인가, 이것이 아름다운 것이며, 이것이 생활인가"(383쪽)라고 자신에게 묻는다.

내적 또는 개인적 상호텍스트성은 중국에서 귀국한 한소련이 경성 D동 예배당 부속 유치원에서 풍금을 치며 어린아이들에게 해바라기와 관련한 노래와 춤을 가르치는 장면에서 좀 더 뚜렷하게 엿볼 수 있다. 검정 치마에 흰 저고리를 즐겨 입는 소련素蓮은 이름 그대로 한 떨기 연꽃과 같은 여성이다. 소련을 처음 만나는 신기숙은 낯선 젊은 여성이 수녀처럼 생겼다고 생각한다. 설정식은 여러 시에서 해바라기를 중요한 상징과 모티프로 즐겨 사용한다.

> 해바라기 꽃이 피면
> 우리들은 언제든지
> 해바라기 아이들이 되었다
>
> 해바라기 아이들은
> 어머니가 없어도
>
> 붉은 주먹을 빨기도 하면서
> 다리도 성큼 들면서

아이들은
누우런 해바라기와 같이 돌아간다

햇님은 해바라기를 쳐다보고
해바라기는 우리들을 쳐다보고
우리들은 또 붉은 햇님을 쳐다보고

해가 져서
다른 아이들이 다 집에 돌아가도
너하고 나하고는
해바라기 가까이 잠을 들자 (418~419쪽)

한소련이 아이들에게 가르치는 노래는 설정식이 1946년에 쓰고 이듬해 첫 시집 『종』(1947)에 수록한 「해바라기 소년」 전문이다. 그러나 설정식은 『청춘』에서는 「해바라기 소년」의 자구를 조금 수정하였다. 예를 들어 '항상'과 '태양' 같은 한자에서 유래한 낱말은 '언제든지'와 '햇님'으로 각각 순수한 토박이말로 바꾸었다. 그런가 하면 2연 후반부 2행 "해바라기 아이들은 손이 붉어서 / 슬픈 것을 모른다"를 삭제하였다.

앞 장에서 이미 지적했듯이 「해바라기 소년」에서 '아이들'이란 그동안 일본 제국주의의 식민 통치를 받다가 갓 독립한 조선인으로 보아 크게 틀리지 않는다. 또한 '어머니'란 한민족이 의지할 모국을 뜻한다. "해바라기 아이들은 / 어머니가 없어도"라고 노래하는 것은 지난 36년 동안 한민족이 일제에 조국을 빼앗겼기 때문이다. 물론 『청춘』은 한민족이 일제의 식민지 지배를 받던 시기에 일어난 사건을 다루므로 "어머니가 없어도"라는 구절이 오히려 적절할 것이다.

둥글게 원을 그리며 노래하고 춤을 추는 아이들의 모습에서는 한 떨기 해바라기꽃이 떠오른다. 유치원 보모로 일하는 한소련에 대하여 설정식은 서술 화자의 입을 빌려 "해바라기같이 둥글게 피었던 어린아이들이 다시 무질서하게 떠들어대는 한가운데서 이마를 받들고 눈을 감고 앉아서 멀리 떠나가는 영혼을 보내는 울음소리 같은 듣고 있는 것은 한소련이었다"(429쪽)고 말한다. '멀리 떠나가는 영혼'이란 아마 현영섭을 살해하고 어디론가 자취를 감춘 공학을 두고 하는 말일 것이다. 소련이 지그시 눈을 감고 이마에 손을 얹는 것은 지금 그녀의 몸속에 공학의 아이가 자라고 있기 때문이다. "달려든 아이들은 모두 자기 뱃속으로 들어가서 거기서 꿈틀거리면서 몸부림을 치는 것 같았다"(419쪽)고 말하는 것은 그 때문이다.

설정식은 이러한 내적 또는 개인적 상호텍스트성 외에 일반적 의미의 상호텍스트성을 사용하기도 한다. 어느 날 박두수는 김철환과 함께 강 언덕에 앉아 있다. 이 장면에서 서술 화자는 "어딜 가도 같은 강 – 강물은 항상 억기憶記에로의 통로, 그것은 또한 사건을 구상화하는 동시에 억측과 예언을 쉽게 하였다"(276쪽)고 말한다. 이 문장에서는 토머스 울프의 장편소설 『시간과 강』(1935)이 금방 떠오른다. 그의 첫 장편소설 『천사여, 고향을 돌아보라』(1929)의 속편이라고 할 이 작품에서 울프는 시간을 도도하게 흘러가는 거대한 강물에 빗대면서 "이상하고 비극적 시간이 가득 찬 강이 – 불멸의 검은 강이 우리 곁을 흘러가고 있다"고 말한다.

설정식은 미국 유학을 마치고 귀국한 뒤 1941년 2월 최재서가 주재하던 〈인문평론〉에 「토마스 울프에 관한 노트: 소설 『시時와 하河』를 중심으로」라는 논문을 발표하였다. 이 글에서 설정식은 울프가 요절하지 않고 살았더라면 아마 '미국의 가장 위대한 소설가'가 되었을 것이라고 지적한다. 그러고 보니 설정식이 『청춘』을 쓰면서 울프한테서 받은 영향이 적지 않다. 울프는 '청춘기 인간의 배고픔에 관한 전설'을 『시간과 강』의 부제로 삼았다. 『시간과 강』과 『청춘』의 중심 주제는 뭐니 뭐니 하여도 '청춘'의 고뇌와 방황, 그리고 그러한 방황을 통한 새로운 가치관의 모색이 될 것이다.

『청춘』은 이런저런 이유로 식민지 조선을 떠나 중국에서 머무는 젊은 남녀들의 복잡한 애정 관계를 다룬다. 김철환은 의사의 딸로 난카이대학에 다니는 신기숙을 사랑하지만 신기숙은 철환의 소개로 만난 박두수를 사랑한다. 무정부주의자 공학은 식민지 조선에서 유치원 보모를 하다 중국에 온 한소련을 사랑하지만 두수는 소련을 좋아한다. 이렇듯 젊은이들의 애정은 얽히고설켜 여간 복잡하지 않다. 어느 날 철환은 자기를 찾아온 두수와 이야기를 나눈다. 철환은 잠시 침묵이 흐르는 사이 "기숙이가 두수를 기다리고 있다. […] 그러나저러나 나야 갈 사람이 떠나가면 그만일 게 아닌가, 따지면 그런데도 나는 어찌하여 이렇게 꾸역꾸역 목에 고여 올라오는 미련을 잊지 못하는가? 정情이란 과연 눈이 멀었는가, 눈으로만 보는 것인가?"(292쪽)라고 생각한다.

그런데 박두수의 생각 중 마지막 구절은 영문학 전공자라면 곧바로 알아차릴 수 있을 만큼 영문학 작품에 자주 나온다. 예를 들어 흔히 '영문학의 아버지'로 일컫는 제프리 초서는 『캔터베리 이야기』 중 「장사꾼의 이야기」에서 "사랑은 눈이 멀어서 볼 수 없다"고 노래하였다. 그러나 이 구절을 널리 알린 작가는 다름 아닌 토머스 칼라일이 식민지 인도와도 바꿀 수 없다고 말한 윌리엄 셰익스피어였다. 셰익스피어는 『베네치아의 상인』을 비롯하여 『베로나의 두 신사』와 『헨리 5세』, 『한여름 밤의 꿈』에서도 사랑이 눈이 멀었다고 말하였다. 특히 이 구절은 그가 『베네치아의 상인』에서 제시카의 입을 빌려 이 말을 한 뒤 더욱 유명해졌다. 유대인 수전노 샤일록의 딸인 제시카는 유대 전통을 무시한 채 돈 한 푼 없는 기독교인 로렌조를 사랑한다.

> 밤이라 다행이야, 나를 볼 수 없으니.
> 내 변장이 몹시 부끄럽거든.
> 하지만 사랑은 눈이 멀어 연인들은 볼 수 없지
> 그들 자신이 저지르는 어리석은 짓을.
> 만약 그들이 볼 수 있다면
> 이렇게 소년으로 변신한 나를 보고는
> 큐피드 자신도 얼굴을 붉힐 테지. (2막 6장)

『하므렡』(『햄릿』)을 비롯하여 『맥베스』와 『로미오와 줄리엣』을 번역할 만큼 셰익스피어 작품에 관심이 많던 설정식이 『베네치아의 상인』에 나오는 이 유명한 구절을 모를 리 없다. 셰익스피어가 이 장면에서 큐피드를 언급하는 데는 그럴 만한 까닭이 있다. 로마 신화에 사랑의 신으로 등장하는 큐피드는 흔히 눈을 가리개로 가린 모습으로 묘사되곤 한다. 그래서 셰익스피어는 『한여름 밤의 꿈』에서 헬레나의 입을 빌려 "사랑은 눈이 아니라 마음으로 보는 거야"(1막 1장)라고 말한다. 그런데 사랑이 눈이 멀었다는 것은 비단 비유적 표현만은 아니다. 2004년 영국 유니버시티 칼리지 런던(UCL)은 사랑의 감정이 비판적 사고를 관장하는 뇌 부위의 활동을 저해한다는 연구 결과를 발표하여 관심을 끈 적이 있다.

박두수의 누이 옥순은 D동 예배당에서 예배 도중 검은 치마에 자주 저고리를 입은 젊은 여성이 갑자기 자리에서 일어나 밖으로 나가버리는 모습을 보고 적잖이 놀란다. 옥순은 집에 돌아와 교회에서 있은 일을 식구들에게 전하고, 두수는 그녀가 한소련이라는 것을 직감한다. 옥순은 두수가 지금 이화여자전문학교에 다니는 신기숙보다 오히려 유치원 보모 소련에게 관심을 두는 것을 자못 의아해한다. '여자의 육감으로' 옥순은 두수가 '위태로운 다리'를 건너려고 한다고 느낀다. 소련에 대하여 옥순은 "창백한 병색, 얼빠진 사람 같은 눈동자, 그리고 미친 듯이 울며 달아나는 그 여자는 벌써 갈대와 같이 약한 사람이다. 벌써 벌레가 파먹고 지나간 병든 과육이다"(458쪽)라고 생각한다.

그런데 옥순의 생각은 영국 낭만주의 시대를 활짝 열어젖힌 시인 윌리엄 블레이크의 「병든 장미」와 상호텍스트적 관계를 맺고 있다. 「프란씨쓰 두셋」에서도 볼 수 있듯이 설정식은 컬럼비아대학교에서 영문학을 전공할 당시 블레이크에 관심이 많았다. 그러므로 설정식은 경성에서 외롭게 생활하는 한소련을 묘사하면서 블레이크의 작품을 염두에 두었을 것이다.

오 장미여, 너 병들었구나!
거센 폭풍우 휘몰아칠 때
캄캄한 밤중을 날아다니는
보이지 않는 벌레란 놈이

진홍빛 어린 향락의 자리
너의 침대를 찾고야 말아
그 어둠 속 비밀한 사랑이
너의 생명을 망치는구나

『경험의 노래』(1794)에 수록한 「병든 장미」는 산업혁명에 병든 영국 사회를 날카롭게 비판한 작품이다. 이 작품에서 블레이크가 노래하는 '병든 장미'란 대도시의 쾌락과 그것에 따른 육체적 타락과 정신적 황폐를 말한다. 좀 더 구체적으로 말하자면 산업화 이후 런던의 뒷골목에서 한 떨기 장미처럼 피고 지는 젊은 여성의 위험한 성性을 빗댄 은유다.

한소련은 옥순의 말대로 '벌레가 파먹고 지나간 병든 과육'과 다름없다. 블레이크의 '병든 장미'가 영국 산업혁명이 낳은 부정적 결과물이라면 설정식의 '병든 과육'은 일제 식민지 시대 정치 이념이 낳은 부산물이다. 아나키즘 운동가 공학을 사모하는 소련은 삼촌 한걸을 떠나 폐결핵 환자인 공학과 동거하면서 그의 아이를 임신한다. 공학이 어디론가 자취를 감춘 상태에서 그녀는 혼자서 사생아를 낳을 수밖에 없다. 유치원 보모를 하며 이렇게 외롭게 지내는 소련은 마침내 D동 예배당 집사 송달헌의 성적 희롱의 대상으로 전락한다. 『청춘』의 서술 화자는 "한소련은 완전히 정복을 당한 육체 안에서 살았다. 일어설 수는 없는 육체였다. 모든 것을 마다하지 않고 받아주는 땅과 함께 누워야 될 육체였다"(459~460쪽)고 말한다. 소련은 마침내 임신 7개월 만에 유산을 한 뒤 산욕열에다 급성폐렴이 겹쳐 스물두 살의 젊은 나이에 세상을 떠난다.

설정식이 『청춘』에서 시도하는 실험적 기법은 상호텍스트성에 이어 자기반영적 메타픽션에서도 찾아볼 수 있다. 한국 문학사에서는 제임스 조이스의 영향을 받은 박태원이 『소설가 구보씨의 일일』(1934)과 『천변풍경』(1936)에서 메타픽션을 처음 시도하여 관심을 끌었다. 19세기 리얼리즘 작가들이 외부 현실에 거울을 비추고, 20세기 초 모더니즘 작가들이 작중인물의 내면세계에 거울을 비춘다면, 2차 세계대전 이후 포스트모더니즘 작가들은 작품 자체를 향하여 거울을 비춘다. 다시 말해서 포스트모더니즘 계열에 속하는 작가들은 작품이 창작되는 과정에 부쩍 관심을 기울이기 시작하였다. 그러므로 자기반영적 메타픽션이란 '소설의 소설' 또는 '소설에 관한 소설'을 말한다.

메타픽션은 흔히 크게 세 유형으로 나뉜다. 첫 번째 유형은 과거에 쓰인 허구적 작품을 새로운 관점에서 다시 조명한다. 이 유형의 메타픽션에서는 기존의 작품을 '다시 쓰는' 형식을 취한다. 흔히 '역사기술적 메타픽션'으로 일컫는 이 유형은 역사 기술에 관심을 기울이는 자의식적 소설을 말한다. 이 유형의 메타픽션은 어떻게 우리가 과거에 대하여 알고 있는가, 우리는 어떠한 역사 기술을 알고 있는가, 우리에게 역사를 말하는 사람은 누구인가, 그리고 그는 우리에게 무엇을 말하는가 하는 문제에 초점을 맞춘다. 두 번째 유형의 메타픽션에서는 역사적 인물이나 사건 등을 등장시키거나 언급함으로써 역사와 허구 사이의 경계를 허문다. 세 번째 유형의 메타픽션에서는 창작 과정에 주목하여 저자와 그가 창조하는 텍스트 사이의 불완전한 관계에 초점을 맞춘다. 다시 말해서 작가가 창작하고 독자가 읽는 작품은 현실 세계의 반영이나 재현이라기보다는 언어라는 매체를 사용하여 만들어 낸 인공적 구성물에 지나지 않는다는 사실을 끊임없이 상기시킨다. 그러므로 본질적으로 자기반영적이고 반어적 특성이 강한 메타픽션은 텍스트 자체의 인위성과 허구성을 강조한다. 이러한 상황에서 진실과 거짓, 역사와 문학, 사실과 허구 사이의 경계는 허물어질 수밖에 없다.

설정식은 『청춘』에서 메타픽션의 세 유형 중에서 두 번째와 세 번째 유형을 즐겨 사용한다. 그는 이 작품에서 먼저 역사적 인물과 실제 사건을 언급하여 내러티브 장르로서의 역사와 허구에 의문을 제기한다. 가령 그는 『조선사』를 집필한 단재 신채호, 조선총독부 경무국 파견 촉탁으로 친일 행위에 앞장선 현영섭玄永燮 같은 한국인들을 등장시킨다. 일제강점기의 독립운동가요 민족주의 사학자인 신채호는 작중인물로 직접 등장하지 않고 두세 번 언급만 되므로 여기서 접어두고라도 이 작품에 직접 등장하는 현영섭은 주목할 만하다.

경성에서 태어난 현영섭은 경성제국대학 법문학부 영어·영문학 전공 3회로 입학하였다. 당시 조선인 학생은 그를 포함하여 최재서, 이혜구李惠求, 조규선曺圭善, 정준모鄭駿謨 등 모두 다섯 명이었다. 본명이 현영남玄永男인 현영섭은 경성제1고등보통학교(오늘날의 경기중고등학교) 시절에는 소설가 이효석李孝石과 같은 반이었지만 예과에 1년 늦게 들어오는 바람에 3회 입학생이 되었다.[17] 그는 아마노 미치오(天野道夫), 히라노 히데오(平野永男), 구도 히데오(工藤永男)라는 일본식 이름으로 개명하기도 하였다. 대학을 졸업한 뒤 무정부주의자가 되어 그는 중국과 일본에서 남화한인청년연맹南華韓人青年聯盟 조직원으로 활동하였다. 현영섭은 여러 글과 강연에서 조선어 폐지, 조선인 생활의 일본화, 일본인과의 결혼 등 누구보다도 '내선일체內鮮一體'를 일관되게 주장함으로써 친일에 앞장선 인물이다. 『청춘』에서는 공학에게 살해되는 것으로 나오지만 실제로는 해방 후까지 살아남아 1949년 반민족특별위원회에 의하여 반민족 행위자로 불구속 송치되었다. 물론 현영섭은 설정식이 이름만 빌려 왔을 뿐 실제 역사적 인물과는 다르다고 볼 수도 있다.

이 밖에도 설정식은 『청춘』에서 20세기 중엽의 중국 군벌 시대 주역인 장제스(蔣介石), 장쉐량(張學良), 장쭤린(張作霖), 쑨촨팡(孫傳芳) 같은 중국 정치가들과 군벌들을 언급한다. 1936년 동북군벌 장쉐량이 양후청(楊虎城)과

---

17 현영섭을 비롯한 경성제국대학 동료들에 관해서는 김욱동, 『최재서: 궁핍한 시대의 지성』(민음사, 2023) 참고.

함께 항일 항전을 부르짖으며 중국 국민당 지도자 장제스를 구금한 시안(西安) 사건 등은 이 작품에 중요한 배경으로 사용된다. 그런가 하면 설정식은 시데하라 기주로(幣原喜重郎) 같은 일본인 외교관이나 정치가를 언급한다.

더구나 설정식은 작품 첫머리에서 언급하는 완바오산 사건을 비롯하여 만주사변 등 일제강점기에 일어난 굵직한 역사적 사건을 언급한다. 그는 한인 중국 유학생을 중심으로 한 중국본부 한인청년동맹, 재중 조선청년동맹, 재중국 무정부주의자연맹 등을 언급한다. 식민지 조선 안에서 활동하던 단체로는 재일 한국인 사회주의 단체인 북성회北星會의 국내 지부로 1924년 11월 경성에서 조직된 북풍회北風會와 1927년 2월 사회주의와 민족주의 세력이 결집하여 창립한 항일단체 신간회新幹會 같은 조직을 언급한다. 설정식은 경성제국대학을 중심으로 공산당 재조직을 목표로 결성한 반제동맹 적우회赤友會도 언급한다. 이 밖에도 설정식은 승동예배당, 수표다리예배당, 동아부인상회, 동대문부인병원 같은 기관이나 건물을 언급하여 1930~1940년대 일제강점기의 역사적 장소를 소환하기도 한다.

설정식이 『청춘』에서 사용하는 메타픽션은 세 번째 유형에서 훨씬 더 뚜렷하게 드러난다. 그는 작품이 창작되는 과정에 주목하여 독자가 지금 읽고 있는 작품이 현실 세계의 반영이나 재현이라기보다는 어디까지나 언어 매체를 사용하여 만들어 낸 인공적 구성물에 지나지 않는다는 사실을 상기시킨다. 리얼리즘을 비롯한 고전주의 시학에서 작가들은 될수록 작품 뒤에 숨어 독자에게 작품에서 벌어지는 일이 실제 사건이라는 환상을 심어 주려고 애쓴다. 그러나 자기반영적 메타픽션 작가는 작품에 직접 등장하여 독자의 어깨를 툭툭 치기 일쑤다. 될수록 소설의 옷을 지으며 솔기를 감추려고 하는 리얼리즘 작가들과는 달리 메타픽션 작가들은 일부러 옷의 솔기를 보여주지 못하여 안달이다.

> 그만하면 독자도 대개 짐작하겠지만, 사실인즉 신기숙이라는 여자는 김철환이가 노리고 있는 촉탁 – 그 사람의 이름은 현영섭인데 – 이 사람이 어느 날 피 거품을 물고 죽을 사실과는 아무 관계가 없는 것이었다. 신기숙이는 초상난 집 지붕 위에 와서 5월을 즐거이 노래하는 암비둘기와 같다고나 생각해 두는 것이 우리 이야기의 전개를 위하여 필요하겠다. (293쪽)

위 인용문은 김철환과 섭섭하게 헤어진 것이 마음에 걸려 박두수가 친구의 하숙방을 방문하는 장면이다. 두수는 철환의 하숙집 문 앞에서 철환이 언젠가 '주구走狗'라고 말하던 현영섭을 만난다. 현영섭이 가고 난 뒤 곧바로 철환이 돌아오고 두수는 그와 이야기를 나눈다. 그런데 이 장면에서 서술 화자는 갑자기 "독자도 대개 짐작하겠지만"이니 "우리 이야기의 전개를 위하여"니 하고 작품의 독자와 플롯을 언급함으로써 작품의 창작 과정을 보여준다. 서술 화자가 『청춘』을 '우리 이야기'라고 말하는 것은 작가와 독자가 함께 작품을 만들어 가고 있다는 사실을 언급하는 대목이다. 말하자면 작가는 지금 작품에서 일어나는 사건이 실제 현실에서 일어나는 것이라는 독자의 환상에 그야말로 찬물을 끼얹는다. 이러한 기법은 의사 신병휴가 공학과 한소련과 함께 철환의 집을 방문하는 장면에서도 엿볼 수 있다.

> 세 사람이 탄 마차가 철환이의 집 문 앞에 닿았을 때에는 박두수가 막 나간 뒤였다. 빗발치는 담 너머로 불빛이 환한 것은 철환이가

아직 자지 않는 것인가, 공학은 문을 두드리며 문을 열러달라고 소리를 쳤다.

내가 따라가면서 설명을 하지 않더라도 신병휴 의사 일행의 마차가 김철환이까지 태워서 박두수의 숙소로 간 것은 더 설명할 필요도 없는 일이니 우리는 앞서 가서 박두수의 방문을 먼저 열어보기로 하자. (298쪽)

위 인용문에서 '나'는 익명의 1인칭 서술 화자를 말한다. 엄밀히 말해서 설정식은 『청춘』에서 3인칭 전지적 시점을 사용하되 초점은 박두수에 모은다. '전지적'이라는 형용사에서도 알 수 있듯이 서술 화자는 마치 전지전능한 신처럼 작중인물들의 생각, 동기, 욕망, 공포 등 모든 자초지종을 알고 있다. 설정식은 서술 화자의 입을 빌려 "자초지종을 잘 아는 나로서는 뒷날 공학이라도 이 점을 알아주기를 바라는 데서 이런 군소리를 하고 한 걸이가 현영섭을 만나는 데로 가려고 한다"(331쪽)고 말한다. 둘째 단락의 '우리'는 앞의 인용문에서처럼 서술 화자와 독자를 가리킨다. 이렇게 화자와 독자를 1인칭 복수형 '우리'로 부르는 것은 "그날 저녁때 박두수가 홍파동 신기숙의 집 문 앞에 와서 서 있던 것을 우리는 발견한다"(463쪽)는 문장에서도 볼 수 있다. 이러한 자기반영적 메타픽션은 『청춘』의 결말 부분에 이르러 좀 더 뚜렷하게 드러난다.

그러나 그렇다고 내가 박두수가 죽는 날 까지 앉아서 그를 영향주는 모든 사물을 그리고 또 그의 심리가 어떤 곳을 찾아나간다는 것을 그리고 있을 수는 없다.

그러므로 이 이야기의 작자로서 나는 다만 그 후에 일어난 몇 가지 사실만을 간단하게 또 내가 아는 대로 기록하고 말했다. 왜 그런고 하니 박두수는 아직도 죽지 않고 오늘까지 살아 있기 때문에 완전한 끝을 맺을 도리가 없기 때문이다. (464쪽)

위 인용문에서 '나'는 서술 화자로 이 작품을 이끌어 가는 '작자'라고 분명하게 밝힌다. 이 소설은 한소련이 사망하고 김철환이 학생층, 관청 직원, 직장인, 직공 등을 망라하여 조선공산주의청년회를 조직하던 중 종로경찰서 고등계에 체포되고 박두수가 일본 유학을 떠나는 것으로 끝이 난다. "이 이야기의 작자로서" 서술 화자는 박옥순이 도쿄에서 공부하는 동생 두수에게 보내는 긴 편지로 끝을 맺는다. 이 편지에서 옥순은 신기숙이 두수가 생각하는 것처럼 밝은 불빛에 맴도는 부나비가 아니라 "차라리 부드러운 땅속에 묻히고 싶어 하는 한 개 조그마하고 단단한 씨앗"(469쪽)일지 모른다고 밝히면서 두 사람이 서로 결합하기를 은근히 기대한다. 한편 옥순은 옥순대로 감옥에 수감 중인 철환에게 잊지 않고 차입을 넣고 있으니 친구 걱정은 하지 말라고 안심시킨다.

설정식이 『청춘』에서 시도하는 실험성은 내면독백에서도 엿볼 수 있다. 그는 이 기법을 사용하는 데 제임스 조이스, 토머스 울프, 마르셀 프루스트의 영향을 받았다. 대표적인 모더니즘 작가들처럼 설정식도 작중인물들의 마음속에 스쳐 지나가는 생각이나 감정, 인상 등을 자유 연상법에 따라 보여주려고 한다. 작중인물의 생각이 마치 자신에게 말하는 것처럼 일관성과 조리가 있다는 점에서 내면독백은 혼란스럽고 무질서한 '의식의 흐름' 기법과는 조금 다르다. 또한 의식의 흐름과는 달리 내면독백에서 작중인물의 생각은 흔히 작가의 묘사와 뒤섞이기 일쑤다.

철환이가 나간 뒤, 두수는 철환이를 불쾌하게 보낸 것이 후회가 되었다. 그는 도대체 톈진에 온 것을 후회하였다. 베이징으로 가볼까, 그렇잖으면 상하이로 가볼까? 그러나 이런 생각도 그를 사로잡고 있는 정신적 피로를 이겨주지 못하였다. 그러면 펑톈으로 다시 돌아가 버릴까? 그것은 역시 가장 가능한 일이었다. […] 집으로 그만 돌아갈까? 집으로 가서 분수대로 살아? 역시 이것이 자기의 살 속에 있는 저 먼 세계의 가장 원시적인 버러지들을 부르는 신호 같았다. (287쪽)

박두수가 김철환을 보낸 뒤 이런저런 생각에 잠기는 장면이다. 철환은 박두수를 찾아와 신기숙이 저녁 식사에 초대했다는 소식을 전하지만 두수는 이런저런 생각으로 심란하여 초대에 응하지 않는다. 두수는 조선에서 하던 공부를 계속하려고 경성에서 펑톈으로, 펑톈에서 다시 톈진으로 왔지만 그의 뜻대로 되는 것은 하나도 없다시피 하다. 두수는 난카이대학으로 담당 교수를 찾아가 전학 문제를 상의했지만 완곡하게 거절당한다. 이렇게 기숙의 초대를 거절한 채 철환을 혼자 떠나보낸 것이 못내 후회가 되는 두수의 머릿속은 여간 복잡하지 않다. 설정식은 두수의 이렇게 복잡한 마음을 내면독백 기법으로 처리한다.

그러나저러나 나는 언제 한소련에게 내가 그를 사랑한다는 의사를 표시한 일이 있었던가. 그런 눈치나 보였던가. 나는 도대체 어느 별을 타고난 허재비냐, 껍질을 벗자, 벗으려고 애를 쓰지 않아도 차차 저절로 벗어지는 것도 같다. 어버이를 여윈다는 것이 만 사람에게 다 이같이 꿈에도 생각지 않은 손이 떨리는 모험을 가져오는 것인가. 이렇게 머릿속으로 혼자 고뉘이다가도 우선 먼저 바싹 다가드는 현실에

부딪힐 때면 두수는 새삼스레 생각도 없는 진정 허수아비 같은 자기를 발견하곤 하였다. (409쪽)

설정식이 첫 부분에서 두 번 사용하는 '나는'은 박두수를 가리키지만 『청춘』의 서술 화자는 앞에서 이미 밝혔듯이 어디까지나 3인칭 전지적 화자다. 그런데도 이렇게 갑자기 1인칭 화자 '나'가 등장하는 것은 두수의 입장에서 자신의 생각을 표현하기 때문이다. 그러나 위 인용문 마지막 문장에 이르러 두수의 내면독백이 끝나자 서술 화자는 이번에는 '나' 대신 '두수'라는 주어를 사용한다.

나는 과연 허리에 매암치는 잃었던 검은 피의 샘 줄기를 찾을 수 있느냐? 이빨이 시린 개 같은 놈 - 나는 한걸이와 언제부터 같은 태반에서 커가면서 분열해 왔던가 형님 - 아니 한걸 씨 잘못했소, 에이 자식 용기가 있거든 내게로 와서 내 입에 입을 맞춰라. 소련이, 련이, 련이, 아 왜 내가 련을 내쫓았던가? 가자, 련이 집으로 가자, 어서 가자, 련의 집으로 더운 내 허리가 식기 전에 이 더운 허리를 칭칭 감아줄 더운 배암이 붉은 혓바닥 꼬리를 쳐든 숲 속으로 가자. (327~328쪽)

위 인용문은 신병휴 의사 집에서 열린 파티에서 공학이 마시던 맥주잔을 깨물어 한소련의 삼촌 한걸의 얼굴에 내뱉은 뒤 혼자서 길거리를 걷는 장면이다. 술에 취한 데다 한걸의 일로 극도로 흥분한 상태여서 공학은 논리적으로 사리 판단을 제대로 할 수 없을 만큼 머릿속이 혼란스럽다. 앞부분은 사상적 동지였던 한걸에게 느끼는 분노의 표출이고, 뒷부분은 갑자기 한소련에게 느끼는 욕정의 표출이다. 한걸을 '이빨이 시린 개 같은 놈'이라고 불렀다가 '형님'이라고 부르기도 하고 '한걸 씨'라고도 부른다. 갑자기 소련에 정욕을 느끼는 공학은 호흡이 빨라지며 "소련이, 련이, 련이, 아 왜 내가 련을 내쫓았던가? 가자, 련이 집으로 가자, 어서 가자"라고 내뱉는다.

설정식은 『청춘』에서 흔히 '시간의 공간화' 또는 '공간 형식'으로 일컫는 기법을 시도하기도 한다. 이 기법은 상호텍스트성이나 자기반영적 메타픽션 또는 내면독백보다 시기적으로 조금 앞선다. 앞의 세 기법이 포스트모더니즘에서 주목을 받았다면 시간의 공간화는 이미 모더니즘에서 각광을 받았다. 고트홀트 레싱은 '회화와 문예의 한계에 관한 에세이'라는 부제를 붙인 『라오콘』(1766)에서 예술 장르를 구별 짓기 위한 근본적인 범주로 시간과 공간을 예로 든 것으로 유명하다. 그는 고대 미술과 서사시를 예로 들면서 회화를 비롯한 조형 미술이 공간에 존재하는 물체의 형태를 표현하는 반면, 문학은 시간의 흐름에서 일어나는 행동의 형태를 표현한 점에 주목하였다. 레싱은 조형 예술보다는 문학예술 쪽 손을 들어주었다. 그러나 시간 예술에 속하는 문학에서는 사건이 시간에 따라 순차적으로 일어날 뿐 다른 공간에서 일어나는 사건을 동시에 다룰 수 없다는 한계가 있다.

그러나 리얼리즘과 모더니즘 사이에 징검다리 역할을 한 귀스타브 플로베르는 『보바리 부인』(1856)에서 이러한 시간의 제약을 극복하려고 시도하였다. 예를 들어 그는 시골 농산물 품평회 장면에서 서로 다른 세 사건을 동시에 다룬다. 가장 낮은 차원에서는 시장 바닥 길거리에서 사람들과 가축이 뒤섞여 품평회가 벌어진다. 지상에서 조금 위쪽 단상에서는 관리들이 시골 농부들에게 진부한 연설을 하고 있다. 그리고 가장 높은 층위에서는 블랑제 로돌프와 엠마 보바리가 시장이 훤히 내려다보이는 건물 2층에서 지상에서 벌어지는 광경을 바라보며 사랑을 나눈다. 그래서 프랑스의 비평가 알베르 티보데는 이 장면을 여러 사건이 다른 무대 차원에서 동시에 일어나는 중세의 신비극에 빗댄다. 뒷날 이 장면과 관련하여 플로베르는 "독자들은 가축의 울음소리와 연인들의 속삭임과 관리들의 수사적 연설을 동시에 들어야 한다"고 밝힌 적이 있다.

플로베르의 뒤를 이어 시 분야에서는 T. S. 엘리엇이, 소설 분야에서는 제임스 조이스와 버지니아 울프 같은 모더니즘 작가들이 이 기법을 즐겨 사용하였다. 이 '공간 형식'에 처음 주목한 조지프 프랭크는 모더니즘 시인들과 작가들이 시나 내러티브의 시간 구조를 일시 정지시키고 시간 대신 공간을 지배적인 차원으로 삼았다고 지적한다.[18] 설정식은 『청춘』에서 이러한 공간 형식을 부분적으로나마 시도한다. 다음은 공학이 한소련과 식당에서 식사를 하고 그녀를 먼저 마차에 태워 집으로 보내는 장면이다.

> 식당에서 나오면서 학은 "일찍 돌아가세요. 나는 철환 군 집에 가야겠소" 하고 소련을 마차에 태워 보내고 그는 혼자 남고루南鼓樓 쪽으로 걸어갔다. 이때쯤 철환은 퉁저우(通州) 대회 준비를 의논하기 위하여 방학이 되어 빈 난카이대학 기숙사에 혼자 남아 있는 친구를 찾아 불빛 훤한 캠퍼스를 걷고 있었다. 현영섭은 대화공원 벤치에 걸터앉아 이를 쑤시면서 불꽃놀이 화전이 국화꽃처럼 별빛이 반짝이는 하늘에 피는 것을 쳐다보고 있다가 무슨 생각이 났는지 김철환을 한 번 찾아보기 위하여 일어났던 시각이었다. (350쪽)

18 Joseph Frank, *The Idea of Spatial Form* (New Brunswick: Rutgers University Press, 1991), pp. 31~66.

위 인용문은 플로베르가 『보바리 부인』에서 시골 품평회 장면을 다루는 것과 비슷하다. 설정식은 공간적으로 서로 다른 세 차원에서 각각 일어나는 사건을 동시에 다룸으로써 시간적 제한을 극복하려고 시도한다. 첫 번째 차원은 공학이 식당에서 나와 한소련을 마차 태워 일찍 집으로 보내는 장면이다. 두 번째 차원은 김철환이 퉁저우 대회 준비를 의논하려고 난카이대학 기숙사로 친구를 찾아가는 장면이다. 세 번째 차원은 조선총독부의 촉탁 현영섭이 대화공원 벤치에 앉아 불꽃놀이를 바라보는 장면이다. 위 인용문을 읽는 독자는 서로 다른 공간에서 일어나는 사건을 동시에 파악할 수 있다.

> 시간으로 따져본다면 김철환이가 한창 난카이대학 기숙사 빈 방에서 친구와 함께 퉁저우에서 거행할 행사에 대해서 이야기 할 때요, 공학이가 현영섭이 올라오는 것을 철환인 줄 알고 밖으로 나갈 때쯤 되어서, 두수와 기숙이는 모래밭을 걸어 나와 물가에 마른자리를 잡고 나란히 앉았다. 낮에 보던 것과는 다른 바다였다. 별도 없는 밤이다. 수평선이 보이지 않고 바다와 하늘이 한데 검게 풀렸다. (355쪽)

위 인용문에서도 세 사건이 서로 다른 공간에서 일어나고 있다. 첫째, 김철환은 난카이대학 기숙사에서 친구와 함께 퉁저우에서 열릴 행사를 논의한다. 둘째, 공학은 계단으로 올라오는 현영섭을 철환으로 착각하고 문밖으로 마중 나간다. 셋째, 박두수와 신기숙은 탕구(塘沽)역에서 3킬로미터 남짓 떨어진 해수욕장 모래밭을 걷다가 물가에 앉는다. 그런데 설정식이 첫 문장 앞머리에 "시간으로 따져본다면"이라는 구절을 덧붙여 놓는 것은 세 사건이 이렇게 서로 다른 곳에서 동시에 일어나는 사실을 애써 강조하기 위해서다.

설정식은 「청춘」의 「후기」에서 "문장이 유려하지 못하여 독자에게는 큰 무례가 될 수밖에 없이 되었다. 그런 것을 굳이 자별自別한 의도 때문이라고 석명釋明하는 것도, 구차스러운 짓이라 다만 처음 계획대로 계속해 쓸 기회가 있기만 기다릴 뿐이다"(469~470쪽)라고 말한다. 그의 말대로 실제로 이 작품에는 문장이 유려하지 못한 곳이 가끔 눈에 띈다.

예를 들어 설정식은 외국어식 표현을 사용한다. "집도 깨끗하고 조선 사람들 사이에 낯도 넓고 딸 때문에 학교 사람들과도 그리 막막하진 않을 거야"(278쪽)에서 '낯도 넓다'는 뜻이 아리송하다. 그도 그럴 것이 이 표현은 한국어 표현이 아니라 일본어 '가오가 히로이(顔が 広い)'를 직역해 놓은 것이기 때문이다. 일본에서 '얼굴이 넓다'는 말은 얼굴이 크다는 뜻이 아니라 아는 사람들이 많아 활동 영역이 넓다는 뜻으로 한국어의 '발이 넓다'는 뜻으로 쓰인다. 또한 "두수는 새삼스레 생각도 없는 진정 허수아비 같은 자기를 발견하곤 하였다"(409쪽)니 "두수는 다시 한 번 [...] 이율배반의 절름발이 논리의 수레바퀴에 이끌려 지향도 없이 끌려가는 자신을 발견하고 다시 한 번 아연하였던 것이다"(442쪽)는 문장에서 '~ 같은/~하는 자기를 발견하다'는 영어 '~find oneself ~ing'을 직역해 놓은 표현으로 한국어로는 무척 낯설다. 이 영어 표현은 '~이다'나 '~한 상태다' 정도의 뜻이다.

한편 설정식은 『청춘』에서 말장난(펀)을 시도하기도 한다. 가령 "소련의 시선은 그다음엔 허공에 무얼 보았기에 실소失笑인가 그렇지 않으면 실루失淚인가 실색失色한 얼굴을 굳이 가리는 것도 아니건만……"(318쪽) 같은 문장은 이러한 경우를 보여주는 더할 나위 없이 좋은 예다. 이 문장에서 '실소', '실루', '실색' 등은 두말할 나위 없이 '실'의 두음법을 살린 말장난이다. '소련의 시선'에서 'ㅅ'까지 두음법에 넣는다면 두음법의 효과는 훨씬 더 늘어난다. 그러나 이러한 말장난은 『청춘』 같은 진지한 작품에는 좀처럼 어울리지 않는다.

설정식은 1930년대 초엽 시를 발표하여 문단에 데뷔했지만 그의 문학적 역량은 시보다는 오히려 소설에서 빛을 내뿜는다. 초기 서정시를 제외하고 나면 그의 시 대부분은 지나치게 이념 편향적이어서 이렇다 할 감동을 주지 못한다. 그러나 단편소설이든 장편소설이든 소설 작품에서는 이러한 이념 편향성을 좀처럼 찾아보기 어렵다. 다시 말해서 예술의 형상화는 그의 시보다는 소설에서 좀 더 뚜렷이 드러난다.

설정식은 자전적 경험을 바탕으로 소설을 쓰되 될수록 신변잡기적 범위에서 벗어나 좀 더 보편성을 추구하려고 노력하였다. 그는 "사실의 투영을 그려서 사실에 필적케 하려는 것이 나의 시작詩作 의도였다"(204쪽)고 말한 적이 있다. 그가 이러한 의도를 구현하는 데 성공한 것은 시 창작보다는 소설 창작에서였다. 설정식은 '사실의 투영'이라고 할 육체에 영혼을 불어넣어 보편성을 획득하려고 하였다.

설정식의 소설에서는 몇 가지 공통적인 특징을 찾아볼 수 있다. 첫째, 그의 소설은 자전적 색채가 짙다. 1인칭 서술 화자가 주인공으로 흔히 등장하는 그의 작품에는 젊은 시절 작가가 겪은 삶의 경험이 단층처럼 겹겹이 쌓여 있다. 물론 그는 이러한 경험을 극적으로 형상화하여 자서전이 아닌 소설의 수준으로 끌어올리는 데 상당 부분 성공을 거두었다. 둘째, 설정식의 소설은 작가의 경험을 다루되 그 경험은 주로 식민지 조선이 아닌 외국에서 겪은 것이 대부분이다. 그는 경성에서 연희전문학교에 입학하기 전에는 중국에서 중등학교 과정을 밟았고, 대학 재학 중 일본에 잠시 유학하기도 하였으며, 대학 졸업 후에는 미국에서 유학하였다. 설정식은 이렇게 외국에서 생활한 경험을 즐겨 작품의 소재로 삼았다. 셋째, 설정식의 소설에서 상호텍스트적 특징이 비교적 강하게 드러난다. 공간적 배경과 시간적 배경은 서로 달라도 그의 작품은 소재와 작중인물이 서로 비슷하거나 동일한 경우가 적지 않다. 그러므로 그의 작품은 마치 한 채석장에서 캐낸 암석처럼 같은 무늬와 색깔을 지니고 있어 마치 한 작품의 일부처럼 느껴지는 것이다.

제4장

번역가 설정식

외국 문학 전공자들에게는 반드시 넘어야 할 높은 언덕이 하나 있다. 옆으로 돌아보지 않은 채 오직 외국 문학 연구 자체에 전념하는 전공자들이 있는가 하면, 시인이나 소설가 또는 극작가 등 창작가로 변신하는 전공자들이 있다. 아니면 최재서와 이헌구를 비롯하여 김환태金煥泰와 김동석처럼 비평가로 활약하는 사람도 있다. 그러나 어느 쪽을 선택하든 외국 문학 전공자라면 반드시 번역이라는 언덕을 넘어야 한다. 이렇듯 번역은 외국 문학 전공자들에게 한편으로는 기회이고 다른 한편으로는 무거운 짐이다.

영문학을 전공한 설정식이 번역에 관심을 기울이기 시작한 것은 미국 유학을 마치고 막 귀국한 1940년 후반이다. 일본 제국의 침략 야욕이 그 어느 때보다 노골적으로 드러난 시기에 귀국한 그는 문학 활동뿐 아니라 사회 활동도 별로 하지 않은 채 마치 은둔자처럼 조용하게 지냈다. 마땅한 일자리도 찾을 수 없었지만 그가 활동하기에는 여러모로 당시 시대 상황이 좋지 않았다. 그래서 이 무렵 번역에 전념한 설정식은 1941년 1월 〈인문평론〉에 어니스트 헤밍웨이의 단편소설 「불패자」를 번역하여 발표하였다. 같은 해 7월에는 미국의 여성 시인 새러 티즈데일의 시 「해사海沙」를 번역하여 〈춘추〉에 발표하였다.

설정식의 번역 작업은 해방 후에도 계속 이어져서 1946년 11월 조선문학가동맹에서 발행하던 잡지 〈문학〉에 토마스 만의 「마魔의 민족」을 발표하였다. 그러나 번역가로서 그의 역량은 뭐니 뭐니 하여도 윌리엄 셰익스피어의 4대 비극 중 대표작인 『햄릿』을 『하므렡』이라는 제목으로 번역하여

1949년 9월 백양당에서 출간했다는 점에서 찾아야 한다. 설정식은 비단 『햄릿』을 번역하는 데 그치지 않고 한발 더 나아가 같은 해 『햄릿』의 주해서인 『Hamlet with Notes』를 발간하기도 하였다.

새러 티즈데일의 「해사海沙」 번역

설정식이 번역하여 소개하기 훨씬 전부터 미국 여성 시인 새러 티즈데일은 이미 식민지 조선에서 매우 인기 있는 외국 시인 중 한 사람이었다. 그녀의 서정적이고 감각적인 작품은 일찍부터 식민지 조선에서 번역되어 일제강점기 독자들의 마음을 사로잡았다. 당시 '천원天園'·'에덴'·'바울'·'보울寶鬱' 등의 필명을 사용하던 오천석吳天錫은 1925년 1월 〈조선문단〉에 티즈데일의 「아말피의 밤 노래」를 비롯하여 4편의 작품을 처음 번역하여 발표하였다. 같은 해 9월에도 오천석은 북미유학생총회에서 발간하던 잡지 〈우라키(Rocky)〉에 「나 마음치 안으리라」를 번역하여 소개하였다. 오천석은 일본 아오야마(青山學院) 중등부를 졸업한 뒤 미국에 건너가 아이오와주 마운트버넌 소재 코넬대학을 거쳐 노스웨스턴대학교에서 교육학 석사, 컬럼비아대학교 대학원에서 철학박사 학위를 받았다. 뒷날 교육부 장관을 지낸 그는 교육 관료로 활약하기 전 교육학 못지않게 문학에도 관심이 많았다.

오천석에 이어 1926년 11월 '오영梧影'이라는 필명의 번역자가 〈동아일보〉에 '여시인 싸라 틔스델의 예술'이라는 글에서 "미국인으로 드무른 순진한 서정적 감정의 지주持主"로 소개하면서 「아침」과 「봄밤」을 번역하여 소개하였다. 1927년 7월 이하윤은 도쿄 소재 대학에서 외국 문학을 전공하던 조선인 유학생들이 조직한 외국문학연구회가 발간하던 〈해외문학〉 2호에 티즈데일의 또 다른 작품 「이져바리여요」를 번역하여 발표하였다. 이하윤은 이 작품을 1929년 11월 다시 〈중외일보〉에 실었고, 그 이듬해 12월 〈동아일보〉에 「이저바립시다」로 제목을 바꾸어 다시 발표하였다. 이하윤은 1930년 8월 〈중외일보〉에 「물 연기」를, 1931년 4월에는 〈신여성〉에 「4월의 노래」를 번역하여 소개하였다. 그런가 하면 1933년 12월에는 박용철이 〈신가정〉에 「오너라」를 비롯한 티즈데일 작품 6편을 번역하여 소개하기도 하였다.

티즈데일의 작품 중에서도 「잊으시구려(Let It Be Forgotten)」는 해방 후에도 여전히 인기가 많아서 1947년 4월 정지용까지 나서 「잊지 말자」로 다시 번역하여 〈경향신문〉에 발표하였다. 김소월이 「못 잊어」를 쓰면서 티즈데일의 이 작품에서 영향을 받았을 가능성이 그동안 제기되어 왔다. "잊으시구려 꽃이 잊혀지는 것같이"로 시작하는 티즈데일의 작품은 "못 잊어 생각이 나겠지요 / 그런대로 한세상 지내시구려 / 사노라면 잊힐 날 있으리다"로 시작하는 김소월의 「못 잊어」와 시적 화자, 분위기, 어조, 주제 등에서 서로 닮았다. 이 밖에도 티즈데일의 다른 작품도 정지용을 비롯한 시인들에게 크고 작은 영향을 끼쳤다.[1]

어떤 의미에서 설정식의 「해사」 번역은 시기적으로 조금 뒤늦게 이루어졌다고 볼 수 있다. 그도 그럴 것이 그는 계획에 따라 이 작품을 번역하여 발표한 것이라기보다는 월간잡지 〈춘추〉의 청탁을 받고 번역했기 때문이다.

이 잡지는 1941년 여름을 맞아 '바다의 시집: 각국 명작선'이라는 제목으로 바다를 소재로 한 외국 시 4편을 골라 해당 분야 번역자들에게 번역을 의뢰하였다. 영국 편은 수주樹州 변영로卞榮魯와 이하윤이 앨프리드 노이스의 「달은 올랐다」와 찰스 스윈번의 「바다」를 각각 맡아 번역하였다. 프랑스 편은 역시 이하윤이 테오필 고티에의 「바닷가에서」를 맡아 번역하였고, 중국 편은 정내동丁來東이 왕징지(汪靜之)의 「해상음海上吟」을 맡아 번역하였다. 그리고 〈춘추〉 편집자는 미국 편을 미국 문학 전공자인 설정식에게 맡겼다.

그런데 설정식이 골라서 번역한 작품은 비록 바다를 소재로 삼는다는 점에서는 비슷하지만 다른 번역자들의 작품과는 조금 다르다. 다른 번역자들은 독립된 작품을 골라서 번역한 반면, 설정식은 서로 다른 두 시를 하나로 묶어 번역하였다. 설정식이 '바닷모래'를 뜻하는 「해사」라는 제목으로 발표한 작품은 티즈데일의 다섯 번째 시집 『불꽃과 그림자』(1920)에 수록된 「변하지 않는 것들」과 「죽음이 끝난 때」라는 별개의 두 작품이다. 물론 티즈데일은 이 두 작품에 「6월의 밤」과 「나는 너를 생각했지」를 덧붙여 일련번호를 붙여 「해사」라는 제목으로 잡지 〈북먼〉에 발표한 적이 있다. 그

---

1 Wook-Dong Kim, *Global Perspectives on Korean Literature* (London: Palgrave Macmillan, 2019), pp. 229~234. 한편 김수영金洙暎은 「풀」을 쓰면서 티즈데일의 「눕는 보리처럼(Like Barley Bending)」에서 영향을 받은 것 같다. 티즈데일은 "바닷가 낮은 들판에서 / 거센 바람 속에서 끊임없이 / 노래하는 / 휘는 보리와 같이 // 휘는 보리와 같이 / 나 고통을 딛고 / 꺾이지 않고 다시 일어나리라 // 그래서 나 그윽하게 / 긴 낮과 긴 밤 / 나의 설움을 노래로 / 바꾸련다"라고 읊는다. 한편 김수영은 「풀」 2연에서 "풀이 눕는다 / 바람보다도 더 빨리 눕는다 / 바람보다도 더 빨리 울고 / 바람보다 먼저 일어난다"고 노래한다.

렇다면 설정식은 이 잡지에 실린 작품 중 네 번째 부분을 뽑아 번역하고 「모래 언덕에서」를 번역하여 「해사」라는 제목으로 발표한 셈이다. 설정식은 「해사」에서 앞 작품은 '변치 않는 것'으로, 뒤 작품은 '죽엄이 간 뒤에'라는 소제목을 붙였다.

1. 변치 않는 것

해빛쓰른 불역에
가없는 바다의 푸른 둘레에서
부드러운 바람이 불어오고,
가벼운 우뢰소리는
이는 물결의 흰빛이니!
이러한 것들은 옛 사포에게나 나에게나 다름이 없다
2천 년이 지나가면서
신神들과 항해航海와 또 사람들의 방언方言이 무상無常하였으되
이 모래언덕 우으로 지나가는 시간時間이 없으니
가슴은 예와 다름없이 쓰리고나

2. 죽엄이 간 뒤에

내가 간 뒤에도 삶이 또 있다 하면
누른 이 모래벌은 내 이야기를 잘 알 것이다.
한결같고
변하되 변치 않고 또 다채多彩한 바다와 같이
나는 다시 오리라

내 삶이 조고마하고
그로해서 내 마음이 거치렀거든
그대는 나를 용서하라
죽엄의 위대한 정밀請謐[靜謐] 속에서
초ㅅ불과도 같이 나는 이러나리라
그리고 내가 그리웁거든
바다길 모래언덕에 서서
그대는 내 일홈을 부르라[2]

Sun-swept beaches with a light wind blowing
From the immense blue circle of the sea,
And the soft thunder where long waves whiten –
These were the same for Sappho as for me.
Two thousand years – much has gone by forever,
Change takes the gods and ships and speech of men –
But here on the beaches that time passes over
The heart aches now as then.

If there is any life when death is over,
These tawny beaches will know much of me,
I shall come back, as constant and as changeful
As the unchanging, many-colored sea.

---

2 사라·틔스데일, 설정식 역, 「해사」, 〈춘추〉 2권 6호(1941. 07.).

If life was small, if it has made me scornful,
Forgive me; I shall straighten like a flame
In the great calm of death, and if you want me
Stand on the sea-ward dunes and call my name.[3]

밑줄 친 첫 연의 첫 행 “해빛쓰른 불역에”라는 구절은 그 의미가 선뜻 다가오지 않는다. ‘해빛쓰른’은 원문의 ‘sun-swept’를 직역한 것으로 그렇게 적절하지 않다. 여기서 ‘sweep’은 빗자루로 무엇인가를 쓸어내는 동작이 아니라 빛 같은 것이 한 물체나 지역에 집중하는 것을 뜻한다. 그러므로 ‘sun-swept’란 햇볕이 집중적으로 강렬하게 내리쪼이거나 햇빛에 계속 노출되는 것을 가리킨다. ‘불역’이라는 낱말도 애매하기는 마찬가지여서 북한이 아닌 지역의 독자들에게는 적잖이 낯설게 느껴진다. 『우리말샘 사전』에 따르면 ‘불역’은 큰 강이나 바닷가의 모래벌판이나 그 언저리를 가리키는 북한어이기 때문이다. 여덟 살 때 함경남도 단천에서 경성으로 이주했는데도 설정식이 시와 소설 작품 곳곳에서 북한어를 자주 사용하는 것이 흥미롭다.

그다음 “가벼운 우뢰소리는 / 이는 물결의 흰빛이니! / 이러한 것들은 옛 사포에게나 나에게나 다름이 없다”도 지나친 의역으로 원문과는 꽤 거리가 있다. 설정식은 ‘가벼운 우뢰소리’를 ‘물결의 흰빛’이라고 옮겼지만 원문에 좀 더 정확하게 옮긴다면 “긴 물결이 하얗게 부서지는 곳에 부드러운 우렛소리”가 될 것이다. 원문의 “These were the same ~”의 ‘These’는

3 Sara Teasdale, *The Collected Poems* (New York: Buccaneer Book, 1996), pp. 145~147.

첫 행의 'Sun-swept beaches'와 3행의 "the soft thunder"를 가리키는 대명사다.

설정식은 원문의 "And the soft thunder"라는 구절을 슬쩍 생략하고 지나가지만 "~무상無常하였으되"라는 구절에 그 의미가 포함되어 있어 축소 번역(undertranslation)은 여기서 그다지 문제가 되지 않는다. 그러나 "이 모래언덕 우으로 지나가는 시간이 없으니 / 가슴은 예와 다름없이 쓰리고나"라는 두 행은 사정이 조금 다르다. 'beach'를 앞에서 '불역'으로 옮겼으니 여기서 '모래언덕'으로 옮긴 것은 그렇다고 치더라도 왜 "시간이 없으니"로 번역했는지는 여전히 의문으로 남는다. 설정식은 '눈감아 주다', '못 본 체하다', '간과하다'를 뜻하는 'pass over'를 '시간이 없다'로 옮겼다. 인간을 포함하여 우주 만물은 시간을 피할 수는 없으므로 "이 모래언덕 우으로 지나가는 시간이 없으니"로 옮긴 것은 과잉 번역(overtranslation)으로 볼 수밖에 없다. 물론 지난 2천 년 동안 삶을 상징하는 바다에서는 수많은 유위변전有爲變轉이 일어났지만, 모래가 깔린 해변에는 세월의 풍화작용에서 빗겨 있어 예나 지금이나 인간은 여전히 가슴앓이를 한다는 의미로 받아들여야 하기 때문이다.

「해사」의 후반부에서 "변하되 변치 않고 또 다채한 바다와 같이 / 나는 다시 오리라"도 정확한 번역으로 보기 어렵다. 이 구절을 읽으면 마치 1인칭 시적 화자 '나'가 '~다채한 바다'처럼 다시 돌아오겠다고 말하는 것처럼 들린다. 그러나 원문에서 "As the unchanging, many-colored sea"는 화자나 그의 행동을 수식해 주는 구절이 아니라 "as constant and as changeful"이라는 구절을 수식해 주는 표현이다. "불변의 다채로운 바다처럼 그렇게 불변하고 변화무쌍하게"로 옮기는 쪽이 더 정확하다.

「해사」의 마지막 부분에서 설정식은 형용사를 직역하거나 잘못 번역한 나머지 본뜻을 놓치고 말았다. 가령 'scornful'과 'small'과 'great'는 이러한 경우를 보여주는 좋은 예다. 자주 사용하는 대부분의 형용사가 흔히 그러하듯이 이 세 형용사도 그것이 쓰이는 문맥에 따라 그 의미나 어감이 사뭇 달라진다. "내 삶이 조고마하고"에서 'small'을 번역한 '조고마하다'는 '보잘것없다'나 '비천하다'로 옮기는 것이 더 좋을 것이다. "그로해서 내 마음이 거치렀거든"에서도 '거칠다'는 'scornful'을 번역한 표현으로는 부족하거나 부적절하다. 또한 "죽엄의 위대한 정밀 속에서"에서도 'great'를 옮긴 '위대하다'는 '엄청나다'나 '굉장하다' 또는 '심오하다'로 번역해야 한다.

그런가 하면 「해사」에서는 비유법의 번역도 형용사 번역 못지않게 문제가 있다. "초ㅅ불과도 같이 나는 이러나리라"라는 구절에서 '촛불과도 같이'라는 표현은 원문 "like a flame"의 번역으로서는 부족하다. 시적 화자가 죽음을 떨치고 벌떡 일어서는데 '촛불처럼' 일어선다고 말하는 것은 시적 상황에 걸맞지 않다. 촛불은 조금만 바람이 불어도 쉽게 꺼지게 마련이다. '풍전등화風前燈火'라는 표현에서도 볼 수 있듯이 등불도 바람 앞에 무력한데 하물며 연약한 촛불은 더할 나위가 없을 것이다. 바로 다음 "In the great calm of death"라는 구절을 보면 저 전설의 새 불사조가 잿더미를 헤치고 날아오르는 모습이 눈앞에 선하게 떠오른다.

어니스트 헤밍웨이의 「불패자」 번역

식민지 조선에서 흔히 '미국 문학의 아이콘'으로 일컫는 소설가 어니스트 헤밍웨이의 작품 번역은 설정식의 「불패자」가 두 번째다. 1931년 7월 '몽보夢甫'라는 필명을 사용하는 번역자가 헤밍웨이의 유명한 단편소설 "The Killers"를 「도살자」로 번역하여 〈동아일보〉에 발표하였다. '몽보'는 다름 아닌 '구보丘甫, 仇甫, 九甫'라는 호를 사용하던 박태원朴泰遠이다. 1929년 그는 외국 문학에 뜻을 두고 일본으로 건너가 도쿄 소재 호세이(法政)대학 예과에서 영문학을 전공하다가 중퇴하고 귀국하였다. 비록 짧은 일본 유학이었지만 그는 제임스 조이스와 헤밍웨이를 읽으며 작가로서의 기량을 닦았다. 박태원이 「도살자」를 번역한 지 10년 뒤 설정식은 「불패자」를 번역하여 〈인문평론〉에 발표하였다. 식민지 시대에 헤밍웨이 작품 번역은 이 두 사람이 유일하였고 해방을 맞고 나서야 헤밍웨이 작품 번역이 조금씩 이루어지기 시작하였다.

한국에서 흔히 「패배하지 않는 사람들」로 번역해 온 「불패자」는 헤밍웨이 단편소설 중에서도 조금 특이하다. 이 작품은 미국이나 영국 잡지에 발표되지 않고 독일 잡지 〈더 케르슈니트〉에 처음 발표되었다가 단편집 『여자 없는 남자』(1927)에 수록되었다. 투우와 투우사를 소재로 한 이 단편소설은 헤밍웨이의 특유의 문체로 꼽히는 '하드보일드 스타일'을 비교적 잘 보여준다. 또한 『노인과 바다』(1952)처럼 물질적 성공과는 비교적 무관한 정신적 승리를 중심 주제로 다루는 작품이기도 하다.

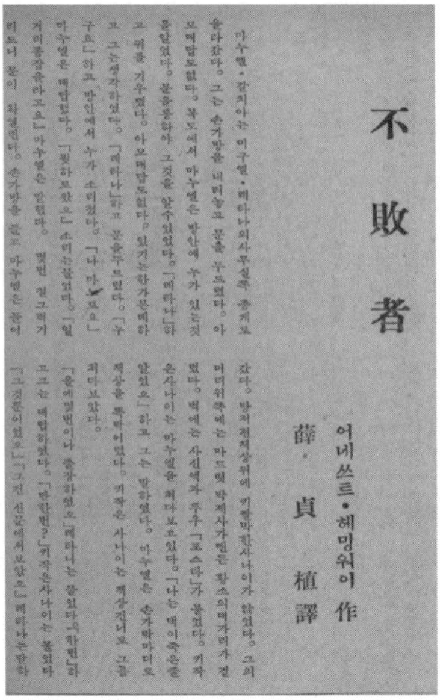

〈인문평론〉 1941년 1월 호에 발표한 어니스트 헤밍웨이의 단편소설 「불패자」 번역.

설정식의 「불패자」 번역은 전반적으로 볼 때는 이렇다 할 문제가 없는 것처럼 보이지만 좀 더 세심하게 들여다보면 크고 작은 문제점이 눈에 띈다. 무엇보다도 먼저 작중인물들의 이름이나 투우와 관련한 전문 용어가 거슬린다. 예를 들어 설정식은 스페인 투우사인 주인공 'Manuel Garcia'와 인기 있는 투우사 'Villalta'를 각각 '마누엘 갈치아'와 '비랄타'로 옮겼지만 '마누엘 가르시아'와 '비얄타'로 옮기는 쪽이 좀 더 스페인어에 가깝다. 작품 첫머리에 등장하는 투우 흥행사 이름 'Miguel Retana'도 '미구엘 레타나'가 아니라 원어에 가깝게 '미겔 레타나'로 표기해야 한다. 투우사 '헤르난데스'도, 투우 전문 신문 〈엘 헤랄도El Heraldo〉도 스페인어에서 'h'음은 묵음이므로 각각 '에르난데스'와 〈엘 에랄도〉로 표기하는 쪽이 더 적절하다.

설정식은 투우 첫 장면에서 말을 타고 창으로 황소를 찌르는 투우사를

'삐까도'로, 마지막 장면에서 황소의 견갑골 사이에 검으로 일격을 가하는 투우사를 '마따도'로 옮겼다. 그러나 전자는 '삐까도르' 또는 '피카도르'로, 후자는 '마타도르'로 표기하는 것이 맞다. 이 밖에도 마지막 장면에서 황소를 죽이는 주역 투우사 마타도르의 팀, 즉 피카도르 두 사람과 작살을 꽂는 투우사 반데리예로 세 사람을 통틀어 가리키는 'cuadrilla'는 '꼬드리라'보다는 '콰드리야'로 옮겨야 한다. 황소 이름도 '캄파그네로'가 아니라 '캄파녜로'로 표기해야 한다.

비단 고유명사뿐 아니라 투우와 관련한 용어의 번역도 그다지 적절해 보이지 않는다. 작품 첫 장면에서 레타나는 마누엘에게 "광대놀이가 끝나면 황소 두 마리만 넘어뜨리오"(520쪽)라고 말한다. 여기서 설정식은 레타나가 사용하는 '노비요novillo'를 그냥 '황소'로 번역하였다. 그러나 '노비요'란 태어난 지 서너 해밖에 지나지 않아 아직 투우 경험이 많지 않은 어린 황소를 가리킨다. '노비예로novillero'로 부르는 견습 투우사는 정식 투우장에서 투우를 하는 대신 '노비야다novillada'라는 곳에서 어린 황소들과 투우를 한다. 말하자면 '노비야다'는 4세 미만의 황소와 초보 투우사가 대결하는 약식 투우인 셈이다. '파세pase'란 마타도르가 물레타를 흔들면 소가 돌진하는 것을 가리킨다. '페오네peone'는 투우가 시작할 때 투우장 문을 열고 소를 입장시키는 사람을 말한다. '파에나faena'란 투우사가 황소를 죽이기 위하여 물레타와 칼을 사용하는 마지막 단계다. '키테'란 즉각적인 위험에 놓인 마타도르나 페온이 황소에서 떨어지는 동작을 말한다.

마누엘이 케이프를 쳐든 채 황소를 향하여 달려들면서 '토마-'라고 외치는 장면이 나온다. 설정식은 그냥 '토마-'로 옮겼지만 독자들은 도대체 무슨 뜻인지 알 수 없다. '덤벼!'라고 옮기거나 원어 그대로 '토마르!'라고 옮기는 쪽이 더 좋을 것이다. "'토로' 하고 뒤로 몸을 젖히면서 케이프를 앞으로 폈다"(537쪽)에서도 '토로'라고 해서는 알 수 없고 '이놈의 황소!'라고 옮겨야 한다. 그러나 설정식의 번역에서는 투우의 이러한 용어가 제대로 설명되어 있지 않아 투우에 대하여 잘 모르는 독자들은 이 작품을 읽으며 적잖이 당황하게 된다.

이렇듯 목표 독자들에게 낯설게 느껴질 용어나 구절은 각주나 내주를 달아 설명해 주는 것이 좋다. 가령 설정식은 '콜레타coleta'를 '상투'나 '머리채' 또는 '머리 꼬랑이'로 옮겼지만 이러한 말로써는 도저히 이 용어를 충실히 담아낼 수 없다. '변발'을 뜻하는 이 말은 전통적으로 투우사들의 헤어스타일로 투우사라는 직업의 상징이다. 「불패자」의 마지막 장면에서도 볼 수 있듯이 변발을 자르는 행위는 곧 투우사로서의 직업을 포기하는 것을 뜻한다. 요즈음에는 투우사들은 변발 대신에 '아냐디도añadido'라는 가발을 사용한다.

'코히다cogida'라는 용어도 '콜레타' 못지않게 투우에서 중요하다. 카페에서 마누엘 가르시아와 웨이터가 차베스가 부상당한 일을 두고 이야기를 나눈다. 이 장면에서 설정식은 "Hey, Looie, Chaves got cohida"라는 문장을 "여보게, 루이! 차베스가 다쳤다네"(524쪽)로 번역하였다. 그러나 '다치다'라는 말로는 차베스가 투우 중에 입은 부상을 충분히 표현할 수 없다. '코히다'는 투우사가 투우 도중 황소의 뿔에 받히거나 찔리는 것을 가리킨다. 그러므로 "차베스가 황소의 뿔에 받혔다"로 옮겨야 좀 더 정확한 번역이다.

번역은 언어를 옮긴 것뿐 아니라 문화를 옮기는 것이므로 문화적으로 낯선 풍습은 주석을 달아 설명해 주는 것이 좋다. 예를 들어 주인공 마누엘 가르시아가 투우사 일자리를 구하려고 돈 미겔 레타나의 사무실을 찾아가자 흥행주는 그가 죽은 줄로만 알고 있었다고 말한다. 그러자 서술 화자는 "마누엘은 손가락 마디로 책상을 또닥거렸다"[4]고 밝힌다. 서양에서는 불길한 말을 들으면 손가락 관절로 나무를 두드리는 미신이 있다. 이러한 서양 미신은 불길한 말을 들으면 귀를 씻거나 양치질하는 한국의 미신과 비슷하다.

물론 설정식은 「불패자」를 번역하면서 몇몇 투우 용어에 주석을 단 경우가 없지 않다. 가령 '베로니카veronica'에 대하여 그는 간단하게 '투우 연기의 한 기술'이라고 풀이한다. 그러나 이러한 풀이는 소금이 짜다고 설명하는 것과 크게 다르지 않다. 투우가 시작하면 투우사가 일종의 탐색전으로 붉은색 천 물레타를 흔들며 황소를 흥분시키는 동작을 '베로니카'라고 한다. 설정식은 '파세 데 페초pase de pecho'를 '파쓰 드 페쵸'로 옮기면서 '황소의 가슴을 찌르는 투우 경기'라고 풀이한다. 그러나 좀 더 정확히 말하면 '황소의 가슴 높이로 물레타를 움직이는 동작'을 말한다. 설정식은 'corto y terecho'를 '꼴토 이 떼체쵸'로 표기하면서 '짧고 또 곧게'라고 설명하지만 이 용어는 '빠르게 그리고 똑바로'라는 뜻이다.

문화 번역과 관련하여 번역에는 '자국화(domestication)' 번역과 '이국화(foreignization)' 번역의 두 가지 전략이 있다.[5] 설정식은 헤밍웨이의 「불패자」를 번역하면서 그냥 '주전자'라고 옮겨도 좋을 것을 굳이 '중두리'로 번역하였다. '중두리'란 독보다는 조금 작고 배가 부른 오지그릇을 말한다.

---

4 어네쓰트 헤밍워이(어니스트 헤밍웨이), 설정식 역, 「불패자」, 설희관 편, 『설정식 문학전집』(산처럼, 2012), 518~519쪽. 이 작품에서 인용은 이 전집에 따르고 인용 쪽수는 본문 안에 직접 적기로 한다. 이 작품은 설희관의 네이버 블로그 '햇살무리'(https://blog.naver.com/hksol)에도 수록되어 있다. 그러나 『설정식 문학전집』과 표기법이 다른 점은 〈인문평론〉에서 직접 인용한다.

5 이 문제에 대해서는 김욱동, 『번역의 미로: 번역에 관한 열두 가지 물음』(글항아리, 2010), 213~228쪽; 김욱동, 『세계문학이란 무엇인가』(소명출판, 2020), 178~196쪽 참고.

마지막 장면에서 부상당한 채 병원의 수술대에 누워 있는 장면에서 마누엘은 "내가 죽었으면 승려가 와서 섰겠지"(549쪽)라고 생각한다. 여기서 원문의 'priest'를 '승려'로 번역한 것은 지나친 자국화 번역이라고 아니 할 수 없다. 신앙심은 스페인의 또 다른 유전자라고 할 정도로 스페인 인구 중 90퍼센트 가까운 사람들이 가톨릭 신자다. 그런데 이러한 가톨릭 국가인 스페인에 불교 사찰이 있는 것도 아닌데 갑자기 '승려'를 언급하는 것은 이치에 맞지 않는다. 설정식은 '투우사의 영역'을 '투우사의 발뙈기'로 번역하여 고개를 갸우뚱하게 한다. 원문의 'terrain'은 투우사가 활동하는 제한된 영역을 말한다. '상투'를 비롯하여 '중두리', '발뙈기', '하복'이라는 낱말에서는 20세기 스페인 마드리드의 투우장이 아니라 조선 시대 농가나 장터가 떠오른다.

그런가 하면 설정식은 「해사」를 번역하면서 '불역'이라는 북한 방언을 사용한 것처럼 "그는 입전을 우물거리면서 신문을 자세히 읽었다"(525쪽)는 문장에서 '입술'을 뜻하는 '입전'이라는 함경도 방언을 사용하기도 한다. "허재비 같은 놈들!"(535쪽)에서 '허재비'도 평안도, 황해도, 함경도 등 북한에서 주로 사용하는 '허수아비'의 방언이다.

한편 설정식은 일본에서 사용하는 낱말을 사용하는 경우도 더러 있다. 예를 들어 그는 마타도르가 위험에 놓여 있을 때 황소를 몰아내는 역할을 하는 보조 'peon'과 피카도르가 말에 탈 때나 말에서 떨어질 때 도와주는 보조 'mono' 또는 'monosabio'를 하나같이 '하복下僕'으로 옮겼다. 그러나 이 말은 하인을 가리키는 일본어 '게보쿠'로 투우 용어로는 걸맞지 않다. 'peon'과 'mono' 같은 보조 투우사는 그냥 원어로 '반데리예로'로 표기해도 좋을 것이다. 투우사가 쓰는 챙이 넓은 모자를 설정식은 '광연모廣緣帽'라고 옮겼다. '광연모'란 일본인이 '히로엔보'라고 부르는 모자를 말한다. 아주 밝게 빛나는 '아크등'을 옮긴 '고광등高光燈'도 어딘지 모르게 일본어 냄새가 난다.

설정식의 「불패자」 번역에서는 영어 관용어 표현을 제대로 번역하지 못한 경우도 더러 눈에 띈다. 예를 들어 마누엘 가르시아가 카페에 앉아 브랜디를 마시는 장면에서 한 웨이터가 동료 웨이터에게 "그 낙타 무리 같은 놈들을 보라지. 나시오날 2세를 본 적 있나?"(525쪽)라고 묻는다. 여기서 '낙타 무리 같은 놈들'은 'bunch of camels'를 직역한 것으로 실제로는 '바보 같은 놈들' 또는 '머저리 같은 놈들'이라는 뜻에 가깝다. 바로 그다음에 나오는 'giraffe'도 '기린'이 아니라 '멍청이'라는 뜻이다.

마누엘 가르시아가 레타나에게 담배를 권하자 그는 "나는 담배를 먹지 않소"(520쪽)라고 대답한다. 18세기에 간행된 몽고어 어휘집이자 학습서인 『몽어유해蒙語類解』(1768)에는 '담배'는 '먹다'라는 동사와 짝을 이루어 '담배 먹다'로 기록되어 있다. 그러나 시간이 지나면서 점차 '담배'는 '먹다'보다는 '피우다'와 짝을 이루었다. 설정식이 「불패자」를 번역한 1940년대 초엽에는 '담배 피우다'가 대세였다. 그러므로 함경도를 비롯한 일부 지방에서는 '담배 먹다'라는 표현을 사용했는지 모르지만 일반 독자들에게는 '담배 피우다'나 '담배 태우다'가 좀 더 보편적이었다.

설정식의 「불패자」에는 비록 오역으로 볼 수는 없지만 지나치게 직역한 나머지 어색한 느낌이 드는 경우도 더러 있다. 가령 "늙은 마노로는 케이프와 속된 창질을 가지고 아무 환영도 받지 못하고 경기는 세 번째 창박기로 들어간다"(538쪽)는 〈엘 에랄도〉 기자의 기사 "The aged Manolo rated no applause for a vulgar series of lances with the cape and we entered the third of the palings"의 번역으로는 조금 미흡하다. '속된 창질'과 '창박기'가 무슨 뜻인지 분명하지 않다. "나이 많은 마놀로는 일련의 어색한 케이프 연기를 보인 탓에 갈채를 받지 못했고, 드디어 3회전 반데리야 경기로 접어들었다"로 옮기는 쪽이 원문에 좀 더 가깝다. "키 큰 집시 후엔테스는 소창小槍 두 개를 손에 쥐고 있다. 가느다란 붉은 창, 낚시 바늘과 같이 끝이 뾰족하다" 역시 "Fuentes, the tall gypsy, was standing holding a pair of banderillos, holding them together, slim, red sticks, fish-hook points out"의 번역으로는 어딘지 모르게 어색하다. "키가 큰 후엔테스는 가늘고 붉은 창대에 낚싯바늘처럼 뾰족한 창날이 박힌 반데리야 한 쌍을 모아 쥐고 서 있었다"고 옮겨야 한다.

또한 "쭈리토는 자기의 커다란 손을 연상하지 않고 이 별명을 들어본 적이 없다"(526쪽)는 문장도 졸역의 좋은 예다. 영어 'never ~ without ~ing'의 구문은 '~하지 않고서는 결코 ~하지 않는다'로 직역해서는 그 의미가 쉽게 전달되지 않는다. '~할 때면 으레 ~한다'로 옮기는 쪽이 훨씬 더 한국어답다. 그러므로 위 문장은 "주리토는 이 별명을 들을 때면 으레 자신의 큼직한 손을 떠올린다"로 옮겨야 한다. 주리토의 별명은 설정식이 번역한 것처럼 '마노스 듀로스'가 아니라 '마노스두로스'로 강인한 손 또는 무쇠 같은 손이라는 뜻이다.

한편 설정식은 헤밍웨이가 빈칸을 두어 장면이나 에피소드를 구분 짓거나 심지어 문장과 문장 사이에 단락을 구분 짓는 것도 무시한 채 번역하기 일쑤다. 일간신문이라면 아마 이러한 구분을 제대로 지키기란 어려웠을 터이지만 이 작품은 〈인문평론〉에 실렸으므로 이러한 무시는 잡지 편집자보다는 번역자의 탓으로 돌려야 할 것 같다.

"차베스가 대단하게 다쳤습니까?" 새로 들어온 웨이터가 물었다. "모르겠는데. 레타나는 아무 말 없었어." 마누엘이 말했다. "경치게 자주 나가니까." 키 큰 웨이터가 중얼거렸다. 마누엘은 그를 쳐다보았다. 아마 새로 온 사람인 게다.

"만일 여기서 레타나 앞에서 일한다면 성공은 해놓으신 것이죠. 그 사람과 아니라면 차라리 자살해 버리는 것이 나을 겝니다." 키 큰 웨이터가 말했다. "자네 말이 맞았네." 나중에 들어온 웨이터가 맞장구를 쳤다. (524쪽)

"Is Chaves hurt bad?" the second waiter asked Manuel.

"I don't know," Manuel said, "Retana didn't say."

"A hell of a lot he cares," the tall waiter said. Manuel had not seen him before. He must have just come up.

"If you stand in with Retana in this town, you're a made man," the tall waiter said. "If you aren't in with him, you might just as well go out and shoot yourself."

"You said it," the other waiter who had come in said. "You said it then."[6]

위 번역문에서 설정식이 마누엘과 키 큰 웨이터와의 대화 내용을 한 단

---

6 Ernest Hemingway, *The Complete Short Stories of Ernest Hemingway: The Finca Vigia Edition* (New York: Charles Scribner's Sons, 1987), p. 187.

락으로 처리한 나머지 독자들은 어떤 것이 누구의 말인지 헷갈린다. 원문에는 대화를 세 단락으로 구분 지어서 누구의 대화인지 쉽게 알아차릴 수 있다. 번역문의 두 번째 단락도 두 사람의 대화를 한 단락 안에 담고 있어 첫 번째 단락과 마찬가지로 혼란스럽다.

첫 단락의 "대단하게 다쳤습니까?"에서 '대단하게'라는 부사는 '심하게'나 '많이'로 옮겼더라면 더 좋았을 것이다. "모르겠는데. 레타나는 아무 말 없었어"라는 마누엘의 말에 대한 응답으로 키 큰 웨이터가 말하는 "경치게 자주 나가니까"도 맥락에 맞지 않아 무슨 뜻인지 선뜻 이해가 가지 않는다. 번역문만 읽으면 차베스가 투우 경기에 지나치게 많이 출전하는 탓에 부상을 입는다는 뜻으로 읽힌다. 그러나 원문 "A hell of a lot he cares"에서 'he'는 차베스가 아니라 레타나를 가리키고, 'care'는 '나가다'라는 뜻이 아니라 '걱정하다'나 '개의하다'는 뜻이다. 더구나 이 문장은 반어적 표현이므로 잘 번역하지 않으면 본뜻을 놓치기 쉽다. "제기랄, 그 사람 꽤나 걱정하겠네" 또는 "빌어먹을, 그 사람이야 무슨 상관이겠어"라는 뜻이다.

번역문의 두 번째 단락 "만일 여기서 레타나 앞에서 일한다면 성공은 해놓으신 것이죠"라는 문장도 애매하기는 마찬가지다. 원문 "If you stand in with Retana in this town, you're a made man"의 번역문으로는 그렇게 적절하다고 보기 어렵다. 'stand in with'는 미국에서 주로 사용하는 구어적 표현으로 '~와 사이가 좋다' 또는 '~와 손을 잡다'를 뜻한다. "이 도시에서는 흥행사 레타나와 손을 잡기만 하면 성공이 확실히 보장된다"는 뜻이다. "You said it"도 "자네 말이 맞았네"로 밋밋하게 번역하는 것보다는 "내 말이 그 말이야"나 "두말하면 잔소리지"로 번역하는 쪽이 훨씬 더 감칠맛이 난다. 이렇게 원문에 따라 단락을 구별 짓지 않고 임의로 단락을 변경하여 혼란을 일으키는 것은 다음도 마찬가지다.

마누엘은 고개를 끄덕이면서 얼굴을 씻었다. 그는 피 묻은 손수건을 주머니에 넣었다. 그는 장책 가까이에 섰다. "빌어먹을 놈의 소, 뼈다귀 천지여서 칼이 들어갈 자리가 없는지도 모르지. 천만에, 이제 봐라." 마누엘은 무레타를 펼쳐 들었다. 그러나 황소는 움직이지 않는다. 소 앞에 대고 무레타를 찢었다. 그대도 그대로다. 그는 무레타를 휘날리면서 칼을 빼들어 황소를 찔렀다. 전신의 무게를 다 기울여 찌를 때 마누엘은 칼이 휘는 것을 느꼈다. 칼을 공중으로 튀어 날았다. 대단원의 아우성이 관중석에서 일어났다. 마누엘은 칼이 튀면서 튕겨져 나갔다. (547쪽)

Manuel nodded, wiping his face. He put the bloody handkerchief in his pocket.

There was the bull. He was close to the *barrera* now. Damn him. Maybe he was all bone. Maybe there was not any place for the sword to go in. The hell there wasn't! He'd show them.

He tried a pass with the *muleta* and the bull did not move. Manuel chopped the *muleta* back and forth in front of the bull. Nothing doing.

He furled the *muleta*, drew the sword out, profiled and drove in on the bull. He felt the sword buckle as he shoved it in, leaning his weight on it, and then it shot high in the air, end-over-ending into the crowd. Manuel had jerked clear as the sword jumped.[7]

설정식은 원문 텍스트의 네 단락을 한 단락으로 번역하여 독자들이 그 의미를 쉽게 이해하기 어렵다. 그는 원문의 두 번째 단락 첫 문장 "There was the bull"을 번역하지 않고 그냥 다음 문장으로 넘어가 "그는 장책 가까이에 섰다"로 번역하였다. "황소가 버티고 있었다. 이번에는 바레라 가까이에 있었다"로 옮겼더라면 이 장면의 이미지가 좀 더 선명하게 부각될 것이다. 그다음 문장 "빌어먹을 놈의 소, 뼈다귀 천지여서 칼이 들어갈 자리가 없는지도 모르지. 천만에, 이제 봐라"는 자유간접화법이므로 직접화법처럼 따옴표를 사용해서는 안 된다. 이 문장도 "빌어먹을! 어쩌면 온통 뼈 덩어리일지도 몰라. 그래서 칼이 뚫고 들어갈 곳이 없을지도 모르지. 빌어먹을, 없을 리가 있나! 그는 본때를 보여줄 생각이었다"로 옮기는 쪽이 좀 더 적절하다.

그다음 문장 "소 앞에 대고 무레타를 찢었다. 그대도 그대로다"도 원문 "Manuel chopped the *muleta* back and forth in front of the bull"의 번역으로는 그다지 적절하다고 볼 수 없다. 동사 'chop'은 '찢다'는 뜻이 아니라 어떤 대상을 아래쪽으로 내리치거나 흔드는 동작을 말한다. 지금 마누엘은 황소의 앞에 서서 물레타를 앞뒤로 흔들어 보이고 있다. 바로 다음 문장 "그는 무레타를 휘날리면서 칼을 빼들어 황소를 찔렀다"도 정확한 번역으로 보기 어렵다. 원문의 "furled the *muleta*"는 물레타를 휘날리는 행위가 아니라 물레타를 접는 행위다. 웬일인지 설정식은 원문의

7 위의 책, 203쪽.

“drew the sword out, profiled and drove in on the bull”을 번역하면서 세 동작 중 첫 번째와 세 번째 동작만 번역하고 넘어갔다. 마지막 부분 “전신의 무게를 다 기울여 찌를 때 마누엘은 칼이 휘는 것을 느꼈다. 칼을 공중으로 튀어 날았다. 대단원의 아우성이 관중석에서 일어났다. 마누엘은 칼이 튀면서 튕겨져 나갔다”도 정확하게 옮기지 않고 두루뭉술 옮겼다. 좀 더 원문에 가깝게 번역한다면 “온몸의 무게를 실어 깊숙이 칼을 찌르자 칼이 휘는 듯한 느낌이 들었고, 칼은 공중으로 튀어 올라 빙글빙글 돌다가 관중 속에 떨어졌다. 칼이 튀어 오르는 순간 마누엘은 몸을 홱 비켰다”가 될 것이다.

더구나 설정식은 위에 인용한 번역문에서 원문 텍스트에 없는 문장을 번역하였다. “대단원의 아우성이 관중석에서 일어났다”는 문장이 바로 그러하다. 앞에서 지적했듯이 번역자는 축소 번역 못지않게 이러한 과잉 번역을 경계해야 한다. 설정식이 번역한 맨 마지막 문장 “마누엘은 칼이 튀면서 튕겨져 나갔다”도 원문 “Manuel had jerked clear as the sword jumped”의 내용에 조금 어긋난다. 튕겨나간 대상은 마누엘이 아니라 그가 손에 들고 있던 칼이다. 칼이 공중에 튀어 오르자 마누엘은 위험에서 벗어나려고 몸을 홱 하고 비키는 동작을 취한다.

설정식은 한 구절이나 문장을 누락하고 번역할 때도 더러 있다. 가령 “그는 공세를 취했다. 마누엘은 황소의 잔등에서 피가 죽죽 흘러내려 다리를 적시는 것을 보았다”(542쪽)는 번역문에는 두 문장 사이에 있는 “His heaviness was gone(그의 육중함은 사라지고 없었다)”이라는 문장이 빠져 있다. 이러한 누락은 다음 단락에서도 엿볼 수 있다.

황소가 다시 덤빈다. 마누엘은 파쓰 드 페쵸를 하기 위하여 다시 무레타를 쳐들었다. 버티고 섰던 황소가 달려와 무레타를 든 마누엘의 겨드랑이 밑의 옆 가슴을 스치고 지나갔다. 마누엘은 반데리야를 피하기 위하여 머리를 제쳤다. 뜨겁고 시커먼 황소 몸뚱어리가 그의 가슴을 스쳤다. '아차! 넘어갔구나.' 마누엘은 생각했다. 쭈리토는 집시에게 뭐라고 빨리 말했다. 집시는 케이프를 가지고 마누엘에게로 달려갔다. (543쪽)

The bull recharged as the *pase natural* finished and Manuel raised the *muleta* for a *pase de pecho*. Firmly planted, the bull came by his chest under the raised *muleta*. Manuel leaned his head back to avoid the clattering *banderillo* shafts. The hot, black bull body touched his chest as it passed.

Too damn close, Manuel thought. Zurito, leaning on the *barrera*, spoke rapidly to the gypsy, who trotted out toward Manuel with a cape.[8]

설정식은 번역문의 첫 문장에서 "as the *pase natural* finished"라는 부사절을 번역하지 않은 채 그냥 넘어갔다. 칼을 사용하지 않고 왼쪽 물레타를 사용하는 동작인 '파세 나투랄'은 투우에서 '파세 데 페초' 못지않게 중요한 동작이다. 또한 주리토를 설명하는 단락 후반부에서 "집시는 케이프를 가지고 마누엘에게로 달려갔다"는 문장에서도 설정식은 어찌 된 영

---

8 위의 책, 200쪽.

문인지 "leaning on the barrera"라는 구절을 번역하지 않고 그냥 지나쳐 버렸다.

원문에 충실하게 번역한다면 "주리토는 바레라에 기대서서 케이프를 가지고 마누엘에게 껑충껑충 뛰어가는 집시를 향해 빠른 말로 뭐라고 지껄였다"라고 해야 할 것이다. 더구나 설정식은 "Too damn close"를 "아차! 넘어갔구나"로 옮겼지만 이 구절은 마누엘이 황소와의 거리를 의식하고 "이거 너무 가까운데"라고 마음속으로 생각하는 부분이다. 앞에서 언급한 과잉 번역과 함께 축소 번역은 유능한 번역가라면 반드시 피해야 할 유혹이다.

설정식의 「불패자」 번역에서 가장 큰 문제점이라면 뭐니 뭐니 하여도 헤밍웨이 특유의 문체를 살리지 못했다는 점이다. 헤밍웨이는 간결하면서도 명료한 '하드보일드' 문체를 구사하는 것으로 유명하지만 자유간접화법을 효과적으로 구사하는 것으로도 유명하다. 헤밍웨이는 자유간접화법을 『여자 없는 남자』에 실린 여러 작품, 그중에서도 특히 「불패자」에서 즐겨 사용한다.

> "고맙소," "고맙소." 오 ― 빌어먹을 놈의 자식! 더럽고 빌어먹을 놈의 자식! 오 ― 육시할 떼갈 놈의 자식! 그는 달아나면서 방석을 하나 찼다.
>
> 황소는 아직 살아 있다. "여전하군. 오냐, 너 이 빌어먹을 놈의 자식!" 마누엘은 황소의 시커먼 콧등 앞에 무레타를 흔들었다. 소식이 감감. "가만 있는다고? 두고 봐라." 그는 바싹 다가가서 축축한 소의 코 밑에다 무레타를 덮은 뾰족한 칼끝을 들이박았다. 황소는 몸을 비키는 마누엘을 덮쳤다. 방석 위에 넘어지자 마누엘은 뿔이 그의 겨

드랑 쪽으로 들어오는 것을 느꼈다. 마누엘은 두 손으로 뿔을 틀어 단단히 쥐고 황소를 거꾸로 탔다. (548쪽)

"Thank you," he said. "Thank you."

Oh, the dirty bastards! Dirty bastards! Oh, the lousy, dirty bastards! He kicked into a cushion as he ran.

There was the bull. The same as ever. All right, you dirty, lousy bastard!

Manuel passed the *muleta* in front of the bull's black muzzle.

Nothing doing.

You won't! All right. He stepped close and jammed the sharp peak of the *muleta* into the bull's damp muzzle.

The bull was on him as he jumped back and as he tripped on a cushion he felt the horn go into him, into his side. He grabbed the horn with his two hands and rode backward, holding tight onto the place.[9]

번역문의 첫 문장을 읽는 독자들은 어떤 작중인물이 누구에게 고맙다고 말하는지 여간 헷갈리지 않는다. 그도 그럴 것이 언뜻 보면 두 작중인물이 상대방에게 서로 "고맙소"라고 말하는 것 같기 때문이다. 그러나 실제로는 마누엘이 땅에 떨어진 칼을 집어 보여주며 관중을 향하여 하는 말이다. 윗

9 위의 책, 203쪽.

사람이 아랫사람에게 하는 "고맙소"라고 하기보다는 경어를 사용하여 "고맙습니다! 정말 고맙습니다!"로 번역해야 한다. 번역문의 첫 단락이 혼란스러운 것은 앞에서도 이미 지적했듯이 설정식이 원문에서 사용한 단락을 그대로 구분하여 번역하지 않고 멋대로 단락을 처리하기 때문이다. 마누엘이 관중에게 하는 감사의 말 바로 다음에 나오는 문장은 바로 뒤에 이어지는 독립적인 단락인데도 설정식은 앞 단락에 붙여 번역하는 바람에 그만 혼란을 빚고 말았다.

번역문의 첫 단락 후반부 "오 – 빌어먹을 놈의 자식! […] 오 – 육시할 떼갈 놈의 자식!"은 마누엘이 머릿속으로 혼자 하는 생각을 서술 화자가 표현하는 자유간접화법이다. 자유간접화법에서는 이렇듯 서술 화자가 서술하는 문장에 작중인물의 속마음까지 집어넣는다. 그래서 서술 화자(작가)와 작중인물(주인공) 사이의 거리가 좁아지거나 거의 무의미하게 마련이다. 이 화법은 소설에서 서술 화자의 목소리와 작중인물의 목소리를 뒤섞어 표현할 때 흔히 사용한다. 이렇게 두 목소리가 한데 뒤섞이다 보니 이 화법에서는 정확하게 누구의 시점으로 스피치가 전달되는지 애매할 수밖에 없다. 어디부터가 서술 화자의 의견이고 어디부터가 작중인물의 관점인지 알아차리기 어렵다.

헤밍웨이는 위 번역문의 두 번째 단락 첫 부분에서 자유간접화법을 사용한다. 설정식은 "황소는 아직 살아 있다. '여전하군. 오냐, 너 이 빌어먹을 놈의 자식!'"에서 이 화법을 제대로 살려 감칠맛 나게 번역하지 못하였다. 헤밍웨이의 의도에 걸맞게 자유간접화법으로 번역한다면 "황소는 버티고 있군. 여전히 말이야. 좋다, 이 더럽고 더러운 개 발싸개 같은 사생아 놈아!" 정도로 옮겨야 좀 더 원문에 가깝다. 적어도 형식에서는 간접화법을 표방하기 때문에 이때 큰따옴표든 작은따옴표든 따옴표를 사용해서는 안

된다. 이 자유간접화법 문장은 그다음 문장 "마누엘은 황소의 시커먼 콧등 앞에 무레타를 흔들었다"와는 오직 인칭, 시제, 말투 등으로써밖에는 구분되지 않는다.

헤밍웨이는 그다음 문장에서도 자유간접화법을 사용하지만 설정식은 여전히 따옴표를 사용하여 직접화법처럼 번역하였다. "소식이 감감. '가만 있는다고? 두고 봐라.' 그는 바짝 다가가서 축축한 소의 코 밑에다 무레타를 덮은 뾰족한 칼끝을 들이박았다"는 문장을 다시 한번 찬찬히 살펴보자. "소식이 감감"은 원문의 "Nothing doing"을 옮긴 것으로 마누엘이 황소의 콧등 앞에 물레타를 내저었지만 황소한테서는 아무런 반응이 없었다는 뜻이다. 이러한 상황을 "소식이 감감"이라고 번역하면 마치 편지나 전화가 끊겨 소식이나 연락이 두절된 상태를 말하는 것 같다. "그래도 아무 반응이 없었다. / 싫다는 거지! 오냐. 그는 바짝 다가가 물레타의 뾰족한 부분으로 황소의 축축한 콧등을 찔렀다"로 옮겨야 할 것이다.

윌리엄 셰익스피어의 『하므렡』 번역

설정식의 업적 중에서 빼놓을 수 없는 것이 벤 존슨이 일찍이 '시대를 초월한 작가'라고 평한 영국의 대문호 윌리엄 셰익스피어의 『하므렡』(『햄릿』)을 번역한 것이다.[10] 흔히 '셰익스피어 4대 비극' 중 한 작품인 『햄릿』은 비극은 말할 것도 없고 37편에 이르는 그의 희곡을 통틀어서도 가장 널리 알려져 있을 뿐 아니라 가장 길이가 긴 작품이기도 하다. 설정식은 『햄릿』 외에 『로미오와 줄리엣』과 『맥베스』를 번역했지만 두 작품은 이런저런 사정으로 미처 출간하지 못하였다. 물론 시기적으로 보면 다른 번역가들과 비교하여 그의 번역은 그다지 이른 편이 아니다. 일제강점기 일본의 영향을 많이 받은 식민지 조선에서 외국 문학은 주로 현해탄을 거쳐 들어왔고,

10 설정식은 셰익스피어의 대표 작품을 '하므렡' 또는 '함렡트'로 표기하였다. 백양당에서 출간한 번역에서는 전자의 표기법을 사용한 반면, 〈학풍學風〉에 기고한 '명저 해제' 「함렡트에 관한 노오트」에서는 후자의 표기법을 사용하였다.

이 점에서는 셰익스피어의 경우도 예외가 아니었다.

일본에서 셰익스피어에 대한 인기는 일찍이 서구 문물을 처음 받아들이기 시작한 메이지 시대부터 시작하였다. 처음에는 찰스 램과 메리 램 남매가 청소년을 위하여 읽기 쉽게 산문으로 풀어 쓴 『셰익스피어 이야기』(1807)를 일본어로 번역하여 소개하였다. 그러다가 메이지 17년(1884)에 이르러 쓰보우치 쇼요(坪内逍遙)가 '쓰보우치 유조(坪内雄蔵)'라는 이름으로 『줄리어스 시저』를 직접 번역하기 시작하였다. 그는 쇼와 3년(1928)에는 일본의 전통 연극 가부키(歌舞伎)의 운과 고어를 살려 『沙翁(シェークスピヤ)全集』 전 40권을 완역하였고, 그 뒤 쇼와 8년(1933)에는 일본 현대어에 맞게 다시 번역함으로써 자타가 공인하는 일본의 최고 셰익스피어 권위자가 되었다.

일본에 이어 식민지 조선에서도 셰익스피어에 대한 관심이 컸다. 셰익스피어의 이름이 일제 통감부 시대 대한제국에 처음 등장한 것은 1906년이다. 익명의 번역자가 옮긴 새뮤얼 스마일스의 「자조론」에 '세이구스비아'라는 이름이 처음 등장한다. 그 뒤 현채玄采가 역술한 『동서양 역사』(1899)에 '歇克斯比'라는 이름이 나오고, 유승겸兪承兼이 역술한 『중등 만국사』(1907)에도 '색스피어'라는 이름이 나온다. 이 밖에도 당시 '색스피어', '索士比亞', '酒若是披霞', '維廉 塞士比亞' 같은 다양한 표기법이 눈에 띈다. 이렇게 표기법은 달라도 하나같이 셰익스피어를 가리키던 말이었다.

식민지 조선에서 셰익스피어의 작품이 처음 번역되어 소개된 것은 기미년 독립만세운동이 일어난 1919년이었다. 이해 11월 주요한朱耀翰이 '구리병句離瓶'이라는 필명으로 찰스 램과 메리 램의 『셰익스피어 이야기』를 번역하여 〈기독교 청년〉에 발표하였다. 1920년 10월 오천석이 램의 『셰익스피어 이야기』 중 「베니스의 상인」을 번역하여 소개하였고, 같은 해 12월에는 익명의 번역자가 같은 책에서 「심벌린」을 번역하여 〈서울〉에 소개하였다. 1921년 9월 정순규鄭淳奎가 램의 책에서 「로미오와 줄리엣」을 번역하여 『사랑의 한恨』이라는 제목으로 박문서관에서 단행본으로 발행하였다. 그런가 하면 1923년 2~4월에는 양하엽梁夏葉이 역시 같은 책에서 「맥베스」를 번역하여 〈조선일보〉에 소개하였다.

램의 『셰익스피어 이야기』에서 번역한 것이 아니라 셰익스피어 작품에서 직접 번역한 사람은 현철玄哲이었다. 그는 1921년 5월부터 1922년 12월까지 『햄릿』을 번역하여 〈개벽〉에 소개한 뒤 1923년 박문서관에서 단행본으로 출간하였다. 그의 뒤를 이어 1924년 4월 '녹양생綠洋生'이라는 번역자가 『로미오와 줄리엣』 전 5막을 번역하여 〈신천지〉 복간호에 실었다. 1924년에는 이상수李相壽가 『베니스 상인』을 단행본으로 출간하였고, 같은 해 익명의 번역자가 『리어왕』을 번안하여 소개하였다. 1926년에는 이광수도 『줄리어스 시저』 2막을 번역하여 〈동아일보〉에 소개하였다.

이러한 사정은 1930년대에 들어와서도 다르지 않아서 1930년 1월 '여기자'로만 밝힌 번역자가 『로미오와 줄리엣』을 초역抄譯하여 「사랑과 죽엄」이라는 제목으로 〈신소설〉에 소개하였다. 1933년 11월 정인섭이 극예술연구회 5회 공연을 위하여 『베니스의 상인』을 번역하였다. 같은 해 12월에는 시인 박용철이 극예술연구회 방송극 대본으로 『베니스의 상인』을 다시 번역한 뒤 뒷날 동광당서점에서 단행본으로 출간하였다. 1938년에는 익명의 번역자가 '낭만좌' 공연을 위하여 『햄릿』 일부를 번역하기도 하였다.

설정식의 『햄릿』 번역은 해방 후에 이루어진 첫 번째 번역이라는 점에서 관심을 끈다. 그동안 해방 이전의 번역이 주로 일본어 번역본에 의존했다면 미국에 유학하여 영문학을 전공한 설정식은 일본어 번역보다는 영어 원문에서 직접 번역했기 때문이다. 그가 이 작품 번역에 얼마나 관심을 기울였는가 하는 것은 1949년 백양당에서 단행본으로 출간한 뒤 이 작품의 주해서 『William Shakespeare: Hamlet with Notes』를 역시 같은 출판사에서 출간한 사실에서도 엿볼 수 있다.

설정식과 관련한 국내 자료에는 그가 컬럼비아대학교에서 윌리엄 셰익스피어를 전공했다고 기록되어 있다. 첫 장에서 지적했듯이 미국의 대학원 과정에서 한 작가를 전공한다는 것은 불가능하다. 다만 학위 논문을 준비하는 과정에서 특정 작가에 관심을 기울일 수는 얼마든지 있다. 설정식이 『햄릿』을 처음 읽은 것은 미국 마운트유니언대학에 유학할 때였다. 그는 "13년 전 미국 마운트유니언대학교의 셰익스피어 강독 시간에 『하므렡』을 처음 읽었는데 그때는 시험을 치러 넘기는 일에 쫓겨서 그랬던지, 여유 있게 음미할 겨를이 없었다"[11]고 회고한다. 연희전문대학에 다닐 때 그가 셰익스피어의 다른 작품을 읽었는지는 지금으로서는 알 수 없다. 다만 당시 연희전문 문과 교수 중에는 정인섭과 이양하 같은 쟁쟁한 영문학자들이 있어 그러할 가능성을 완전히 배제할 수는 없다. 만약 그가 연희전문 재학 중 셰익스피어 작품을 읽었다면 3학년과 4학년 때 수강한 영문학 과목 시간에 읽었을 것이다.

설정식이 번역한 셰익스피어의 『하므렡』. 1922년 현철의 번역 이후 두 번째 완역이다.

설정식은 뉴욕시 소재 컬럼비아대학교 대학원에 입학해서도 셰익스피어에 관심을 기울였다. 『햄릿』의 작품 길이와 관련하여 그는 "필자가 뉴욕에서 본 에번스의 『하므렡』은 네 시간 이상 걸린 것 같다"[12]고 말한 적이 있다. 여기서 에번스란 1934년 런던에 기반을 둔 '로열 빅토리아 홀' 회사에

11 설정식, 「서序」, 「하므렡」, 『설정식 문학전집』(산처럼, 2012), 576쪽.

들어가 햄릿을 비롯하여 리처드 2세, 『오셀로』의 이아고 역 등을 맡은 영국의 유명한 연극배우 모리스 에번스를 말한다.

설정식이 『햄릿』을 비롯한 셰익스피어의 작품을 '여유 있게 음미'하면서 제대로 읽은 것은 1940년 미국 유학을 마치고 귀국한 뒤 비교적 한가롭게 보낼 때였다. 설정식은 이렇게 셰익스피어 작품을 읽으며 자신의 문학 수업에서 지침으로 삼았다.

> 어느 해 여름휴가에 산중에서 다시 읽고 문학이란 과연 이런 것이로구나 하는 것을 처음 느꼈다. 그러므로 나 개인으로 볼 때 『하므렡』은 문학 수업에 있어서 유달리 의미 깊은 작품이다. 그때부터 오늘까지 셰익스피어는 몇 권 되지 않는 내 서가에서, 사전류 다음에 가장 손이 자주 가는 책이 되었다.
>
> 로버트 브라우닝이 말하기를 작가, 시인을 지망하는 사람은 "셰익스피어 되기를 노력하라. 그리고 나머지는 운명에 맡기라"고 하였지만, 나는 나 자신의 문학을 이룰 수 없을진대, 셰익스피어 번역이나마 하고 싶었던 것이 외유 4년 전 늘 하던 생각이었다.[13]

위 인용문에서 '외유 4년'이란 설정식이 마운트유니언대학에서 2년, 컬럼비아대학교 대학원에서 2년 남짓 미국에서 유학하던 기간을 말한다. 설정식은 미국 유학 중 품고 있던 셰익스피어 작품 번역을 이즈음에 이르러 조

---

12 설정식, 「함렛트에 관한 노오트」, 〈학풍〉 통권 12호(1950. 05.), 『설정식 문학전집』, 752쪽.

13 설정식, 「서」, 576쪽.

금씩 실행에 옮기기로 마음먹었다. 물론 그가 셰익스피어의 주요 작품을 번역하기 시작한 것은 조선이 일제의 식민지 통치에서 해방되고 나서였다. 앞에서 지적했듯이 단행본으로 출간한 작품은 『햄릿』 한 권에 그치고 말았지만 설정식은 『로미오와 줄리엣』과 『맥베스』도 번역하였다.

설정식은 『햄릿』을 번역하면서 윌리엄 제임스 크레이그가 옥스퍼드대학교 출판부에서 발행한 『셰익스피어 전집』(1919)을 저본으로 삼았다. 『햄릿』의 주해서로 그는 크레이그의 해설서 외에 아서 윌슨 베리티의 『학생을 위한 셰익스피어: 햄릿』, 에드워드 다우든의 『아든 셰익스피어: 햄릿의 비극』, 그리고 아서 E. 베이커의 『셰익스피어 사전 5: 햄릿』 등을 참고하였다.

설정식의 『햄릿』 번역이 일본어 번역에 의존하지 않은 채 국내 최초로 순전히 원전 텍스트를 번역한 것이라고 흔히 알려져 있지만 실제 사실과는 조금 다르다. 그가 직접 밝히듯이 그는 쓰보우치 쇼요가 번역한 『햄릿』을 비롯하여 쓰즈키 도사코(都築東作)의 『집주集註 햄릿』, 오카쿠라 요시사부로(岡倉由三郎)와 이치카와 산키(市河三喜)의 '겐큐샤(研究社) 영문학 총서' 『햄릿』, 요코마야 유사코(横山有策)의 『사옹 걸작집』, 혼다 아키라(本多顯彰)의 『햄릿』 등 일본의 여러 번역서에서 크고 작은 도움을 받았다.[14]

설정식의 『햄릿』 번역은 독자들에게 자못 낯선 낱말이나 사투리 또는 표현을 사용한다는 점이 먼저 눈에 띈다. 이러한 특징은 그가 번역한 시와 소설 같은 작품에서도 엿볼 수 있지만 특히 『햄릿』 번역에서 두드러지게 드러난다. 이 점과 관련하여 설정식은 셰익스피어 작품을 번역하면서 한국어의 어휘 부족을 절실하게 느꼈다고 털어놓은 적이 있다. 그는 "사뭇 호미 하나를 들고 아름드리 느티나무를 옮겨다 심는 것 같은 고생이었다. 붓은

14 위의 글, 578쪽.

든 후 처음 겪은 노릇이었다"[15]고 회고한다.

한 통계 자료에 따르면 셰익스피어는 그의 작품에서 모두 88만 4,600여 개의 낱말을 사용하였다. 그중에 1만 4,400여 개는 오직 한 번밖에는 사용하지 않았고 두 번만 사용한 것도 4,300여 개다. 중복을 제외하고 나면 실제로 그가 사용한 낱말은 3만 1,500여 개에 이른다. 셰익스피어는 문학에서도 중요하지만 영어사에서도 매우 중요한 인물이다. 당시 영국의 많은 지식인들이 그를 "그리스어와 라틴어도 제대로 배우지 못한 놈"이라고 폄훼했지만 오히려 그리스어와 라틴어 실력이 부족한 것이 모국어를 발전시키고 근대 영어를 꽃피우는 데 큰 역할을 하였다. 셰익스피어가 그의 작품들에서 새롭게 만들어 낸 낱말이나 관용어가 무려 1,700여 개나 되는 것으로 알려져 있다. 그러므로 설정식이 『햄릿』을 번역하면서 한국어의 부족함을 느낀 것은 전혀 무리가 아니다.

그래서 그런지 설정식이 21세기 독자는 말할 것도 없고 20세기 중엽의 독자들이 읽어도 그 뜻을 선뜻 알아차릴 수 없는 낱말이나 방언 또는 표현을 찾아 사용하려고 애쓴 흔적이 곳곳에서 엿보인다. 다음은 『햄릿』의 5막 1장의 유명한 묘지 장면에서 햄릿이 광대와 주고받는 대화 중 한 대목이다. 광대 한 사람이 땅속에서 해골 하나를 집어 들자 햄릿이 그에게 묻는다.

하므렡: 뉘 것이오?
광대 1: 시러베아들, 얼빠진 자식이었지. 누군지 모르시겠습니까?
하므렡: 모르겠소.

---

15 위의 글, 577쪽.

광대 1: 염병할 시레베아들 놈! 이놈이 옛날에 내 대가리에 포도주를 부었더란 말입니다. 이게 왕의 어릿광대 요릭의 대가립니다. (725~726쪽)

Hamlet: Whose was it?

Clown 1: A whoreson mad fellow's it was. Whose do you think it was?

Hamlet: Nay, I know not.

Clown 1: A pestilence on him for a mad rogue! 'A poured a flagon of Rheinish on my head once. This same skull, sir, was Yorkick's skull the king's jester. (V, i)

원문 'whoreson mad fellow'를 번역한 '시러베아들'의 의미를 알아차릴 독자는 그다지 많지 않을 것 같다. 원문의 표현은 '사생아 같은 미친 녀석' 또는 '후레자식 같은 미친놈' 정도의 뜻이다. 원문 'pestilence on him for a mad rogue' 도 설정식은 '염병할 시레베아들 놈'이라고 옮겼지만 '염병할 놈의 미친 자식'으로 옮기는 쪽이 더 적절하다.

국립국어원에서 펴낸 『표준국어대사전』(1999)에 따르면 '시러베아들'은 '시러베자식'과 같은 낱말로 "실없는 사람을 낮잡아 이르는 말"로 풀이되어 있다. 그러면서 한수산韓水山의 『유민流民』(1982)과 윤흥길尹興吉의 『비늘』(1981)에서 구체적인 실례를 든다. '시러베아들'에 대한 질문을 받고 국립국어원에서는 다음과 같이 답변하였다.

'시러베아들'은 옛 문헌에서 잘 발견되지 않는다. 19세기 말의 『국한회화國漢會話』(1895)에 '실업의 아들'로 처음 보인다. 단어가 아니라 구로 처리하고 있는 것이 특이하다. 현대국어의 '시러베아들'은 일단 '시러베'와 '아들'로 분석하여 이해할 수 있다. '시러베'에 대한 어원설은 아주 다양하다. 일찍이 김동진(1927)은 이것을 '실업失業'으로 이해하고, '시러베자식'을 '업을 잃어버린 자식' 즉 '쓸데없는 자식'으로 해석한 바 있다. 그리고 강헌규(1987), 김민수 편(1997)에서는 '시러베'를 '노예奴隸'를 뜻하는 '실업'에 속격의 '-의'가 개재된 어형으로 보고, '시러베자식'을 '노예의 자식'으로 해석하고 있다. […] 최근에 출간된 『표준국어대사전』에서는 '시러베'를 '실없다'와 관련시켜 '실實+없-+-의'로 분석하고 있다. 이러한 분석은 '시러베자식'이 지니는 의미와 부합한다는 점에서 주목되나 '실업싀'로 나타나지 않는 점, 그리고 형용사에 속격의 '-의'가 결합될 수 있는지 생각하면 문제가 없는 것이 아니다. '시러베장단(실없는 언행을 홀하게 이르는 말)'에 쓰인 '시러베'를 통해서도 '시러베'가 '실없다'와 관련이 있는 어형임이 드러난다.[16]

폴로니어스가 딸 오필리어에게 하는 "상감님께 사뢰어야 되겠다. 이거야말로 음새를 쓰는 게 분명하다"(620쪽)에서 '음새'가 과연 무슨 뜻일까? 남북한 사전을 아무리 샅샅이 뒤져보아도 이 낱말을 찾을 수 없다. 원문 'the very ecstasy of love'는 '상사병'이나 '사랑의 광기'로 옮길 수 있다. 어쩌면 '음새'는 '음란한 짓'의 함경도 방언일지 모른다. 그러나 설정식이 비록

16 https://www.korean.go.kr/front/onlineQna/onlineQnaView.do?mn_id=216&qna_seq=73909.

그러한 뜻으로 사용한다고 하여도 말뜻을 제대로 알아차릴 독자는 아마 거의 없을 것이다.

실제로 설정식은 번역하면서 함경도 지방 방언을 자주 사용하였다. 예를 들어 햄릿이 사용하는 '서먹거리다'는 북한 방언으로 매우 서먹서먹하게 행동한다는 뜻이다. 폴로니어스를 두고 햄릿이 오필리어에게 하는 '헐렝이'는 '헐렁이'의 북한 방언으로 행동이 실답지 못하고 들떠서 진중하지 못한 사람을 낮잡아 이르는 말이다. '군서방'은 '샛서방'의 함경도 방언이고, '아재비'는 '작은아버지'의 함경도 방언이다.

또한 레어티즈가 누이동생 오필리어에게 하는 "대체 사람이란 것은 육체만 커지는 것이 아니라 몸뚱이가 커지는 동시에 마음이며 영혼의 속괘기도 따라서 커지는 것이다"(598쪽)에서 '속괘기'란 배추속대의 함경도 방언이다. 햄릿의 독백 "아, 나는 어찌하여 이런 시라소니, 뒤엄치기로 되어 먹었느냐"(644쪽)에서 '시라소니'도 고양잇과의 동물인 '스라소니'의 함경도 지방 방언이다. 전설에 따르면 범의 새끼들 가운데서 지지리 못난 것이 스라소니가 되었다고 한다. 살쾡이를 닮은 이 동물은 훌륭하게 되려다가 자질이나 힘이 모자라서 그렇게 되지 못한 사람을 비유적으로 일컫는 말로 지금 햄릿의 처지에 잘 어울린다. '뒤엄치기'에서 '뒤엄'도 두엄의 함경도 방언이다.

햄릿의 또 다른 독백 중 "그런데 나는! 둔재바리, 심보 비뚤어진 외양간 머슴 새끼, 얼이 빠져서 꿈꾸는 천치같이, 충분한 이유를 가지고도 우유부단, 생각은 헤산부산, 말 한마디 못 하다니!"(645쪽)에서도 '둔재바리'니 '헤산부산'이니 하는 표현도 함경도 방언일 가능성이 높다. 또한 이것저것 가리지 않고 닥치는 대로 해치우는 모양을 가리키는 '후뚜룩마뚜룩'도 '휘뚜루마뚜루'의 함경도 방언일 것이다. 그런가 하면 클로디어스 왕이 거트루드 왕비에게 하는 "이렇게 미리 선수를 쓰면 그 견양이 내 이름을 다치지 못하고 아프지는 않은 허공에 맞을 것이니까"(689쪽)라는 문장에서 '견양'도 '겨냥'의 함경도 방언일 가능성이 크다. '겨냥'은 목표물을 겨눈다는 1차적 의미 외에 '견양見樣'처럼 어떤 물건에 겨누어 정한 치수와 양식을 뜻하기도 한다. 한편 '견양'에 대하여 『설정식 문학전집』의 편집자는 "하찮은 것을 비유적으로 이르는 말"로 주석을 달았다.

햄릿이 친구 호레이쇼에게 하는 "이 천지간에는 자네 철학 같은 것을 가지고는 도저히 알기 어려운 일이 쌔버렸다네"(614쪽)라는 문장에서 '쌔버리다'도 '쌔고 버리다'의 함경도 방언일 것 같다. 관용어 '쌔고 버리다'는 가득 쌓이고도 남아서 내버릴 정도로 물건 따위가 아주 흔하다는 뜻이다. 좀 더 많은 독자가 쉽게 이해하도록 하려면 햄릿의 말은 "이 천지간에는 우리네 철학 같은 것 가지고서는 도저히 상상하기 어려운 별의별 일이 다 있는 걸세"로 번역하는 쪽이 좀 더 적절할 것이다.

함경도 방언은 아니더라도 설정식이 낱말이나 어구를 정확하게 옮기지 않은 대목도 눈에 띈다. 가령 오필리어가 아버지 폴로니어스에게 하는 말 "제가 방에서 바느질을 하고 있는데 하므렡 왕자님이 외투를 풀어헤치고 […] 얼굴은 흰 샤쓰 빛같이 창백하신데……"[17]에서 '외투'는 '웃옷'이라고 하여야 맞다. 또한 창백한 얼굴을 비유적으로 말할 때도 '흰 샤쓰 빛같이'는 조금 어색하다. '백지장같이'나 '시신처럼'이라고 표현하는 것이 훨씬 더 적절하다.

이왕 비유 이야기가 나왔으니 말이지만 "안장에 제물돋히로 붙은 양"이

17 설정식 역, 「하므렡」, 『설정식 문학전집』, 619쪽. 이 작품에서 인용은 이 전집에 따르고 인용 쪽수는 본문 안에 직접 적기로 한다. 이 작품은 설희관의 네이버 블로그 '햇살무리'(https://blog.naver.com/hksol)에도 수록되어 있다.

라는 구절도 아리송하기는 마찬가지다. 말을 타는 사람과 말안장이 하나처럼 꼭 붙어 있어 좀처럼 떨어지지 않는 모습을 빗대어 말한 것일 터다. 원문은 "He grew unto his seat"로 말을 타는 노르망디 기사는 마치 말의 일부처럼 말 타는 솜씨가 무척 뛰어났다는 뜻이다. 원문 "What, art a heathen?"의 번역으로 "자네 내마돈가?"(720쪽)도 도무지 무슨 뜻인지 알 수 없다. "뭐, 자넨 이교도란 말인가?"로 옮겨야 한다.

이렇듯 설정식은 비유법을 감칠맛 나게 번역하지도 못하였다. 예를 들어 햄릿이 궁정에 찾아온 배우들에게 하는 "'Twas caviare to the general"을 "일반 대중에게는 그런 연극은 캐비아(심어鱘魚 창자를 절인 것으로 음식 사치를 하는 사람들이 좋아하는 것. 옮긴이 주)니까"(639쪽)라고 옮겼다. '캐비아'에 대하여 아무리 주석을 달아 설명해 놓아도 햄릿이 말하는 비유적 의미를 알아차리기란 쉽지 않다. 만약 "일반 관객에게는 개 발에 편자니까"로 번역했더라면 독자는 그 의미를 훨씬 더 쉽게 알아차렸을 것이다. 아니면 원천 문화권의 격언을 살려 "돼지 목에 진주 목걸이라고"하여도 좋을 것이다.

설정식은 망령을 보고 난 뒤 햄릿이 내뱉는 독백의 한 구절 "The time is out of joint; O cursed spite! / That ever I was born to set it right!"(I, v)를 "사개 물렸던 것이 떨어져 나간 세상! 아, 저주받을 운명! 떨어져 나간 사개를 물리기 위하여 이 세상에 태어나다니!"(615쪽)라고 번역하였다. 국어사전에 '사개'는 상자 따위의 네 모서리를 요철형으로 만들어 끼워 맞추게 된 부분 또는 상자 따위의 모퉁이를 끼워 맞추기 위하여 서로 맞물리는 끝을 들쭉날쭉하게 파낸 부분이나 그러한 짜임새로 풀이되어 있다. 관용어 '사개를 물리다'는 사개가 들어가 떨어지거나 빠지지 않고 꼭 붙어 있게 한다는 비유적 의미로 쓰인다.

그러나 "사개 물렸던 것이 떨어져 나간 세상!"이라는 번역은 아무래도 어색하다. 굳이 ‘사개’를 사용하고 싶으면 “지금 세상의 사개가 제대로 맞지 않고 있어!” 정도로 번역해야 한다. 좀 더 쉽게 풀어서 “지금 시대가 어긋났구나!” 또는 “모든 게 뒤틀린 세상이로구나!”로 옮기는 쪽이 더 적절하다. 그다음 문장 “아, 저주받을 운명! 떨어져 나간 사개를 물리기 위하여 이 세상에 태어나다니!”도 좀 더 원문에 가깝게 “오, 저주받은 운명이여. 이를 바로잡으러 내가 태어나다니”로 옮겨야 한다.

한편 설정식은 『햄릿』을 번역하면서 지나치게 난삽한 한자어를 많이 사용한다. 그래서 21세기 독자들은 말할 것도 없고 20세기 중엽의 독자들도 아마 쉽게 이해할 수 없는 경우가 적지 않았을 것이다. 가령 ‘수미愁眉’, ‘참용僭用’, ‘장근將近’, ‘과인過人’, ‘광망光芒’, ‘무보武步’, ‘만뢰萬籟’, ‘유루遺漏’, ‘두호斗護’, ‘강작强作’ 같은 한자어는 국어사전에는 등록되어 있지만 현대 독자들에게는 조금 낯설다. 이 밖에도 ‘여상如常’, ‘납관納棺’, ‘하람下覽’, ‘초피貂皮’, ‘습복褶服’, ‘신태新笞’, ‘해소海嘯’, ‘소장消長’, ‘접종接踵’, ‘홍은鴻恩’, ‘아아峨峨’도 이에 속한다. ‘낙윤落倫’, ‘독탄毒彈’, ‘정췌精萃’, ‘구라具螺’, ‘아조鵝鳥’ 등은 웬만한 국어사전에도 잘 나오지 않는다.

설정식은 이러한 한자어와 함께 사자성어를 즐겨 사용하기도 한다. 가령 ‘무위상심無爲傷心’, ‘단기응전單騎應戰’, ‘진두위의陣頭威儀’, ‘이재괴변罹災怪變’, ‘무뢰지도無賴之徒’, ‘진충육력盡忠戮力’, ‘만전지책萬全之策’, ‘전고후려前顧後慮’, ‘초열지옥焦熱地獄’, ‘유두분면油頭粉面’, ‘우유민민優柔悶悶’, ‘난의포식暖衣飽食’, ‘전차불비專此不備’, ‘저돌지용猪突之勇’, ‘하향천배下鄕賤輩’, ‘무사졸구蕪辭拙句’ 등은 이러한 경우를 보여주는 좋은 예에 속한다.

5막 1장에서 어릿광대 두 사람이 등장하여 무덤을 파며 말을 주고받는 장면에서 광대 한 사람이 “아담이 군자 양반이었나?”라고 묻자 다른 광대가 “그럼, 그 양반이 맨 처음 곡괭이침지하신 어른이니까”(719~720쪽)라고 대꾸한다. 무식하다고 할 광대가 『논어論語』 술이 편述而篇에서 인용하는 것이 걸맞아 보이지 않는다. 그가 인용하는 구절은 "반소사음수 곡굉이침지 낙역재기중의 불의이부차귀 어아여부운飯疏食飮水 曲肱而枕之 樂亦在其中矣 不義而富且貴 於我如浮雲"에서 앞부분이다. 거친 밥을 먹고 물을 마시며 팔을 구부려 베개 삼아 눕더라도 즐거움이 또한 그 속에 있으니, 의롭지 않으면서 부유하고 고귀한 것은 나에게는 뜬구름과 같다는 뜻이다.

설정식이 원문의 'gentleman'을 '군자 양반'으로 옮긴 것은 그다지 문제가 되지 않지만 기독교 경전을 언급하다가 갑자기 유가 경전을 인용하는 것은 앞뒤가 맞지 않는다. 설정식이 "그 양반이 맨 처음 곡굉이침지하신 어른이니까"로 옮긴 원문은 "A was the first that ever bore arms"이다. 어쩌면 설정식은 원문의 'bore arms'를 팔을 구부려 베개 삼는 행위로 받아들였는지 모른다. 그러나 여기서 'arms'는 팔과는 아무런 관련이 없고 특정 가문을 상징하는 문장紋章을 말한다.

한자 사용과 관련하여 설정식은 "무대 대본이 되어야 할 것을 잊지 않았으며 어운語韻과 어조語調를 되도록 살려보려고 노력하였다. 그러므로 한자를 부득이하게 혼용하면서 관중이 들어서 알 수 있는 말을 골라 썼다"[18]고 밝혔다. 물론 한자를 사용하여 어운과 어조를 살릴 수도 있을 터이지만 난삽한 한자는 관중에게 오히려 걸림돌이 된다. 더구나 무대 공연을 염두에 두고 『햄릿』을 번역했다면 더더욱 문어체보다는 구어체를 사용해야 할 것이다. 무대 공연과는 관계없이 이러한 한자 성구는 『햄릿』처럼 왕조 시대의 궁정을 다루고 작품에서 고풍스럽고 중후한 분위기를 자아내기 위해서는 어느 정도 필요할지도 모른다. 이 점을 고려하더라도 번역자는 가독성을

18 설정식, 「서」, 577쪽.

염두에 두어야 할 것이다.

설정식은 『햄릿』을 번역하면서 일본어 낱말을 더러 사용하기도 한다. 일제강점기에 태어나 식민지 시대에 유소년에서 청년기와 장년기를 보낸 그로서는 한국어를 구사하는 것보다는 오히려 일본어를 구사하는 것이 훨씬 더 쉬웠을지도 모른다. 그래서 그런지 그의 번역에는 일본에서 주로 사용하는 한자어를 사용하였다. 모질고 사나운 귀신을 뜻하는 '야차夜叉'는 한국에서도 사용하지만 일본에서 훨씬 더 자주 사용하는 한자다. 메이지 시대의 대표적인 소설로 흔히 꼽히는 오자키 고요(尾崎紅葉)가 『곤지키야샤(金色夜叉)』(1898~1903)의 제목의 일부로 삼은 바로 그 '야샤'다. '레이가이'로 발음하는 '영해靈骸'도 한국에서는 좀처럼 쓰지 않고 주로 일본에서 쓰는 말이다. 삼각형 모양의 하구에서 만조 때나 폭풍, 해저 화산 따위로 바닷물이 역류하여 일어나는 거센 파도나 빠져나가는 조수가 바닷물과 부딪쳐 거센 물결을 일으킬 때 나는 파도 소리를 뜻하는 '해소海嘯'도 '가이쇼'라고 하여 주로 일본에서 사용한다.

이번에는 낱말이나 자구를 벗어나 문장 단위로 논의를 넓혀보기로 하자. 설정식은 "이번 번역은 직역이다. 나의 공부를 위해서나 후학을 위해서나 직역을 해놓는 것이 좋겠다고 생각한 때문이다"[19]라고 밝혔다. 그의 말대로 그의 번역에는 직역 투의 문장이 많이 눈에 띈다. 그러나 그가 직역한 문장 중에는 졸역이나 심지어 오역이라고 할 것들도 더러 있다. 직역(축역)이든

---

19 위의 글, 577쪽. 설정식이 여기서 말하는 '직역直譯'은 축역逐譯 또는 축자역逐字譯을 뜻한다. 그러나 번역 연구나 번역학에서 '직역'은 다른 언어로 번역된 것을 다시 번역하는 중역重譯이 아니라 원문 텍스트에서 직접 번역하는 방식을 말한다. 번역의 여러 방식에 대해서는 김욱동, 『번역과 한국의 근대』(소명출판, 2010), 306~323쪽; 김욱동 『번역의 미로』, 157~191쪽 참고.

의역(자유역)이든 번역자는 되도록 원문에 충실하게 옮겨야 할 것이다.

가령 클로디어스 왕이 폴로니어스에게 하는 "언제나 그대는 좋은 소식의 임자야"(622쪽)라는 번역은 비록 오역은 아닐지라도 지나친 직역으로 좋은 번역으로 볼 수 없다. 원문 "Thou still hast been the father of good news"는 "그대는 언제나 희소식을 전해주는구려"로 옮기는 쪽이 더 적절하다. 거트루드가 폴로니어스에게 하는 "피 다루지 말고 요령만 말하는 게 어떨까?"라는 물음이나, "소신은 절대로 말을 피 다루지 않습니다"(624쪽)라는 폴로니어스의 대답도 그 뜻을 금방 알아차릴 수 없다. 이 대화에서 '피皮'란 물건을 담거나 싸는 가마니, 마대, 상자 따위를 통틀어 일컫는 말인 것 같다. 그렇다고 하여도 '피 다루다'는 말은 어딘지 모르게 낯설다. 원문 "More matter, with less art"와 "I swear I use no art at all"을 충실하게 옮긴다면 "기교는 그만 부리고 내용을 말하시오"와 "맹세코 저는 기교를 부려 말하는 게 아닙니다" 정도가 될 것이다.

또한 폴로니어스가 클로디어스 왕에게 하는 "그것 때문에 미친 것이 아니거든 소신, 보필輔弼의 직을 끌르시옵소서. 소신은 물러가 땅이나 파고 마소나 끌겠나이다"(627쪽)라는 말에서 '보필의 직을 끌르다'는 표현은 어색하다. 맺은 것이나 맨 것을 푸는 것을 가리키는 '끄르다'는 왕을 보필하는 일을 그만둔다는 의미로서는 적절하지 않다. 그렇다고 '끌르시옵소서'와 '끌겠나이다'에서 두운법頭韻法을 시도한 것으로 보기 어렵다. 왕에게 왕자의 정신 상태를 두고 '미쳤다'고 말하는 것도 신하로서 예의에 벗어난다. "[왕자님이] 사랑 때문에 실성한 것이 아니라면 이 보필의 소임을 내려놓게 해주십시오. 낙향하여 마소를 부리며 농사나 짓겠습니다"로 옮기는 쪽이 적절하다.

앞에서 잠깐 밝혔듯이 설정식은 『햄릿』을 번역하면서 무대 공연을 염두에 두고 어운과 어조를 살리려고 노력하였다. 그런데 이러한 효과를 얻으려고 한 시도가 그다지 성공을 거둔 것 같지 않다. 햄릿이 오필리어를 두고 폴로니어스와 나누는 대사는 이 점을 뒷받침한다.

> **하므렡:** 딸이 있나?
>
> **포로니어쓰:** 네, 있습니다.
>
> **하므렡:** 밖에 내보내지 마라. 머리로 배는 것은 좋은 일이다. 그러나 네 딸이 배로 배는 것은 좋지 않아. 친구, 조심하게.
>
> **포로니어쓰:** (방백) 저 모양을 어떻게 생각하십니까? 아직도 소신 딸 생각만 하고 있는걸 –. (628쪽)

> **Hamlet:** Have you a daughter?
>
> **Polonius:** I have, my lord.
>
> **Hamlet:** Let her not walk i' the sun: conception is a blessing: but not as your daughter may conceive.
>
> **Polonius:** (*aside*) How say you by that? Still harping on my daughter. (II, i).

설정식은 '배로 배다'는 표현과 두운을 맞추려고 '머리로 배다'는 말로 번역했지만 여간 억지스럽지 않다. 물론 셰익스피어는 한 문장 안에 명사 'conception'과 동사 'conceive'를 사용함으로써 말장난(펀)을 시도하였고, 설정식은 어떤 식으로든지 그 말장난의 묘미를 살려 내려고 애썼다. 이러한 묘미를 강조하려고 그는 '배는'이라는 말에 위 점을 찍어 표시하였다.

그런데 이 구절의 해석을 두고 지금까지 셰익스피어 학자들 사이에서는 의견이 서로 팽팽하게 엇갈려 왔다. 설정식이 'conception'을 '머리로 배는 것'이라고 번역한 것은 두뇌 작용으로 형성된 어떤 개념이나 인식의 의미로 해석했기 때문이다. 그래서 여석기呂石基는 "세상을 인식하는 것은 좋지만 임신했다간 큰일이지"[20]로 번역하였다.

여석기처럼 'conception'을 임신이나 수태로 해석하는 서양 학자들이 적지 않다. '축복'이라고 말하는 것을 보면 개념이나 인식보다는 아무래도 임신으로 받아들여야 할 것 같다. 이 장면에서 햄릿이 태양을 언급하는 것을 보면 더더욱 그러하다. 중세기 서양에서는 성모 마리아가 예수 그리스도를 수태한 것을 태양과 연관시켰다. 이러한 생각은 이 무렵 대중문학에 자주 나타날 뿐 아니라 셰익스피어가 『햄릿』에서도 사용하였다. 또한 15~16세기 유행하던 크리스마스 캐럴에도 성모 마리아의 처녀 수태를 햇살이 유리창을 통하여 비치는 모습으로 형상화하기 일쑤였다.[21]

바로 앞 구절 'Let her not walk i' the sun'도 그 의미가 이중적이어서 자못 애매하다. 방금 앞에서 지적했듯이 햇볕을 받으며 걷는다는 것은 성모 마리아의 수태처럼 임신의 가능성을 시사한다. 한편 세상 밖에 나다니다가 햄릿 같은 남성을 만나 자칫 임신하게 될지도 모른다는 의미를 함축하기도 한다. 설정식이 이 문장을 "[딸을] 밖에 내보내지 마라"로 옮긴 것은 바로 그 때문이다.

설정식이 '배는'처럼 두운법을 살려 번역한 것은 햄릿과 폴로니어스의 또

---

20 윌리엄 셰익스피어, 여석기 역, 『햄릿』(문예출판사, 2006), 74쪽.

21 Evan K. Gibson, "Conception is a Blessing", *PMLA* 64: 5(1949): 1236~1238.

다른 대화에서 엿볼 수 있지만 여기서도 이렇다 할 효과를 거두지 못하였다. 3막 2장에서 폴로니어스가 햄릿에게 "줄리어스 시저를 했습니다. 의사당議事堂에서 암살을 당했지요. 브루투스가 저를 죽였습니다"라고 말한다. 그러자 햄릿은 "뭐? 사당에서 사람을 죽이다니 그것 참 듣기만 해도 부르르 떨리는 일이구나"(659쪽)라고 말한다. 이 두 사람의 대화에서도 설정식은 '의사당'과 '사당'을, '브루투스'와 '부르르'라는 부사에서 두운법을 시도하지만 과녁에서 빗나간 화살처럼 제대로 의도한 효과를 얻지 못하고 말았다. 셰익스피어가 이 대화에서 'Capitol'과 'capital', 그리고 'Brutus'와 'brute' 사이에서 말장난을 하는 것은 사실이다. 'Capitol'은 로마의 카피톨리노 언덕에 위치해 있던 유피테르의 신전을 말하고, 'capital'은 '아주 특별한'이라는 형용사다. 설정식이 햄릿 대사에서 'brute'라는 형용사를 '부르르 떨리는'으로 옮긴 것은 말장난을 충분히 살린 번역이다. 다만 "사당에서 사람을 죽이다니"에서 '사람'은 원문 'so capital a calf'를 번역한 것으로는 부족하다. 보통 사람이 아니라 시저 같은 아주 뛰어난 특별한 사람이라는 뜻이다.

위 인용문에서 비록 'conception'과 'conceive'와 관련한 것은 아니지만 평어체와 경어체를 사용한 것도 짚고 넘어가야 한다. 아무리 왕자라고는 하지만 햄릿이 친구의 아버지요 재상인 폴로니어스에게 '~있나?', '~이다', '~마라', '~않아', '~하게'처럼 반말을 사용하는 것은 궁정의 격식에 맞지 않는다. 또한 폴로니어스가 혼잣말로 하는 방백을 "저 모양을 어떻게 생각하십니까?"라고 문의하는 형식으로 옮긴 것도 적절하지 않다. "어렵쇼, 무슨 말이람. 여전히 내 딸 타령이군"으로 옮겨야 한다.

이렇게 햄릿이 폴로니어스에게 경어체를 사용하지 않는 것은 배우가 그리스 비극의 한 대목을 외우는 장면에서도 엿볼 수 있다. 폴로니어스가 "이건 너무 긴데"라고 말하자 햄릿은 폴로니어스에게 "네 수염과 함께 이발소에나 보내서 짧게 만들어보렴!"(642쪽)이라고 대꾸한다. 말뜻도 이해하기 어렵지만 그보다도 아무리 왕자라고 하지만 왕자가 재상에게 하는 말투로서는 부적절하다. '~해 보렴'은 아랫사람에게나 사용할 수 있을지언정 한 나라의 재상에게는 좀처럼 사용할 수 없다. 원문 "It shall to the barber's, with your beard"는 "이발소에 가서 잘라 버리는 게 좋겠군, 기왕에 재상 수염도 같이 말이죠"라고 번역하는 쪽이 적절하다.

더구나 햄릿이 어머니요 지금은 클로디어스 왕의 왕비인 거트루드를 부르는 호칭도 주목해 볼 필요가 있다. 어머니를 꾸짖으면서 햄릿은 "당신은 눈이 있습니까? 그래 이렇게 훌륭한 고산지대 풀밭에 자라던 당신이 어찌하여 이렇게 더러운 늪에 내려와서 시궁창 흙탕물을 마시는 겁니까. 당신의 나이가 되면 맹목적인 정열이란 좋게 가라앉아서……"(681쪽)라고 말한다. 아무리 화가 나 있다고는 하지만 아들이 어머니에 대한 호칭을 '당신'으로 번역한 것은 궁중 법도는 말할 것도 없고 일반 평민의 법도에도 어긋난다.

말장난의 묘미를 살리려고 위 점을 찍어 표시한 예는 햄릿과 길덴스턴의 대화에서도 찾아볼 수 있다. 햄릿이 "그대들의 신세는, 그 여신의 허리춤, 다시 말하면, 그 은총의 가운데 토막에 해당하는가?"라고 묻자 길덴스턴은 "사실, 저희는 여신의 수종을 들기도 합니다"라고 대답한다. 그러자 햄릿이 "뭐? 여신의 수족을 들어? 아, 그도 그럴 게야! 그 계집은 갈보니까!"(630쪽)라고 말한다. 여기서 설정식은 '수종'과 '수족'에 위 점을 찍어 표시하였다. '수종隨從'이란 남을 따라다니며 곁에서 심부름 따위의 시중을 드는 것을 말한다. 한편 '수족手足'이란 자기의 손이나 발처럼 마음대로 부리는 사람을 비유적으로 일컫는 말이다. 그러나 문맥으로 미루어 보아 설정식은 '수족을 들다'를 비유적 의미보다는 손발을 접촉할 만큼 친근하다는 축어적 의미로 사용하는 것 같다. 이렇듯 설정식은 발음이 비슷한 두 낱말을 전혀 다른 의미로 사용하였다.

길덴스턴이 행운의 여신의 수종을 든다고 말하는 원문은 "Faith, her privates we"로 'privates'도 다의적이다. 첫 번째 의미는 군인 중에서 계급이 낮은 사병을 가리키고, 두 번째 의미는 신체의 은밀한 부위를 가리킨다. 행운의 여신을 사병처럼 받든다는 의미와 함께 은밀한 신체 부위를 만질 만큼 가까운 사이라는 의미다. 셰익스피어는 이 두 가지 의미를 염두에 두고 이 낱말을 사용했을 것이다. 그러나 햄릿이 길덴스턴의 말을 받아 곧바로 "아, 그도 그럴 게야! 그 계집은 갈보니까!"라고 대꾸하는 것을 보면 아무래도 후자 쪽에 무게가 실린다.

설정식의 『햄릿』 번역에서 졸역으로 간주할 만한 대목은 곳곳에서 쉽게 찾아볼 수 있다. 다음은 클로디어스 왕이 햄릿과 폴로니어스를 비롯한 신하들에게 거트루드와의 결혼을 선포하는 장면이다.

> 전날은 형수였으나 오늘날 여왕이 된 거튜루드, 이 군국軍國의 지엄한 협동자로 말하자면 깨뜨려진 기쁨으로, 또한 한 눈에는 눈물을 또 한 눈에는 웃음을 띠고 기쁘게 장례를 마치고 슬프게 혼례를 치른다 할까? 희비애환을 똑같이 헤아리며 나의 비妃로서 맞이하는 바이오." (587~588쪽)

> Therefore our sometime sister, now our queen,
> Th' imperial jointress to this warlike state,
> Have we – as 'twere with a defeated joy,

With an auspicious and a dropping eye,

With mirth in funeral and with dirge in marriage,

In equal scale weighing delight and dole –

Taken to wife. (II, i)

"군국의 지엄한 협동자"에서 '군국'은 'warlike state'의 번역으로는 그다지 적절해 보이지 않는다. 얼마 전까지 노르웨이와 전쟁을 벌여 승리를 거두었으므로 '전쟁을 치른 나라'나 '용맹한 나라'로 번역하는 것이 옳다. '지엄한 협동자'도 '나와 함께 대권을 이어받은 사람'으로 풀어서 옮기는 쪽이 낫다. 이보다 더 심각한 것은 "깨뜨려진 기쁨으로"라는 구절이다. 'defeated'는 'spoiled, defaced, disfigured'의 의미다. 위 인용문에 이어 햄릿은 클로디어스 왕과 어머니 거트루드가 퇴장한 뒤 혼자 무대에 남아 독백한다. 이 독백에서 햄릿은 좁게는 어머니, 좀 더 넓게는 여성 전체의 변하기 쉬운 마음에 대하여 불만을 털어놓는다.

> 여리고 약한 것이여, 그는 여자로다! 한 달도 채 되기 전에 니오베처럼 눈물지으며 가엾은 아버님의 영해靈骸를 따라갈 때 끌던 신발의 빛도 낡기 전에 어머니가, 그 어머니가. 아, 하느님, 미물의 짐승이라도 그보다는 좀 더 슬퍼할 줄 알 것인데. 내 삼촌과 결혼을 하였다.[22] (393쪽)

22 현상윤玄相允은 재일본동경유학생학우회가 펴낸 잡지에 발표한 글에서 설정식이 "여리고 약한 것이여, 그는 여자로다!"를 "약한 자여 네의 일흠은 게집이라"고 번역하였다. 현상윤, 「강력주의와 조선 청년」, 〈학지광〉 6호(1915. 07.), 44쪽.

Frailty, thy name is woman!
A little month, or ere those shoes were old
With which she follow'd my poor father's body,
Like Niobe, all tears: – why she, even she –
O, God! a beast, that wants discourse of reason,
Would have mourn'd longer – married with my uncle,
My father's brother. (II, i)

첫 구절 "여리고 약한 것이여, 그는 여자로다!"는 좋은 번역으로 보기 어렵다. 무엇보다도 사물이나 현상을 추상적으로 가리키는 '것'은 3인칭 대명사 '그'와는 호응이 되지 않는다. 'frailty'를 굳이 '여리고 약한'이라고 동어 반복적으로 옮길 이유도 없다. 3인칭 대명사 주로 남성을 가리키는 '그'는 여성을 가리킬 때 쓸 수 없는 것은 아니지만 여성의 경우에는 '그녀'를 쓰는 것이 일반적이다. 일본어와 관련하여 언급한 '영해'도 원문 'body'의 번역으로는 그렇게 적절하지 않다. "신발의 빛도 낡기 전에"는 "신발이 채 닳기도 전에"로 옮기는 쪽이 원문에 가까울뿐더러 이미지도 훨씬 더 선명하다. 햄릿이 느끼는 고뇌와 절망과 분노의 감정을 담아 원문에 충실하게 번역한다면 아마 이렇게 될 것이다.

약한 자여, 그대 이름은 여자로다!
이제 겨우 한 달, 니오베처럼 눈물에 흠뻑 젖어
불쌍한 아버님 영구를 따라가던 그 신발이 채 닳기도 전에
어머니가 – 글쎄, 바로 그 어머니가 –
자기 시동생 품에 안기다니.

아, 사리를 분간 못 하는 짐승이라도

이보다는 좀 더 슬퍼했을 것을.

설정식은 비유법과 마찬가지로 격언이나 속담도 제대로 번역하지 못하였다. 예를 들어 햄릿은 자기의 왕위 승계와 관련하여 로젠크란츠에게 "풀이 자라는 동안에는 어리석은 말은 굶어죽지 않는다"는 속담을 인용한다. 그렇다면 똑똑한 말은 풀이 자라는 동안 굶어 죽는다는 말인가? 햄릿은 "While the grass grows, the horse starves"라는 속담을 인용하려다가 진부하다 생각하고 그만 중도에서 말을 끊어버린다. 1350년으로 그 역사를 거슬러 올라갈 이 속담은 "풀이 자라는 것을 기다리자니 말이 굶어 죽더라"로 옮겨야 한다. 현실적으로 불가능한 일을 하염없이 기다리는 것보다는 상황을 지혜롭게 판단하여 실용적인 대책을 수립하는 것이 현명하다는 뜻의 '백년하청百年河清'과 비슷하다.

로젠크란츠와 길덴스턴을 두고 햄릿이 친구 호레이쇼에게 하는 말을 번역한 부분도 졸역으로 볼 수밖에 없다. "저 귀가 말을 잘 듣는 것같이 굴신屈伸이 자재自在한 무르팍으로는 아첨해서 이로운 데 굽히게 하는 것이 좋지!"(657쪽)라는 문장은 몇 번 읽어도 그 뜻을 알아차릴 수 없다. 이 대사의 원문은 "No, let the candied tongue lick absurd pomp, / And crook the pregnant hinges of the knee / Where thrift may follow fawning"이다. "아니, 우쭐대는 바보를 핥는 일은 달콤한 혓바닥을 가진 자에게 맡겨두고, / 아첨에 이득이 따라오는 곳에는 무르팍을 저절로 굽히는 녀석에게 맡겨두지"로 옮기면 그 뜻이 금방 떠오른다.

설정식은 원문과 조금 다르거나 어색하게 옮긴 졸역이 아니라 아예 원문과 반대로 번역한 오역도 없지 않다. 가령 햄릿이 영국에 가던 중 탈출하여 엘시노어의 궁정에 돌아와 호레이쇼를 만나 저간의 사정을 말하는 5막 2장은 이러한 경우를 보여주는 좋은 예로 꼽을 만하다. 클로디어스 왕이 영국 왕에게 보내는 편지를 언급하며 햄릿은 친구에게 "이 글을 보는 즉시 촌시寸時의 지체도 하지 말고 도끼로 벨 것도 없이, 곧 목을 자르라고 갖은 이유와 억설을 늘어놓았구려"(732쪽)라는 문장을 읽어준다.

그런데 설정식의 번역은 원문 "on the supervise, no leisure bated – / No, not to stay the grinding of the ax – My head should be struck off"와는 적잖이 차이가 난다. 죄수의 목을 자르는 것은 도끼인데도 그러한 "도끼로 벨 것도 없이"라고 말하는 것은 이치에 맞지 않는다. 아니나 다를까 "not to stay the grinding of the ax"라는 표현은 "도끼로 벨 것도 없이"가 아니라 "도끼의 날을 벼릴 것도 없이"라는 뜻이다. 이러한 오역은 2막 2장에서 햄릿과 폴로니어스가 대화를 나누는 장면에서도 엿볼 수 있다.

> **포로니어쓰:** (방백) 미친 사람 하는 소리이지만, 이치가 닿는 소린데. 저 공기 밖으로 산책을 하지 않으시렵니까?
> **하므렡:** 무덤 속으로 들어가란 말인가?
> **포로니어쓰:** 말씀 드리고 보니 참! 공기 밖은 무덤 속이 되는군요. [···] 황송하오나, 소신을 그만 물러가도록 하여 주시옵소서.
> **하므렡:** 내가 자네에게 하여줄 수 있는 게라고는 아무것도 없네. 내 목숨이나 줄까? 내 목숨이나, 내 목숨이나!

> **Polonius:** (*aside*) Though this be madness, yet there is method in 't. Will you walk out of air, my lord?

Hamlet: In to my grave.

Polonius: Indeed, that is out o' the air. [⋯] My honorable lord, I will most humbly take my leave of you.

Hamlet: You cannot, sir, take from me anything that I will more willingly part withal – except my life – except my life – except my life. (II, ii)

폴로니어스가 혼잣말 다음에 햄릿에게 하는 "저 공기 밖으로 산책을 하지 않으시렵니까?"는 오역이다. 공기 밖으로 산책하자고 권유하는 말이 아니라 이와는 반대로 바깥 공기가 몸에 좋지 않으니 안으로 들어가라고 권유하는 말이다. 당시 바깥 공기는 몸이 아픈 사람들에게는 좋지 않다는 생각이 널리 퍼져 있었다. 그러자 햄릿은 이 말을 받아 공기가 없는 곳, 즉 무덤 속으로 들어가라는 말이냐고 대꾸한다. 이 말에 대한 폴로니어스의 응답을 "말씀 드리고 보니 참! 공기 밖은 무덤 속이 되는군요"로 번역한 것도 엄밀히 말하면 정확한 번역은 아니다. "하긴 그렇군요. 무덤 속에는 공기가 통하지 않으니까요"라고 옮겨야 한다.

위 인용문의 마지막 대화도 문제가 있기는 마찬가지다. "소신을 그만 물러가도록 하여 주시옵소서"라는 폴로니어스의 말에 햄릿은 "내가 자네에게 하여줄 수 있는 게라고는 아무것도 없네"라고 대답한다. 그러면서 햄릿은 계속하여 "내 목숨이나 줄까? 내 목숨이나, 내 목숨이나!"라고 말한다. 햄릿의 말은 폴로니어스에게 해줄 수 있는 것이 아무것도 없다는 뜻이 아니라, 물러가게 해달라는 그의 부탁을 들어주는 것보다 더 기꺼이 그에게 해줄 수 있는 것이 아무것도 없다는 뜻이다. 그러면서 햄릿은 자기 목숨만은 결코 내줄 수 없다고 익살을 부린다. 폴로니어스의 말을 좀 더 쉬운 다른 표현으로 바꾸면 "There's nothing I would more willingly give up than that"이 된다. 설정식이 최상급을 뜻하는 부정 비교 구문을 제대로 이해하지 못한 데서 비롯한 어처구니없는 오역이다.

설정식의 『햄릿』 번역에서 눈에 띄는 또 다른 문제는 지나친 자국화 번역 전략이다. 그는 시간적 배경과 공간적 배경을 조선 시대로 옮겨놓았다. 햄릿의 이야기가 문자로 처음 기록된 것은 1200년경이고, 그보다 훨씬 이전부터 구전으로 전해 내려왔다. 시대적 배경은 아무리 늦게 잡아도 후기 중세기 이후로 볼 수 없다. 또한 공간적 배경은 덴마크의 도시 엘시노어의 궁정이다. 이러한 역사적 사실을 반영하려고 설정식은 작품 곳곳에서 호칭이나 칭호 또는 어법 등에서 자국화 전략을 꾀하였다. 길덴스턴이 왕에게 "신臣들은 지엄하신 분부를 받잡고 삼가 분골쇄신, 끝까지 봉공奉公하오리니, 통촉하소서"(621쪽)에서도 엿볼 수 있듯이 설정식의 번역을 읽다 보면 마치 조선 시대 사극을 보는 듯한 느낌을 받는다.

오필리어가 아버지에게 햄릿 왕자가 자기에게 이상하게 행동했다는 것을 알리자 폴로니어스는 "애, 어서 상감님께로 가자"(620쪽)고 말한다. 거트루드 왕비는 햄릿의 친구 로젠크란츠와 길덴스턴에게 "그대들의 체류에 대하여서는 상감님의 후대가 있을 것이오"(621쪽)라고 밝힌다. 로젠크란츠가 햄릿에게 폴로니어스의 시체를 어디에 두었느냐고 묻자 왕자는 "그 시체는 상감마마와 함께 있다"(691쪽)고 대답한다. 이렇듯 설정식의 번역에서는 클로디어스 왕을 흔히 '상감마마'라고 일컫는다. 클로디어스 왕의 호칭이나 칭호를 '상감마마' 대신 '성상聖上'이나 '전하殿下' 또는 '임금님'으로 번역할 때도 더러 있다.

한편 설정식의 번역에서 폴로니어스를 비롯한 작중인물들은 거트루드의 호칭이나 칭호로 '곤전마마'를 사용한다. '왕비'를 높여 이르던 '곤전坤殿'에

존대의 뜻으로 '마마媽媽'를 붙인 표현이다. 그 밖에 설정식은 거트루드에 대한 호칭이나 칭호로 '중궁전마마'를 줄여 부르는 '중전中殿'이나 '비妃' 또는 '비전하'라는 용어를 사용하기도 한다. 그중 '비전하妃殿下'는 일본에서 '히덴카'라고 하여 황족이 아닌 출신이 황족의 아내가 되는 경우에 사용하는 용어다. 일제강점기에 이방자李方子 여사도 '히덴카'로 불렸다. 햄릿 왕자의 칭호나 호칭으로는 '동궁東宮마마'로 번역하였다. 두말할 나위 없이 '중궁전마마'처럼 '동궁전마마'라는 뜻이다. 이 밖에도 설정식이 '수라상'을 비롯하여 '당상 현관堂上顯官', '승지承旨' 같은 궁정 용어를 사용하는 것이 흥미롭다.

한편 설정식의 『햄릿』 번역에서는 호칭이나 칭호뿐 아니라 말투도 낯설다. 예를 들어 클로디어스 왕이 왕자에게 "하므렡, 어떻게 지내는가?"라고 묻자 왕자는 "잘 지내오"(659쪽)라고 대답한다. '-하오'체는 상대방을 높이되 자신을 낮추지는 않는 어법이지만 왕자가 왕에게 하는 말투로서는 아무래도 어울리지 않는다. 거트루드 왕비가 로젠크란츠와 길덴스턴에게 "여러분, 하믈렡이 가끔 여러분 애기를 하였더라오. 그가 두 분보다 더 가깝게 생각하는 사람은 다시없다고 생각하오"(621쪽)라는 대사에서 '여러분'과 '두 분'은 왕비가 사용하는 말로서는 품격에서 벗어난다.

설정식은 두 번째 자국화 번역 전략으로 기독교와 관련한 용어를 불교식으로 번역하였다. 예를 들어 그는 수녀원을 뜻하는 'nunnery'를 '절간'으로 옮겼다. 그것도 '사찰'이나 '절'이라고 하지 않고 '절'을 속되게 이르는 '절간'으로 번역하였다. 다음은 햄릿이 오필리어에게 악담을 퍼붓는 장면이다.

> **하므렡:** 절간으로나 가, 절간으로! 잘 있어. 그러나 정녕 시집을 가겠거든 천치나 바보한테로나 가. 현명

한 사나이는 너희가 그들을 결국 대가리에 뿔이
나는 괴물로 만들어 버리고 말 것을 잘 아니까.
절간으로 가, 절간으로, 어서. 잘 있거라!

오피리아: 오! 천우신조가 있어 정신을 바로 잡으시게 하사이다!

(652~653쪽)

설정식의 번역에 따르면 햄릿은 오필리어에게 비구니比丘尼가 되어 평생 여승으로 살아가라고 말한다. 서양의 수녀에 해당하는 것이 비구니이고, 수녀원에 해당하는 말이 절간이다. 그런데 셰익스피어가 활약하던 엘리자베스 시대에 'nunnery'라는 말은 수녀원 외에 매음굴을 뜻하는 말로도 사용하였다. 그러므로 햄릿이 수녀원/절간으로 들어가라는 말은 오필리어에게 이중으로 모욕적으로 들릴 것이다. 한편으로는 햄릿은 그녀에게 순결을 지키라고 권유하고, 다른 한편으로는 성적으로 문란하게 행동하라고 부추기는 셈이다.

더구나 오필리어의 시체를 매장하는 장면에서 오빠 레어티즈가 갑자기 나타나 매장 의식을 거행하는 사제를 꾸짖는다. 레어티즈가 사제를 일컫는 'churlish priest'를 설정식은 '무례한 사제'로 번역하는 대신 '무정한 중놈'으로 번역하였다. 이 밖에도 설정식은 불교와 관련한 용어를 자주 사용하기도 한다. 예를 들어 거트루드 왕비가 햄릿에게 하는 "알다시피 생자는 필사必死, 사람이 한번 태어나 사바娑婆에 왔다가 영겁永劫으로 가는 것이 인세人世의 상정常情이다"(590쪽)라는 대사에서 '사바'와 '인세'와 '영겁'은 하나같이 불교에서 주로 사용하는 용어다. 이 밖에도 '적멸寂滅'도, '열반 왕생涅槃往生'도, '진세塵世의 업욕業慾'도, 사천왕에 딸린 여덟 귀신 팔부八部의 하나로 인간을 괴롭히거나 해친다는 사나운 귀신인 '야차'도 하나같이 불교와 관련한 것들이다. 심지어 오필리어의 무덤을 파는 장면에서 햄릿이 광대에게 누구를 묻으려는 무덤이냐고 묻자 광대는 "살아 있을 때는 여자였는데 나무아미타불 그만 죽어버렸어요"(724쪽)라고 대답한다. 원문 "One that was a woman, sir. But rest her soul, she's dead"에서 '나무아미타불'에 해당하는 구절은 'rest her soul'이다. 이 구절은 기원문 "May God rest her soul!"을 줄여서 말한 것으로 "그녀의 영혼을 편히 쉬게 하소서"로 옮겨야 한다.

그러나 설정식의 『햄릿』 번역에서 무엇보다도 문제가 되는 것은 무운시無韻詩, 즉 각운을 사용하지 않는 약강 오보격弱強五步格의 시 형식으로 된 부분을 하나같이 산문으로 번역했다는 점이다. 이러한 예는 2막 1장에서 클로디어스 왕이 거트루드 왕비를 비롯하여 햄릿, 폴로니어스, 레어티즈 등 재상과 신하들에게 연설을 하는 장면 등에서 쉽게 엿볼 수 있다. 또한 설정식은 햄릿의 유명한 독백 장면들도 하나같이 산문으로 번역하였다. 이러한 번역 과정에서 셰익스피어가 의도한 중후하면서도 시적인 맛을 모두 잃어버리고 말았다.

물론 강약에 의존하는 영시의 운율 체계와 음절의 수에 의존하는 한국시의 운율 체계는 근본적으로 다르다. 영어와 한국어는 어순이 서로 달라 무운시에서 얻을 수 있는 효과를 기대하기란 거의 불가능하다. 그러나 적어도 행갈이를 하는 운문은 행갈이를 하지 않는 산문과는 시각적으로 구별된다. 더구나 운문처럼 행갈이를 하면 대사의 흐름과 대사를 말하는 작중인물의 호흡 조절을 느낄 수 있다. 그러므로 셰익스피어의 희곡을 옮기는 번역자는 반드시 이 점을 염두에 두어야 한다.

셰익스피어가 활약하던 영국의 르네상스 시대에는 극작가들이 희곡에 운문과 산문을 섞어 사용하는 것이 문학적 관습이었다. 셰익스피어를 분수령으로 그 이전 극작가들은 주로 운문을 썼고, 그 이후 극작가들은 주로 산문을 썼다. 셰익스피어가 운문과 함께 산문을 구사한 것은 시기적으로 그 분수령에 놓여 있었기 때문이다. 더구나 셰익스피어가 희곡에 운문과 산문을 섞어 사용한 것은 이러한 관행 말고도 계급과 신분, 선과 악, 작중인물의 성격과 심리, 기분 등을 구분 짓기 위해서였다. 또한 운문이나 산문만을 일관되게 사용할 때 관객이 느끼는 단조로움에 변화를 주기 위한 전략이기도 하였다.

한국 비평가로서 셰익스피어 작품에서 운문과 산문의 역할과 기능에 처음으로 주목한 사람은 김동석이었다. 그는 셰익스피어의 37편 희곡의 총 행수 105,866행 중 28,255행이 산문으로 희곡 전체의 26퍼센트 정도를 차지한다고 지적하였다. 물론 이러한 통계는 김동석 자신이 직접 계산한 것은 아니고 영국의 셰익스피어 학자 모튼 루스의 『윌리엄 셰익스피어 작품 핸드북』(1906)에 따른 것이다. 어찌 되었든 김동석은 모든 희곡 작품에서 셰익스피어가 귀족 계급은 운문으로 말하게 하고, 시민 계급이나 하층 계급은 산문으로 말하게 한 점에 주목하였다. 그러면서 봉건 사회가 무너질 때 운문과 시도 함께 무너지면서 산문이 대신 운문의 자리를 차지했다고 주장하였다.[23]

물론 이러한 관행이 언제나 엄격하게 지켜진 것은 아니어서 작중인물의 정신 상태가 온전한지 여부를 판단하는 잣대로도 사용한다. 예를 들어 햄릿이 자신을 찾아온 로젠크란츠와 길덴스턴에게 "인간이란 참으로 걸작이

23 김동석, 「시극과 산문: 쉐잌스피어의 산문」, 「뿌르조아의 인간상: 폴스타프논論」, 『뿌르조아의 인간상』(탐구당, 1949), 119~147, 148~192쪽. 김욱동, 『비평의 변증법: 김환태·김동석·김기림』(이숲, 2022), 176~285쪽.

아닌가! 이성은 얼마나 고귀하고, 능력은 얼마나 무한하며, 생김새와 움직임은 얼마나 깔끔하고 놀라우며, 행동은 얼마나 천사 같고, 이해력은 얼마나 신 같은가!"[24](2막 2장)라고 말하는 장면에서는 운문이 아닌 산문을 구사한다. 『리어왕』에서도 주인공은 왕위를 유지하고 정치적 권위를 행사할 때는 운문을 사용하지만, 왕위를 잃고 미치광이가 되다시피 하여 폭풍우 속에서 황야를 방황할 때는 산문을 사용한다.

이 점과 관련하여 김동석은 "시인 쉐익스피어는 이성을 잃은 사람, 즉 미친 사람에게는 한 줄의 시도 부여하지 않었다. 쉐익스피어 극에 있어서 정신 이상이 생긴 사람은 반드시 산문으로 말하게 되어 있다"[25]고 지적한다. 김동석은 이러한 경우를 보여주는 가장 좋은 예로 리어 왕과 오필리어가 미친 장면, 햄릿과 에드거가 미친 시늉을 하는 장면, 맥베스 부인이 몽유병자로 등장하는 장면을 든다. 또한 오셀로는 이아고로부터 아내 데스데모나가 간통을 범했다는 소식을 듣고 감정이 격해지자 갑자기 산문으로 외치고는 의식을 잃고 쓰러진다.

김동석은 정신착란의 여부를 판가름하는 산문이 셰익스피어 작품에서 또 다른 의미를 지닌다고 주장하였다. 햄릿이 과연 정신착란을 일으키고 있느냐 그렇지 않느냐 하는 것은 그동안 비평가들 사이에서 큰 논쟁거리였다. 그런데 김동석은 『햄릿』 3막 2장과 5막 2장에서 햄릿이 호레이쇼에게 산문이 아닌 운문으로 말한다는 점을 근거로 보면 덴마크 왕자는 정신

---

24 설정식은 이 대사를 "인간이란 얼마나 신기한 조화물인가! 이지理智에 있어서 얼마나 뛰어나는 것이며, 능력에 있어서는, 또 얼마나 무한한 것인가! 자태라든가, 거동이라든가, 이루 말할 수 없는 표정과 찬탄할 몸매, 행위는 천사 같고 지혜는 신과 같은 인간"(633쪽)으로 번역하였다.

25 김동석, 「뿌르조아의 인간상」, 134~135쪽.

착란을 일으키는 척할 뿐 실제로 정신착란증에 걸리지는 않았다고 주장하였다.

설정식의 『햄릿』 번역에서 주목해야 할 것은 햄릿의 독백 중에서 가장 유명한, "죽느냐 사느냐, 그것이 문제로다"로 시작하는 3막 1장의 독백이다. 이 독백은 이 작품을 읽지 않은 사람들도 첫 구절을 기억할 만큼 아주 유명하다.

> 죽느냐 사느냐, 그것이 문제로구나. 더러운 운명의 화살과 석전石箭을 그냥 참고 견딜 것이냐? 그렇잖으면 환난의 바다를 힘으로 막아 싸워 이기고, 함께 넘어지는 것이 사나이의 할 바냐? 죽는다는 것은, 잠을 잔다는 말 – 그것뿐이다. (649~650쪽)

설정식이 번역한 위 독백에서 세 가지가 눈길을 끈다. 첫째, 장덕수張德秀가 "살까 죽을까 하는 것이 문제로다"로 옮기고 현철이 "죽음인가 삶인가, 이것이 의문이다"로 옮긴 것과는 달리 설정식은 "죽느냐 사느냐, 그것이 문제로구나"로 옮겼다. '존재' 또는 '비존재'로 옮긴 일부 번역가와는 달리 설정식은 생사의 문제로 해석하여 번역하였다.

둘째, 설정식은 장덕수와는 달리 원문의 어순을 바꾸어 '삶'을 뒤로 돌리고 '죽음'을 앞에 내세웠다. 언뜻 대수롭지 않게 넘어갈 수 있을지 모르지만 '사느냐 죽느냐'를 '죽느냐 사느냐'로 바꾼 것은 마치 생사가 바뀌는 것처럼 엄청난 변화다. 그런데 한국어 어법에는 전자보다는 후자가 훨씬 더 자연스럽다. 한국어 연어법에서는 '죽기 아니면 살기'라는 표현은 사용하여도 '살기 아니면 죽기'라는 표현은 좀처럼 사용하지 않는다. 또한 설정식은 '죽음'과 '삶'이라는 명사형 대신 '죽다'와 '살다'의 동사형으로 옮겨 한껏 생동감을 불어넣었다.

셋째, 설정식은 '그것이 문제로구나'에서 '-이다' 대신 '-로구나'라고 번역하여 감탄의 뜻을 드러내었다. 더구나 '-로구나'는 감탄의 의미를 수반할 뿐 아니라 화자가 새롭게 알게 된 사실에 주목함을 나타내는 종결 어미로도 쓰인다. '-로구나'는 이와 비슷한 '-구나'에 비하여 좀 더 예스러운 느낌이 들어 『햄릿』 번역에 안성맞춤이다.[26]

한국에서 『햄릿』의 번역은 그동안 크게 세 단계에 걸쳐 이루어져 왔다. 첫 번째 단계에서는 찰스 램과 메리 램의 『셰익스피어 이야기』에 실린 『햄릿』을 번역하여 소설 작품으로 소개하였다. 램의 작품 번역은 셰익스피어의 작품을 본격적으로 도입하기 위한 준비 단계라고 할 수 있다. 이러한 시도는 이광수가 신소설에서 탈피하여 근대소설로 이행하는 현상과 비슷하다.

두 번째 단계에서는 현철의 번역에서 볼 수 있듯이 이 작품을 연극 공연을 위한 대본으로 옮겼다. 현철은 일찍이 1904년 일본에 유학하여 메이지 대학에서 법학을 전공하다가 진로를 바꾸어 시마무라 호게쓰(島村抱月)의 게이주쓰좌(藝術座) 부속 연극학교에서 연극을 공부하였다. 1920년대 초엽 단역 배우로 출발한 현철은 식민지 조선에 최초의 연극 학교를 세웠던 공연 예술 문화의 선구자로 한국 연극사에서 신파극에서 정통 근대극으로 넘어오는 데 징검다리 역할을 하였다. 엄밀히 말하면 램의 책은 셰익스피어 작품이라고 보기 어려우므로 현철의 번역이 한국 최초의 번역서라는 영예를 안는다.

현철은 「애독자 제위에게」라는 글에서 "이 『하믈레트』를 시작한 지 이미

---

26 김욱동, 『번역가의 길』(연암서가, 2023), 243~277쪽.

해가 지나기를 둘이나 하여 오랫동안 지루한 시간을 독자에게 낭비케 한 것은 자못 미안한 생각이 없지 아니하나 현철의 천박 비재로써는 여러 가지 희곡을 번역하는 중에 이와 같이 난삽한 것은 그 쌍을 보지 못하였으니 그것은 『하믈레트』이라는 희곡의 자체가 세계적 명편으로 일자 일구를 범연히 할 수 없는 그것과, 또 한 가지는 『하믈레트』 주인공의 이중 심리가 무대적 기분이나 호흡상으로 조절을 맞추기에 가장 힘이 들었으니 실로 어떠한 구절에 이르러서는 하루 동안을 허비한 일이 적지 아니한 것도 있었다"고 말한다. 그러면서 현철은 계속하여 "다행히 희곡적 천재가 나서 다시 이 번역의 선진미善眞美를 다하였으면 이곳 우리 문단의 한 명예라고 하겠다"라고 밝힌다.[27] 이렇듯 현철은 자신의 번역이 어디까지나 무대 공연을 염두에 둔 것이라는 점을 분명히 밝혔다.

세 번째 단계는 연극 공연보다는 문학 작품으로 번역하려는 시도였다. 설정식은 『햄릿』을 번역하면서 "무대 대본이 되어야 할 것을 잊지 않았으며……"라고 밝혔지만 말은 그렇게 하여도 실제 사실과는 적잖이 다르다. 설정식의 번역은 무대 대본보다는 오히려 문학 작품으로 읽힌다. 앞에서 언급했듯이 그는 운문 부분을 모두 산문으로 번역했을 뿐 아니라 산문도 배우들의 대사로서는 너무 길고 난삽하여 관객이 제대로 알아듣기란 여간 어렵지 않다. 설정식의 『햄릿』 번역은 바로 이렇게 무대 대본이 아닌 문학 작품으로 번역했다는 점에서 가장 주목할 만하다.

『햄릿』을 번역하고 난 뒤 원고를 읽어본 설정식은 셰익스피어라는 큼직한 호랑이를 작은 고양이로 만들어 놓은 느낌이 없지 않다고 솔직히 고백하였다. 그러면서 그는 "나의 재간이 이것뿐이니 어쩔 수 없는 노릇이다.

---

27 현철, 「애독자 제위에게」, 〈개벽〉(1922. 12.).

다만 일후日後에 다른 이의 훌륭한 번역이 나오기를 기다리며 아울러 선배 동학들의 준열한 비판이 있기를 바랄 뿐이다"[28]라고 말하였다. 그의 바람대로 해방 후 『햄릿』의 번역본은 우후죽순처럼 쏟아져 나와 무려 수십여 종에 이른다.

더구나 설정식은 "셰익스피어가 써 놓은 『하므렡』을 충분히 감상, 비평하여 내 문학에 좋은 거름을 삼는 것이 사옹沙翁 학도의 제일차적인 임무"[29]라고 밝힌 적이 있다. 그런데 이 말은 비단 셰익스피어 연구뿐 아니라 셰익스피어 작품 번역에도 그대로 적용할 수 있다. 한국에서 셰익스피어 연구는 이제 감상과 비평의 테두리를 뛰어넘어 충실한 번역으로 그 범위를 넓혀야 한다. 『햄릿』 번역 100년을 맞이한 지금 가장 권위 있는 원전 텍스트를 기반으로 이제 '결정판' 번역이 나올 때가 되었다. 그리고 이러한 작업에 설정식은 현철의 바통을 이어 선구자로서의 역할을 충실히 했던 것이다.

---

28 설정식, 「서」, 578쪽.
29 설정식, 「함렛트에 관한 노오트」, 『설정식 문학전집』, 759쪽.

참고문헌

I. 잡지 및 신문

〈학지광學之光〉〈해외문학海外文學〉〈개벽開闢〉〈삼천리三千里〉〈동광東光〉〈조광朝光〉〈연세춘추延世春秋〉〈문우文友〉〈연세공감〉〈신동아新東亞〉〈신천지新天地〉〈신세대新世代〉〈조선춘추朝鮮春秋〉〈민성民聲〉〈문학文學〉〈한글〉〈민주공론民主公論〉〈인문평론人文評論〉〈사상계思想界〉〈신인新人〉〈학풍學風〉〈춘추春秋〉〈현대문학現代文學〉〈대한매일신보大韓每日申報〉〈조선중앙일보朝鮮中央日報〉〈중앙일보中央日報〉〈중앙신문中央新聞〉〈경향신문京鄕新聞〉〈자유신문自由新聞〉〈민주일보民主日報〉〈조선일보朝鮮日報〉〈동아일보東亞日報〉〈새한민보〉〈서울신문〉

II. 설정식 작품

1. 시집

『종』. 백양당, 1947.
『포도』. 정음사, 1948.
『제신의 분노』. 신학사, 1948.
『우정의 서사시』(헝가리어). 벤야민 라슬로 역. 부다페스트: 세피로달미, 1952.

2. 소설

「단발斷髮」. 〈조선일보〉, 1932. 04. 27.
「산신령」. 〈조선춘추〉, 1942. 05.
「프란씨쓰 두셋」. 〈동아일보〉, 1946. 12. 13.~12. 22.
「척사 제조업자」. 〈민성〉, 1948. 01.
「한 화가의 최후」. 〈문학〉 통권 7호, 1948. 04. 10.
「청춘」. 〈한성일보〉, 1946. 05. 03.~10. 16.
『청춘』. 민교사, 1949.
「해방」. 〈신세대〉, 1948. 01. 02. 05.
「한류난류寒流暖流」. 〈민주일보〉, 1948. 10.~12. 03.(47회로 중단)

3. 희곡

「중국은 어데로」. 〈중앙일보〉, 1932. 01. 01.~01. 10.

4. 수필, 평론 및 시론

「한자 폐지론」. 〈동광〉 4호, 1932. 04.
「김지림金志淋 군의 생존경쟁과 상호부조를 논함」. 〈동광〉 4호, 1932. 04.
「회고와 전망 소론」. 〈문우〉 창간호, 1932.
「8월도 한가위」. 〈신동아〉, 1933. 08.
「현대 미국소설」. 〈조광〉, 1940. 10.

「토마스 울프에 관한 노트: 소설 『시時와 하河』를 중심으로」. 〈인문평론〉, 1941. 02.
「김기림 시집 『바다와 나비』에 대하여」. 〈자유신문〉, 1946. 05. 06.
「『백록담』을 읽고」. 〈자유신문〉, 1946. 12. 30.
「고향 친구」. 〈경향신문〉, 1947. 03. 23.
「시와 장작」. 〈중앙신문〉, 1947. 10. 26.
「시와 장소」, 「문학의 기교」. 〈중앙신문〉, 1947. 10. 26.
「여성과 문화」. 〈신세대〉, 1948. 02.
「재일동포의 문화 옹호」. 〈새한민보〉, 1948. 06. 01.
「실사구시의 시」. 〈조선중앙일보〉, 1948. 06. 29.~07. 01.
「극평 〈달밤〉」. 〈서울신문〉, 1948. 07. 25.
「나의 시: 진리」. 〈조선중앙일보〉, 1949. 01. 29.
「함렛트에 관한 노오트」. 〈학풍〉 통권 12호, 1950. 05.

5. 번역 및 주석서
어니스트 헤밍웨이. 「불패자」, 〈인문평론〉, 1941. 01.
새러 티즈데일. 「해사海沙」, 〈춘추〉, 2권 6호, 1941. 07. 01.
토마스 만. 「마의 민족」, 〈문학〉 2호, 1946. 11. 26.
윌리엄 셰익스피어. 『하므렡』, 서울: 백양당, 1949.
Hamlet with Notes, 서울: 백양당, 1949.

6. 대담 및 좌담
「홍명희-설정식 대담기」, 〈신세대〉, 1948. 05.
「강용흘 씨를 맞이한 좌담회」, 〈민성〉 2권 8호, 1946. 08.
「문학 방담의 기: 설정식, 최정희, 허준, 임학수」, 〈민성〉 4권 2호, 1948. 02.

7. 전집 및 관련 블로그
설희관 편. 『설정식 문학전집』. 산처럼, 2012.
https://blog.naver.com/hksol.

III. 설정식 관련 단행본 저서

권영민. 『한국 계급문학 운동사』. 문예출판사, 1998.
권영민 편. 『정지용 전집』 전 3권. 민음사, 2016.
김광운. 『통일독립의 현대사: 권태양의 생애와 시대 이야기』. 지성사, 1995.
김동석. 『예술과 생활』. 박문서관, 1947.
______. 『뿌르조아의 인간상』. 탐구당, 1949.
김영진 편. 『김환태 전집』. 현대문학사, 1972.
김욱동. 『대화적 상상력: 미하일 바흐친의 문학 이론』. 문학과지성사, 1988.
_____. 『김은국: 그의 삶과 문학』. 서울대학교출판부, 2007.
_____. 『번역의 미로: 번역에 관한 열두 가지 물음』. 글항아리, 2010.

_____. 『번역과 한국의 근대』. 소명출판, 2010.
_____. 『세계문학이란 무엇인가』. 소명출판, 2020.
_____. 『외국문학연구회와 〈해외문학〉』. 소명출판, 2020.
_____. 『아메리카로 떠난 조선의 지식인들: 북미조선학생총회와 〈우라키〉』. 이숲, 2020.
_____. 『눈솔 정인섭 평전』. 이숲, 2020.
_____. 『이양하: 그의 삶과 문학』. 삼인출판, 2022.
_____. 『비평의 변증법: 김환태·김동석·김기림』. 이숲, 2022.
_____. 『궁핍한 시대의 한국문학: 세계문학을 향한 열망』. 연암서가, 2022.
_____. 『번역가의 길』. 연암서가, 2023.
_____. 『한국문학의 영문학 수용』. 서강대학교출판부, 2023.
_____. 『〈우라키〉와 한국 근대문학』. 소명출판, 2023.
_____. 『최재서: 궁핍한 시대의 지성』. 민음사, 2023.
_____. 『〈학지광〉과 한국의 근대문학』. 소명출판, 근간.
김윤식. 『한국근대문예비평사 연구』. 일지사, 1976.
_____. 『한국현대소설비판』. 일지사, 1981.
김학동·김세환 공편. 『김기림 전집』 1~6권. 심설당, 1988.
나카무라 미츠오(中村 光夫)·나시타니 게이지(西谷啓治), 김경원·이경훈·송태욱·김영심 공역, 『태평양전쟁의 사상』. 이매진, 2007.
백 철. 『신문학사조사』. 신구문화사, 2003.
사회과학원 문학연구소. 『조선문학통사: 현대문학 편』. 평양: 사회과학출판사, 1959.
설의식. 『소오문선小梧文選』. 나남출판, 2006.
설희관. 『햇살무리』. 책만드는집, 2004.
_____ 편. 『설정식 문학전집』. 산처럼, 2012.
셰익스피어, 윌리엄, 여석기 역, 『햄릿』. 문예출판사, 2006.
신채호. 『단재 신채호 전집 상: 조선상고사』 개정판. 형설출판사, 1987.
오세영. 『한국현대시인연구』. 월인, 2003.
오영식·유성호 편. 『김광균 문학전집』. 소명출판, 2014.
오장환. 『병든 서울』. 정음사, 1947.
윤세평. 『해방전 조선문학』. 평양: 조선작가동맹 출판사, 1958.
이광수. 『이광수 문학전집 1』. 삼중당, 1962.
임화문학예술전집 편찬위원회 편. 『임화문학예술전집 1: 시』. 소명출판, 2009.
조선문학가동맹 편. 『건설기의 조선문학』. 조선문학가동맹 중앙집행위원회 서기국, 1946.
최재서. 『문학과 지성』. 인문사, 1938.
_____. 『최재서 평론집』. 청운출판사, 1961.

Ⅳ. 외국 단행본 문헌

Adams, Hazard, ed. *Critical Theory Since Plato*. New York: Harcourt Brace Jovanovich, 1971.
Aldington, Richard, and Stanley Weintraub. *The Portable Oscar Wilde*.

Harmondsworth: Penguin Books, 1981.
Arnold, Matthew. *Selections from the Prose Works of Matthew Arnold*, ed. William Savage Johnson. Boston: Houghton Mifflin, 1913.
Eliot, T. S. *Selected Essays: 1917~1932*. New York: Harcourt, Brace, 1950.
Flaubert, Gustave, and George Sand. *Correspondence of Gustave Flaubert George Sand*. London: Harvill Press, 1921.
Joseph Frank. *The Idea of Spatial Form*. New Brunswick: Rutgers University Press, 1991.
Hemingway, Ernest. *The Complete Short Stories of Ernest Hemingway: The Finca Vigia Edition*. New York: Charles Scribner's Sons, 1987.
Hulme, T. E. *Speculations: Essays on Humanism and the Philosophy of Art*, Ed. Herbert Read. London: Kegan Paul, Trench, Truber, & Co., 1924.
Kant, Immanuel. *Critique of the Power of Judgment*, ed. Paul Guyer, and trans. Paul Guyer and Eric Mathews. Cambridge: Cambridge University Press, 2000.
Karl, Frederick R. *Modern and Modernism: The Sovereignty of the Artist 1885~1925*. New York: Athenaeum, 1985.
Kim, Wook-Dong. *Translations in Korea: Theory and Practice*. London: Palgrave Macmillan, 2019.
_____. *Global Perspectives on Korean Literature*. London: Palgrave Macmillan, 2019.
Lane, Michael, ed. *Structuralism: A Reader*. London: Routledge, 1970.
Liu, Lydia H. *Translingual Practice: Literature, National Culture, and Translated Modernity—China, 1900-1937*. Stanford: Stanford University Press, 1995.
Marx, Karl. *Grundrisse: Foundations of the Critique of Political Economy*, trans. Martin Nicolaus. New York: Penguin Classics, 1993.
Marx, Karl, and Friedrich Engels. *Selected Works*, Vol. One, trans. Samuel Moore. Moscow: Progress Publishers, 1969.
Shakespeare, William. *Hamlet: The Annotated Shakespeare*. New Haven: Yale University Press, 2003.
Suh, Serk-Bae. *Treacherous Translation: Culture, Nationalism, and Colonialism in Korea and Japan from the 1910s to the 1960s*. Berkeley: University of California Press, 2013.
Teasdale, Sara. *The Collected Poems*. New York: Buccaneer Book, 1996.
Voloshinov, V. N. / Mikhail Bakhtin. *Marxism and the Philosophy of Language*, trans. Ladislav Matejka and I. R. Titunik. Cambridge, MA: Harvard University Press, 1986.
Wellek, Rene, and Austin Warren. *Theory of Literature*, 3rd ed. New York: Harcourt Brace Jovanovich, 1970.